KRijTMAN

De Krijtman

Bezoek onze internetsite www.awbruna.nl voor informatie over onze boeken, volg @AWBruna op Twitter of bezoek onze Facebook-pagina Facebook.com/AWBrunaUitgevers.

C.J. Tudor

De Krijtman

M Manteau

Oorspronkelijke titel
The Chalk Man
© C.J. Tudor, 2017
Vertaling
Edzard Krol
Omslagontwerp
Studio Jan de Boer
© 2018 A.W. Bruna Uitgevers, Amsterdam

ISBN voor Nederland 978 94 005 0905 4
ISBN voor België 978 90 223 3495 9
NUR 332

Voor Betty. Allebei.

Proloog

Het hoofd van het meisje rustte op een hoopje oranjebruine bladeren. Haar amandelvormige ogen staarden naar het bladerdak van platanen, beuken en eiken, zonder de vage bundels zonlicht te zien die tussen de takken door kierden en de bodem van het bos met goud besprenkelden. Ze knipperden niet toen er glimmende zwarte torretjes over de pupillen scharrelden. Op duisternis na, zagen ze niets meer.

Een eindje verderop strekte zich vanuit een eigen, kleine lijkwade van bladeren een bleke hand uit, alsof ze hulp zocht of zich ervan wilde verzekeren dat ze niet alleen was. In geen van beide kon worden voorzien. De rest van haar lichaam lag buiten bereik, verstopt op andere afgezonderde plekken in het bos.

Vlakbij knakte een tak, in de stilte even luid als een voetzoeker, en uit de ondergroei fladderden vogels op. Er naderde iemand.

Iemand die naast het nietsziende meisje neerknielde. Die met de handen door haar haren streelde en over haar koude wang aaide, met vingers die trilden van opwinding. En vervolgens haar hoofd oppakte, enkele aan de rafelranden van haar nek klevende bladeren wegveegde, en het voorzichtig in een tas legde, waar het tussen een paar gebroken krijtjes belandde.

Na enig nadenken werden de handen nogmaals in de tas gestoken en haar ogen gesloten. Daarna werd de tas dichtgeritst, opgepakt en weggedragen.

Een paar uur later arriveerden de politie en het gerechtelijk team. Ze plaatsten nummers, maakten foto's, verrichtten onderzoek en namen uiteindelijk het lichaam van het meisje mee naar het mortuarium, waar het meerdere weken lag, alsof het erop wachtte compleet te worden.

Zover kwam het nooit. Er werd intensief gezocht, ondervraagd, er werden oproepen gedaan, maar ondanks het feit dat alle rechercheurs en alle mannen van de stad hun uiterste best deden, werd haar hoofd nooit gevonden en het lichaam van het meisje in het bos nooit meer gecompleteerd.

2016

Begin bij het begin. Het probleem was dat we het er geen van allen ooit over eens konden worden wanneer het precies begon. Was het toen Fat Gav voor zijn verjaardag de bak met krijtjes kreeg? Was het toen we de krijtfiguren gingen tekenen of toen ze uit zichzelf begonnen te verschijnen? Was het het verschrikkelijke ongeluk? Of toen ze het eerste lichaam vonden? Allerlei beginnen. En volgens mij zou je elk voor zich het startpunt kunnen noemen. Toch denk ik eigenlijk dat het allemaal op de dag van de kermis begon. Dat is de dag die me het meeste bijstaat. Vanwege het Waltzer-meisje natuurlijk, maar ook omdat het de dag was waarna niets meer normaal was.

Als onze wereld een sneeuwbol was, was dat de dag waarop er een achteloze god langskwam, hem hard schudde en weer neerzette. Zelfs toen het schuim en de vlokken waren neergedaald, was hij niet zoals hij eerst was. Niet helemaal. Door het glas zag hij er misschien wel net zo uit, maar aan de binnenkant was alles anders.

Het was ook de dag waarop ik meneer Halloran voor het eerst ontmoette, zodat hij vermoedelijk heel goed voor een begin kan doorgaan.

1986

'Vandaag gaat het stormen, Eddie.'

Mijn vader vond het leuk om met een lage, gezag afdwingende stem een weersvoorspelling te doen, zoals op de televisie. Hij sprak deze altijd met absolute zekerheid uit, ook al zat hij er meestal naast.

Ik keek uit het raam naar de strakblauwe lucht, zo felblauw dat je je ogen moest dichtknijpen om ernaar te kunnen kijken.

'Het ziet er niet naar uit dat het gaat stormen, pap,' zei ik, kauwend op een boterham met kaas.

'Dat is omdat het niet zal gebeuren,' zei ma, die onverwacht en stil, als een ninjakrijger, de keuken was binnengelopen. 'Volgens de BBC zal het dit hele weekend warm en zonnig zijn... en niet met volle mond praten, Eddie,' voegde ze eraan toe.

'Mmm,' zei pa, wat hij altijd zei als hij het niet met ma eens was, maar niet durfde te zeggen dat ze het bij het verkeerde eind had.

Niemand durfde het met ma oneens te zijn. Ma was – eigenlijk is ze dat nog steeds – een beetje eng. Ze was groot, met kort, donker haar en bruine ogen die konden stralen van plezier, of bijna zwart konden worden als ze kwaad was (en je wilde haar niet kwaad maken, zoals je dat bij de Hulk ook niet wilde).

Ma was dokter, maar geen gewone dokter die een hechting in een been zette en je een injectie met een of ander goedje gaf. Pa heeft me ooit verteld dat ze 'vrouwen hielp die in moeilijkheden verkeerden'. Hij vertelde niet wat voor moeilijkheden, maar ik nam aan dat ze er behoorlijk slecht aan toe waren als ze een dokter nodig hadden.

Pa werkte ook, maar vanuit ons huis. Hij schreef voor tijdschriften en kranten. Niet aldoor. Soms klaagde hij dat niemand hem werk wilde geven, of zei hij met een verbitterd lachje: 'Deze maand heb ik even geen publiek, Eddie.' Als kind had ik niet de indruk dat hij een 'echte baan' had. Niet zoals een vader die heeft. Een vader hoorde een pak met een stropdas te dragen, 's ochtends naar zijn werk te vertrekken en 's avonds tegen etenstijd weer thuis te komen. Mijn vader werkte in de logeerkamer en zat in zijn pyjama en een T-shirt achter een computer, soms zelfs zonder zijn haar te kammen.

Mijn vader zag er ook niet zo uit als andere vaders. Hij had een grote, wilde baard en lang haar dat hij in een paardenstaart bijeenbond. Hij droeg afgeknipte spijkerbroeken met gaten erin, zelfs in de winter, en verschoten T-shirts met oude popgroepen erop, zoals Led Zeppelin en The Who. Soms had hij ook sandalen aan.

Volgens Fat Gav was mijn vader een 'verrekte hippie'. Hij had waarschijnlijk gelijk. Maar indertijd vatte ik het op als een belediging, en gaf ik hem een duw, waarna hij me optilde en op de vloer gooide, en ik met een paar extra blauwe plekken en een bloedneus wankelend naar huis liep.

Later hadden we het natuurlijk weer goedgemaakt. Fat Gav kon echt een lul zijn – hij was zo'n dik joch dat altijd het luidruchtigst moest zijn en stierlijk vervelend, om de echte bullebakken af te schrikken – maar hij was ook een van mijn beste vrienden en de trouwste en gulste persoon die ik kende.

'Je zorgt voor je vrienden, Eddie Munster,' zei hij eens ernstig. 'Vrienden zijn alles.'

Eddie Munster was mijn bijnaam. Dat was omdat mijn achternaam Adams was, zoals in *The Addams Family*. Het kind in *The Addams Family* heette natuurlijk Pugsley en Eddie Munster kwam uit *The Munsters*, maar in die tijd sloeg het ergens op, en de bijnaam bleef hangen, zoals dat gaat met bijnamen. Eddie Munster, Fat Gav, Metal Mickey (vanwege de enorme ijzeren beugel voor zijn tanden), Hoppo (David Hopkins) en Nicky. Dat was onze vriendengroep. Nicky had geen bijnaam, omdat ze een meisje was, ook al deed ze haar best om te doen alsof ze dat niet was. Ze vloekte als een jongen, klom in bomen als een jongen en kon bijna even goed vechten als de meeste jongens. Maar toch zag ze eruit als een meisje. Een heel mooi meisje, met lang rood haar en een bleke huid, vol bruine sproetjes. Niet dat me dat was opgevallen of zo.

Die zaterdag zouden we allemaal bij elkaar komen. We kwamen de meeste zaterdagen bij elkaar en maakten een ronde langs onze huizen of gingen naar de speeltuin, of soms naar het bos. Maar deze zaterdag was bijzonder, vanwege de kermis. Die was er elk jaar en werd opgebouwd in het park, bij de rivier. Dit jaar mochten we er voor het eerst zelf heen, zonder toezicht van een volwassene.

We hadden er weken naar uitgekeken, al vanaf het moment dat de posters in de stad werden opgehangen. Er zouden botsauto's zijn, een Octopus, een piratenschip en een Satelliet. Het zag er geweldig uit.

'Dus,' zei ik, terwijl ik mijn boterham met kaas zo snel als ik kon opat, 'heb ik om twee uur met de anderen bij het park afgesproken.'

'Goed, maar blijf als je ernaartoe loopt wel op de grote wegen,' zei ma. 'Je moet geen stukken afsnijden of met mensen praten die je niet kent.'

'Doe ik niet.'

Ik liet me van mijn stoel af glijden en liep naar de deur.

'En neem je heuptasje mee.'

'Ach, mamaaaa.'

'Je zult in attracties gaan. Dan valt je portemonnee uit je zak. Heuptas. Geen gezeur.'

Ik deed mijn mond open en sloot hem weer. Ik voelde mijn wangen gloeien. Ik had de pest aan die stomme heuptas. Dikke toeristen droegen een heuptas. Ik zou er niet cool mee uitzien, vooral niet voor Nicky. Maar als ma zo deed, moest je er niet tegenin gaan.

'Oké dan.'

Het was niet oké, maar ik zag op de keukenklok de twee naderen en moest ervandoor. Ik rende de trap op, greep die stomme heuptas en stopte mijn geld erin. Vijf pond maar liefst. Een fortuin. Vervolgens stormde ik weer naar beneden.

'Tot ziens.'

'Veel plezier.'

Ik twijfelde er niet aan dat ik dat zou hebben. De zon scheen. Ik had mijn lievelings-T-shirt en All Stars aan. Ik kon het vage *boem*, *boem* van de kermismuziek al horen en rook de hamburgers en suikerspinnen. Het zou een perfecte dag worden.

Toen ik er aankwam, stonden Fat Gav, Hoppo en Metal Mickey al bij het hek te wachten.

'Hé, Eddie Munster. Leuk heuptasje!' brulde Fat Gav.

Mijn hoofd kleurde pimpelpaars en ik stak mijn middelvinger naar hem op. Hoppo en Metal Mickey gniffelden allebei om het grapje van Fat Gav. 'Hij ziet er in elk geval niet zo nichterig uit als die korte broek van jou, lullo,' zei Hoppo, die altijd het aardigst was, en de vredestichter, tegen Fat Gav.

Fat Gav grijnsde, pakte de zoom van zijn korte broek vast en deed zijn dansje, waarbij hij zijn plompe benen hoog optilde, alsof hij een ballerina was. Dat was het met Fat Gav. Je kon hem nooit echt beledigen, omdat het hem niet uitmaakte. Die indruk wekte hij tenminste bij iedereen.

'Ik doe hem trouwens niet om,' zei ik, omdat ik vond dat hij er ondanks Hoppo's afleidingsmanoeuvre toch stom uitzag.

Ik klikte de gordel los, stopte mijn portemonnee in de zak van mijn korte broek en keek om me heen. Er stond een dichte heg rond het park. Daar duwde ik de heuptas in, zodanig dat je hem niet zag als je erlangs liep, maar niet zo ver dat ik hem later niet meer kon pakken.

'Weet je zeker dat je hem daar wilt laten zitten?' vroeg Hoppo.

'Ja, stel dat je mammie hem daar vindt?' zei Metal Mickey, op die gemene, dreinende wijze van hem.

Hoewel hij deel uitmaakte van onze vriendengroep en de beste vriend van Fat Gav was, mocht ik Metal Mickey niet zo. Hij had iets kils en lelijks, net als die stangen om zijn mond. Maar ja, als je wist wie zijn broer was, hoefde dat je niet echt te verbazen.

'Wat maakt mij dat nou uit?' loog ik en ik haalde mijn schouders op.

'Ik zou het niet weten,' zei Fat Gav ongeduldig. 'Kunnen we het over iets anders hebben dan die verrekte tas, en erop afgaan? Ik wil eerst in de Satelliet.'

Metal Mickey en Hoppo zetten zich in beweging – dat deden we meestal als Fat Gav dat wilde. Waarschijnlijk omdat hij de grootste en luidruchtigste was.

'Maar Nicky is er nog niet,' zei ik.

'Nou en?' zei Metal Mickey. 'Ze is altijd te laat. Kom, we gaan. Ze vindt ons wel.'

Metal Mickey had gelijk. Nicky was altijd te laat. Aan de andere kant was het niet de afspraak. We moesten allemaal bij elkaar blijven. In je eentje was het niet veilig op de kermis. Vooral niet voor een meisje.

'Laten we haar nog vijf minuten geven,' zei ik.

'Dat meen je niet!' riep Fat Gav, terwijl hij John McEnroe op zijn allerbest imiteerde – nogal slecht dus.

Fat Gav deed vaak mensen na. Vooral Amerikanen. Allemaal zo beroerd dat we ervan in een deuk lagen.

Metal Mickey lachte niet zo hard als Hoppo en ik. Hij hield er niet van als hij de indruk had dat de groep tegen hem was.

Al deed het er niet toe, omdat we net met lachen waren gestopt toen we een bekende stem hoorden, die zei: 'Wat is er zo grappig?'

We draaiden ons om. Nicky liep op ons af, de heuvel op. Net als anders, voelde ik bij de aanblik van haar een vreemde kriebel in mijn buik. Alsof ik plotseling enorme honger had en een beetje misselijk werd.

Vandaag zat haar rode haar los, het hing warrig en vol knopen op haar rug, waar het bijna tot haar rafelige korte spijkerbroek reikte. Ze droeg een geel, mouwloos bloesje. Met blauwe bloemetjes rond de kraag. Ik ving een glimp op van zilver rond haar hals. Een kruisje aan een kettinkje. Op haar rug hing een grote, zwaar uitziende jutetas.

'Je bent te laat,' zei Mickey. 'We stonden op je te wachten.'

Alsof het zijn idee was.

'Wat zit er in die tas?' vroeg Hoppo.

'Mijn vader wil dat ik op de kermis deze troep uitdeel.'

Ze haalde een foldertje uit de tas en stak het ons toe.

Kom naar de St. Thomas Kerk en prijs de Heer. Dat is de meest fantastische rit die er bestaat!

Nicky's vader was de dominee van de plaatselijke kerk. Ik was nooit echt naar de kerk geweest – aan dat soort dingen deden mijn vader en moeder niet – maar ik had hem weleens in de stad gezien. Hij had een rond brilletje en zijn kale kop zat vol sproeten, zoals op Nicky's neus. Hij glimlachte altijd en groette je, maar ik was een beetje bang voor hem.

'Nou, wat een berg gierende bagger, sjongeheer,' zei Fat Gav.

'Gierende' of 'vliegende bagger' was nog zo'n favoriete uitdrukking van Fat Gav, gevolgd door 'sjongeheer', om een of andere reden meestal met een kakkineus accent.

'Dat ben je toch niet echt van plan?' vroeg ik en ineens stelde ik me voor dat de hele dag zou worden verpest, omdat we Nicky op sleeptouw hadden die haar folders uitdeelde.

Ze keek me aan met een blik die me wat aan mijn moeder deed denken.

'Natuurlijk niet, grappenmaker,' zei ze. 'We pakken er een paar, strooien ze wat rond, alsof de mensen ze hebben weggegooid, en gooien de rest in een prullenbak.'

We grijnsden allemaal. Er is niets mooiers dan iets te doen wat je niet zou moeten doen en ondertussen een volwassene beet te nemen.

We verspreidden de folders, dumpten de tas en kwamen ter zake. De Satelliet (die echt goed was), de botsauto's, waarmee Fat Gav me zo hard raakte dat ik mijn ruggengraat voelde kraken. De ruimteraketten (vorig jaar heel opwindend, nu een beetje saai), de achtbaan, de Octopus en het piratenschip.

We aten hotdogs, en Fat Gav en Nicky probeerden naar eendjes te vissen, waarbij ze tot de ontdekking kwamen dat altijd prijs niet per se betekent dat je de prijs krijgt die je wilt, en ze kwamen er lachend weer vandaan, terwijl ze de waardeloze knuffeltjes naar elkaar toe gooiden.

De middag was ondertussen al zo ver gevorderd dat we het wel zo'n beetje gehad hadden. De opwinding en adrenaline ebden weg en ik besefte dat ik waarschijnlijk nog maar geld voor twee of misschien drie ritjes had.

Ik greep in mijn zak naar mijn portemonnee. Mijn hart sloeg over. Hij was weg.

'Shit!'

'Wat?' vroeg Hoppo.

'Mijn portemonnee. Ik ben hem verloren.'

'Weet je dat zeker?'

'Natuurlijk, verrekte zeker.'

Maar voor de zekerheid voelde ik ook in mijn andere zak. Allebei leeg. Klere.

'Nou, waar had je hem voor het laatst nog?' vroeg Nicky.

Ik probeerde na te denken. Ik wist dat ik hem na de laatste rit nog had, omdat ik het had gecontroleerd. Bovendien hadden we daarna nog hotdogs gekocht. Ik had niet naar eendjes gevist, dus...

'Het hotdogkraampje.'

Het hotdogkraampje was helemaal aan de andere kant van de kermis, de andere kant op dan naar de Satelliet en de Octopus.

'Shit,' zei ik weer.

'Kom op,' zei Hoppo, 'we gaan kijken.'

'Wat heeft dat voor zin,' zei Metal Mickey, 'hij zal ondertussen al door iemand zijn gevonden.'

'Ik kan je wel wat lenen,' zei Fat Gav. 'Al heb ik niet veel meer over.'

Ik was er vrij zeker van dat hij loog. Fat Gav had altijd meer geld dan de rest. Zoals hij ook altijd het mooiste speelgoed had en de nieuwste, meest glimmende fiets. Zijn vader was eigenaar van een van de pubs in de stad, de Bull, en zijn moeder was een 'Avon-dame'. Fat Gav was gul, maar ik wist ook dat hij echt nog meer ritjes wilde.

Toch schudde ik mijn hoofd. 'Nee, dank je. Het is wel goed.'

Maar het was niet goed. Ik voelde tranen opwellen. Niet alleen om het kwijtgeraakte geld. Het voelde stom, de dag was verpest. Ik wist dat ma boos zou zijn en 'Ik zei het toch' zou zeggen.

'Gaan jullie maar verder,' zei ik. 'Ik loop terug en kijk even. Het heeft geen zin om allemaal tijd te verspillen.'

'Cool,' zei Metal Mickey. 'Kom. We gaan.'

Allemaal schuifelden ze ervandoor. Ik zag dat ze opgelucht waren. Zij waren hun geld niet kwijt, hun dag was niet verpest. Ik begaf me naar de andere kant van de kermis, naar het hotdogkraampje. Het stond recht tegenover de Waltzers, dus gebruikte ik die als een richtpunt. Je kon de oude kermisrit niet missen. Hij stond precies in het midden van het terrein.

Er schalde muziek uit, vervormd door oude luidsprekers. Er knipperden lampen in vele kleuren, en er werd gegild door degenen die een ritje maakten, terwijl de houten wagentjes alsmaar ronddraaiden, sneller en sneller over de golvende houten carrousel.

Eenmaal in de buurt keek ik omlaag en liep de grond afspeurend verder. Afval, hotdogpapiertjes, maar geen portemonnee. Natuurlijk niet. Metal Mickey had gelijk. Iemand had hem gevonden en mijn geld gejat.

Ik zuchtte en keek op. Als eerste zag ik de bleke man. Zo heette hij natuurlijk niet. Later kwam ik erachter dat hij meneer Halloran heette en dat hij onze nieuwe leraar was.

Je kon de bleke man moeilijk over het hoofd zien. Om te beginnen was hij heel groot en mager. Hij droeg een stonewashed spijkerbroek, een wijd wit overhemd en een brede strohoed. Hij zag eruit als die oude zanger uit de jaren zeventig van wie mijn moeder hield. David Bowie.

De bleke man stond in de buurt van het hotdogkraampje en dronk een blauw ijsdrankje met een rietje en keek naar de Waltzers. Ik dacht tenminste dat hij naar de Waltzers keek.

Ik merkte dat ik dezelfde kant op keek en toen zag ik het meisje. Ik baalde nog van mijn portemonnee, maar ik was ook een twaalfjarig jongetje bij wie de hormonen net begonnen op te spelen. 's Nachts onder de dekens was ik niet alleen maar stripboeken aan het lezen met een zaklantaarn.

Het meisje stond naast een blonde vriendin die ik vagelijk uit de stad kende (haar vader was politieman of zo), maar ik zette haar meteen uit mijn gedachten. Het is helaas zo dat schoonheid, ware schoonheid, alles en iedereen eromheen in de schaduw stelt. De blonde vriendin was knap, maar het Waltzer-meisje – zoals ik altijd aan haar denk, zelfs nadat ik haar naam te weten was gekomen – was werkelijk prachtig. Groot en slank, met lang, donker haar en zelfs nog langere benen, zo glad en bruin dat ze glansden in de zon. Ze had een strokenrokje aan, en een wijd hemdje met RELAX erop gekrabbeld, over een fluorescerend groen naveltruitje. Haar haar had ze achter een oor gestreken en in de zon lichtte een gouden oorringetje op.

Ik schaam me een beetje om te zeggen dat haar gezicht me eerst niet zo opviel, maar toen ze zich omdraaide om met de blonde vriendin te praten, was ik niet teleurgesteld. Het was adembenemend knap, met volle lippen en scheefstaande, amandelvormige ogen.

En toen was het verdwenen.

Het ene moment was ze er, was haar gezicht er, het volgende was er dat vreselijke, trommelvlies ontwrichtende geluid, alsof er uit het diepst van de aarde een reusachtig beest had gebruld. Later kwam ik erachter dat het het geluid van het door het langdurige gebruik en gebrek aan onderhoud afknappende draaiwerk van de oude Waltzers was. Ik zag een zilverkleurige flits, en haar gezicht, of de helft ervan, werd eraf gekliefd, waarna er een gapende hoeveelheid kraakbeen, bot en bloed – zoveel bloed – resteerde.

Een fractie van een seconde later, nog voordat ik de kans kreeg om mijn mond te openen en te gillen, vloog er iets groots, paars en zwarts voorbij. Er klonk een oorverdovende klap – het losse Waltzer-karretje dat in een hagel van rondvliegend metaal en houtsplinters tegen het hotdogkraampje smakte – en meer gegil en geschreeuw van wegduikende mensen. Ik belandde verward op de grond.

Er tuimelden andere mensen over me heen. Er trapte iemand met zijn voet op mijn pols. Er botste een knie tegen mijn hoofd. Er trapte een laars in mijn ribben. Ik gilde, maar slaagde er op de een of andere manier in om mezelf bij elkaar te rapen en om te draaien. Toen gilde ik nogmaals. Naast me lag het Waltzer-meisje. Gelukkig was haar haar over haar gezicht gevallen, maar ik herkende haar T-shirt en fluorescerende groene naveltruitje, al waren ze allebei met bloed doordrenkt. Over haar been stroomde nog meer bloed. Een tweede stuk scherp metaal was door het bot heen gegaan, vlak onder haar knie. Haar onderbeen zat er nauwelijks meer aan, zat nog slechts met een paar dunne pezen aan haar vast.

Ik wilde bij haar vandaan kruipen – ze was beslist dood. Ik kon niets doen – en toen stak ze haar hand uit, die me bij mijn pols vastpakte.

Ze draaide haar bloederige, verwoeste gezicht mijn kant op. Ergens te midden van al het rood staarde één enkel bruin oog mij aan. Het andere lag slap op haar verwoeste wang.

'Help mij,' zei ze met een schorre stem. 'Help mij.'

Ik wilde wegrennen. Ik wilde tegelijk zowel gillen, huilen, als over mijn nek gaan. En ik had het mogelijk alle drie tegelijk gedaan, als er niet een andere, grote, stevige hand op mijn schouder had gedrukt en een rustige stem tegen me had gesproken: 'Het is goed. Ik weet dat je bang bent, maar je moet heel goed naar me luisteren en gewoon doen wat ik zeg.'

Ik draaide me om. De bleke man keek op me neer. Pas toen besefte ik dat zijn gezicht onder de breedgerande hoed bijna even wit was als zijn overhemd. Zelfs zijn ogen hadden een vale, doorschijnend grijze kleur. Hij zag eruit als een geest, of een vampier, en onder alle andere omstandigheden zou ik waarschijnlijk bang voor hem zijn geweest. Maar nu was hij een volwassene, en had ik behoefte aan een volwassene die me vertelde wat ik moest doen.

'Hoe heet je?' vroeg hij.

'Ed-Eddie.'

'Oké, Eddie. Ben je gewond?'

Ik schudde mijn hoofd.

'Goed. Deze jongedame wel, dus moeten we haar helpen, oké?'

Ik knikte.

'Ik wil dat je dit doet… hou haar been hier vast, en klem het stevig, heel stevig vast.'

Hij pakte mijn handen en legde ze rond het been van het meisje. Door het bloed voelde het warm en slijmerig aan.

'Snap je?'

Ik knikte weer. Op mijn tong proefde ik de angst, bitter en metalig. Ik voelde het bloed tussen mijn vingers door sijpelen, al kneep ik heel stevig, zo stevig als ik kon…

In de verte, veel verder dan het geluid eigenlijk was, kon ik de bonkende muziek en de vreugdekreten horen. Het meisje was gestopt met gillen. Ze bewoog zich niet meer en was stil, alleen nog het zachte raspen van haar ademhaling, en zelfs dat klonk steeds zachter.

'Eddie, je moet je concentreren. Oké?'

'Oké.'

Ik staarde naar de bleke man. Hij trok zijn riem uit zijn spijkerbroek. Het was een lange riem, te lang voor zijn dunne middel, en hij had er extra gaten in gemaakt, om hem strakker te kunnen aantrekken. Gek eigenlijk wat voor vreemde dingen je op die beroerdste momenten ziet. Zoals me opviel dat de schoen van het Waltzer-meisje was uitgegaan. Een plastic schoen. Roze en glinsterend. Terwijl ik dacht dat ze die waarschijnlijk niet meer nodig zou hebben, nu haar been bijna in tweeën lag.

'Ben je er nog, Eddie?'

'Ja.'

'Goed. Ik ben bijna klaar. Je doet het geweldig, Eddie.'

De bleke man pakte zijn riem en wikkelde die rond de bovenkant van het been van het meisje. Hij trok hard, echt hard. Hij was sterker dan hij eruitzag. Bijna meteen voelde ik dat er minder bloed uit stroomde.

Hij keek me aan en knikte. 'Laat nu maar los. Hij zit eromheen.'

Ik haalde mijn handen eraf. Nu de spanning was verdwenen, begonnen ze te trillen. Ik sloeg ze om mijn lichaam, en stak ze onder mijn oksels.

'Zal ze weer beter worden?'

'Ik weet het niet. Hopelijk kunnen ze haar been redden.'

'En haar gezicht dan?' fluisterde ik.

Hij keek me aan, en iets in die bleke, grijze ogen legde me het zwijgen op. 'Stond je daarnet naar haar gezicht te kijken, Eddie?'

Ik opende mijn mond, maar wist niet wat ik moest zeggen en begreep niet waarom hij niet meer zo vriendelijk klonk.

Toen keek hij weg. 'Ze zal blijven leven,' zei hij zachtjes. 'Daar gaat het om.'

En toen klonk er een enorme donderslag boven ons en vielen de eerste druppels.

Dat was geloof ik voor het eerst dat ik begreep dat alles van het ene op het andere moment kan veranderen. Dat alles wat we als vanzelfsprekend beschouwen, zomaar kan zijn verdwenen. Misschien dat ik het daarom pakte. Om me ergens aan vast te kunnen houden. Om iets te behouden. Dat heb ik mezelf tenminste wijsgemaakt.

Maar zoals zoveel wat we onszelf wijsmaken, was het waarschijnlijk gewoon een berg gierende bagger.

De plaatselijke krant noemde ons helden. Ze brachten meneer Halloran en mij weer bij elkaar in het park en namen een foto van ons.

Het is ongelofelijk maar waar, maar de twee mensen in het losschietende Waltzer-karretje hadden alleen maar een paar botten gebroken, wonden en blauwe plekken. Enkele andere omstanders hadden lelijke wonden opgelopen die moesten worden gehecht, en er waren nog wat breuken en gekneusde ribben door de in paniek wegrennende mensenmassa.

Zelfs het Waltzer-meisje (dat eigenlijk Elisa heette) leefde. De artsen slaagden erin haar been er weer aan te zetten en haar oog op de een of andere manier te redden. De kranten noemden het een wonder. Over de rest van haar gezicht zeiden ze niet zoveel.

Langzaamaan nam de belangstelling af. Fat Gav stopte met zijn smakeloze grapjes (voornamelijk over wanneer je niet meer op je benen kunt staan), en zelfs Metal Mickey kreeg er genoeg van om me 'jonge held' te noemen en me te vragen waar ik mijn cape had gelaten. Ander nieuws en andere roddels namen het over. Er was een ongeluk op de A36, en de neef van een van de kinderen op school overleed, en daarna raakte Marie Bishop, die in de vijfde klas zat, zwanger. Dus het leven ging verder, zoals dat gaat.

Ik zat er niet zo mee. Ik kreeg er zelf al een beetje genoeg van. En ik was niet echt het type jongen dat het leuk vond om in de belangstelling te staan. Daar kwam bij dat hoe minder ik erover sprak, hoe minder ik het verdwenen gezicht van het Waltzer-meisje voor me hoefde te zien. De nachtmerries namen af. Steeds minder vaak liep ik stiekem met vieze lakens naar de wasmand.

Ma vroeg me een paar keer of ik een bezoek aan het Waltzer-meisje in het ziekenhuis wilde brengen. Steevast weigerde ik. Ik wilde haar niet meer zien. Wilde haar verwoeste gezicht niet zien. Wilde niet dat die bruine ogen me beschuldigend aanstaarden: *Ik weet dat je ervandoor wilde gaan, Eddie. Totdat meneer Halloran je vastpakte, zou je me daar hebben achtergelaten om te sterven.*

Volgens mij heeft meneer Halloran haar wel opgezocht. Vaak. Hij had geloof ik veel tijd. Hij zou pas in september op onze school beginnen. Blijkbaar had hij besloten een paar maanden vroeger in zijn huurhuisje te trekken, zodat hij eerst aan de stad kon wennen.

Ik vond het een goed idee. Daardoor kreeg iedereen de gelegenheid om aan de aanblik van hem te wennen. Alle vragen uit de weg te ruimen voordat hij voor de klas kwam te staan.

Wat mankeerde er aan zijn huid? Hij was een albino, legden de volwassenen geduldig uit. Dat hield in dat hij iets miste wat 'pigment' heette, een stof die de huid van de meeste mensen een roze of bruine kleur gaf. En zijn ogen. Zelfde verhaal. Daar zat gewoon geen pigment in. *Hij was dus geen zonderling, monster of geest?* Nee. Gewoon een gewone man met een medisch probleem.

Ze hadden het bij het verkeerde eind. Meneer Halloran was veel, maar beslist niet gewoon.

2016

De brief arriveert totaal onaangekondigd, zonder veel tamtam of zelfs maar een voorgevoel. Hij glijdt de brievenbus in, ingeklemd tussen een enveloppe van de Macmillan-kankerbestrijding en een folder voor een nieuw pizza-afhaalrestaurant. En wie stuurt er tegenwoordig in godsnaam nog een brief? Zelfs mijn moeder heeft, op haar achtenzeventigste, e-mail, Twitter en Facebook omarmd. In feite is ze technisch veel beter onderlegd dan ik. Ik ben een beetje een digibeet. Dit tot voortdurend vermaak van mijn leerlingen, van wie het gepraat over Snapchat, favorieten, tags en Instagram even goed een buitenlandse taal kan zijn. 'Ik dacht dat ik Engels gaf,' zeg ik vaak quasizielig. 'Ik heb geen flauw idee waarover jullie het hebben.'

Ik herken het handschrift op de enveloppe niet, al herken ik ook het mijne tegenwoordig vrijwel niet. Het is alom toetsenborden en touchscreens.

Zittend aan de keukentafel, nippend aan een kop koffie, scheur ik de enveloppe open en bekijk de inhoud. Eigenlijk is dat niet waar. Ik zit aan de keukentafel en staar naar de koffie die naast me koud staat te worden.

'Wat is dat?'

Ik schrik op en kijk om me heen. Chloe trippelt de keuken in, met slaaprimpels, gapend. Haar zwartgeverfde haar hangt los, haar rafelige pony steekt als een vetkuif omhoog. Ze heeft een oud sweatshirt van The Cure aan en de resten van de make-up van gisteravond op.

'Dit,' zeg ik, terwijl ik hem zorgvuldig opvouw, 'is wat we een brief noemen. Die gebruikte men vroeger om met elkaar te communiceren.'

Ze kijkt me vernietigend aan en steekt haar middelvinger op. 'Ik weet dat je tegen me praat, maar ik hoor alleen maar bla, bla, bla.'

'Dat is het probleem met jonge mensen tegenwoordig. Ze luisteren gewoon niet.'

'Ed, je bent net niet oud genoeg om mijn vader te kunnen zijn, dus waarom klink je als mijn grootvader?'

Ze heeft gelijk. Ik ben tweeënveertig en Chloe is ergens achter in de twintig (geloof ik. Ze heeft het me nooit verteld en ik ben te zeer een heer om ernaar te vragen). Zoveel jaren verschillen we niet, maar vaak heb ik het gevoel dat er tientallen jaren tussen zitten.

Chloe is jeugdig en cool, en zou voor een tiener kunnen doorgaan. Ik niet, ik kan misschien voor een gepensioneerde doorgaan. Je zou mijn uiterlijk heel best als 'afgetobd' kunnen omschrijven. Al heb ik gemerkt dat het niet het tobben is waarvan je uitgeput raakt, maar de zorgen en de spijt.

Mijn haar is nog dik en grotendeels zwart, maar mijn lachrimpels hebben al enige tijd geleden hun gevoel voor humor verloren. Zoals veel lange mensen loop ik krom, en mijn lievelingskleren zijn zoals Chloe ze omschrijft: 'Leger des Heilschic'. Pakken, vesten en nette schoenen. Ik ben in het bezit van een paar spijkerbroeken, maar doe die naar het werk niet aan, en behalve als ik in mijn studeerkamer zit, ben ik meestal aan het werk, terwijl ik in de vakantie vaak privéles geef.

Ik zou kunnen zeggen dat ik dat doe omdat ik van het lesgeven houd, maar niemand houdt zoveel van zijn werk. Ik doe het omdat ik het geld nodig heb. Dat is ook de reden dat Chloe hier woont. Ze is mijn kamerhuurder, en daarbij een vriendin, zoals ik graag denk.

Ik geef toe dat we een vreemd stel zijn. Chloe is niet het

soort kamerhuurder dat ik gewoonlijk in huis zou nemen. Maar ik was net door een andere aspirant-bewoner in de steek gelaten, en de dochter van een kennis kende 'een meisje' dat om een kamer zat te springen. Het lijkt te werken, en de huur helpt. Evenals het gezelschap.

Het lijkt misschien vreemd dat ik een kamerhuurder nodig heb. Ik word relatief goed betaald, het huis waarin ik woon, heb ik van mijn moeder gekregen en ik weet zeker dat de meeste mensen aannemen dat dit betekent dat ik lekker hypotheekvrij kan wonen.

De trieste waarheid is dat het huis is gekocht toen de rente in de dubbele cijfers liep, er nog een hypotheek bij is genomen om het te renoveren en vervolgens nog een keer om mijn vader te laten verzorgen, toen hij zozeer achteruit was gegaan dat we het thuis niet meer konden redden.

Mijn moeder en ik hebben hier samen gewoond, tot vijf jaar geleden, toen ze kennismaakte met Gerry, een joviale ex-bankier die besloot er de brui aan te geven en zelfvoorzienend te gaan leven in een zelfgebouwde ecowoning op het platteland van Wiltshire.

Ik heb niks tegen Gerry. Ik heb evenmin iets mét hem, maar hij lijkt ma gelukkig te maken, en dat, zo lieg ik graag, is het voornaamste. Ik vermoed dat iets in me niet wil dat mijn moeder gelukkig is met een andere man dan mijn vader, ook al ben ik tweeënveertig. Dat is kinderachtig, onvolwassen en egoïstisch. En daar ben ik goed in.

Bovendien maakt het mijn moeder, op haar achtenzeventigste, geen bal uit. Dat waren niet precies de woorden die ze gebruikte toen ze me vertelde dat ze bij Gerry introk, maar ik begreep de onderliggende tekst:

'Ik moet weg van deze plek, Ed. Er zijn te veel herinneringen.'

'Wil je het huis verkopen?'

'Nee, ik wil dat jij het krijgt, Ed. Met enige liefde kan het een prachtige gezinswoning zijn.'

'Mama, ik heb geeneens een partner, laat staan een gezin.'
'Daar is het nooit te laat voor.'
Daar ging ik niet op in.
'Als je het huis niet wilt hebben, moet je het gewoon verkopen.'
'Nee. Ik wil... gewoon dat je gelukkig bent.'
'Nou, van wie is die brief?' vraagt Chloe, die naar het koffiezetapparaat loopt en een mok met koffie vult.
Ik stop hem in de zak van mijn ochtendjas. 'Niet van iemand die ertoe doet.'
'O. Geheimzinnig.'
'Niet echt. Gewoon... een oude kennis.'
Ze trekt een wenkbrauw op. 'Nog een? Wauw. En die komen ineens allemaal opduiken? Nooit geweten dat je zo populair was.'
Nu kijk ik verbaasd. En dan herinner ik me dat ik haar heb verteld wie hier vanavond komt eten.
'Doe nu niet zo verrast, zeg.'
'Dat ben ik wel. Voor iemand die zo teruggetrokken leeft als jij, is het heel bijzonder dat je überhaupt vrienden hebt.'
'Ik heb vrienden, hier in Anderbury. Je kent ze wel. Gav en Hoppo.'
'Die tellen niet.'
'Hoezo?'
'Omdat dat geen echte vrienden zijn. Dat zijn gewoon mensen die je je hele leven al kent.'
'Is dat niet de definitie van vriendschap?'
'Nee, dat is de definitie van bekrompenheid. Mensen met wie je je verplicht voelt rond te hangen, uit gewoonte en het gedeelde verleden, en niet omdat je echt naar hun gezelschap verlangt.'
Ze had een punt. Min of meer.
'Hoe dan ook,' verander ik van onderwerp, 'ik kan me maar beter gaan aankleden. Ik moet naar school vandaag.'
'Is het dan geen vakantie?'

'Anders dan men geneigd is te denken, houdt het werk van een leraar niet op als de school in de zomer gesloten is.'

'Ik heb nooit geweten dat je een fan van Alice Cooper was.'

'Ik ben dol op haar muziek,' zeg ik, met een stalen gezicht.

Chloe glimlacht, een nukkige, scheve glimlach die haar wat alledaagse gezicht tot iets opmerkelijks maakt. Zo zijn sommige vrouwen. Op het eerste gezicht zien ze er afwijkend, zelfs vreemd uit, maar vervolgens ondergaan ze een gedaanteverwisseling door een glimlach of een subtiele draai van een wenkbrauw.

Ik ben geloof ik een klein beetje verliefd op Chloe, al zal ik dat nooit willen toegeven. Ik weet dat ze me eerder ziet als een beschermende oom dan als een potentiële vriend. Ik zal haar nooit het ongemakkelijke gevoel willen geven dat ik haar anders dan met vaderlijke vertedering bekijk. Ik ben me er ook zeer van bewust dat in een kleine stad, in mijn positie, een relatie met een veel jongere vrouw verkeerd zou worden begrepen.

'Wanneer komt die andere "oude kennis" van je dan?' vraagt ze, terwijl ze haar koffie meeneemt naar de tafel.

Ik schuif mijn stoel achteruit en kom overeind. 'Om een uur of zeven.' Ik wacht even. 'Als je wilt, kun je erbij zijn.'

'Dat zal ik maar niet doen. Ik wil jullie samenzijn niet verpesten.'

'Oké.'

'Misschien een andere keer. Gezien wat ik van jou heb gehoord, lijkt het me een interessante persoon.'

'Ja.' Ik dwing mezelf tot een glimlach. 'Je zou hem interessant kunnen noemen.'

De school ligt op ruim een kwartier wandelen van mijn huis. Op een dag als vandaag – een aangenaam warme zomerdag, waarop een vleugje blauw tussen de dunne laag wolken door komt – is het een ontspannen wandeling. Een manier om mijn gedachten op orde te krijgen voordat het werk begint. Buiten de vakanties kan dat nuttig zijn. Veel kinderen aan wie ik aan de Anderbury Academy lesgeef, vormen wat we een 'uitdaging' noemen. In mijn tijd zouden we het 'een stelletje etters' hebben genoemd. Soms moet ik me er geestelijk op voorbereiden om met hen om te gaan. Andere keren is het enige wat helpt een scheut wodka in mijn ochtendkoffie.

Zoals zoveel marktplaatsjes doet Anderbury zo op het eerste gezicht aan als een pittoreske plek om te wonen. Veel schilderachtige keienstraatjes, theesalons en een vrij bekende kathedraal. Tweemaal per week is er markt, en er zijn allerlei fraaie parken en wandelpaden langs de oever van de rivier. Het is maar een klein eindje rijden naar de zandstranden van Bournemouth en de open heidevelden van het New Forest.

Maar als je onder het oppervlak kijkt, kom je erachter dat het slechts toeristische schijn is. Het werk hier is vaak seizoensgebonden en de werkloosheid is hoog. In de omgeving van de winkels en in de parken hangen veel verveelde jongeren rond. Er rijden tienermoeders met krijsende baby's door de straten. Dat is niet nieuw, maar het lijkt toe te nemen. Al kan dat ook mijn kijk op de zaak zijn. Wat met de jaren komt, is vaak niet wijsheid, maar intolerantie.

Ik kom aan bij de ingang van het Old Meadows Park. In mijn tienertijd mijn geliefde verblijfplaats. Sinds mijn tijd is het er enorm veranderd. Kennelijk. Er is een nieuw skatepark, en de speelplaats waar onze vriendengroep vaak rondhing, wordt nu in de schaduw gesteld door een nieuw, modern 'recreatiegebied' aan de andere kant van het park. Er zijn slingertouwen en een enorme tunnelglijbaan, een kabelbaan en allerlei coole dingen waarvan we ons toen we jong waren geen voorstelling hadden kunnen maken.

Merkwaardig genoeg is het oude speelterrein er nog, leeg en vervallen. Het klimrek is verroest, de schommels zijn om het stalen frame gewikkeld en de ooit glanzende verf van de houten draaimolen bladdert af, terwijl hij onder de oude graffiti is gespoten, door mensen die allang zijn vergeten waarom Helen ook alweer een kreng is en waarom ze eigenlijk van Andy W. hielden.

Ik blijf even staan, staar ernaar, ondergedompeld in herinneringen.

Het zachte piepen van een babyschommel, de bijtende kou van de ochtendlucht, de helderheid van wit krijt op zwart asfalt. Weer een bericht. Maar dit was anders. Geen krijtmannetje... iets anders.

Met een ruk draai ik me om. Niet nu. Niet weer. Ik wil er niet meer aan terugdenken.

Lang hoef ik niet op school aan de slag. Rond het middaguur ben ik klaar. Ik pak mijn boeken bijeen, sluit alles af en loop terug naar het centrum van de stad.

De Bull staat op de hoek van de hoofdstraat, het laatst overgebleven lokale café. Ooit had Anderbury twee andere pubs, The Dragon en The Wheatsheaf, totdat de ketens kwamen. De oude stamcafés sloten en Gavs ouders moesten hun prijzen laten zakken, ladies' nights, happy hours en gezinsmiddagen organiseren om het hoofd boven water te houden.

Uiteindelijk hadden ze er genoeg van. Ze verhuisden naar Majorca, waar ze nu een bar uitbaten die Britz heet. Gav, die sinds hij zestien werd parttime in de pub had gewerkt, nam de biertap over en heeft er sindsdien gestaan.

Ik duw de zware, oude deur open en stap naar binnen. Hoppo en Gav zitten aan hun vaste tafel, in de hoek bij het raam. Vanaf zijn heupen omhoog is Gav nog altijd fors, groot genoeg om te weten waarom we hem vroeger Fat Gav noemden. Maar nu bestaat zijn forse lijf meer uit spier dan vet. Zijn armen zijn als boomstammen, met aderen als strakgespannen koorden. Hij heeft scherpe gelaatstrekken, de weinige haren op zijn hoofd zijn kortgeschoren en grijs.

Hoppo is vrijwel niet veranderd. In zijn loodgietersoverall zou hij, als je je ogen samenkneep, kunnen doorgaan voor een twaalfjarige jongen die zich heeft verkleed.

Ze zijn in gesprek met elkaar. Hun nauwelijks aangeroerde glazen staan op tafel. Guinness voor Hoppo en cola light voor Gav, die zelden alcohol drinkt.

Ik bestel een Taylor's Mild bij een nors uitziend meisje achter de bar dat me afkeurend aankijkt en vervolgens met een afkeurende blik naar de tap kijkt, alsof die haar dodelijk heeft beledigd.

'Het vat moet verwisseld,' mompelt ze.

'Oké.'

Ik wacht. Ze rolt met haar ogen.

'Ik breng het wel.'

'Dank je wel.'

Ik draai me om en loop de pub door. Als ik achteromkijk, zie ik dat ze nog geen vin heeft verroerd.

Ik neem plaats op een gammele kruk, naast Hoppo.

'Middag.'

Ze kijken op, en meteen begrijp ik dat er iets mis is. Er is iets gebeurd. Gav rijdt zichzelf onder de tafel vandaan. Zijn armspieren steken scherp af tegen de wegkwijnende benen die passief in zijn rolstoel liggen.

Ik draai me om op mijn kruk. 'Gav? Wat...'

Zijn vuist zwaait naar mijn gezicht, mijn linkerwang brandt van de pijn, en ik duikel achterover op de vloer.

Hij staart op me neer. 'Hoe lang weet je het al?'

1986

Ondanks het feit dat hij het grootste is en de onuitgesproken leider van onze vriendengroep, was Fat Gav eigenlijk de jongste. Zijn verjaardag was begin augustus, bij aanvang van de schoolvakantie. Daar waren we allemaal behoorlijk jaloers op. Vooral ik. Ik was de oudste. Mijn verjaardag was ook in de vakantie, drie dagen voor kerst. Dat hield in dat ik in plaats van twee fatsoenlijke cadeaus bijna altijd een 'groot' cadeau kreeg, of twee niet zulke geweldige.

Fat Gav kreeg altijd hele ladingen cadeaus. Niet alleen omdat zijn vader en moeder stinkend rijk waren, maar ook omdat hij barstte van de familie. Tantes, ooms, neven, grootouders en overgrootouders.

Ook daar was ik een beetje jaloers op. Ik had alleen een vader en een moeder en mijn oma, die we niet vaak zagen, omdat ze ver weg woonde, en ook omdat ze een beetje 'krankjorum' was, zoals pa zei. Ik vond het niet fijn om bij haar op bezoek te gaan. In haar woonkamer was het altijd te warm en stonk het, en er werd altijd dezelfde stomme film op televisie afgespeeld.

'Was Julie Andrews niet ontzettend knap?' zei ze zuchtend, met betraande ogen, en dan moesten we allemaal knikken, 'ja' zeggen en zachte biscuitjes eten uit dat oude, roestige blik waarop aan alle kanten dansende rendieren stonden.

Fat Gavs vader en moeder gaven elk jaar een groot feest voor hem. Dit jaar hielden ze een barbecue. Er zou een goochelaar komen en daarna zelfs een disco zijn.

Mijn moeder toonde zich geërgerd toen ze de uitnodiging zag. Ik weet dat ze niet veel van de vader en moeder van Fat Gav moest hebben. Ik heb haar ooit een keer tegen pa horen zeggen dat ze 'zo besmettelijk' waren. Toen ik ouder werd, besefte ik dat ze eigenlijk 'opschepperig' had gezegd, maar jarenlang dacht ik dat ze bedoelde dat ze een vreemde ziekte onder de leden hadden.

'Een disco, Geoff?' zei ze met een vreemde klank in haar stem. Ik kon niet uitmaken of dat inhield dat het goed of slecht was. 'Wat vind jij daarvan?'

Pa stopte met de afwas, kwam aangelopen en wierp een blik op de uitnodiging. 'Dat klinkt leuk,' zei hij.

'Jij kunt er niet heen, papa,' zei ik. 'Het is een kinderfeestje. Jij bent niet uitgenodigd.'

'Jawel hoor, wij zijn wel uitgenodigd,' zei ma, en ze wees op de uitnodiging. '"Papa's en mama's zijn welkom. Neem een worst mee."'

Ik wierp er nog een blik op en keek bedenkelijk. Papa's en mama's op een kinderfeestje? Volgens mij was dat geen goed idee. Helemaal geen goed idee.

'En wat voor cadeautje neem jij mee voor Fat Gavs verjaardag?' vroeg Hoppo.

We zaten op het klimrek in het park, zwaaiend met onze benen en sabbelend op ons cola-ijsje. Murphy, Hoppo's oude, zwarte labrador, lag onder ons op de grond in de schaduw te soezen.

Het was eind juli, bijna twee maanden na die vreselijke dag op de kermis en een week voor de verjaardag van Fat Gav. Alles begon weer gewoon te worden en daar was ik blij om. Ik was niet echt een jongen die van opwinding of onverwachte drama's hield. Ik was – en dat ben ik gebleven – iemand die van regelmaat houdt. Zelfs toen ik twaalf was was mijn lade met sokken altijd keurig geordend en stonden mijn boeken en cassettes op alfabetische volgorde.

Misschien was dat omdat de rest van ons huis een chaos was. Om te beginnen was het niet helemaal afgebouwd. Dat was weer zoiets waarin mijn vader en moeder verschilden van de andere ouders die ik kende. Behalve Hoppo, die met zijn moeder in een oud huizenblok woonde, woonden de meeste kinderen op school in een mooi modern huis, met keurige vierkante tuinen die er allemaal hetzelfde uitzagen.

Wij woonden in dat lelijke, oude victoriaanse huis waar altijd steigers omheen schenen te staan. Buiten, achter, lag een grote, overwoekerde tuin waar ik nooit helemaal achterin had kunnen komen, en boven waren minstens twee kamers waar je door het plafond de lucht kon zien.

Pa en ma hadden het als 'opknapper' gekocht, toen ik nog heel klein was. Dat was acht jaar geleden, en voor zover ik wist, moest er nog heel wat opgeknapt worden. De belangrijkste kamers waren min of meer bewoonbaar. Maar in de hal en de keuken bestonden de muren uit kaal pleisterwerk, en nergens lag vloerbedekking.

Boven was nog steeds die oude badkamer. Een prehistorische emaillen badkuip waar de huisspin in woonde, een lekkende wasbak en een oud toilet dat je met een lange ketting doortrok. En geen douche.

Als twaalfjarige vond ik dat dodelijk gênant. We hadden zelfs niet eens een elektrische kachel. Vader had buiten houtblokken liggen, die hij naar binnen bracht om er een vuur mee te maken. Het leek verdomme wel de middeleeuwen.

'Wanneer maken we het huis nou eens af?' vroeg ik soms.

'Nou, dat kost tijd en geld,' zei pa dan.

'Hebben we dan geen geld? Mama is dokter. Volgens Fat Gav verdienen dokters bakken met geld.'

Pa slaakte een zucht. 'Daar hebben we het al eens over gehad, Eddie. Fa... Gavin is niet overal van op de hoogte. En je moet ook niet vergeten dat mijn werk niet zo goed betaald wordt als dat van anderen, of zo regelmatig.' *Waarom ga je dan niet weg en neem je een fatsoenlijke baan?* schreeuwde ik meer dan eens bijna uit. Maar ik wist dat mijn vader daar slecht tegen kon, en dat wilde ik hem niet aandoen.

Ik wist dat pa zich vaak schuldig voelde over geld, omdat hij niet zoveel verdiende als ma. Tussen de dingen door die hij voor tijdschriften schreef, probeerde hij een boek te schrijven. 'Dat verandert als ik een bestseller heb geschreven,' zei hij vaak, lachend en met een knipoog. Hij deed alsof het een grapje was, maar volgens mij geloofde hij dat het ooit echt zou gebeuren.

Het gebeurde nooit. Het scheelde niet veel. Ik weet dat hij manuscripten aan agenten verstuurde en dat er zelfs een was die een poosje enige belangstelling toonde. Maar op de een of andere manier is het er nooit van gekomen. Misschien dat het uiteindelijk zou zijn gelukt als hij niet ziek was geworden. Het geval wil dat toen de ziekte zijn hersenen aantastte, hij als eerste verloor waar hij het meeste van hield. Zijn woorden.

Ik sabbelde harder aan mijn ijsje. 'Ik heb nog niet echt over een cadeautje nagedacht,' zei ik tegen Hoppo.

Wat een leugen was. Ik had er wel over nagedacht, lang en diep. Dat was het probleem met Fat Gav. Hij had zowat alles en het was echt moeilijk om een cadeau voor hem te kopen.

'En jij dan?' vroeg ik.

Hij haalde zijn schouders op. 'Ik weet het nog niet.'

Ik gooide het over een andere boeg. 'Gaat je moeder ook naar het feest?'

Hij trok een gezicht naar me. 'Ik weet het niet zeker. Misschien moet ze werken.'

De moeder van Hoppo werkte als schoonmaakster. Vaak zag je haar door de straten rijden in haar roestbruine oude

Reliant Robin, met de kofferbak vol zwabbers en emmers. Achter Hoppo's rug om noemde Metal Mickey haar 'een kamper'. Ik vond dat een beetje wreed, maar ze zag er inderdaad enigszins als een zigeunerin uit, met haar warrige grijze haar en vormeloze jurken.

Ik weet niet goed waar Hoppo's vader was. Hoppo sprak nooit echt over hem, maar ik had de indruk dat hij was vertrokken toen Hoppo nog jong was. Hoppo had ook een oudere broer, maar die was het leger in gegaan of zo. Als ik eraan terugdenk, vermoed ik dat een van de redenen dat onze vriendengroep bij elkaar bleef, was dat geen van onze gezinnen helemaal 'normaal' was.

'Komen jouw vader en moeder?' vroeg Hoppo.

'Ik geloof het wel. Ik hoop alleen dat ze het niet echt saai maken.'

Hij haalde zijn schouders op. 'Het komt wel goed. En er zal een goochelaar komen.'

'Ja.'

We grijnsden allebei. 'Als je wilt,' zei Hoppo vervolgens, 'zouden we nu naar de winkel kunnen gaan om iets voor Fat Gav te zoeken.'

Ik aarzelde. Ik vond het fijn om bij Hoppo te zijn. Dan hoefde je niet aldoor zo slim te doen. Of op je hoede te zijn. Het was gewoon ontspannen.

Hoppo was niet de slimste, maar hij was wel een jongen die zichzelf bleef. Hij deed niet zijn best om bij iedereen in de smaak te vallen, zoals Fat Gav, en hij gedroeg zich niet anders om ergens bij te horen, zoals Metal Mickey, en dat waardeerde ik geloof ik wel in hem.

Daarom voelde het niet prettig toen ik zei: 'Sorry, ik kan niet. Ik moet terug, mijn vader helpen met iets in huis.'

Dat was mijn gebruikelijke smoes om me ergens aan te onttrekken. En niemand kon betwijfelen dat er 'iets' in ons huis moest gebeuren.

Hoppo knikte, at zijn ijsje op en gooide het papiertje op de grond. 'Goed, dan laat ik Murphy uit.'

'Oké, tot later.'

'Tot later.'

Hij kuierde weg, terwijl zijn pony in zijn gezicht hing en Murphy met soepele sprongen naast hem liep. Ik gooide het papiertje van mijn ijsje in de prullenbak en liep de tegenovergestelde kant op, naar huis. En toen, toen ik zeker wist dat hij me niet meer kon zien, keerde ik om en liep de stad in.

Ik loog liever niet tegen Hoppo, maar soms zijn er dingen die je elkaar niet vertelt, zelfs niet tegen je beste vrienden. Ook kinderen hebben geheimen. Meer dan volwassenen, soms.

Van onze vriendengroep was ik de nerd, leergierig, wat kleinburgerlijk. Ik was het soort kind dat het leuk vond om dingen te verzamelen – postzegels, munten en modelautootjes. Ook andere dingen: schelpen, vogelschedels uit het bos, sleutels. Opvallend hoe vaak je een verloren sleutel vond. Het idee beviel me dat ik door andermans huizen kon sluipen, al wist ik niet van wie de sleutels waren of waar diegenen woonden.

Mijn collecties betekenden veel voor me. Ik borg ze goed op en zorgde ervoor dat er niets mee gebeurde. Ik neem aan dat ik, in zekere zin, van het gevoel van controle hield. Kinderen hebben niet veel controle over hun leven, maar alleen ik wist wat er in mijn dozen zat, en alleen ik kon er iets aan toevoegen of uit halen.

Sinds de kermis had ik steeds meer verzameld. Gevonden spullen, spullen die mensen hadden laten rondslingeren (het begon me op te vallen hoe achteloos mensen waren; ze beseften niet hoe belangrijk het was om op hun spullen te letten, die ze voor altijd kwijt konden raken).

En soms – als ik iets zag wat ik absoluut moest hebben – pakte ik spullen waar ik eigenlijk voor had moeten betalen.

Anderbury was geen grote stad, maar 's zomers werd het er heel druk, met busladingen vol toeristen, meestal Amerikanen. In hun met bloemen bedrukte zomerjurken en wijde korte broeken drentelden ze rond, verstopten ze de smalle trottoirs, terwijl ze op kaarten keken en naar gebouwen wezen. Behalve een kathedraal waren er een marktplein met een groot warenhuis van Debenhams, veel kleine theesalons en een chic hotel. In de hoofdstraat waren de saaiste winkels, zoals een supermarkt, een drogist en een boekwinkel. Al was er ook een enorme winkel van Woolworths.

Als kind was Woolworths – of 'Woolies' zoals iedereen zei – onze absolute lievelingswinkel. Deze winkel had alles wat je je maar kon wensen. Het ene gangpad na het andere, van grote dure dingen, tot bergen plastic rommel, waarvan je wel een ton kon kopen, waarna je nog geld overhad voor iets van de balie met voor-ieder-wat-wils.

Er was ook een heel gemene bewaker die Jimbo heette, voor wie we allemaal nogal bang waren. Jimbo was een skinhead en ik hoorde dat hij onder zijn uniform onder de tatoeages zat, waaronder op zijn rug een enorme swastika.

Gelukkig was Jimbo nogal slecht in zijn werk. Meestal hing hij wat buiten rond, waar hij rookte en verlekkerd naar de meisjes keek. Wat betekende dat als je slim en snel was, het doodeenvoudig was om, als hij werd afgeleid, onder de aandacht van Jimbo uit te komen.

Vandaag had ik mazzel. Rond de telefooncel verderop in de straat hing een groep pubermeisjes. Het was warm en ze hadden een minirokje of korte broek aan. Jim leunde tegen de hoek van de winkel, met een sigaret tussen zijn vingers, en een tong die tot op de grond hing, ook al waren de meisjes maar een paar jaar ouder dan ik, terwijl hij zelf nota bene boven de dertig was.

Ik rende de straat over en huppelde naar binnen. De hele winkel lag voor me open. Links rijen snoep en de voor-ieder-wat-wils-balie. Rechts de cassettes en elpees. Recht voor me de gangen met speelgoed. Ik voelde de opwinding. Al mocht ik daar niets van laten merken. Of treuzelen. Anders zou een van de medewerkers het zien.

Ik liep doelbewust op het speelgoed af, liet mijn blik door de gangpaden gaan en schatte mijn kansen in. Te duur. Te groot. Te goedkoop. Te flauw. Toen zag ik hem. Een Magic 8 Ball. Steven Gemmel had er een. Hij had hem op een dag mee naar school genomen en ik weet nog hoe gaaf ik hem vond. Ik wist ook vrij zeker dat Fat Gav er niet een had. Alleen al daardoor was hij bijzonder. Evenals door het feit dat het de laatste op de plank was.

Ik pakte hem op en keek om me heen. Toen, met een vlotte beweging, stopte ik hem in mijn rugzak.

Ik slenterde terug naar het snoep. Voor de volgende fase was lef nodig. Ik voelde het gewicht van mijn onwettige buit tegen mijn rug bonken. Ik pakte een voor-ieder-wat-wils-zakje en dwong mezelf om de tijd te nemen, een paar colaflesjes, witte muizen en vliegende schotels te pakken. Om vervolgens naar de kassa te lopen.

Een dikke vrouw met een enorme, heel krullerige permanent woog het snoep af en glimlachte naar me. 'Drieënveertig pence, schatje.'

'Dank u wel.'

Ik telde wat kleingeld uit mijn portemonnee uit en overhandigde het.

Toen ze het in de kassa stopte, keek ze bedenkelijk. 'Het is een pence te weinig, schatje.'

'O.'

Shit. Ik frummelde weer in mijn achterzak. Dat was alles wat ik had.

'Ik, ehm, dan zal ik maar iets terugleggen,' zei ik, met gloeiende wangen en zwetende handen, en ik voelde mijn rugzak zwaarder worden dan ooit.

De dame met de permanent keek me even aan, boog naar me toe en gaf me een knipoog. Haar oogleden zaten vol rimpels, als gekreukt papier. 'Geeft niet, schatje. Ik doe wel alsof ik verkeerd heb geteld.'

Ik pakte de zak met snoep. 'Dank u wel.'

'Schiet op. Naar buiten jij.'

Dat liet ik me geen twee keer zeggen. Ik haastte me weer de zon in, langs Jimbo, die net zijn sigaret ophad en me nauwelijks een blik waardig keurde. Vlug liep ik de straat in, steeds sneller, terwijl de vreugde, opwinding en het gevoel iets gepresteerd te hebben alsmaar toenamen, tot ik met een dwaze grijns op mijn gezicht spontaan begon te rennen en bijna naar huis toe sprintte.

Het was me gelukt, en niet voor de eerste keer. Ik mag graag denken dat ik in alle andere opzichten geen slecht kind was. Ik probeerde aardig te zijn, mijn vrienden niet te verlinken of achter hun rug om over hen te klagen. Ik probeerde zelfs naar mijn vader en moeder te luisteren. En het pleit voor me dat ik nooit geld heb weggenomen. Als ik iemands portemonnee op de grond vond, gaf ik hem terug met al het geld erin (al ontbrak er misschien een familiefoto).

Zoals ik zei, ik wist dat het verkeerd was, maar iedereen heeft geheimen, dingen waarvan ze weten dat ze die niet moeten doen en toch doen. Bij mij ging het om het pakken van dingen – het verzamelen van spullen. Het ellendige was dat het alleen echt verkeerd afliep toen ik iets wilde terugbrengen.

Op de dag van het feest was het warm. Het leek die zomer elke dag wel warm. Ik weet zeker dat het niet zo was. Ik weet zeker dat een weerman – een echte, niet zoals mijn vader – zou zeggen dat er ook talloze regenachtige, bewolkte en regelrecht miserabele dagen bij waren. Maar het geheugen is vreemd en als kind werkt de tijd vaak anders. Drie warme dagen achter elkaar staan gelijk aan een maand warme dagen voor een volwassene.

Op de verjaardag van Fat Gav was het beslist warm. De kleren bleven aan je lijf plakken, autostoelen brandden tegen je benen, het asfalt van het trottoir smolt.

'Met deze temperaturen hoeven we niet te barbecueën om het eten te bereiden,' grapte pa toen we het huis verlieten.

'Het verbaast me dat je niet zegt dat we onze regenjas moeten meenemen,' zei ma, die de deur op slot deed en er een paar forse rukken aan gaf om hem te controleren.

Ze zag er mooi uit die dag. Ze droeg een lichte blauwe zomerjurk en Romeinse sandalen. Blauw stond haar, en ze had een glimmend haarclipje aan de zijkant van haar pony gedaan, dat het haar uit haar gezicht hield.

Pa zag er, tja, uit als pa, met een afgeknipte spijkerbroek, een T-shirt met GRATEFUL DEAD erop en leren sandalen aan zijn voeten. Al had ma in elk geval zijn baard bijgeknipt.

Het huis van Fat Gav stond in een van de nieuwste buitenwijken van Anderbury. Ze waren er pas afgelopen jaar naartoe verhuisd. Tot dan toe hadden ze allemaal boven de pub gewoond. Hoewel het huis bijna nieuw was, had de vader van Fat Gav het uitgebreid, dus waren er allerlei zaken die niet helemaal bij het oorspronkelijke huis pasten en van die grote witte zuilen voor de voordeur, zoals op plaatjes van de oude Grieken.

Vandaag hadden ze er een heleboel ballonnen met '12' erop aan vastgeknoopt en hing er een groot, glimmend spandoek boven de deur waarop HAPPY BIRTHDAY, GAVIN stond.

Voordat ma er iets van kon zeggen, haar neus kon ophalen of zelfs maar kon aanbellen, zwaaide de deur open en stond Fat Gav voor ons, stralend in zijn Hawaïaanse korte broek, een neongroen T-shirt en met een piratenhoed. 'Ha meneer en mevrouw Adams, hoi Eddie.'

'Van harte gefeliciteerd, Gavin,' zeiden we in koor, waarbij ik mijn best moest doen om niet 'Fat Gav' te zeggen.

'De barbecue is achter in de tuin,' zei Fat Gav tegen pa en ma, en vervolgens pakte hij mij bij mijn arm. 'Kom mee, je moet de goochelaar zien. Hij is fantástisch.'

Fat Gav had gelijk. Hij wás fantastisch. Ook de barbecue mocht er zijn. Er waren allerlei spelletjes en twee grote emmers met water en waterpistolen. Nadat Fat Gav zijn cadeautjes had uitgepakt (en had gezegd dat de Magic 8 Ball 'gaaf' was), hadden we een groot watergevecht met een paar andere kinderen van school. Het was zo warm dat je bijna even snel weer droog was als dat je doorweekt was geraakt.

Maar halverwege merkte ik dat ik naar de wc moest. Van achter in de tuin liep ik in de richting van het huis, langs de volwassenen, die allemaal in kleine groepjes stonden, met een bord in de hand, terwijl ze bier uit een flesje dronken en wijn uit plastic bekertjes.

Nicky's vader was gekomen. Ik wist niet dat predikanten naar feestjes kwamen of lol hadden. Hij droeg zijn collaar. Die kon je al van een kilometer afstand zien, oplichtend in de zon. Ik weet nog dat ik dacht dat hij het ontzettend warm moest hebben. Misschien dat hij daarom zoveel wijn dronk.

Hij sprak met pa en ma, wat me ook verbaasde, omdat ze niet echt iets met de kerk hadden. Ma zag me en glimlachte. 'Alles oké, Eddie?'

'Ja, mam. Prima.'

Ze knikte, maar zij zag er niet al te gelukkig uit. Toen ik erlangs liep, hoorde ik mijn vader zeggen: 'Ik weet niet of we het hier op een kinderfeestje over moeten hebben.'

Nog net ving ik het antwoord van de dominee op: 'Maar we hebben het over het leven van kinderen.'

Ik begreep het niet; iets voor volwassenen onderling. Daar kwam bij dat ik al ergens anders door werd afgeleid. Een andere bekende figuur. Hij was groot en mager, gehuld in donkere kleren, ondanks de zinderende hitte, en had een grote, slappe hoed op. Meneer Halloran. Hij stond aan de andere kant van de tuin, vlak bij een beeldje van een jongetje dat in een vogelbadje plaste, in gesprek met enkele andere ouders.

Ik vond het een beetje vreemd dat de ouders van Fat Gav een leraar op zijn feestje hadden uitgenodigd, vooral eentje die nog niet eens op school was begonnen, maar misschien wilden ze er gewoon voor zorgen dat hij zich welkom voelde. Zo waren ze. Bovendien had Fat Gav me ooit verteld: 'Mijn moeder wil iedereen leren kennen. Op die manier weet ze ook waar iedereen mee bezig is.'

Zoals je merkwaardig genoeg soms kunt vóélen dat iemand naar je kijkt, zo keek meneer Halloran om zich heen, zag mij en stak een hand op. Op mijn beurt stak ik mijn hand een klein eindje omhoog. Ik voelde me een beetje opgelaten. We hadden dan misschien samen het Waltzer-meisje gered, maar hij was nog altijd een leraar, en het was niet cool als iemand zag dat je naar een leraar zwaaide.

Bijna alsof hij wist wat ik dacht, knikte meneer Halloran even en draaide zich weer om. Dankbaar – en niet alleen vanwege mijn opbollende blaas – haastte ik me de patio over en de tuindeuren in.

In de woonkamer was het koel en donker. Ik liet mijn ogen eraan wennen. Overal lagen cadeautjes. Vele tientallen speeltjes. Speelgoed dat ik op het verlanglijstje voor míjn verjaardag had gezet, maar waarvan ik wist dat ik het nooit zou krijgen. Jaloers keek ik om me heen... en toen zag ik het. Een halfgrote doos in het midden van de kamer, verpakt in Transformers-pakpapier. Ongeopend. Er was vast iemand laat binnengekomen die hem hier had achtergelaten. Met geen mogelijkheid had Fat Gav een cadeau anders ongeopend kunnen laten staan.

Op de wc deed ik wat ik moest doen en ik wierp toen ik door de woonkamer kwam nogmaals een blik op het cadeau. Na een korte aarzeling pakte ik het op en nam het mee naar buiten.

Her en der verspreid stonden groepjes kinderen. Fat Gav, Nicky, Metal Mickey en Hoppo zaten allemaal in een halve kring in het gras. Nicky's haar was nog een beetje nat en zat in de war. Op haar armen glommen druppels water. Vandaag had ze een jurk aan. Hij stond haar goed. Hij was lang en er zaten bloemen op. Hij verhulde enkele blauwe plekken op haar benen. Nicky had altijd blauwe plekken. Ik kon me niet herinneren dat ik haar ooit zonder een bruine of paarse plek had gezien. Ze had zelfs een keer een blauw oog.

'Hé, Munster!' zei Fat Gav.

'Hé, moet je kijken.'

'Ben je eindelijk geen homo meer?'

'Ha, ha. Ik heb een cadeau gevonden dat je nog niet hebt uitgepakt.'

'Dank je de koekoek. Ik heb alles uitgepakt.'

Ik toonde hem de doos.

Fat Gav rukte hem uit mijn handen. 'Gaaf!'

'Van wie is het?' vroeg Nicky.

Fat Gav schudde het, bestudeerde het inpakpapier. Er zat geen etiket op.

'Wat maakt het uit.' Hij trok het papier los, waarna zijn gezicht betrok. 'Wat krijgen we nou?'

Allemaal staarden we naar het cadeau. Een emmer vol met allerlei gekleurde krijtjes.

'Krijtjes?' hinnikte Metal Mickey. 'Wie zou er krijtjes voor je hebben gekocht?'

'Kweenie. Er zit geen kaartje bij, slimbo,' zei Fat Gav. Hij haalde het deksel van de emmer en pakte er een paar krijtjes uit. 'Wat moet ik met die troep?'

'Zo erg is het niet,' begon Hoppo.

'Het is een berg gierende bagger, makker.'

Dat vond ik een beetje al te bot. Er was tenslotte iemand geweest die de moeite had genomen om het cadeau te kopen en in te pakken. Maar Fat Gav was ondertussen enigszins opgefokt door de zon en de suiker. Dat waren we allemaal.

Vol walging liet hij de krijtjes vallen. 'Laat maar. Laten we nog wat waterpistolen gaan halen.'

We kwamen allemaal overeind. Ik liet de anderen eerst vertrekken, hurkte vervolgens vlug neer, pakte een krijtje en stak het in mijn zak.

Ik was nog nauwelijks overeind gekomen of ik hoorde een klap en een schreeuw. Met een ruk draaide ik me om. Ik weet niet goed wat ik verwachtte te zien. Misschien dat iemand iets had laten vallen of dat er iemand was gevallen.

Het duurde even voordat tot me doordrong wat ik zag. Op zijn rug, tussen een stapel scherven van kopjes, borden, kapotte flessen saus en kruiden, lag dominee Martin. Hij greep naar zijn neus en maakte een vreemd, kreunend geluid. Een grote, slonzige figuur in een korte broek en een gescheurd T-shirt stond over hem heen gebogen, met een geheven vuist. Mijn vader.

Allejezus. Míjn vader had dominee Martin tegen de grond geslagen.

Verlamd van schrik bleef ik staan. 'Als je ooit nog eens met mijn vrouw praat, zal ik je...' zei hij met een luide en barse stem.

Maar wat hij bezwoer, was niet te horen, want de vader van Fat Gav trok hem weg. Iemand hielp dominee Martin overeind. Zijn gezicht was rood en zijn neus bloedde. Zijn witte collaar zat onder de bloedspetters.

Hij wees op mijn ouders: 'En God zal over u oordelen.'

Pa boog zich weer naar hem toe, maar de vader van Fat Gav had hem stevig vast. 'Laat nou maar, Geoff.'

Ik zag iets geels voorbijkomen en besefte dat Nicky langs me was gerend, naar dominee Martin. Ze pakte hem bij zijn arm. 'Kom op, pap. We gaan naar huis.'

Hij schudde haar van zich af, zo ruw dat ik zag dat ze enigszins wankelde. Vervolgens pakte hij een zakdoek, bette zijn neus en zei tegen de moeder van Fat Gav: 'Nog bedankt voor de uitnodiging,' waarna hij stijfjes het huis in liep.

Nicky wierp een blik de tuin in. Ik stel me graag voor dat ze mij aankeek, dat we even onderling begrip uitwisselden, maar eigenlijk denk ik dat ze wilde weten wie de opschudding had gezien – iedereen natuurlijk – voordat ze zich omdraaide en achter hem aan liep.

Even leek alles op te houden. Bewegingen, gesprekken. Toen klapte de vader van Fat Gav in zijn handen en zei, luid en hartelijk: 'En wie heeft er zin in een van die reuzenworsten van me?'

Ik geloof niet dat iemand dat echt had, maar men knikte en glimlachte, waarna de moeder van Fat Gav de muziek luider zette, ietsje.

Iemand tikte me op mijn rug. Ik veerde op. Het was Metal Mickey. 'Wauw. Ongelofelijk dat jouw vader gewoon een dominee heeft geslagen.'

Dat kon ik me ook niet voorstellen. Ik voelde dat mijn gezicht vuurrood kleurde. Ik keek naar Fat Gav. 'Sorry hoor.'

Hij grijnsde. 'Dat méén je niet. Dat was gaaf. Dit is het beste verjaardagsfeestje ooit!'

'Eddie.' Mijn moeder liep op me af. Ze keek me met een vreemde, gespannen glimlach aan. 'Je vader en ik gaan nu naar huis.'

'Oké.'

'Als je wilt, kun je blijven.'

Dat wilde ik wel, maar ik wilde niet dat de andere kinderen me aanstaarden alsof ik een of andere idioot was, en Metal Mickey ging er alsmaar over door, dus zei ik, nukkig: 'Nee, het is goed.' Zelfs al was dat niet zo. 'Ik ga mee.'

'Oké.' Ze knikte.

Tot op die dag had ik nooit meegemaakt dat mijn ouders hun verontschuldigingen aanboden. Dat gebeurde gewoon niet. Als kind ben jij altijd degene die sorry zegt. Maar die middag zeiden ze heel vaak sorry tegen de vader en moeder van Fat Gav. Fat Gavs vader en moeder reageerden heel vriendelijk en zo, en zeiden dat ze er niet over in hoefden te zitten, maar ik wist dat ze een beetje baalden. Toch gaf Fat Gavs moeder me een goodiebag, met cake, wat Hubba Bubba en ander snoep erin.

Zodra de voordeur achter ons sloot, draaide ik me om naar mijn vader en zei: 'Wat is er gebeurd, papa? Waarom heb je hem geslagen? Wat heeft hij tegen mama gezegd?'

Pa sloeg een arm om mijn schouder. 'Later, Eddie,' zei hij.

Ik wilde ertegenin gaan, naar hem schreeuwen. Het was tenslotte het feestje van míjn vriend dat net was verknald. Maar ik deed het niet. Want uiteindelijk hield ik van pa en ma, en iets op hun gezicht vertelde me dat dit niet het juiste moment was.

Dus liet ik me door pa omhelzen, pakte ma mijn andere arm en liepen we samen zo door de straat. En toen ma zei: 'Als we rond etenstijd nou eens patat gingen halen?' dwong ik mezelf om te grijnzen en zei: 'Ja. Gaaf.'

Pa heeft het me nooit verteld. Maar uiteindelijk ben ik erachter gekomen. Toen de politie hem wegens een poging tot moord kwam ophalen.

2016

'Twee weken,' zeg ik. 'Hij stuurde me een mailtje. Het spijt me.'

Hoppo geeft me een hand. Ik neem hem aan en plof weer neer op mijn kruk. 'Dank je wel.'

Ik had Gav en Hoppo moeten vertellen dat Mickey weer in Anderbury was teruggekeerd. Dat had ik meteen moeten doen. Ik weet niet goed waarom ik het niet heb gedaan. Uit nieuwsgierigheid wellicht. Of omdat Mickey me vroeg om het niet te doen. Misschien wilde ik er gewoon zelf achter komen wat hij van plan was.

Ik wist al wat van het verhaal van onze oude vriend. Een paar jaar geleden had ik zijn gangen nagetrokken. Verveling gekoppeld aan wijn. Ik had niet alleen zíjn naam op Google ingetypt, maar het was de enige die iets had opgeleverd.

Hij heeft het best goed gedaan. Hij werkt voor een reclamebureau – zo eentje met overbodige puntjes in de naam en een afkeer van hoofdletters. Er waren foto's van hem met cliënten, bij productlanceringen, met glazen champagne in de hand, waarbij hij glimlachte op een manier die een tandarts een aangenaam pensioen beloofde.

Niets daarvan verbaasde me. Met zijn vlotte babbel was Mickey het soort jongen dat het altijd wel zou redden. Ook was hij creatief. Meestal in de omgang met de waarheid. Wat in zijn vakgebied wel nuttig zal zijn.

Zijn mailtje had melding gemaakt van een project waaraan hij werkte. Iets met een 'win-winsituatie'. Ik neem aan dat hij

49

geen schoolreünie organiseert. Eigenlijk kan ik maar één reden bedenken waarom Mickey na al die tijd weer met me wil praten. En dat is omdat hij op het punt staat een bot mes in een roestend en gedeukt blik rottende wormen te zetten.

Dat vertel ik Gav en Hoppo niet. Ik wrijf over mijn wang, die klopt, en werp een blik door de pub. Hij is voor maar een kwart gevuld. De weinige vaste klanten wenden vlug hun blik af, weer naar hun pint of hun krant. Tja, bij wie zullen ze zich beklagen? Gav zal zichzelf niet de pub uit gooien omdat hij een scène heeft geschopt.

'Hoe ben je erachter gekomen?' vraag ik.

'Hoppo heeft hem gezien,' zegt Gav. 'In de hoofdstraat, zo duidelijk als maar kan en tweemaal zo lelijk als hij was.'

'Oké. Ik snap het.'

'Hij had zelfs het lef om te groeten. Zei dat hij bij jou langsging. Het verbaasde me dat je er niets over had gezegd.'

Ik merk dat ik op mijn beurt kwaad begin te worden. Die goeie oude Mickey, aan het stoken zoals hij altijd al deed.

Het barmeisje brengt mijn pint en zet hem nonchalant op de tafel. Er klotst bier over de rand.

'Aardig meisje,' zeg ik tegen Gav. 'Aangenaam humeurtje.'

Gav glimlacht met tegenzin.

'Het spijt me,' zeg ik nogmaals. 'Ik had het je moeten vertellen.'

'Ja, verdomme,' mompelt hij. 'Ik dacht dat we vrienden waren.'

'Waarom heb je dat niet gedaan?' vraagt Hoppo.

'Hij had me gevraagd om het niet te doen. Tot we elkaar hadden gesproken.'

'En daar stemde jij mee in?'

'Ik wilde hem geloof ik het voordeel van de twijfel geven.'

'Ik had je niet moeten slaan,' zegt Gav, en hij neemt een slokje van zijn cola light. 'Ik was van streek. Doordat ik hem weer zag, kwam alles gewoon weer terug.'

Ik staar hem aan. Niemand van ons is een fan van Mickey Cooper. Maar Gav heeft een grotere hekel aan hem dan wij allemaal.

We waren zeventien. Er was een feest. Ik ging niet, of was niet uitgenodigd. Ik weet niet goed meer waarom. Mickey ging ervandoor met een meisje met wie Hoppo ging. Er ontstond ruzie. Toen werd Gav echt stomdronken en werd Mickey overgehaald om hem naar huis te brengen... Alleen hadden ze het nooit gehaald, omdat Mickey van een kaarsrechte weg af reed en tegen een boom knalde.

Wonder boven wonder had Mickey niet meer dan een hersenschudding en wat snijwonden en blauwe plekken. Fat Gav, nou, Fat Gav brak een paar vitale ruggenwervels. Niet te genezen. Sindsdien zat hij in een rolstoel.

Mickey bleek te veel te hebben gedronken, flink wat, ondanks het feit dat hij protesteerde dat hij de hele avond alleen maar cola light had gedronken. Fat Gav en Mickey hebben elkaar nooit meer gesproken. En zowel Hoppo als ik wist dat we er beter niet over konden beginnen.

Er zijn een paar dingen in het leven die je kunt veranderen – je gewicht, je uiterlijk, zelfs je naam – maar er zijn andere zaken die je door te willen, te proberen en er je best op te doen totaal niet kunt beïnvloeden. Dat zijn de dingen die ons vormen. Niet de dingen die we kunnen veranderen, maar de dingen waarbij dat niet kan.

'Dus,' zegt Gav. 'Waarom is hij er weer?'

'Dat heeft hij eigenlijk niet gezegd.'

'Wat heeft hij wel gezegd?'

'Hij heeft het gehad over een project waaraan hij werkte.'

'Is dat alles?' vraagt Hoppo.

'Ja.'

'Toch is dat niet de vraag, nietwaar,' zegt Gav. Hij kijkt ons allebei aan, met felle, blauwe ogen. 'De vraag is: wat gaan we eraan doen?'

Het huis is leeg als ik thuiskom. Chloe is vertrokken om bij vrienden langs te gaan, of misschien is ze aan het werk. Ik raak het zicht er een beetje op kwijt. Chloe werkt in een of andere alternatieve kledingzaak in Boscombe en heeft op wisselende dagen vrij. Misschien heeft ze het me wel verteld, maar mijn geheugen is niet meer zo goed als het ooit was. Daar zit ik over in, meer dan zou moeten.

Het geheugen van mijn vader begon hem vanaf eind veertig in de steek te laten. Kleine dingen, die we allemaal geneigd waren weg te wuiven. Vergeten waar hij zijn sleutels had neergelegd, of spullen op een vreemde plek neerleggen, zoals de afstandsbediening in de koelkast en een banaan in het kastje waar we de afstandsbedieningen opborgen. Zinnen niet afmaken of woorden verhaspelen. Soms zag ik hem zoeken naar het juiste woord en verving hij het maar door iets vergelijkbaars.

Toen de alzheimer verergerde, vergiste hij zich in de dag van de week en uiteindelijk wist hij niet meer welke dag er na donderdag kwam, wat hem nog wel het meest beangstigde. De laatste werkdag van de week was hem volledig ontschoten. Ik herinner me de paniek in zijn ogen nog. Dat hij zoiets basaals vergat, iets wat we al sinds onze kindertijd weten, dwong hem toe te geven dat hij niet slechts verstrooid was. Dat het veel ernstiger was.

Ik doe er misschien wat hypochondrisch over. Ik lees veel om scherp te blijven, en maak sudoku's, ook al beleef ik er weinig plezier aan. Feit is dat alzheimer vaak erfelijk is. Ik heb gezien wat de toekomst inhoudt, en ik zou er alles voor overhebben om die te vermijden, zelfs wanneer dat inhield dat mijn leven korter wordt dan anders het geval zou zijn.

Ik gooi mijn sleutels op de gammele oude tafel in de hal en kijk in de kleine, stoffige spiegel die erboven hangt. Aan de linkerkant van mijn gezicht zit een vage blauwe plek, maar hij gaat grotendeels op in de holte van mijn wang. Goed. Ik hoef niet uit te leggen dat ik door een man in een rolstoel ben neergeslagen.

Ik loop de keuken in, overweeg een kop koffie te zetten en besluit vervolgens dat ik tijdens de lunch al genoeg vocht heb binnengekregen. In plaats daarvan ga ik naar boven.

De kamer van mijn ouders is nu van Chloe, ik slaap in mijn oude slaapkamer achter, en mijn vaders studeerkamer is, evenals de andere logeerkamer, een plek waar ik spullen bewaar. Heel veel spullen.

Ik beschouw mezelf liever niet als een dwangmatige verzamelaar. Mijn 'verzamelingen' zijn keurig opgeslagen in dozen, die keurig van etiketten zijn voorzien en op de planken van open kasten zijn opgestapeld. Al vullen ze wel de meeste kamers boven, en is het inderdaad zo dat ik zonder de etiketten van de meeste spullen niet meer zou weten dat ik ze heb verzameld.

Ik strijk met een vinger over een paar etiketten: OORBELLEN, PORSELEIN, SPEELGOED. Van het laatste zijn er verschillende dozen. Retro, met speelgoed uit de jaren tachtig, voor een deel uit mijn eigen jeugd, voor een deel op eBay aangeschaft – meestal voor exorbitante prijzen. Op een andere plank staan enkele dozen met het etiket FOTO's. Ze zijn niet allemaal van mijn eigen familie. Een andere doos bevat schoenen. Glanzende damesschoenen. Er staan een stuk of vijf dozen met schilderijen. Aquarellen en pastellen, opgescharreld op rommelmarkten. Op veel dozen staat DIVERS. Zelfs met het mes op de keel zou ik waarschijnlijk nog niet weten wat erin zit. Er is maar één doos waarvan ik uit mijn hoofd weet wat erin zit – volgetypte vellen papier, een paar oude sandalen, een vies T-shirt en een ongebruikt elektrisch scheerapparaat. Hierop staat eenvoudigweg PAPA.

Ik neem plaats achter het bureau. Ik ben er vrij zeker van dat Chloe niet thuis is en niet elk moment kan thuiskomen, maar toch heb ik de deur op slot gedaan. Ik open de enveloppe die ik die ochtend heb ontvangen en kijk weer naar de inhoud. Er staat niets bij geschreven. Maar de boodschap is overduidelijk. Een met een paar lijntjes getekend poppetje met een strop rond zijn nek.

Het is met kleurkrijt getekend, wat niet klopt. Misschien is dat de reden dat de afzender er nog iets aan heeft toegevoegd, als een extra geheugensteuntje. Ik houd de enveloppe ondersteboven en het valt in een klein wolkje stof op het bureau. Een enkel stukje wit krijt.

1986

Sinds die dag op de kermis had ik meneer Halloran niet echt ontmoet. Die 'vreselijke dag op de kermis', zoals ik eraan was gaan denken. Ik bedoel, ik had hem gezíén – in de stad, lopend langs de rivier, op het feestje van Fat Gav – maar met elkaar gesproken hadden we niet. Dat lijkt misschien een beetje vreemd, als je nagaat wat er is gebeurd. Maar alleen het feit dat we allebei bij een vreselijke gebeurtenis betrokken waren, betekende nog niet dat we plotseling een onvoorstelbare band hadden. Dat dacht ik indertijd tenminste.

Ik fietste door het park, op weg naar de anderen in het bos, toen ik hem zag. Hij zat op een bank met een schetsblok op schoot en een doosje potloden of iets dergelijks naast hem. Hij had een zwarte spijkerbroek aan en een loshangend wit overhemd met een smalle stropdas. Zoals altijd had hij een grote hoed op, tegen de zon. Toch verbaasde het me dat hij niet smolt. Ik had het warm, ondanks het feit dat ik alleen maar een hemd, een korte broek en mijn oude gympies aanhad.

Ik aarzelde even, onzeker. Ik wist niet goed wat ik tegen hem moest zeggen, maar ik kon ook niet zomaar aan hem voorbijgaan en hem negeren. Terwijl ik weifelde, keek hij op en zag me.

'Dag Eddie.'

'Dag meneer Halloran.'

'Hoe gaat het met je?'

'Ehm, goed, dank u wel, meneer.'

'Goed.'

Er viel een stilte. Ik vond dat ik nog iets moest zeggen. 'Wat tekent u?'

'Mensen.' Hij glimlachte. Zijn tanden zagen er altijd wat gelig uit, omdat hij zo wit was. 'Wil je het zien?'

Niet echt, maar dat zou al te bot overkomen. 'Ja.'

Ik legde mijn fiets neer, liep naar hem toe en ging naast hem op de bank zitten. Hij draaide het schetsblok om, zodat ik kon zien wat hij had getekend. Er ontsnapte me een kreet.

'Wauw. Dat is echt goed.'

Ik loog niet (al zou ik ook als het niet zo was, hebben gevonden dat ik moest zeggen dat het goed was). Zoals hij zei, waren het schetsen van mensen in het park. Een ouder stel op een bank in de buurt, een man met zijn hond, een paar in het gras zittende meisjes. Dat klinkt niet zo bijzonder, maar ze hadden iets geweldigs. Zelfs als kind kon ik zien dat meneer Halloran veel talent had. Iedereen kan iets natekenen en op datgene laten lijken wat hij natekent, maar er is meer voor nodig om het tot leven te laten komen, om een tafereel, om mensen tot leven te laten komen.

'Dank je wel. Wil je nog meer zien?'

Ik knikte. Meneer Halloran bladerde een paar vellen terug. Er was een tekening met een oude man in een regenjas met een sigaret (je kon de krinkelende, grijze rook bijna ruiken); een groepje vrouwen die op de kasseienstraat in de buurt van de kathedraal stonden te kletsen; een tekening van de kathedraal zelf, die ik niet zo mooi vond als de mensen, en...

'Maar ik wil je niet vervelen,' zei meneer Halloran, die het schetsblok ineens opzijlegde, voordat ik een blik op de volgende tekening kon werpen. Ik ving nog net een glimp op van lang, donker haar en een bruin oog.

'Dat doet u niet,' zei ik. 'Ik vind ze echt mooi. Geeft u ons tekenles op school?'

'Nee. Ik zal Engels geven. Tekenen, ach, dat is alleen maar een hobby.'

'Oké.' Ik was trouwens toch niet zo'n tekenaar. Soms krabbelde ik mijn favoriete striphelden, maar die waren niet al te goed. Maar ik kon schrijven. Engels was mijn beste vak.

'Waar tekent u mee?' vroeg ik.

'Hiermee.' Hij hield het pakje met wat eruitzag als krijtjes voor me. 'Dit is pastelkrijt.'

'Het ziet eruit als schoolbordkrijt.'

'Nou, het is hetzelfde soort materiaal.'

'Fat Gav heeft voor zijn verjaardag ook krijtjes gekregen, maar hij vond er weinig aan.'

Heel even ging er een vreemd soort trilling over zijn gezicht. 'Is dat zo?'

Om de een of andere reden had ik het gevoel dat ik iets verkeerds had gezegd.

'Maar weet u, Fat Gav kan een beetje...'

'Verwend zijn?'

Hoewel ik het gevoel had dat ik hem enigszins ontrouw was, knikte ik. 'Zoiets. Denk ik.'

Hij keek even peinzend voor zich uit. 'Ik weet nog dat ik als kind krijtjes had. We tekenden op de stoep voor ons huis.'

'Echt waar?'

'Ja. Heb jij dat nooit gedaan?'

Ik dacht na. Ik geloof niet dat ik dat ooit had gedaan. Zoals ik zei, ik had niet zoveel met tekenen.

'Weet je wat we toen nog meer deden? Mijn vrienden en ik bedachten geheime tekens en brachten daarmee geheime boodschappen aan elkaar over, overal, die alleen wij begrepen. Dan tekende ik bijvoorbeeld voor het huis van mijn beste vriend een symbool dat inhield dat ik naar het park wilde en wist hij wat het betekende.'

'Kon u niet gewoon bij hem aankloppen?'

'Nou, natuurlijk, maar dat zou lang niet zo leuk zijn geweest.'

Daar dacht ik even over na. Ik kon er de aantrekkelijkheid wel van inzien. Net zoals aanwijzingen als je op jacht was naar een schat. Een geheime code.

'Hoe dan ook,' zei meneer Halloran, waarbij hij mij – bedacht ik toen ik er later aan terugdacht – net genoeg tijd had gegund om het idee tot me te laten doordringen, maar niet genoeg om het te verwerpen. Hij sloeg zijn schetsblok dicht en deed het deksel op zijn krijtjes. 'Ik moet ervandoor. Ik moet bij iemand op bezoek.'

'Oké. Ik moet er ook vandoor. Ik heb met mijn vrienden afgesproken.'

'Het is goed je weer te zien, Eddie. Hou de moed erin.'

Het was voor het eerst dat hij naar die dag op de kermis verwees. Dat vond ik sympathiek van hem. Veel volwassenen zouden er meteen over beginnen. *Hoe gaat het met je? Gaat het wel goed?* Op die manier.

'U ook, meneer.'

Hij glimlachte weer met die gele tanden van hem. 'Ik ben niet moedig. Ik ben ook maar een gek.'

Toen ik hem verbaasd aankeek, hield hij zijn hoofd scheef. 'Waar engelen zich niet wagen, komen gekken opdagen. Heb je dat gezegde ooit gehoord?'

'Nee meneer. Wat betekent het?'

'Nou, zoals ik het zie, is het beter om een gek te zijn dan een engel.' Ik dacht erover na. Ik wist niet goed hoe ik het voor me moest zien. Hij nam zijn hoed voor me af. 'Tot ziens, Eddie.'

'Dag meneer.'

Ik sprong van de bank en klom op mijn fiets. Ik mocht meneer Halloran, maar het was beslist een vreemde vogel. *Het is beter om een gek te zijn dan een engel.* Vreemd en ook wat beangstigend.

Het bos begon vlak bij Anderbury, waarvan de buitenwijken opgingen in akkers en weilanden. Maar niet lang meer. De stad breidde uit in die richting. Er was al een groot gebied met de grond gelijkgemaakt dat nu uit grof zand en modder bestond. En op de grond verschenen bakstenen, cement en steigers.

SALMON WONINGEN, stond er met grote, vrolijke letters op een bord. 'Al dertig jaar in het bouwen van woningen en winnen van harten.' Om de bouwplaats stond een enorm hekwerk. Erachter kon ik de kolossale silhouetten van het machinepark zien, als enorme mechanische dinosauriërs, al waren ze momenteel niet actief. Er stonden potige mannen in oranje vest en spijkerbroek omheen, terwijl ze rookten en koffiedronken. Uit een radio schalde Shakin' Stevens. Aan het hekwerk waren een paar borden bevestigd. VERBODEN TOE-GANG. GEVAARLIJK.

Ik fietste vlak langs de bouwplaats en vervolgens over een smal pad door de weilanden. Uiteindelijk bereikte ik een lage, houten afrastering met een draaihek. Ik sprong van mijn fiets en tilde hem eroverheen, waarna ook ik me in de omarming van het bos begaf.

Het bos was niet groot, maar wel dichtbegroeid en donker. Het stond in een natuurlijke laagte, dook diepere dalen in en groeide weer omhoog langs de wanden, waarop de her en der groeiende bomen langzaam plaatsmaakten voor laag struik-gewas en kalkachtige, witte rotsen. Voor een deel fietste ik en voor een ander deel liep ik, terwijl ik mijn fiets tilde, dieper het bos in. Ik hoorde een beekje stromen. Door gaten in het bladerdak gluurde de zon het bos in.

Even verderop hoorde ik gemompel van stemmen. Ik ving een glimp blauw en groen op. Een oplichtende zilveren spaak. Op een kleine, open plek, verscholen achter bladeren en strui-ken, zaten Fat Gav, Metal Mickey en Hoppo gehurkt bijeen. Van in elkaar gevlochten takken die over een overhangende, afgebroken tak hingen, hadden ze al ongeveer de helft van een behoorlijk imposante hut gebouwd.

'Hé!' riep Fat Gav. 'Daar heb je Ed, en zijn pa heeft vuisten als een kruisraket.'

Dat was het onderwerp waarmee Fat Gav ons de komende week zou vermaken. Alles op rijm.

Hoppo keek op en zwaaide. Metal Mickey nam de moeite niet. Ik zigzagde tussen de struiken door en gooide mijn fiets naast die van hen, waarbij ik me maar al te goed realiseerde dat die van mij de oudste en roestigste was.

'Waar is Nicky?' vroeg ik.

Metal Mickey haalde zijn schouders op. 'Wat maakt het uit? Misschien speelt ze met haar poppen.' Hij grinnikte om zijn eigen grap.

'Ik weet niet of ze komt,' zei Hoppo.

'O.'

Sinds het feest had ik Nicky niet meer gezien, al wist ik dat ze met Hoppo en Metal Mickey had gewinkeld. Ik kreeg steeds meer de indruk dat ze me uit de weg ging. Ik had gehoopt haar vandaag te zien, in de hoop dat het weer goed zou zijn.

'Waarschijnlijk moet ze van haar vader nog wat werk in huis doen,' zei Hoppo, alsof hij doorhad wat ik dacht.

'Ja, of misschien is ze nog hartstikke boos omdat jouw vader die van haar heeft neergeslagen. *Wham!*' Aldus Metal Mickey weer, die geen gelegenheid voorbij liet gaan om te stoken.

'Nou, misschien had hij het wel verdiend,' zei ik.

'Ja,' zei Hoppo. 'En hij zag er behoorlijk aangeschoten uit.'

'Ik wist niet dat dominees dronken,' zei ik.

'Misschien is hij een stille drinker.' Fat Gav deed zijn hoofd achterover, maakte een klokkend geluid, rolde met zijn ogen en slurpte. 'Ik ben dominee Martin. Looft den Heerrr. Hik.'

Voordat iemand kon reageren, klonk er geritsel tussen de struiken en vloog er een zwerm vogels uit de bomen op. Als een stel geschrokken konijnen sprongen we overeind.

Aan de rand van het bos stond Nicky, met haar handen aan

het stuur van haar fiets. Op de een of andere manier had ik het idee dat ze er al een poosje stond.

Ze keek ons een voor een aan. 'Nou, wat staan jullie daar te staan? Ik dacht dat we een hut gingen bouwen.'

Met ons vijven hadden we de hut zo klaar. Hij was helemaal te gek. Groot genoeg om er allemaal in te kunnen, al moesten we vrij dicht op elkaar kruipen. Van takken met bladeren maakten we zelfs een deur waarmee we de ingang afsloten. Het mooiste was nog dat je hem pas kon zien als je er met je neus bovenop stond.

We gingen in kleermakerszit voor de hut zitten. Warm, onder de schrammen, maar gelukkig. Ook hongerig. We pakten onze boterhammen uit. Nicky had niets over het feestje gezegd, dus deed ik dat evenmin. We deden net als anders. Zo gaat dat als je een kind bent. Je kunt dingen loslaten. Als je ouder bent, is dat lastiger.

'Heeft je vader wat voor je klaargemaakt?' vroeg Fat Gav aan Nicky.

'Hij weet niet dat ik hier ben. Ik moest stiekem het huis uit gaan.'

'Hier,' zei Hoppo. Hij pakte een dubbele boterham met kaas uit de plasticfolie en reikte hem aan.

Ik mocht Hoppo graag, maar toen had ik echt de pest aan hem, omdat hij het eerst was.

'Je mag mijn banaan ook hebben,' zei Fat Gav. 'Die vind ik toch niet zo lekker.'

'En je mag van mijn sinaasappelsap drinken,' zei ik vlug, want ik wilde ook meedoen.

Metal Mickey propte een boterham met pindakaas in zijn mond. Hij bood Nicky niets aan.

'Dank je wel,' zei Nicky, maar ze schudde haar hoofd. 'Ik moet weer naar huis. Als ik er tijdens het middageten niet ben, zal het mijn vader opvallen.'

'Maar we hebben de hut net klaar,' zei ik.

'Sorry, het kan niet.'

Ze schoof haar mouw omhoog en krabde aan haar schouder. Pas toen viel me op dat er een enorme blauwe plek op zat.

'Wat heb je met je schouder gedaan?'

Ze trok haar mouw weer omlaag. 'Niets. Tegen een deur aan gebotst.' Vlug stond ze op. 'Ik moet gaan.'

Ik kwam ook overeind. 'Komt dat door het feestje?' vroeg ik.

Ze haalde haar schouders op. 'Papa is er nog steeds heel boos over. Maar daar komt hij wel overheen.'

'Het spijt me,' zei ik.

'Dat hoeft niet. Hij heeft het verdiend.'

Ik wilde nog iets zeggen, maar wist niet goed wat. Ik deed mijn mond open.

Er kwam iets tegen de zijkant van mijn hoofd. Hard. Alles begon te draaien. Ik zakte door mijn knieën. Ik viel op de grond. Greep naar mijn hoofd. Mijn vingers werden helemaal plakkerig.

Er suisde nog iets door de lucht, wat Nicky's hoofd op een haar na miste. Ze gilde en dook omlaag. Een volgend, groot stuk steen belandde vlak voor Hoppo en Metal Mickey op de grond, waardoor er pindakaas en brood opspatte. Ze slaakten een kreet en trokken zich haastig terug om dekking te zoeken in het bos.

Er kwamen meer projectielen omlaag. Rotsblokken, stukken baksteen. Op de steile helling boven de dichtgegroeide laagte hoorde ik oorlogskreten. Ik keek omhoog en kon daarboven nog net drie oudere jongens zien. Twee met donker haar. Eentje was groter en blond. Ik wist meteen wie het waren.

De broer van Metal Mickey, Sean, en zijn vrienden Duncan en Keith.

Fat Gav pakte me bij mijn arm. 'Gaat-ie?'

Ik was duizelig en een beetje misselijk. Maar ik knikte. Hij duwde me in de richting van de bomen. 'Zoek dekking.'

Metal Mickey draaide zich om en schreeuwde naar de oudere jongens. 'Laat ons met rust, Sean!'

'Laat ons met rust, laat ons met rust,' riep de blonde jongen – zijn broer – terug met een hoge meisjesstem. 'Waarom? Moet je anders huilen? Ga je het anders tegen je mammie zeggen?'

'Misschien.'

'Ja. Probeer dat maar eens met een gebroken neus, leeghoofd!' gilde Duncan.

'Jullie zijn in ons bos!' schreeuwde Sean.

'Het bos is niet van jullie!' gilde Fat Gav terug.

'Jahaa. Dan zullen we erom vechten.'

'Shit,' mompelde Fat Gav.

'Kom op. We pakken ze!' riep Keith.

Terwijl ze ons met projectielen bleven bestoken, daalden ze de helling af. Er kwam nog een dik stuk steen omlaag, dat met een klap op Nicky's fiets terechtkwam. 'Dat is mijn fiets, stelletje spasten!' krijste ze.

'Hé, dat is vuurtorentje.'

'Vuurtorentje, heb je al haar tussen je benen?'

'Flikker op, stelletje homo's.'

'Trut.'

Er viel een stuk baksteen door het bladerdak omlaag en het raakte haar schouder. Ze gilde en wankelde.

Ik voelde woede opkomen. Je sloeg geen meisjes. Je bekogelde ze niet met bakstenen. Ik duwde mezelf overeind en kwam uit de dekking. Ik raapte het dikste projectiel van de grond en gooide het zo hard als ik kon bij de helling omhoog.

Als het niet zo zwaar was geweest, en daarom zo ver was doorgeschoten, als Sean niet al halverwege de helling naar beneden was gekomen en helemaal bovenaan had gestaan, had ik hem waarschijnlijk volledig gemist.

In plaats daarvan hoorde ik een kreet. Geen joelende kreet. Een gil van pijn. 'Fuck. Mijn oog. Fuckerdefuck, hij heeft mijn fucking oog geraakt.'

Even gebeurde er niets. Het was zo'n moment waarop de tijd stil leek te staan. Fat Gav, Hoppo, Metal Mickey, Nicky en ik keken elkaar aan.

'Stelletje klootzakken,' riep een van de andere stemmen. 'Dat zullen we jullie zó betaald zetten!'

'Wegwezen,' zei Hoppo.

We renden naar onze fietsen. Ik hoorde hen over de steile helling klauteren, hijgend.

Het zou hun enige tijd kosten om er te komen. Maar wij waren in het nadeel, omdat we voordat we weg konden rijden eerst onze fietsen uit het bos moesten slepen. We renden ernaast, duwden onze fiets onhandig door de struiken. Achter ons hoorde ik gevloek en geritsel. Niet ver genoeg achter ons. Ik probeerde sneller te gaan. Hoppo en Metal Mickey liepen voorop. Nicky was ook snel. Voor een dikke jongen was Fat Gav opmerkelijk vlug en hij had een voorsprong op mij. Mijn benen waren het langst, maar ik had een hopeloos slechte coördinatie en was een hondsberoerde loper. Vaag herinnerde ik me een oud grapje dat mijn vader over het wegrennen voor een leeuw vertelde. Het ging er niet om dat je sneller liep dan de leeuw. Je hoefde alleen maar sneller dan de traagste hardloper te zijn. Helaas was ik de traagste loper.

We kwamen uit het bos tevoorschijn in het felle zonlicht en op het smalle pad. Verderop zag ik het draaihek. Ik keek achterom. Sean was het bos achter ons al uit gekomen. Zijn linkeroog was dik en rood. Er stroomde bloed over zijn wang. Hij leek er niets langzamer door te lopen. De pijn leek hem eerder extra snelheid te geven. Zijn gezicht was vertrokken van woede. 'Ik maak je af, etterbak.'

Ik draaide me weer om, en mijn hart bonkte zo hevig dat het haast leek te exploderen. Mijn hoofd bonkte. Het zweet stroomde over mijn gezicht en het zout prikte in mijn ogen.

Hoppo en Metal Mickey waren bij het draaihek aangekomen, gooiden hun fiets eroverheen en sprongen er zelf achteraan. Nicky volgde, smeet haar fiets eroverheen en klauterde hem als een behendige aap achterna. Fat Gav klom erop en hees zijn fiets en lichaam naar de andere kant. Daarna kwam ik. Ik tilde mijn fiets op, maar hij was ouder en krakkemikkiger dan die van de anderen. Hij bleef haken. Het wiel bleef vastzitten aan het draaihek. Er stak een stuk hout tussen de spaken.

'Shit.'

Ik trok aan de fiets, maar die kwam alleen maar vaster te zitten. Ik probeerde hem op te tillen, maar ik was klein, de fiets was zwaar en ik was al moe van het bouwen van de hut en het rennen.

'Laat die fiets,' schreeuwde Fat Gav.

Wat voor hem met zijn glimmende fiets logisch was. Mijn fiets zag er vast uit als een oude roestbak.

'Dat kan niet,' hijgde ik. 'Het was een verjaardagscadeau.'

Fat Gav draaide zich om. Hoppo en Nicky renden terug. Na een fractie van een seconde volgde Metal Mickey. Ze rukten van de andere kant. Ik duwde. Toen brak er een spaak en was hij los. Fat Gav schoot achteruit en de fiets stuiterde op de grond. Ik zwaaide mijn been over het draaihek en voelde dat iemand een ruk aan mijn T-shirt gaf.

Ik viel bijna, maar slaagde er nog net in om een paal van het hek te grijpen. Hij klemde mijn T-shirt in zijn vuist. Tussen het zweet en bloed op zijn gezicht door grijnsde hij, waarbij zijn witte tanden afstaken tegen het rood. Zijn ene goede oog keek me woest aan. 'Je bent fucking dood, etterbak.'

Uit pure paniek schopte ik zo hard mogelijk achteruit. Ik trof hem vol in zijn maag, en hij klapte dubbel, kreunend van de pijn. Hij liet mijn T-shirt los. Ik zwaaide mijn andere been over het draaihek en sprong. Ik hoorde mijn T-shirt scheuren. Maar dat deed er niet toe. Ik was los. De anderen zaten al op hun fiets. Terwijl ik overeind krabbelde, stonden zij op de pedalen. Ik pakte mijn fiets van de grond en duwde hem naast me voort, waarna ik erop sprong en zo hard als ik kon wegfietste. Ditmaal keek ik niet achterom.

De speeltuin was leeg. We zaten op de draaimolen, onze fietsen lagen op de grond. Nu de adrenaline wegebde, voelde ik mijn hoofd bonken. Mijn haar zat onder het bloed.

'Je ziet er beroerd uit,' zei Nicky ongezouten.

'Bedankt.'

Haar hele arm was geschaafd en haar T-shirt zat onder de modder. Er zaten restjes twijgen en stukjes varen in haar kastanjebruine krullen.

'Jij ook,' zei ik.

Ze keek omlaag naar zichzelf. 'Shit.' Ze kwam overeind. 'Nu zal mijn vader me er echt van langs geven.'

'Je kunt je bij mij thuis wel schoonmaken,' stelde ik voor.

Voordat ze kon reageren, kwam Fat Gav tussenbeide. 'Mijn huis is anders dichterbij.'

'Dat zal wel,' zei Nicky.

'Maar wat gaan we daarna doen?' zeurde Metal Mickey. 'Nu is het een kutdag.'

Min of meer met neergeslagen ogen keken we elkaar aan. Hij had gelijk, al was ik geneigd hem erop te wijzen dat het zíjn broer was die deze dag had verpest. Maar dat deed ik niet. In plaats daarvan schoot me iets te binnen en plotseling hoorde ik mezelf zeggen: 'Ik heb een cool idee voor iets wat we kunnen doen.'

2016

Ik ben geen kok. In dat opzicht lijk ik op mijn moeder. Maar als je op jezelf woont, heb je toch enige basiskennis over koken nodig. Ik kan heel redelijk gebraden kip, aardappelen, een lapje vlees en verschillende soorten vis bereiden. Aan mijn curry werk ik nog. Ik heb bedacht dat Metal Mickey waarschijnlijk in goede restaurants eet. In feite was zijn eerste voorstel om elkaar in een restaurant in de stad te ontmoeten. Maar ik wilde hem op eigen terrein ontvangen. Om zo van het thuisvoordeel te profiteren. Je kunt een uitnodiging om te komen eten moeilijk afslaan zonder bot over te komen, ook al weet ik zeker dat hij haar met tegenzin heeft aangenomen.

Ik besluit voor spaghetti alla bolognese te gaan. Dat is gemakkelijk, alledaags. Iedereen vindt het lekker, meestal. Ik heb er een redelijke fles wijn bij en in de vriezer ligt een stuk knoflookbrood. Even voor zessen ben ik het gehakt en de saus aan het maken als Chloe binnenkomt. Mickey zal om zeven uur komen.

Ze snuift de lucht op. 'Mmm, je zult later een goede vrouw voor iemand zijn.'

'Anders dan jij.'

Ze doet alsof ze beledigd is, en slaat haar handen voor haar borst. 'Terwijl ik juist altijd een goede huisvrouw heb willen zijn.'

Ik glimlach. Chloe slaagt er meestal in me aan het lachen te maken. Ze ziet er, nou, 'knap' is niet het juiste woord. Ze ziet er vanmiddag heel erg als Chloe uit. In haar donkere haar zitten twee vlechten. Ze draagt een zwart T-shirt met een af-beelding van Jack Skellington, een roze minirokje boven een legging en legerkisten met veelkleurige veters. Bij sommige vrouwen ziet het er belachelijk uit. Maar Chloe staat het goed.

Ze loopt naar de koelkast en pakt een fles bier.

'Ga je vanavond uit?' vraag ik.

'Nee, maar wees gerust, ik maak me uit de voeten als die vriend van je hier is.'

'Dat hoeft niet.'

'Nee, dat is prima. Bovendien zou ik me overtollig voelen als jullie het over vroeger hebben.'

'Oké.'

En dat is ook zo. Hoe meer ik erover nadenk, hoe meer ik ervan overtuigd ben dat het beter is dat Chloe er niet bij is. Ik heb geen idee hoeveel ze over Mickey en ons verleden in An-derbury weet, maar het verhaal is in de loop van de jaren uit-gebreid in de pers beschreven. Het is zo'n misdaad waarvoor mensen altijd belangstelling blijven houden. Hij bevat alles, neem ik aan. De gestoorde held, de griezelige krijttekeningen en een gruwelijke moord. We hebben ons spoor in de geschie-denis nagelaten. Een spoortje in de vorm van een krijtman-netje, denk ik verbitterd. Natuurlijk zijn de feiten in de loop van de tijd aangedikt en zijn er geleidelijk aan wat randjes van de waarheid afgesleten. Het verleden zelf is alleen maar een verhaal, verteld door degenen die het hebben overleefd.

Chloe neemt een slok bier. 'Ik ben boven in mijn kamer, voor het geval dat je me nodig hebt.'

'Wil je dat ik wat spaghetti apart hou?'

'Nee, dank je wel. Ik heb laat geluncht.'

'Oké.' Ik wacht.

'O, vooruit dan. Misschien dat ik later nog ergens zin in heb.'

Chloe eet meer dan ik voor mogelijk houd voor iemand die zich met gemak achter een lantaarnpaal kan verbergen. Ook eet ze op de vreemdste momenten. Ik heb haar vaak vroeg in de ochtend in de keuken aangetroffen, terwijl ze pasta of sandwiches aan het eten was, of, eenmaal, een volledig opgewarmde maaltijd. Maar aan de andere kant lijd ik aan slapeloosheid, en slaapwandel ik zo nu en dan, zodat ik niet de aangewezen persoon ben om iemand op haar nachtelijke gewoonten aan te spreken.

Bij de deur wacht Chloe even. Ze heeft haar bezorgde blik opgezet.

'Maar even serieus, mocht je een smoes nodig hebben om weg te kunnen, dan kan ik je op je mobiel bellen, als je wilt – doen alsof er sprake is van een noodgeval.'

Ik staar haar aan. 'Het is een oude vriend die komt eten, geen blind date.'

'Ja, maar "oud", dat is het woord. Je hebt die vent in geen tientallen jaren gezien.'

'Fijn dat je dat er nog eventjes inwrijft.'

'Waar het om gaat, is dat jullie niet bepaald contact met elkaar hebben gehouden, dus hoe kun je weten dat jullie iets hebben om over te praten?'

'Nou, na al die tijd hebben we veel om over bij te praten.'

'Maar als er iets was wat de moeite waard was om te vertellen, dan hadden jullie toch al eerder met elkaar gesproken? Er moet een reden zijn dat hij wil komen en je na al die tijd wil zien.'

Ik begrijp waar ze naartoe wil, en voel me daar ongemakkelijk onder.

'Er hoeft niet altijd ergens een reden voor te zijn.'

Ik pak het glas wijn dat ik tijdens het koken wilde drinken en giet het halve glas naar binnen. Ik voel dat ze naar me kijkt.

'Ik weet echt wel wat er dertig jaar geleden is gebeurd,' zegt ze. 'De moord.'

Ik concentreer me op het roeren van de bolognesesaus. 'Oké. Ik begrijp het.'

'De vier kinderen die haar lichaam vonden. Jij was daar een van.'

Nog altijd keek ik niet op. 'Dus je hebt je huiswerk gedaan.'

'Ed, ik trok in bij een vreemde, alleenstaande man in een groot, eng, oud huis. Het spreekt voor zich dat ik bij een paar mensen navraag naar je heb gedaan.'

Natuurlijk. Ik ontspan een beetje. 'Maar dat heb je me nooit verteld.'

'Ik heb er nooit de noodzaak van ingezien. Ik nam aan dat het iets was waarover je niet wilde praten.'

Ik draai me om en slaag erin om een glimlach tevoorschijn te toveren. 'Dank je wel.'

'Geen probleem.'

Ze heft haar bierflesje en drinkt het leeg.

'Hoe dan ook,' zegt ze nu, terwijl ze de lege fles in de glasbak naast de achterdeur legt. 'Veel plezier. Doe niets wat ik niet zou doen.'

'Nogmaals, het is geen afspraakje.'

'Ja, want als het een afspraakje was, zou ik pas echt iets hebben om over naar huis te schrijven. Volgens mij zou ik zelfs een vliegtuig huren om er een tekst achteraan te laten slepen – ED HEEFT EEN AFSPRAAKJE.'

'Ik ben gelukkig met mezelf, dank je.'

'Ik zeg het alleen maar. Het leven is kort.'

'Als je zegt dat ik de dag moet plukken, neem ik al het bier in beslag.'

'Niet de dag, maar gewoon een kontje.' Ze knipoogt, paradeert de keuken uit en gaat naar boven.

Tegen beter weten schenk ik nog wat wijn in. Ik ben gespannen, wat volgens mij normaal is. Ik weet niet goed wat ik van deze avond moet verwachten. Ik werp een blik op de klok. Halfzeven. Ik moet mezelf geloof ik maar eens min of meer presentabel maken.

Ik sjok naar boven, neem een korte douche, doe een grijze corduroy broek aan en een overhemd dat me voldoende informeel lijkt. Ik haal een kam door mijn haar. Mijn haar springt nog wilder omhoog. Zoals dat kan met haar, verzet dat van mij zich tegen elke vorm van stileren, of het nu met een bescheiden kam gebeurt, met was of met gel. Ik heb het bijna volledig afgeschoren en in een ommezien is het op wonderbaarlijke wijze alweer vele weerspannige centimeters lang. Maar ik heb tenminste haar. Gezien de foto's die me van Mickey onder ogen zijn gekomen, heeft hij minder geluk.

Ik laat de spiegel met rust en ga weer naar beneden. Net op tijd. De bel gaat, gevolgd door luid gerammel aan de deurklopper. Op mijn rug komen denkbeeldige nekharen overeind. Ik heb er een hekel aan als mensen op de bel drukken en ook nog eens de deurklopper gebruiken, wat suggereert dat ik niet kan horen of dat ze zoveel haast hebben om binnen te komen dat ze de buitenkant van mijn woning vol aanvallen.

Ik verman me en loop de gang in. Ik wacht even en doe open...

In boeken zijn dit soort momenten altijd dramatischer. De werkelijkheid is teleurstellend banaal.

Ik zie een kleine, magere man van middelbare leeftijd. Hij heeft vrijwel geen haar meer, nog een kort restant rondom zijn schedel. Hij heeft een duur uitziend overhemd aan, een sportjasje en een donkere spijkerbroek met bijpassende, glimmende instappers, zonder sokken. Ik heb altijd gevonden dat mannen er zonder sokken belachelijk uitzien. Alsof ze zich haastig hebben aangekleed, in het donker, met een kater.

Ik weet wat híj ziet. Een slanke man, langer dan gemiddeld, met een versleten overhemd, een wijde corduroy broek, met wilde haren en wat meer rimpels dan een tweeënveertigjarige zou moeten hebben. Al moet je sommige rimpels natuurlijk verdienen.

'Ed, fijn om je te zien.'

Datzelfde krijg ik eerlijk gezegd niet over mijn lippen, dus knik ik. Voordat hij een hand kan uitsteken en ik gedwongen ben die te moeten schudden, ga ik opzij en gebaar. 'Kom binnen, alsjeblieft.'

'Dank je wel.'

'Deze kant op.'

Ik pak zijn jack aan, hang het aan de kapstok in de hal en wijs vervolgens naar de woonkamer, al ben ik ervan overtuigd dat Mickey zich nog wel herinnert waar die is.

Het valt me op, wellicht vergeleken met het smetteloze voorkomen van Mickey, hoe sjofel en donker die eruitziet. Een fantasieloze, stoffige kamer van een man die weinig om decorum geeft.

'Kan ik je iets inschenken? Ik heb een lekkere fles barolo geopend, er is ook bier, of...'

'Bier is goed.'

'Oké. Ik heb Heineken...'

'Maakt niet uit. Ik ben niet zo'n drinker.'

'Prima.' Nog iets wat we niet gemeen hebben. 'Ik haal er even eentje uit de koelkast.'

Ik loop de keuken in, pak een Heineken en open hem. Dan grijp ik het wijnglas en neem een flinke teug, waarna ik het bijvul uit de fles, die al halfleeg is.

'Je hebt dit oude pand mooi opgeknapt.'

Ik schrik op. Mickey staat in de deuropening en kijkt rond. Ik vraag me af of hij heeft gezien dat ik een slok nam en de wijn bijschonk. Ik vraag me af waarom ik me daar druk over moet maken.

'Dank je wel,' zeg ik, al weten we allebei dat ik heel weinig aan 'dit oude pand' heb gedaan.

Ik overhandig hem zijn bier.

'Al zal een oud huis als dit bakken met geld kosten,' zegt hij.

'Zo erg is het nou ook weer niet.'

'Het verbaast me dat je het niet verkoopt.'

'Ik ben eraan gehecht geraakt, denk ik.'

Ik neem een slok wijn. Mickey nipt aan zijn bier. Het zwijgen duurt net iets te lang en gaat van een natuurlijke pauze over in een pijnlijke stilte.

'Dus,' zegt Mickey, 'ik heb gehoord dat je voor de klas staat.'

Ik knik. 'Ja, vanwege mijn zonden.'

'Bevalt het?'

'Meestal wel.'

Meestal houd ik van de stof waarover ik lesgeef. Ik wil die liefde op mijn leerlingen overbrengen. Ik wil dat ze plezier hebben in de lessen en dat ze iets hebben geleerd als ze weggaan.

Op andere dagen ben ik vermoeid, heb ik een houten kop en geef iedereen een tien om ze hun mond te laten houden en me met rust te laten.

'Grappig.' Mickey schudt zijn hoofd. 'Ik dacht dat je schrijver zou worden, net zoals je vader. Je was altijd goed in Engels.'

'En jij was altijd goed in het verzinnen van dingen. Daarom ben je waarschijnlijk in de reclame beland.'

Hij lacht, enigszins ongemakkelijk. Weer een pauze. Ik doe alsof ik de spaghetti controleer.

'Ik heb gewoon wat spaghetti bolognese in elkaar gedraaid. Ik hoop dat het goed is.'

'Ja hoor, uitstekend.' Ik hoor een stoel schrapen als hij gaat zitten. 'Fijn dat je al die moeite doet. Ik bedoel, ik zou met alle plezier in de pub voor een maaltijd hebben willen dokken.'

'Maar niet in de Bull, toch?'

Zijn gezicht verstrakt. 'Ik vermoed dat jij hun van mijn bezoek hebt verteld.'

Met 'hun' bedoelt hij vermoedelijk Hoppo en Gav.

'Eigenlijk niet. Maar Hoppo zei dat hij je laatst in de stad was tegengekomen, dus...'

Hij haalt zijn schouders op. 'Nou, ik heb het niet geheim-gehouden.'

'Maar waarom vraag je mij dan om het geheim te houden?'

'Ik ben een lafbek,' zegt hij. 'Na het ongeluk, alles wat er is gebeurd... Ik dacht dat ze geen van beiden iets van me wilden horen.'

'Dat weet je nooit,' zeg ik. 'Mensen veranderen. Het is lang geleden.'

Dat is ook een leugen, maar het lijkt me beter dan te zeggen: *Je hebt gelijk. Ze hebben nog altijd gruwelijk de pest aan je, vooral Gav.*

'Dat zal wel.' Hij pakt zijn bier en neemt een paar flinke slokken. Voor iemand die niet veel drinkt, weert hij zich kranig.

Ik haal er nog een voor hem uit de koelkast en ga tegenover hem aan tafel zitten. 'Wat ik wil zeggen, is dat we toen waarschijnlijk allemaal dingen hebben gedaan waar we niet trots op zijn.'

'Behalve jij.'

Voordat ik kan reageren, hoor ik achter me gesis. De spaghetti kookt over. Vlug zet ik het gas laag.

'Kan ik je ergens mee helpen?' vraagt Mickey.

'Nee. Het gaat goed.'

'Dank je wel.' Hij proost. 'Ik wil je graag een voorstel doen.'

En daar heb je het.

'O?'

'Je zult je waarschijnlijk afvragen waarom ik terug ben.'

'Vanwege mijn legendarische kookkunsten?'

'Dit jaar is het dertig jaar geleden, Ed.'

'Daar ben ik me van bewust.'

'Er is al belangstelling vanuit de media.'

'Ik besteed niet zoveel aandacht aan de media.'

'Waarschijnlijk terecht. Meestal is het slecht geïnformeerde onzin. Daarom denk ik dat het belangrijk is dat iemand het echte verhaal vertelt. Iemand die er zelf bij was.'

74

'Iemand zoals jij?'

Hij knikt. 'En ik zou graag willen dat jij me daarbij helpt.'

'Waar precies mee?'

'Een boek. Misschien iets op televisie. Ik heb contacten. En ik heb al veel achtergrondonderzoek gedaan.'

Ik staar hem aan. Dan schud ik mijn hoofd. 'Nee.'

'Laat me het eerst uitleggen.'

'Ik heb er geen belangstelling voor. Ik hoef niet alles weer op te rakelen.'

'Maar ik wel.' Hij kaatst de bal terug. 'Kijk, ik heb jarenlang geprobeerd om niet terug te denken aan wat er is gebeurd. Ik ben het uit de weg gegaan. Heb het weggestopt. Maar nu heb ik besloten dat het tijd is om alle angsten en schuldgevoelens onder ogen te komen en aan te pakken.'

Persoonlijk ben ik erachter gekomen dat het veel beter is om je angsten in een aangenaam, stevig afgesloten doos weg te stoppen en die in de diepste, donkerste hoek van je geest op te bergen. Maar iedereen heeft zo zijn eigen manier.

'En wat denk je van de rest van ons? Heb je erover nagedacht of wij onze angsten ook onder ogen willen komen, alles wat er is gebeurd weer willen herbeleven?'

'Ik begrijp wat je bedoelt. Echt waar. Daarom wil ik jou er ook bij betrekken – en niet alleen voor het schrijven.'

'Wat bedoel je?'

'Ik ben hier meer dan twintig jaar niet geweest. Ik ben een vreemdeling. Maar jij woont hier nog altijd. Jij kent de mensen, ze vertrouwen je...'

'Je wilt dat ik de zaak bijleg met Gav en Hoppo?'

'Er staat iets tegenover. Je zou een deel van het voorschot kunnen krijgen. Royalty's.'

Ik aarzel. Mickey vat mijn aarzeling op als aanhoudende reserves.

'En er is nog iets.'

'Wat?'

Hij grijnst, en ik besef ineens dat alles wat hij zei over een terugkeer en het onder ogen willen komen van zijn angsten, slechts een berg gierende bagger is.

'Ik weet wie haar echt heeft gedood.'

1986

De zomervakantie liep op haar einde.

'Nog maar zes dagen,' had Fat Gav droefgeestig gezegd. 'En dat is inclusief het weekend, dat niet meetelt, zodat het eigenlijk nog maar vier dagen is.'

Ik was even droevig gestemd als hij, maar probeerde de gedachte aan school uit mijn hoofd te zetten. Zes dagen zijn nog steeds zes dagen, en daar hield ik me om meer dan één reden aan vast. Tot dan toe had Sean Cooper zijn dreigement nog niet uitgevoerd.

Ik had hem af en toe in de stad gezien, maar was er steeds in geslaagd om weg te duiken voordat hij me kon zien. Zijn rechteroog was bont en blauw, en hij had een lelijk uitziende snee. Het soort snee dat hij zelfs had kunnen houden tot hij volwassen was geworden – als Sean die leeftijd tenminste had gehaald.

Volgens Metal Mickey was hij me al vergeten, maar volgens mij was dat niet zo. Het was nog te doen om hem in de vakantie uit de weg te gaan. De stad was groot genoeg, zoals cowboys zeggen, voor ons allebei. Maar zodra we allemaal weer op school waren, zou het lastiger worden om hem elke dag – in de middagpauze, in de speeltuin, onderweg naar school en naar huis – uit de weg te gaan.

Ook over andere dingen zat ik in. Men denkt dat kinderen een zorgeloos leven hebben. Maar dat is niet zo. Kinderen zijn kleiner, en daarom zijn onze zorgen groter. Ik zat in over ma. De laatste tijd was ze nogal fel en geprikkeld geweest, en zelfs nog sneller boos te krijgen dan anders. Pa meende dat ze gespannen was door de opening van de nieuwe kliniek.

Voor haar werk reisde ma altijd naar Southampton. Maar nu zou er een nieuwe kliniek komen, in Anderbury, in de buurt van de technische school. Het gebouw werd eerst voor iets anders gebruikt. Ik weet niet meer waarvoor, maar het was een gebouw van niks. Volgens mij was dat het. Er was geeneens een uithangbord. Als er buiten geen mensen rondhingen, zou je er waarschijnlijk aan voorbijlopen zonder dat je iets opviel.

Ik fietste terug nadat ik boodschappen had gedaan en toen zag ik ze. Het was een groep van een stuk of vijf. Ze liepen in de rondte, hielden borden omhoog, maakten gebaren en waren aan het zingen. Op de borden stonden dingen als: KIES VOOR HET LEVEN, STOP MET HET DODEN VAN BABY'S en LAAT DE KINDEREN ONGEMOEID.

Ik herkende er een paar. Een vrouw die in de supermarkt werkte en de blonde vriendin van het Waltzer-meisje op de kermis. Wonderbaarlijk genoeg was het blonde meisje die dag helemaal niet gewond geraakt. Iets in me – niet het meest aangename deel – vond dat een beetje oneerlijk. Zij was niet zo mooi als het Waltzer-meisje en zo te zien ook niet zo aardig. Ze hield een van de borden vast en liep achter de andere persoon die ik kende. Dominee Martin. Hij was het luidst aan het declameren en liep met een opengeslagen bijbel, waaruit hij voorlas.

Ik bleef staan met mijn fiets en keek toe. Na het gevecht op het feest van Fat Gav had pa even met me gesproken en wist ik wat meer over wat er in de kliniek van ma gebeurde. Al kun je je op je twaalfde niet voorstellen hoe verstrekkend een onderwerp als abortus is. Ik wist slechts dat mijn moeder vrouwen hielp die niet voor hun baby konden zorgen. Meer wilde ik er geloof ik niet over weten.

Al kon ik als kind de woede – het venijn – van de protesteerders voelen. Iets in hun ogen, het speeksel dat uit hun mond spatte, de manier waarop ze hun borden als wapens hanteerden. Ze declameerden van alles over liefde, maar leken vervuld van haat.

Sneller dan eerst fietste ik naar huis. Thuis was het rustig, afgezien van pa die ergens aan het zagen was. Ma was boven, aan het werk. Ik haalde de boodschappen tevoorschijn en borg ze op, terwijl ik het wisselgeld op de zijtafel legde. Ik wilde met hen praten over wat ik had gezien, maar ze waren allebei druk bezig. Ik scharrelde doelloos door de achterdeur naar buiten. Dat was het moment waarop ik de krijttekening op de oprit zag.

We hadden de krijtmannetjes ondertussen al een poosje getekend, evenals andere krijtsymbolen. Als je een kind bent, hebben ideeën iets van zaden in de wind. Sommige redden het niet. Ze worden meegevoerd door de wind, vergeten en nooit meer genoemd. Andere schieten wortel. Ze graven zich in, groeien en verspreiden zich.

De krijttekeningen behoorden tot het soort vreemde ideeën dat iedereen krijgt, vrijwel meteen. Ik bedoel, het sprak voor zich dat een van de eerste dingen die we in de speeltuin tekenden een hele reeks mannetjes was met een enorme pik en dat we vaak 'lazer op' schreven. Maar toen ik eenmaal het idee had geopperd om geheime boodschappen aan elkaar te schrijven, nou, volgens mij ging het krijtmannetje toen een eigen leven leiden.

Ieder van ons had een eigen kleur krijt, zodat we wisten wie het bericht had achtergelaten, en verschillende tekeningen betekenden verschillende dingen. Zo betekende een mannetje met een cirkel: kom me in de speeltuin opzoeken. Een heleboel strepen en driehoeken betekende het bos. Er waren symbolen voor het bijeenkomen in winkels en de speeltuin. We hadden waarschuwingssymbolen voor Sean Cooper en zijn vrienden. Ik geef toe dat we ook symbolen voor vloekwoorden hadden, dus konden we 'lazer op' en erger schrijven voor huizen van mensen die we niet mochten.

Waren we er een beetje door geobsedeerd? Ik geloof van wel. Maar zo doen kinderen nu eenmaal. Ergens een paar weken of maanden door geobsedeerd zijn, tot de nieuwigheid van het idee er volledig af is en het nooit meer terugkeert.

Ik herinner me dat we nog meer krijt wilden kopen, bij Woolies, waar de permanentdame achter de kassa zat. Ze keek me wat merkwaardig aan, en ik vroeg me af of ze vermoedde dat ik nog een extra pak krijt in mijn rugzak had. Maar ze zei: 'Jullie houden van krijtjes, toch? Je bent de derde vandaag. En ik maar denken dat tegenwoordig alleen Donkey Kong en Pac-Man in zijn.'

De boodschap op de oprit was met blauw krijt geschreven, wat betekende dat hij van Metal Mickey kwam. Een mannetje naast een cirkel en een uitroepteken (wat inhield: kom vlug). Even schoot door mijn hoofd dat het ongebruikelijk was dat Mickey mij riep. Meestal koos hij eerst Fat Gav en Hoppo. Maar ik had die dag geen zin om lang in huis te blijven hangen, dus schoof ik alle twijfels opzij, riep door de deur dat ik naar Mickey ging en ging er op mijn fiets vandoor.

De speeltuin was leeg. Weer. Dat was niet ongebruikelijk. Hij was bijna altijd leeg. Er waren veel gezinnen in Anderbury en vele kleuters van wie je zou denken dat ze graag in de babyschommels heen en weer geduwd wilden worden. Maar de meeste vaders en moeders gingen met hun kinderen naar een speeltuin verderop.

Volgens Metal Mickey kwam er niemand naar de speeltuin omdat het er spookte. Blijkbaar was er jaren geleden een meisje dood aangetroffen.

'Ze vonden haar op de draaimolen. Haar keel was doorgesneden, zo diep dat haar hoofd er bijna af was gevallen. En

ze hadden ook haar maag opengesneden, zodat al haar ingewanden als worsten naar buiten hingen.'

Metal Mickey was goed in het vertellen van verhalen, dat
moest je hem nageven. Hoe bloederiger, hoe beter, meestal.
Maar meer stelden ze niet voor. Het waren slechts verhalen.
Ze waren steevast verzonnen, al bevatten ze soms enige waarheid.

Er mankeerde beslist iets aan de speeltuin. Het was er altijd
donker, zelfs op zonnige dagen. Dat had natuurlijk meer te
maken met de overhangende bomen dan met iets bovenna-
tuurlijks, maar als ik op de draaimolen zat, voelde ik vaak een
lichte rilling, of was ik vreemd genoeg geneigd achter me te
kijken, alsof er iemand over mijn schouder keek, en gewoonlijk kwam ik er niet in mijn eentje.

Vandaag duwde ik het krakende hek open, balend dat Metal
Mickey er nog niet was. Ik zette mijn fiets tegen het hek. Ik
voelde de onbehaaglijkheid opkomen. Meestal was Metal
Mickey niet te laat. Er klopte iets niet. En op dat moment
hoorde ik het hek nogmaals kraken en zei een stem achter
me: 'Hé, etterbak.'

Ik keek achterom en er belandde een vuist tegen de zijkant
van mijn hoofd.

Ik opende mijn ogen. Sean Cooper keek op me neer. Zijn gezicht bevond zich in de schaduw. Ik kon alleen zijn silhouet
onderscheiden, maar ik weet vrij zeker dat er een glimlach op
zijn gezicht stond, en geen goed soort glimlach. Er was niets
goeds aan.

'Ben je ons uit de weg gegaan?'

Ons? Vanaf mijn plek op mijn rug op de grond probeerde
ik mijn hoofd naar links en naar rechts te draaien. Ik zag nog
net twee andere paren All Stars-gymschoenen. Ook zonder
de gezichten te zien, wist ik dat ze van Duncan en Keith waren.

De zijkant van mijn hoofd deed pijn. Ik voelde de angst in mijn keel. Het gezicht van Sean zweefde vlak voor me. Hij greep me bij mijn T-shirt en trok het strak om mijn keel. 'Je hebt godverdomme een steen in mijn oog gegooid, etterbak.' Hij schudde me op en neer. Mijn hoofd bonkte tegen het asfalt. 'Waarom hoor ik geen sorry?'

'Eeuhrrr... Suhrrieeh.' De woorden kwamen er vreemd en vervormd uit. Ik kreeg bijna geen lucht.

Sean rukte me naar zich toe, zodat mijn hoofd van de grond kwam. Het T-shirt knelde al strakker rond mijn nek.

'Suhrrieeh?' Hij zei het met een zeurderige, hoge stem. Hij keek naar Duncan en Keith, die ik nu net kon zien, en die tegen het klimrek hingen. 'Horen jullie dat? Etterbak zegt suhrrieeh.'

Het stel grinnikte. 'Heel veel spijt klinkt er niet in door,' zei Keith.

'Nee. Het klinkt als een etterbak,' zei Duncan.

Sean boog zich naar me toe. Zijn adem rook naar sigaretten. 'Volgens mij meen je d'r niks van, etterbak.'

'Ja... jawel.'

'Nee. Maar dat geeft niet. Want we zullen er wel voor zorgen dat je spijt krijgt.'

Ik voelde dat mijn blaas zich ontspande. Ik was blij dat het zo warm was en ik had gezweet, want als ik ook maar een paar milliliter vocht in mijn blaas had gehad, zou ik het in mijn broek hebben gedaan.

Sean rukte me aan mijn T-shirt overeind. Om niet te stikken, probeerde ik op mijn benen te staan. Toen duwde hij me achteruit, in de richting van het klimrek. Mijn hoofd tolde. Ik gleed bijna weg op het asfalt, maar omdat hij me stevig vasthield, bleef ik overeind.

Wanhopig keek ik de speeltuin rond, maar afgezien van Sean en zijn vrienden, en hun glimmende bmx-fietsen die nonchalant bij de schommels lagen, was hij leeg. Je kon die van Sean altijd herkennen. Hij was felrood met een zwarte schedel op de zijkant. Aan de andere kant van de weg, op de parkeerplaats voor de Spar, stond een enkele blauwe auto geparkeerd. Nergens een chauffeur te bekennen.

En toen zag ik iets: iemand in het park. Ik zag niet goed wie het was, maar hij leek op...

'Luister je wel naar me, etterbak?'

Sean smeet me hard tegen de stangen van het klimrek. Mijn hoofd sloeg tegen het metaal en het werd donker voor mijn ogen. De gestalte verdween; heel even verdween alles. Dikke, grijze gordijnen sloten zich voor mijn ogen. Mijn benen wiebelden. Er lonkte een gapende, zwarte afgrond. Ik voelde een harde klap tegen mijn wang. En nog een. Mijn hoofd zwiepte opzij. Mijn huid deed pijn. De zwarte afgrond verdween.

Vlak voor me keek het gezicht van Sean me grijnzend aan. Ik kon hem nu goed zien. Het dikke, blonde haar. Het kleine litteken boven zijn oog. Helderblauwe ogen, net als zijn broer. Maar er glansde een ander soort licht in. Dóód licht, dacht ik. Kil, hard en gestoord.

'Goed. Nu heb ik je volle aandacht.'

Zijn vuist raakte me in mijn maag. Ineens kreeg ik geen lucht meer. Ik klapte voorover. Ik kon niet eens schreeuwen. Ik was nog nooit eerder echt geslagen en het deed ontzettend pijn. Al mijn ingewanden leken in brand te staan.

Sean greep me bij mijn haren en rukte mijn hoofd weer omhoog. Er liep water en snot uit mijn neus.

'Au, heb je je pijn gedaan, etterbak? Laten we dit afspreken: ik zal je niet meer slaan als je laat zien hoeveel spijt je hebt.'

Ik probeerde te knikken, ondanks het feit dat dat vrijwel onmogelijk was, omdat Sean me zo stevig aan mijn haren vasthad dat de haarwortels het uitgilden.

'Kun je dat?'

Waarop nog een haarverscheurende knik volgde.

'Oké. Ga op je knieën zitten.'

Veel keuze had ik niet toen hij me aan mijn hoofd omlaagtrok. Duncan en Keith stapten naar voren om me bij mijn armen te grijpen.

Mijn knieën schuurden over het asfalt van de speeltuin. Het deed pijn, maar ik durfde niet te schreeuwen. Daar was ik te bang voor. Ik keek neer op Seans witte Nike's. Ik hoorde het geluid van een gesp, een rits en ineens wist ik wat er zou gebeuren, en op hetzelfde moment werd ik overvallen door een golf van paniek en walging.

'Nee.' Ik probeerde me los te rukken, maar Duncan en Keith hielden me stevig vast.

'Laat zien hoeveel spijt je hebt, etterbak. Zuig op mijn pik.'

Hij rukte mijn hoofd achterover. Ik staarde naar zijn pik. Hij zag er gigantisch uit. Min of meer roze en opgezwollen. Hij stonk ook. Zweet, en een vreemde, zurige geur. Rond de wortel zaten krullende, blonde, verwarde schaamharen.

Ik klemde mijn tanden op elkaar en probeerde mijn hoofd weer te schudden.

Sean duwde de top van zijn pik tegen mijn lippen. Ik rook de ranzige geur. Ik klemde mijn kaken nog steviger op elkaar.

'Zuigen.'

Duncan pakte mijn arm en draaide hem hoog op mijn rug. Ik schreeuwde. Sean stak zijn pik in mijn mond.

'Zúígen, lul.'

Ik kreeg geen lucht; ik kokhalsde. Er stroomden tranen en snot over mijn kin. Ik dacht dat ik zou overgeven. En toen, in de verte, hoorde ik een man schreeuwen.

'Hé! Waar zijn jullie mee bezig?'

Ik voelde de greep op mijn hoofd verslappen. Seans pik trok zich terug, werd uit mijn mond getrokken en vlug weer in zijn broek gestopt. Mijn armen werden losgelaten.

'Ik vraag jullie, waar zijn jullie in vredesnaam mee bezig?'

Ik knipperde vlug met mijn ogen. Wazig, tussen mijn tranen door, zag ik naast de speeltuin een grote, bleke man staan. Meneer Halloran.

Hij sprong over het hek van de speeltuin en beende op ons af. Hij droeg zijn gebruikelijke kleren, een groot, wijd overhemd, een strakke spijkerbroek en laarzen. De hoed was grijs vandaag, aan de achterkant kwam er grijs haar onder vandaan. Eronder een stenen, marmeren gezicht. Zijn nauwelijks aanwezige ogen leken van binnenuit te gloeien. Hij zag er boos uit, zeer beangstigend, als een wrekende engel uit een stripboek.

'Nergens mee. Niks aan de hand,' hoorde ik Sean zeggen, heel wat minder brutaal nu. 'We zijn gewoon wat aan het klooien.'

'Gewoon wat aan het klooien?'

'Ja, meneer.'

Meneer Halloran keek me aan. Zijn blik verzachtte. 'Gaat het?'

Ik krabbelde overeind en knikte. 'Ja.'

'En klopt het dat jullie alleen wat aan het klooien waren?'

Ik keek Sean aan. Hij keek terug. Ik wist wat die blik betekende. Als ik nu iets zei, was ik er geweest. Dan kon ik nooit meer een stap buitenshuis zetten. Als ik me stilhield, zou het heel, heel misschien hierbij blijven. Dan zouden mijn beproeving en straf voorbij zijn.

Ik knikte weer. 'Ja, meneer. Gewoon wat aan het klooien.'

Hij bleef me aanstaren. Ik keek weg en ik voelde me laf, stom en klein.

Uiteindelijk draaide hij zich om. 'Oké,' zei hij tegen de andere jongens. 'Ik weet niet precies wat ik zojuist zag, en dat is de enige reden dat ik niet rechtstreeks naar de politie ga. Ophoepelen nu, voordat ik van gedachten verander.'

'Ja, meneer,' mompelden ze in koor, plotseling even gedwee als kinderen.

Ik zag hoe ze op hun fiets stapten en ervandoor scheurden.

Meneer Halloran bleef hen nakijken. Even meende ik zelfs dat hij was vergeten dat ik er nog was. Toen draaide hij zich naar me om. 'Nou, is er echt niets met je aan de hand?'

Door iets in zijn gezicht, zijn ogen, zelfs zijn stem, was het onmogelijk om nog een keer te liegen. Ik schudde mijn hoofd, voelde de tranen opkomen.

'Dat dacht ik al.' Zijn mond verstrakte. 'Er is niets waar ik een grotere hekel aan heb dan aan bullebakken. Maar weet je wat het is met bullebakken?'

Ik schudde mijn hoofd. Op dat moment had ik nergens ook maar iets over geweten. Ik voelde me zwak en overstuur. Mijn maag en hoofd deden pijn en ik schaamde me diep. Ik wilde mijn mond spoelen met ontsmettingsmiddel en mezelf wassen tot mijn huid rauw was.

'Het zijn lafbekken,' zei meneer Halloran. 'En lafbekken krijgen altijd hun verdiende loon. Karma. Weet je wat dat is?'

Weer schudde ik mijn hoofd, en ik wilde bijna dat meneer Halloran wegging.

'Dat betekent dat je zult oogsten wat je hebt gezaaid. Als je slechte dingen doet, zal dat uiteindelijk terugkomen en zich tegen je keren. Dat zal die jongen meemaken. Daar kun je donder op zeggen.'

Hij legde zijn hand op mijn schouder, kneep erin. Ik slaagde erin om even te glimlachen.

'Is dat je fiets?'

'Ja, meneer.'

'Kun je daarmee thuiskomen?'

Ik wilde ja zeggen, maar eigenlijk was het al dodelijk vermoeiend om rechtop te blijven staan. Meneer Halloran keek me vriendelijk aan.

'Mijn auto staat daar. Pak je fiets. Ik geef je een lift.'

We staken de weg over naar zijn auto. Een blauwe Princess. Op de parkeerplaats van de Spar was geen schaduw. Toen de deur openging, sloeg de hitte me tegemoet. Gelukkig waren de stoelen van stof, niet van plastic, zoals die van mijn vader, en verbrandde ik mijn benen niet toen ik instapte. Toch plakte mijn T-shirt op mijn huid.

Meneer Halloran nam plaats achter het stuur.

'Pff. Het is wel een beetje warm.'

Hij draaide het raam omlaag. Aan mijn kant deed ik hetzelfde. Toen we wegreden, waaide er een zacht briesje door de auto.

Desondanks was ik me in die afgesloten, hete ruimte vreselijk bewust van de overweldigende geur van zweet, en van de modder en het bloed en al het andere.

Mijn moeder maakt me af, dacht ik. Ik zag haar gezicht al voor me.

'Wat is er in hemelsnaam gebeurd, Eddie? Heb je gevochten? Je bent smerig – en kijk je gezicht eens. Wie heeft dat gedaan?'

Ze zou willen weten wie het had gedaan, waarna ze erheen zou gaan en het een enorme puinhoop zou worden. De moed zonk me in de schoenen.

Meneer Halloran keek me aan. 'Gaat het, jongen?'

'Mijn moeder,' mompelde ik. 'Die zal hartstikke boos zijn.'

'Maar wat er is gebeurd, was niet jouw fout.'

'Dat maakt niet uit.'

'Als je haar uitlegt dat...'

'Nee, dat kan niet.'

'Oké.'

'De laatste tijd is het al zo spannend voor haar, ergens door.'

'Aha,' zei hij, alsof hij wist waar het om ging. 'Weet je wat, als we nu eens naar mijn huis rijden en jou een beetje opknappen?'

Hij remde af voor een kruispunt en deed de richtingaanwijzer aan, maar in plaats van dat hij linksaf ging, naar mijn huis, ging hij rechtsaf. We sloegen nog een paar keer af, waarna hij voor een witgekalkt arbeiderswoninkje stopte.

Hij glimlachte. 'Kom mee, Eddie.'

Binnen was het koel en donker. Alle gordijnen van het huisje zaten dicht. De voordeur kwam rechtstreeks in de kleine woonkamer uit. Veel meubels stonden er niet. Alleen een stel leunstoelen, een salontafel en een kleine televisie op een krukje. Het stonk er ook enigszins, kruidig en vreemd. Op de salontafel stond een asbak met een paar kleine, witte peuken erin.

Meneer Halloran pakte hem op. 'Ik zet deze even weg. De badkamer is boven aan de trap.'

'Oké.'

Ik liep de smalle trap op. Op de overloop was een kleine badkamer met groene badmeubels en een groene vloer. Naast het bad en om het toilet lagen keurige lichtoranje matten. Aan de muur boven de wastafel hing een klein, van een spiegel voorzien kastje.

Ik deed de badkamerdeur dicht en keek naar mezelf in de spiegel. Er zaten snotkorsten rond mijn neus en moddervlekken op mijn wangen. Ik was blij dat mijn moeder me zo niet hoefde te zien. Dan zou ik de rest van de vakantie tot mijn kamer en de achtertuin veroordeeld zijn. Ik depte mijn gezicht met het washandje naast de wasbak, dompelde het onder in warm water, dat vies werd toen ik het vuil eraf spoelde.

Ik bekeek mezelf nogmaals. Beter. Bijna normaal. Ik droogde mezelf af met een grote, ruwe handdoek en stapte vervolgens de badkamer uit.

Ik had meteen naar beneden moeten gaan. Als ik dat had gedaan, zou alles in orde zijn geweest. Dan had ik naar huis kunnen gaan en het bezoek kunnen vergeten. In plaats daarvan staarde ik naar de twee andere deuren boven. Allebei gesloten. Ik vroeg me af wat zich erachter zou bevinden. Heel even kijken. Ik duwde de deurkruk van de dichtstbijzijnde deur omlaag en opende hem.

Het was geen slaapkamer. Er stonden geen meubels in. In het midden van de kamer stond een schildersezel, en het schilderij dat erop stond was met een vieze doek afgedekt. Tegen de muren van de kamer stonden vele andere schilderijen. Sommige gemaakt met krijt, of hoe meneer Halloran het ook had genoemd, maar andere met een dikke laag echte verf. De meeste schilderijen waren van maar twee meisjes gemaakt. Het ene was bleek en blond, en leek veel op meneer Halloran. Ze was knap, maar zag er wat droevig uit, alsof iemand haar iets had verteld wat ze liever niet wilde horen, terwijl ze zich sterk hield. Het andere meisje herkende ik meteen. Het was het Waltzer-meisje. Op het eerste schilderij zat ze van opzij afgebeeld in een witte jurk bij een raam. Je kon haar alleen en profil zien, maar toch zag ik dat zij het was en dat ze er nog altijd prachtig uitzag. Het volgende was een klein beetje anders. Ze zat in een mooie, lange zomerjurk in de tuin en keek wat meer naar de schilder. Haar glanzende, bruine haar viel in golven over haar schouders. Je kon de fraaie lijn van haar kaak en een groot, amandelvormig oog zien.

Op het derde schilderij zag je zelfs nog meer van haar gezicht, of eigenlijk de kant van haar gezicht die door het stuk metaal was weggeslagen. Al zag het er niet meer zo erg uit, omdat meneer Halloran alle littekens wat had verdoezeld, zodat die er meer als een lapjesdeken van verschillende kleuren uitzagen en haar kapsel haar beschadigde oog half afdekte. Ze zag er bijna weer prachtig uit, alleen dan net iets anders.

Ik keek naar het schilderij op de ezel. Ik liep erop af. Ik tilde een hoek van de lap op. En toen hoorde ik de vloer kraken.

'Eddie? Wat ben je aan het doen?'

Met een ruk draaide ik me om en voor de tweede maal die dag schaamde ik me diep.

'Het spijt me. Ik wilde alleen maar... Ik wilde alleen maar kijken.'

Heel even dacht ik dat meneer Halloran me zou bestraffen,

maar toen glimlachte hij. 'Het is goed, Eddie. Ik had de deur dicht moeten houden.'

Het scheelde niet veel of ik had mijn mond opengedaan om hem te zeggen dat hij wel dicht had gezeten. Maar toen besefte ik dat hij me een uitweg bood.

'Ze zijn echt goed,' zei ik.

'Dank je wel.'

'Wie is dat?' vroeg ik, wijzend op het schilderij met het blonde meisje.

'Mijn zus, Jenny.'

Dat verklaarde de gelijkenis.

'Ze is heel knap.'

'Ja, dat was ze ook. Ze is overleden. Een paar jaar geleden. Leukemie.'

'Het spijt me.'

Ik weet niet waar ik me voor verontschuldigde, maar dat zeiden mensen altijd als er iemand was overleden.

'Het is goed. Op een bepaalde manier helpen de schilderijen me om haar in leven te houden... Ik neem aan dat je Elisa herkent?'

Het Waltzer-meisje. Ik knikte.

'Ik heb haar vaak in het ziekenhuis opgezocht.'

'Is ze alweer beter?'

'Niet echt, Eddie. Maar dat komt wel. Ze is sterk. Sterker dan ze beseft.'

Ik zei niets. Ik had de indruk dat meneer Halloran nog iets wilde zeggen.

'Ik hoop dat de schilderijen haar bij het herstel helpen. Een meisje zoals Elisa, dat haar hele leven heeft gehoord dat ze zo knap is. En als je dat weghaalt, kan het lijken alsof er niets van is overgebleven. Terwijl dat wel zo is, vanbinnen. Ik wil haar die schoonheid tonen. Ik wil laten zien dat er nog steeds iets is wat de moeite waard is om aan vast te houden.'

Ik keek weer naar het schilderij van Elisa. Ik begreep hem

geloof ik. Ze zag er niet uit zoals eerst. Maar hij had een ander soort schoonheid naar boven gehaald, een bijzonder soort. Ik begreep ook wat hij met dat vasthouden van dingen bedoelde. Ervoor zorgen dat ze niet voor altijd verloren gingen. Bijna had ik het hem gezegd. Maar toen ik me omdraaide, staarde meneer Halloran naar het schilderij, alsof hij was vergeten dat ik me daar bevond.

Op dat moment begreep ik nog iets. Hij was verliefd op haar.

Ik mocht meneer Halloran, maar zelfs toen vond ik het ongemakkelijk. Meneer Halloran was volwassen. Geen oude volwassene (later kwamen we erachter dat hij eenendertig was), maar toch volwassen, en het Waltzer-meisje was geen schoolmeisje of zo, maar ze was wel veel jonger dan hij. Hij kon niet verliefd op haar zijn. Niet zonder in de problemen te komen. Grote problemen.

Plotseling leek hij terug te keren en te beseffen dat ik daar in de kamer stond.

'Hoe dan ook, hoor mij eens, met mijn verwarde praatjes. Vandaar dat ik geen tekenles geef. Niemand zou iets voor elkaar krijgen.' Hij glimlachte met zijn gele lach. 'Ben je zover dat je naar huis kunt?'

'Ja, meneer.'

Niets liever dan dat.

Meneer Halloran stopte aan het begin van de straat waar ik woonde.

'Volgens mij wil je niet dat je moeder vragen stelt.'

'Dank u wel.'

'Moet ik helpen met het uitladen van je fiets?'

'Nee, dat hoeft niet, ik red me wel. Dank u wel, meneer.'

'Prima. Eddie, nog één ding.'

'Ja?'

'Ik heb een voorstel. Ik zal niemand vertellen over wat er

vandaag is gebeurd, als jij dat ook niet doet. Vooral niet van die schilderijen. Dat is min of meer privé.'

Daar hoefde ik niet over na te denken. Ik wilde niet dat iemand wist wat er vandaag was gebeurd.

'Ja, meneer. Ik bedoel, afgesproken.'

'Goed. Dag, Eddie.'

'Dag, meneer.'

Ik pakte mijn fiets en liep ermee de straat in, naar de oprit. Ik zette hem bij de voordeur neer. Op het stoepje ervoor lag een pakketje. Op het etiket stond: MEVROUW M. ADAMS. Ik vroeg me af waarom de postbode niet had aangeklopt, maar misschien hadden pa en ma hem niet gehoord.

Ik pakte de doos op en nam hem mee naar binnen.

'Hoi Eddie,' riep pa vanuit de keuken.

Vlug keek ik in de spiegel in de gang. Op mijn hoofd was nog altijd een beetje een blauwe plek te zien en mijn T-shirt was wat vies, maar het kon ermee door. Ik haalde diep adem en liep de keuken in.

Pa zat aan tafel en dronk een groot glas fris. Hij keek me aan en reageerde verbaasd.

'Wat is er met je hoofd gebeurd?'

'Ik, ehm, ben van het klimrek gevallen.'

'Mankeer je niks? Je bent toch niet misselijk, hè? Duizelig?'

'Nee, er is niks aan de hand.'

Ik legde het pakketje op tafel. 'Dit lag voor de voordeur.'

'O, goed. Ik heb de bel niet gehoord.' Hij kwam overeind en riep naar boven. 'Marianne... pakketje voor je.'

'Oké,' riep ma. 'Ik kom zo.'

'Wil je wat fris, Eddie?' vroeg pa.

Ik knikte. 'Graag.'

Hij liep naar de koelkast en pakte een fles uit de deur. Ik snuffelde. Er hing een vreemde geur in het vertrek.

Ma liep de keuken in. Ze had haar bril boven op haar hoofd geschoven en zag er vermoeid uit.

'Hoi Eddie.' Ze wierp een blik op het pakketje. 'Wat is het?'

'Geen flauw idee,' zei pa.

Ze snoof de lucht op. 'Ruik jij ook iets?'

Pa schudde zijn hoofd, maar zei vervolgens: 'Nou, toch wel iets.'

Ma bekeek het pakketje nog een keer en zei toen een tikje gespannener: 'Geoff, kun je me de schaar geven?'

Pa pakte hem uit de la en overhandigde hem. Ze sneed het bruine plakband door waarmee het pakketje dicht was gemaakt en trok het open.

Ma was niet snel van streek, maar ik zag haar terugdeinzen. 'Jezus!'

Pa boog voorover. 'Christus!'

Voordat hij de doos weg kon grissen, kon ik er een blik in werpen. Onder in de doos lag iets kleins en rozigs, overdekt met een slijmerig goedje en bloed (later kwam ik te weten dat het een varkensfoetus was). Er stak een mesje in, waarmee een papiertje was vastgeprikt, met slechts één enkel woord erop geprint:

BABYMOORDENAAR.

2016

Principes zijn mooi. Als je je ze kunt veroorloven. Ik denk graag dat ik een principieel mens ben, maar ja, dat denken de meeste mensen van zichzelf. In feite hebben we allemaal onze prijs, we hebben allemaal knoppen die ingedrukt kunnen worden zodat we dingen doen die niet helemaal fatsoenlijk zijn. Met principes kun je geen hypotheek betalen of schulden aflossen. In de dagelijkse gang van zaken heb je vrij weinig aan principes. Een principieel mens is over het algemeen iemand die alles heeft wat hij wil of absoluut niets te verliezen heeft.

Ik had lang wakker gelegen, en niet alleen omdat ik door een overmaat aan wijn en spaghetti buikpijn had gekregen.

'*Ik weet wie haar echt heeft gedood.*'

Een geweldige cliffhanger. En Mickey wist dat. En hij had er natuurlijk niet nader op willen ingaan.

'*Ik kan het je nu niet vertellen. Eerst moet ik alle feiten nog even op een rijtje zetten.*'

Onzin, dacht ik. Maar ik had geknikt, verdoofd van de schrik.

'Ik laat je er nog een nachtje over slapen,' had Mickey gezegd toen hij vertrok. Hij was niet met zijn auto gekomen en wilde niet dat ik een taxi voor hem bestelde. Hij logeerde in een Travelodge in een buitenwijk.

'De wandeling zal me goeddoen,' zei hij.

Daar was ik niet zo zeker van, gezien het feit dat hij nogal wankel op zijn benen leek te staan. Maar ik stemde ermee in.

Zo laat was het tenslotte niet en hij was een volwassen man.

Toen hij was vertrokken, deed ik de borden in de vaatwasser en trok me met een groot glas whiskey terug in de woonkamer om over zijn voorstel na te denken. Misschien heb ik mijn ogen ook wel even, of iets langer, dichtgedaan. Het tukje na de maaltijd – de vloek van mensen van middelbare leeftijd.

Ik schrok wakker van het geluid van krakende vloerplanken boven mij, voetstappen op de oude trap.

Chloe stak haar hoofd de woonkamer in. 'Hoi.'

'Hallo.'

Ze had haar nachtkleding aan. Een wijd T-shirt over een pyjamabroek voor mannen en slobbersokken. Haar donkere haar hing los. Ze zag er tegelijkertijd zowel sexy, kwetsbaar als slonzig uit. Ik stak mijn neus in mijn whiskey.

'Hoe ging het?' vroeg ze.

Ik dacht even na. 'Het was interessant.'

Ze kwam de kamer in en nam plaats op de stoelleuning. 'Vertel.'

Ik nam een teug van mijn drankje. 'Mickey wil een boek schrijven, misschien een televisiescript, over wat er is gebeurd. Hij wil dat ik met hem samenwerk.'

'Het wordt al spannender.'

'Dat kun je wel zeggen.'

'En?'

'En wat?'

'Nou, je zei ja, neem ik aan.'

'Ik heb nog niets gezegd. Ik weet niet zeker of ik het wel wil.'

'Waarom niet?'

'Omdat er veel zaken zijn om bij stil te staan – wat men er in Anderbury van vindt als je het verleden oprakelt, bijvoorbeeld. Gav en Hoppo. Onze families.'

En Nicky, dacht ik. Had hij met Nicky gesproken?

Chloe keek me peinzend aan. 'Oké. Dat begrijp ik. Maar jijzelf dan?'

'Ik?'

Ze zuchtte en keek me aan alsof ik een kleuter was die uiterst traag van begrip was. 'Het zou een geweldige kans kunnen zijn. Ik neem aan dat het geld ook geen kwaad kan.'

'Daar gaat het niet echt om. Bovendien is het allemaal hypothetisch. Dit soort projecten sterft vaak een stille dood.'

'Ja, maar soms moet je een gokje wagen.'

'Doe jij dat dan?'

'Ja. Anders bereik je niets in het leven. Dan hang je maar wat rond en groei je vast, zonder echt geleefd te hebben.'

Ik hief mijn glas. 'Nou, dank je wel. Wijs advies van iemand die er echt voor gaat, met een deeltijdbaan in een prullerige kledingwinkel. Jij gaat écht tot het uiterste.'

Ze ging staan en liep verontwaardigd naar de deur. 'Je bent dronken. Ik ga weer naar bed.'

Wat stom van me. Ik was een idioot. Een regelrechte, eersteklas, zuivere idioot.

'Het spijt me.'

'Het is goed.' Ze keek me met een zuur glimlachje aan. 'Aan de andere kant zul je het morgenochtend toch zijn vergeten.'

'Chloe...'

'Slaap je roes uit, Ed.'

Slaap je roes uit. Ik ga op mijn zij liggen en vervolgens op mijn rug. Dat zou een goed advies zijn. Als ik kon slapen.

Ik probeer een plek op mijn kussens te vinden, maar dat lukt niet. Er zit een pijnlijke, zeurende knoop in mijn maag. Ik bedenk dat ik wellicht nog ergens maagzuurremmers heb liggen. In de keuken misschien.

Met tegenzin stap ik uit bed en slof naar beneden. Ik doe het felle keukenlicht aan. Het doet me pijn aan de ogen. Ik knijp ze dicht en graai in een van de laden met rommel. Plakband, Buddies, pennen, een schaar. Raadselachtige sleutels, schroeven en een pak oude speelkaarten. Uiteindelijk vind ik de maagzuurremmers, die ergens rechtsachter liggen, bij een nagelvijl en een oude flesopener.

Ik haal ze tevoorschijn en zie dat er nog maar eentje in het pakje zit. Dat volstaat. Ik stop hem in mijn mond en kauw hem fijn. Hij hoort naar fruit te smaken, maar ik proef alleen maar krijt. Ik loop de gang weer in, waar me iets opvalt. Nou, twee dingen eigenlijk: het licht in de woonkamer staat aan, en ergens komt een vreemde geur vandaan. Iets zoetigs, een weeë, bedompte lucht. Rot. Bekend.

Ik doe een stap naar voren en stap in iets korreligs. Ik kijk omlaag. Zwarte moddersporen op de vloer van de gang. Voetstappen. Alsof er iets modder verspreidend door de gang is geschuifeld. Iets wat zichzelf uit een koude, donkere diepte vol torren en wormen naar boven heeft gehesen.

Ik slik. Nee. Nee, onmogelijk. Ik houd mezelf voor de gek. Haal weer een oude nachtmerrie op, die ik als twaalfjarige met een hyperactieve verbeelding heb gedroomd.

Een lucide droom. Zo noemen ze dat. Een droom die onvoorstelbaar echt lijkt. In zo'n droom kun je zelfs overgaan tot iets wat aan de illusie van echtheid bijdraagt, zoals het voeren van een gesprek, het bereiden van eten, het laten vollopen van een badkuip... of andere dingen.

Dit is niet echt (ondanks het zeer echte gevoel van modder tussen mijn tenen en het krijtachtige tablet in mijn mond). Ik hoef alleen maar wakker te worden. *Word wakker. Word wakker!* Helaas schijnt het nu even lastig te zijn om wakker te worden, als het daarnet was om in slaap te komen.

Ik loop door en leg mijn hand tegen de deur van de woonkamer. Natuurlijk doe ik dat. Het is een droom, en dit soort dromen (de nare) hebben een onvermijdelijk verloop; ze lopen over een slingerend, smal pad, door diepe, donkere wouden, regelrecht naar een huisje van peperkoek in de krochten van onze geest.

Ik duw de deur open. Ook hierbinnen is het koud. Niet ge-

97

woon koud. Niet de milde koelte van een woning 's nachts. Dit soort kou dringt door tot in je botten en zit als een brok ijs in je ingewanden. Angstige kou. En de geur is sterker. Overweldigend. Ik kan nauwelijks ademhalen. Ik wil de kamer weer uit. Ik wil rennen. Ik wil schreeuwen. In plaats daarvan doe ik het licht aan.

Hij zit in mijn leunstoel. Met blond haar dat als flarden spinnenweb op zijn schedel plakt, terwijl eronder stukken bot en delen van hersenen zichtbaar zijn. Zijn gezicht is een schedel, waaroverheen losjes stukken vergane huid hangen.

Zoals altijd draagt hij een wijd, zwart overhemd en een strakke spijkerbroek met zware, zwarte laarzen. De kleren zijn gerafeld en zitten vol scheuren. De laarzen zijn versleten en zitten onder de modder. Zijn gedeukte hoed ligt op de armleuning.

Ik had het moeten weten. De tijd voor de boeman uit mijn kinderjaren is voorbij. Ik ben nu volwassen. Het is tijd dat ik de Krijtman onder ogen zie.

Meneer Halloran draait mijn kant op. Zijn ogen zijn verdwenen, maar er is iets in die oogkassen, een zweem van begrip of herkenning... en nog iets waardoor ik er niet al te diep in wil kijken, omdat ik bang ben dat mijn geest er voor altijd in zal verdwijnen.

'*Hallo, Ed. Lang niet gezien.*'

Als ik even na achten de trap af kom, nauwelijks uitgerust, is Chloe al op, ze drinkt koffie in de keuken en kauwt op een geroosterde boterham.

Ze heeft de radio aangezet en in plaats van Radio 4 braakt hij iets uit wat klinkt als een man die het van de ondraaglijke pijn uitschreeuwt terwijl hij een poging doet zichzelf van het leven te beroven door een gitaar op zijn hoofd stuk te slaan.

Ik hoef niet te zeggen dat dit mijn hoofdpijn niet verlicht.

Ze draait zich om en geeft me een kort compliment: 'Je ziet er beroerd uit.'

'Zo voel ik me ook.'

'Mooi. Je verdiende loon.'

'Bedankt voor je medeleven.'

'Pijn die je jezelf hebt toegebracht wekt geen sympathie.'

'Nogmaals, bedankt... en is het ook mogelijk die boze blanke man die een probleem met zijn vader heeft uit te zetten?'

'Dat heet rockmuziek, opa.'

'Dat zeg ik.'

Ze schudt haar hoofd, maar zet hem een tikje zachter.

Ik loop naar het koffiezetapparaat en schenk een kop zwarte koffie in.

'En hoe lang ben je nog opgebleven nadat ik naar bed ben gegaan?' vraagt Chloe.

Ik neem plaats aan tafel. 'Niet lang. Ik was behoorlijk dronken.'

'Je meent het.'

'Sorry.'

Ze zwaait met een bleke hand. 'Laat maar. Ik had me er niet mee moeten bemoeien. Echt, het gaat me niet aan.'

'Nee, nou, ik bedoel, je hebt gelijk. Met wat je zei. Maar soms is het allemaal niet zo duidelijk.'

'Goed.' Ze neemt een paar slokjes koffie. 'Weet je zeker dat je niet lang bent opgebleven?'

'Ja.'

'En dat je niet meer bent opgestaan?'

'Nou, ik ben naar beneden geweest om wat maagzuurremmers te halen.'

'En dat is alles?'

In gedachten flitst er een herinnering voorbij: '*Hallo, Ed. Lang niet gezien.*'

Ik onderdruk het. 'Ja. Hoezo?'

Ze kijkt me onderzoekend aan. 'Ik moet je iets laten zien.'

Ze komt overeind en loopt de keuken uit. Met tegenzin kom ik uit mijn stoel en loop achter haar aan.

Ze wacht even voor de deur van de woonkamer. 'Ik vroeg me gewoon af of je na je gesprek met die vriend van je nog iets dwarszat.'

'Laat nou maar zien, Chloe.'

'Oké.'

Ze duwt de deur open.

Een van de weinige dingen aan het huis die ik had gerenoveerd, was de oude kachel, die door een nieuwe houtkachel en een leistenen schoorsteenmantel was vervangen.

Ik staar ernaar. De schoorsteenmantel zit onder de tekeningen. Wit dat sterk afsteekt tegen het grijze leisteen. Vele tientallen, over elkaar heen getekend, alsof er een gestoord kind aan het werk is geweest. Witte krijtmannetjes.

1986

Er kwam een politieman langs. Er was nog nooit een agent bij ons thuis geweest. Ik geloof dat ik er tot die zomer nog nooit een van dichtbij had gezien.

Deze was groot en slank. Hij had veel en donker haar en een min of meer rechthoekig gezicht. Hij had iets weg van een reusachtig stuk LEGO, al was hij niet geel. Hij heette agent Thomas.

Hij keek in de doos, stopte hem in een vuilniszak en legde hem in de politiewagen. Vervolgens kwam hij terug en nam onbeholpen plaats in de keuken, terwijl hij mijn ouders vragen stelde en in een spiraalnotitieboekje aantekeningen maakte.

'En uw zoon heeft het pakketje voor het huis aangetroffen?'

'Dat klopt,' zei ma, en ze keek me aan. 'Toch, Eddie?'

Ik knikte. 'Ja, meneer.'

'Hoe laat was dat?'

'Vier minuten over vier,' zei ma. 'Voordat ik naar beneden liep, heb ik op mijn horloge gekeken.'

De politieman maakte nog een paar aantekeningen.

'En je hebt niemand het huis uit zien lopen of op de straat zien rondhangen?'

Ik schudde mijn hoofd. 'Nee, meneer.'

'Oké.'

Meer aantekeningen. Mijn vader schoof heen en weer op zijn stoel.

'Luister, dit heeft helemaal geen zin,' zei hij. 'We weten allemaal wie dat pakketje hier heeft achtergelaten.'

Agent Thomas keek hem verbaasd aan. Niet al te vriendelijk, vond ik. 'Is dat zo, meneer?'

'Ja. Iemand van het vriendengroepje van dominee Martin. Ze proberen mijn vrouw en mijn gezin te intimideren, en het wordt tijd dat iemand er een einde aan maakt.'

'Kunt u dat bewijzen?'

'Nee, maar het lijkt me wel duidelijk, toch?'

'Misschien moeten we ongefundeerde beschuldigingen laten voor wat ze zijn.'

'Ongefundeerd?' Ik hoorde dat mijn vader boos werd. Pa werd niet vaak boos, maar als het gebeurde – zoals op het feest – dan barstte hij echt los.

'Er is geen wet tegen vredig protest, meneer.'

En toen begreep ik het. De politieman stond niet aan de kant van pa en ma. Hij stond aan de kant van de protesteerders.

'U hebt gelijk,' zei ma kalm. 'Vredig protesteren is niet illegaal. Maar intimideren, pesten en bedreigen zijn dat hoogstwaarschijnlijk wel. U neemt deze zaak toch wel serieus, hè?'

Agent Thomas sloeg zijn notitieblokje dicht. 'Natuurlijk. Als we de boosdoeners kunnen vinden, kunt u er zeker van zijn dat ze een gepaste straf krijgen.'

Hij stond op, waarbij de stoel piepend over de betegelde keukenvloer schoof. 'Ik zal u niet langer ophouden.'

Hij liep de keuken uit. De voordeur sloeg dicht.

'Wil hij ons niet helpen?' vroeg ik aan mijn moeder.

Ma zuchtte. 'Jawel. Natuurlijk helpt hij ons.'

'Misschien had hij wat beter geholpen als zijn dochter niet een van de protesteerders was,' zei pa verbolgen.

'Geoff,' zei ma. 'Laat nou maar.'

'Goed.' Hij stond op, en even leek hij helemaal niet op pa. Zijn gezicht was vertrokken en hard. 'Maar als de politie hier niets mee doet, zal ik het doen.'

Voordat de school begon, kwamen we allemaal voor de laatste keer bijeen. We ontmoetten elkaar bij het huis van Fat Gav. Dat deden we meestal. Hij had de grootste slaapkamer en de beste tuin, met een slingertouw en een boomhut, en zijn moeder had altijd een flinke voorraad frisdrank en chips. We hingen rond op het grasveld, ouwehoerden wat en hielden elkaar voor de gek. Ondanks mijn afspraak met meneer Halloran vertelde ik hun wat over mijn ontmoeting met Metal Mickeys broer. Dat moest wel, want als hij op de hoogte was van onze krijtmannetjes, dan betekende dit dat ons geheime spel afgelopen was. In mijn versie had ik me natuurlijk heroisch verzet en wist ik te ontsnappen. Ik was een beetje bang dat Sean het misschien aan Metal Mickey had verteld, die me graag zou hebben tegengesproken, maar meneer Halloran scheen Sean voldoende angst te hebben aangejaagd om te voorkomen dat hij er nog iets over zei.

'Dus je broer weet van de krijtmannetjes?' zei Fat Gav, met een vuile blik richting Mickey. 'Wat een kletskous ben jij.'

'Ik heb het hem niet verteld,' klaagde Mickey. 'Hij moet er zelf achter zijn gekomen. Ik bedoel, we hebben er zoveel getekend. Hij heeft ons vast gezien.'

Hij loog, maar mij maakte het niet echt uit hoe Sean erachter was gekomen. Hij had het gedaan, dat was een feit, en daardoor was alles veranderd.

'Volgens mij zouden we altijd met een paar nieuwe boodschappen kunnen komen,' zei Hoppo, maar al te enthousiast klonk hij niet.

Ik wist hoe hij zich voelde. Nu iemand anders ervan wist – en dan ook nog Sean – was de hele zaak verpest.

'Ik vond het trouwens toch een stom spel,' zei Nicky, terwijl ze haar haren schudde.

Ik staarde haar aan en voelde me gekwetst en baalde enigszins. Ze deed een beetje vreemd vandaag. Soms had ze dat. Humeurig en uit op ruzie.

'Nee, dat was niet zo,' zei Fat Gav. 'Maar volgens mij heeft het geen zin om ermee door te gaan als Sean ervan weet. Bovendien moeten we morgen weer naar school.'

'Ja.'

Er trok een gemeenschappelijke zucht door de groep. Iedereen was die middag wat mat. Zelfs Fat Gav kwam niet met zijn gebruikelijke gekke accenten. De blauwe lucht had plaatsgemaakt voor een grijsgrauwe. Er dreven onrustige wolken over, alsof ze ongeduldig op een flinke stortbui wachtten.

'Ik moet er maar eens vandoor,' zei Hoppo. 'Mijn moeder wil dat ik houthak voor de haard.'

Net als bij ons hadden Hoppo en zijn moeder een ellendig echt vuur in hun oude rijtjeswoning.

'Ik ook,' zei Metal Mickey. 'We moeten vanavond bij mijn oma eten.'

'Jemig de pemig, wat doen jullie me aan,' zei Fat Gav, maar vol overtuiging was het niet.

'Misschien moet ik ook maar naar huis,' gaf ik toe. Ma had nieuwe schoolkleren voor me gekocht en wilde dat ik ze voor het eten paste, voor het geval dat ze nog versteld moesten worden.

We gingen staan, en na even gewacht te hebben, kwam ook Nicky overeind.

Fat Gav wierp zich dramatisch in het gras. 'Ga dan maar, ga. Jullie doen me zo'n pijn.'

Nu ik erop terugkijk, was het geloof ik voor het laatst dat we allemaal zo bij elkaar waren. Ontspannen, bevriend, nog altijd een groep, voordat er barsten en breuken ontstonden.

Hoppo en Metal Mickey gingen de ene kant op. Daardoor moesten Nicky en ik de andere kant op. De pastorie stond niet ver van ons huis, en soms liepen Nicky en ik samen terug. Niet vaak. Meestal was Nicky de eerste die vertrok. Vanwege haar vader, vermoed ik. Hij was heel stipt als het op op tijd thuiskomen aankwam. Ik had de indruk dat hij het niet echt goedkeurde dat Nicky met ons optrok. Al geloof ik dat we daar niet al te zeer bij stilstonden. Hij was dominee en in onze ogen verklaarde dat voldoende. Ik bedoel, dominees vonden eigenlijk niets goed, toch?

'Dus, ehm, heb je alles al klaar voor school?' zei ik toen we bij de stoplichten overstaken en langs het park terugwandelden.

Ze keek me met een van haar volwassen blikken aan. 'Ik weet ervan.'

'Waarvan?'

'Van het pakketje.'

'O.'

Ik had de anderen niet over het pakketje verteld. Het was te ingewikkeld en smerig, en ik wilde pa en ma niet afvallen.

Voor zover ik het kon overzien, was er trouwens niet zoveel mee gebeurd. De politieman was niet teruggekeerd en ik had niet gehoord dat er iemand was gearresteerd. De kliniek van ma was geopend en de protesteerders bleven rondlopen, als gieren.

'De politie heeft met papa gesproken.'

'O.'

'Ja.'

'Het spijt me,' begon ik.

'Waar kun je dan spijt van hebben? Mijn vader is de klootzak.'

'Is hij dat?'

'Iedereen is zo verdomde bang om iets te zeggen, omdat hij een dominee is – zelfs de politieman. Het was dieptriest...' Ze stopte en keek neer op haar vingers, waarvan er om vier een pleister zat.

'Wat is er met je hand gebeurd?'

Het duurde even voordat ze antwoord gaf. Even dacht ik

dat het niet zou komen. 'Hou jij van je vader en je moeder?' vroeg ze toen.

Ik keek haar verbaasd aan. Ik had niet gedacht dat ze dat zou vragen. 'Natuurlijk. Ik geloof het wel.'

'Nou, ik haat mijn vader. Ik haat hem heel, heel erg.'

'Dat meen je niet.'

'Jawel. Ik was blij dat je vader hem sloeg. Ik wou dat hij hem harder had geslagen.' Ze staarde me aan, en iets in haar blik maakte me kil vanbinnen. 'Ik wou dat hij hem had gedood.'

Vervolgens zwiepte ze haar haren over haar schouder en beende ervandoor, waarbij ze zo snel en vastberaden liep dat ze er geen twijfel over liet bestaan dat ik haar niet moest volgen.

Ik wachtte tot haar rode haren om de hoek waren verdwenen, waarna ik lusteloos de weg af sjokte. De dag leek me zwaar op mijn schouders te drukken. Ik wilde alleen maar naar huis.

Toen ik naar binnen liep, was pa bezig met het avondeten, mijn favoriete maaltijd, vissticks en patat.

'Mag ik televisiekijken?' vroeg ik.

'Nee,' zei hij en hij pakte me bij mijn arm. 'Daar zit je moeder, samen met iemand anders. Ga je opfrissen en kom dan eten.'

'Wie is er dan?'

'Ga je nou maar opfrissen.'

Ik liep de gang in. De deur van de woonkamer stond op een kier. Ma zat op de bank met een blond meisje. Het meisje huilde en ma omarmde haar. Het meisje kwam me min of meer bekend voor, maar ik kon haar niet goed plaatsen.

Dat lukte me pas toen ik in de badkamer stond en mijn handen waste. Het was de blonde vriendin van het Waltzermeisje, degene die ik voor de kliniek had zien protesteren. Ik vroeg me af wat ze hier deed en waarom ze huilde. Misschien was ze gekomen om mijn moeder haar excuses aan te bieden. Of zat ze op een of andere manier in de problemen.

Het bleek om het laatste te gaan. Maar het was niet het soort probleem dat ik me had voorgesteld.

Ze vonden het lichaam op een zondagochtend, drie weken nadat de school was begonnen.

Hoewel niemand van ons het wilde toegeven, was het begin van de school na de zomervakantie niet zo vervelend als we beweerden. Zes weken vakantie was geweldig. Maar het kon best vermoeiend zijn om je te vermaken, om iets te bedenken om te doen.

En het was een vreemde zomer geweest. In zekere zin was ik blij dat ik hem achter de rug had en weer min of meer normaal kon doen. Dezelfde routine, dezelfde lessen, dezelfde gezichten. Nou, op dat van meneer Halloran na dan.

Ik kreeg geen les van hem, wat ik eigenlijk wel jammer vond, maar wat me ook opluchtte. Ik wist net iets te veel over hem. Leraren moesten leuk en aardig zijn, maar ze moesten ook een beetje op afstand staan. Meneer Halloran en ik deelden nu een geheim, en hoewel dat in een bepaald opzicht wel cool was, voelde ik me ook wat ongemakkelijk bij hem, alsof we elkaar naakt hadden gezien of zo.

Natuurlijk zagen we hem op school. Hij at er, soms had hij pauzedienst, en één keer gaf hij onze klas les, toen mevrouw Wilkinson, onze eigen docent Engels, ziek was. Hij was een goede leraar. Grappig, interessant en heel goed in staat om ervoor te zorgen dat de lessen niet saai werden. Zozeer dat je algauw vergat hoe hij eruitzag, al voorkwam het niet dat de leerlingen hem al op de eerste dag een bijnaam gaven: meneer Krijt of de Krijtman.

Die zondag was er niets bijzonders aan de hand. Wat ik prima vond. Ik vond het prettig om me te vervelen, net als anders. Pa en ma leken ook wat ontspannener. Ik was boven in mijn kamer aan het lezen toen er werd aangebeld. Meteen, zoals je dat soms hebt, wist ik dat er iets was gebeurd. Iets ergs.

'Eddie?' riep mijn moeder naar boven. 'Mickey en David zijn er.'

'Ik kom eraan.'

Enigszins aarzelend slofte ik naar de voordeur. Mijn moeder trok zich terug in de keuken.

Metal Mickey en Hoppo stonden met hun fiets op de stoep. Metal Mickey had een rood aangelopen gezicht en was helemaal opgewonden. 'Er is een kind in de rivier gevallen.'

'*Yeah*,' zei Hoppo. 'Er is een ziekenauto en de politie met linten en allerlei flauwekul. Zullen we gaan kijken?'

Ik zou willen zeggen dat ik indertijd hun enthousiasme om een dood kind te zien gruwelijk en fout vond. Maar ik was twaalf. Natuurlijk wilde ik kijken.

'Oké.'

'Nou, kom op dan,' zei Metal Mickey ongeduldig.

'Ik haal mijn fiets.'

'Schiet op,' zei Hoppo. 'Straks is er niets meer te zien.'

'Wat te zien?' Mijn moeder stak haar hoofd om de hoek van de keukendeur.

'Niets, mam,' zei ik.

'Wat hebben jullie dan een haast om niets te zien.'

'Het is alleen maar iets cools en nieuws in de speeltuin,' loog Metal Mickey. Hij loog altijd als de beste.

'Nou, maak het niet te lang. Ik wil dat je voor het middageten terug bent.'

'Oké.'

Ik pakte mijn fiets en we stoven de straat uit.

'Waar is Fat Gav?' vroeg ik Metal Mickey, die meestal eerst bij hem aanklopte.

'Zijn moeder zei dat ze hem naar de winkel had gestuurd,' zei hij. 'Jammer voor hem.'

Maar dat bleek niet zo te zijn. Wel was het jammer voor Metal Mickey.

Een deel van de rivieroever was afgezet en een politieman hield mensen tegen die te dichtbij kwamen. Er stonden groepjes bezorgd kijkende volwassenen. In de buurt van enkele nieuwsgierigen bleven we staan. Eigenlijk was het een beetje teleurstellend. Behalve dat de politie de boel had afgezet, stond er een of andere grote groene tent. Je kon niet echt iets zien.

'Denk je dat het lichaam daarachter ligt?' vroeg Metal Mickey.

Hoppo haalde zijn schouders op. 'Vast.'

'Ik durf te wedden dat hij helemaal opgezet en groen is, en dat de vissen zijn ogen eruit hebben gegeten.'

'Braak,' zei Hoppo, terwijl hij een kokhalzend geluid maakte.

Ik probeerde het beeld dat Metal Mickey had geschetst uit mijn hoofd te krijgen, maar het lukte me niet.

'Klote,' verzuchtte hij. 'We zijn te laat.'

'Wacht,' zei ik. 'Ze brengen iets weg.'

De politiemannen haalden voorzichtig iets achter het groene scherm vandaan. Geen lichaam. Een fiets. Of in elk geval wat ervan over was. Hij was verwrongen en gedeukt, overdekt met slijmerige planten. Maar zodra we hem zagen, wisten we het. Wisten we het allemaal.

Het was een BMX. Felrood met een zwarte schedel erop geschilderd.

Elke zaterdag- en zondagochtend kon je Sean op zijn BMX zien fietsen – als je vroeg genoeg op was – terwijl hij door de stad racete en kranten bezorgde. Maar deze zondagochtend was Sean naar buiten gegaan om zijn fiets te pakken en tot de ontdekking gekomen dat hij was verdwenen. Iemand had hem gestolen.

Een jaar geleden was er een golf van fietsdiefstallen geweest. Een paar oudere kinderen van de kostschool hadden ze gejat en in de rivier gegooid, alleen maar voor de lol, een schelmenstreek.

Misschien was Sean daarom als eerste daar gaan kijken. Hij was dol op die fiets. Iets mooiers had hij niet. Dus toen hij de handvatten boven de rivier uit zag steken, terwijl ze achter een paar afgebroken boomtakken waren blijven hangen, had hij besloten het water in te lopen om hem eruit te halen, ook al wist iedereen dat er een zeer sterke stroming stond en Sean een heel slechte zwemmer was.

Hij haalde het bijna. Hij had de fiets vrijwel uit de boomtakken, toen hij door het gewicht zijn evenwicht verloor en achteroverviel. Plotseling stond hij tot aan zijn borst in het water. Zijn jas en spijkerbroek trokken hem omlaag en de stroming was zo sterk, alsof hij door tientallen handen onder water werd getrokken. En het was ook nog eens koud. Zo verrekte koud.

Hij greep naar de boomtakken. Hij schreeuwde het uit, maar het was nog vroeg en er was zelfs nog niemand die zijn hond uitliet. Misschien dat Sean toen in paniek was geraakt. Waarna de stroming hem te pakken kreeg en meevoerde, stroomafwaarts.

Hij ploeterde hard om weer naar de oever te komen, maar de oever was steeds verder weg en zijn hoofd ging steeds onder water, en in plaats van lucht inhaleerde hij stinkend bruin water...

Dit alles wist ik eigenlijk niet. Voor een deel ben ik er later achter gekomen. Voor een deel heb ik het me voorgesteld. Ma heeft altijd gezegd dat ik een levendige fantasie heb. Dat leverde me goede cijfers voor Engels op, maar ook enkele behoorlijk heftige nachtmerries.

Ik dacht niet dat ik die nacht zou slapen, ondanks de warme melk die ma voor het slapengaan bracht. Aldoor zag ik het beeld voor me van Sean die helemaal groen en opgezet was en onder de slijmerige planten zat, net zoals zijn fiets. Er spookte nog iets anders door mijn hoofd, iets wat meneer Halloran had gezegd: Karma. Je zult oogsten wat je hebt gezaaid. *'Als je slechte dingen doet, zal dat uiteindelijk terugkomen en zich tegen je keren. Dat zal die jongen meemaken. Daar kun je donder op zeggen.'* Maar daar was ik niet zo zeker van. Sean Cooper had dan misschien iets misdaan. Maar was het zo erg geweest? En Metal Mickey dan? Wat had hij gedaan?

Meneer Halloran had Metal Mickeys gezicht niet gezien toen hij besefte dat het de fiets van zijn broer was, of de vreselijke, klagende kreet gehoord die hij slaakte. Een geluid dat ik nooit meer wil horen.

Hoppo en ik moesten hem allebei vasthouden om te voorkomen dat hij naar de tent rende. Uiteindelijk maakte hij zoveel stennis dat een van de agenten op ons af kwam lopen. Toen we uitlegden wie Metal Mickey was, sloeg hij een arm om hem heen en hij liep met of droeg Metal Mickey naar zijn auto. Even later reden ze weg. Tot mijn grote opluchting. Het was vreselijk om de fiets van Sean te zien. Maar het was nog veel erger om Metal Mickey te zien, helemaal overstuur en schreeuwend.

'Gaat-ie, Eddie?'

Pa trok mijn dekens omhoog en ging op de rand van mijn bed zitten. Zijn gewicht voelde geruststellend aan.

'Wat gebeurt er als we doodgaan, papa?'

'Tjee. Daar vraag je me wat, Eddie. Volgens mij weet niemand dat echt.'

'Dus we gaan niet naar de hemel of de hel?'

'Volgens sommige mensen wel. Maar veel mensen denken dat de hemel en de hel niet bestaan.'

'Dus dan maakt het niet uit als we iets slechts hebben gedaan?'

'Nee, Eddie. Wat je tijdens je leven hebt gedaan, maakt na je dood niet uit. Of het nu goed of slecht was. Maar tijdens je leven maakt het wel een groot verschil. Voor andere mensen. Daarom moeten we ze altijd goed behandelen.'

Ik dacht erover na, en knikte. Ik bedoel, het was een beetje een afknapper als je je hele leven goed had gedaan en je ging niet naar de hemel, maar ik verheugde me over de andere kant ervan. Hoezeer ik ook een hekel aan Sean Cooper had, de gedachte dat hij voor altijd in de hel zou branden, beviel me niet.

'Eddie,' zei pa. 'Wat Sean Cooper is overkomen, was heel droevig. Een tragisch ongeluk. Maar meer dan dat was het niet. Een ongeluk. Sommige dingen gebeuren zonder dat er een reden voor is. Zo zit het leven nu eenmaal in elkaar. En de dood ook.'

'Dat zal wel.'

'Denk je dat je nu kunt slapen?'

'Yeah.'

Ik dacht van niet, maar wilde niet dat pa dacht dat ik een baby was.

'Oké, Eddie. Doe het licht dan maar uit.'

Pa boog voorover en gaf me een kus op mijn voorhoofd. Dat deed hij zelden meer. Op deze avond was ik blij met de onfrisse aanraking van zijn baard. Daarna deed hij het licht in de slaapkamer uit en hulde de kamer zich in schaduwen. Jaren geleden had ik afscheid genomen van mijn nachtlampje, maar die nacht had ik het nog best willen hebben.

Ik legde mijn hoofd op het kussen en probeerde een comfortabele plek te vinden. In de verte kraste een uil. Er jankte een hond. Ik probeerde aan leuke dingen te denken en niet aan dode, verdronken jongens. Bijvoorbeeld aan een eind rijden op mijn fiets, aan ijsjes en Pac-Man. Mijn hoofd zakte dieper in het kussen. In gedachten zweefde ik weg. Na een poosje dacht ik nergens meer aan. En kwam de slaap opzetten, die me meenam, de duisternis in.

Plotseling maakte iemand me weer wakker. Er klonk een ratelend geluid, alsof het hard regende of hagelde. Verbaasd draaide ik me om. Het geluid herhaalde zich. Stenen, tegen mijn raam. Ik sprong uit bed, stak de kale vloerplanken over en trok het gordijn open. Ik moest al een poosje hebben geslapen. Buiten was het helemaal donker. De maan was als een strook zilver, als een stuk papier tegen een houtskoolkleurige lucht.

Hij gaf net voldoende licht om Sean Cooper te kunnen zien. Hij stond op het gras, vlak naast de patio. Hij droeg een spijkerbroek en zijn blauwe honkbaljasje, dat gescheurd en vies was. Hij was niet groen of opgezet, zijn ogen waren niet door vissen opgegeten, maar hij was heel bleek, en heel dood.

Een droom. Dat moest wel. *Word wakker*, dacht ik. *Word wakker, word wakker, WORD WAKKER!*

'Hé, etterbak.'

Hij glimlachte. Mijn maag deed pijn. Met een afschuwelijke, misselijkmakende zekerheid drong het tot me door dat het geen droom was. Het was een nachtmerrie.

'Ga weg,' siste ik zacht, met gebalde vuisten en nagels die in mijn handpalm drukten.

'*Ik heb een boodschap voor je.*'

'Nou en,' riep ik naar beneden. 'Ga weg.'

Ik probeerde dapper te klinken. Maar mijn keel werd dichtgeknepen door de angst en de woorden kwamen er piepend uit.

'*Hoor eens, etterbak, als je niet naar beneden komt, zal ik naar boven moeten gaan, om je te halen.*'

Een dode Sean Cooper in de tuin was erg, maar een dode Sean Cooper in mijn slaapkamer was nog veel erger. En dit was nog steeds een droom, toch? Ik moest me er gewoon aan overgeven tot ik wakker werd.

'Oké. Als... je even kunt wachten.'

Ik griste mijn gymschoenen onder mijn bed vandaan en trok ze met trillende handen aan. Ik sloop naar de deur, greep de deurkruk en trok hem open. Ik durfde het licht niet aan te doen, dus liep ik met de zijwaartse gang van een krab op de tast de trap af.

Uiteindelijk kwam ik beneden aan. Ik liep de gang door naar de keuken. De achterdeur stond open. Ik stapte naar buiten. Door het dunne katoen van mijn pyjama voelde de nachtlucht koud aan. Mijn haar waaide op door een briesje wind. Ik rook iets vochtigs, zuurs en rottends.

'*Stop met dat gesnuffel. Je bent geen hond. Etterbak.*'

Ik sprong op en draaide me om. Recht voor mijn neus stond Sean Cooper. Van dichtbij zag hij er nog slechter uit dan vanuit mijn slaapkamer. Zijn huid had een vreemde, blauwe tint. Eronder liepen kleine adertjes. Zijn ogen kleurden geel en leken wel leeggelopen.

Ik vroeg me af of er een punt bestond waarop je gewoon niet nog banger kon worden. Zo ja, dan had ik dat punt bereikt.

'Wat kom je hier doen?'

'*Dat zei ik al. Ik heb een boodschap voor je.*'

'En die is?'

'*Kijk uit voor de krijtmannetjes.*'

'Ik begrijp het niet.'

'*En denk je dat ik het begrijp?*' Hij stapte op me af. '*Denk je dat ik hier wil zijn? Denk je dat ik dood wil zijn? Denk je dat ik zo wil stinken?*'

Hij wees naar me met een arm die vreemd in zijn kom zat. Eigenlijk, besefte ik, zat hij niet in zijn kom. Hij was aan de bovenkant opengescheurd. In het vale maanlicht glansde wit bot.

'*Ik ben hier alleen door jou.*'

'Door mij?'

'*Dit komt door jou, etterbak. Jij bent ermee begonnen.*'

Ik zette een stap achteruit, in de richting van de deur.

'Sorry... Echt sorry.'

'*Suhrrieeh? Echt waar?*' Zijn lippen vertrokken tot een grijns. '*Waarom laat je niet zien hoezeer het je spijt?*'

Hij greep me bij mijn arm. Er stroomde warme urine langs mijn benen.

'*Zuig op mijn pik.*'

'NEEE!'

Ik rukte mijn arm los, net op het moment dat de oprit door het helderwitte licht van het raam van de overloop werd overspoeld.

'Eddie, ben je op? Wat ben je aan het doen?'

Even bleef Sean Cooper staan, verlicht als een of andere afschuwelijke kerstdecoratie, terwijl het licht door hem heen scheen. En toen, zoals alle goede monsters die aan het duister ontsnappen, loste hij langzaam op en zakte ineen tot een wolkje witte stof.

Ik keek omlaag. Waar hij had gestaan, was nu iets anders. Een tekening. Zuiver wit op een donkere oprit. Een poppetje dat half in woeste golven was ondergedompeld, met een arm geheven, alsof hij zwaaide. *Nee*, dacht ik. *Hij zwaait niet, hij verdrinkt. En het is geen poppetje – maar een krijtmannetje.*

Ik rilde.

'Eddie?'

Ik dook naar binnen en trok de deur zo stil mogelijk achter me dicht.

'Niks aan de hand, mam. Ik wilde alleen maar wat water drinken.'

'Hoorde ik de achterdeur?'

'Nee, mam.'

'Nou, ga drinken en gauw weer naar bed. Morgen moet je naar school.'

'Oké, mam.'

'Goed zo, jongen.'

Ik deed de deur op slot, waarbij mijn vingers zo hevig trilden dat het me verschillende pogingen kostte om de sleutel om te draaien. Vervolgens slofte ik naar boven, trok mijn natte pyjamabroek uit en stopte hem in de wasmand. Ik trok een schone broek aan en kroop in bed. Maar ik viel niet in slaap, lange tijd niet. Ik lag, en wachtte tot ik nog meer stenen tegen het raam hoorde, of misschien de trage passen van natte voetstappen op de trap.

Op een bepaald moment, net toen buiten in de bomen de vogels begonnen te fluiten, zal ik zijn ingedommeld. Niet lang. Ik werd vroeg wakker. Voordat pa en ma wakker waren. Meteen stormde ik naar beneden en zwaaide de achterdeur open, hopend tegen beter weten in dat het allemaal slechts een droom was geweest. Dat er geen dode Sean Cooper was. Er geen...

Het krijtmannetje was er nog.

Hé, etterbak. Wil je een duik nemen? Kom erin – het water is dodelijk.

Ik had het kunnen laten staan. Dat had ik misschien moeten doen. In plaats daarvan greep ik ma's afwasteil en vulde hem met water. Vervolgens goot ik het teiltje leeg, en dompelde het krijtmannetje onder in het koude water en resten zeepsop.

Ik probeerde mezelf wijs te maken dat een van de anderen het had getekend. Fat Gav misschien, of Hoppo. Een of andere misselijke grap. Pas toen ik halverwege school was, bedacht ik het. We hadden allemaal onze eigen kleur krijt. Fat Gav was rood, Metal Mickey blauw, Hoppo groen, Nicky geel en ik was oranje. Niemand van onze vriendengroep gebruikte wit.

2016

Vlak voor het middageten belt mijn moeder. Meestal slaagt ze erin om op de onhandigste momenten te bellen, en vandaag is het niet anders. Ik zou hem naar de voicemail kunnen laten overgaan, maar mijn moeder heeft een hekel aan de voicemail en zal alleen maar geïrriteerd zijn als ik haar vervolgens spreek, dus druk ik met enige tegenzin op 'opnemen'.

'Hallo.'

'Hallo, Ed.'

Onbeholpen verlaat ik het klaslokaal en loop de gang in.

'Is alles goed?' vraag ik.

'Natuurlijk. Waarom zou dat niet zo zijn?'

Omdat ma nooit iemand is geweest die alleen maar voor een praatje belt. Als ma belt, is daar een reden voor.

'Ik weet het niet. Is alles goed met je? Hoe gaat het met Gerry?'

'Uitstekend. We hebben net een ontgiftingskuur gedaan, met oersappen, dus op dit moment voelen we ons allebei behoorlijk vitaal.'

Ik weet zeker dat ma woorden als 'vitaal' of 'ontgiftingskuur' een paar jaar geleden nooit zou hebben gebruikt. Niet toen pa nog leefde. Ik wijt het aan Gerry.

'Prima. Zeg, mama, eigenlijk ben ik ergens mee bezig, dus...'

'Je bent toch niet aan het werk, Ed?'

'Nou...'

'Het is schoolvakantie.'

'Dat weet ik, maar dat is een beetje een oxymoron, tegenwoordig.'

'Zorg ervoor dat ze je niet te hard laten werken, Ed.' Ze zucht. 'Er zijn meer dingen in het leven.'

Nogmaals, dat zou ma een paar jaar geleden nooit hebben gezegd. Haar werk wás haar leven. Maar toen werd pa ziek en bestond haar leven uit het verzorgen van hem.

Ik begrijp dat alles wat ze nu doet – inclusief Gerry – haar manier is om die verloren jaren in te halen. Dat verwijt ik haar niet. Ik verwijt het mezelf.

Als ik was getrouwd en een gezin had gehad, zou ze misschien andere zaken hebben gehad om haar leven mee te vullen, in plaats van die ontgiftingskuren met oersappen. En dan had ik in plaats van mijn werk misschien andere zaken om mijn dagen mee te vullen.

Maar dat is niet wat ma wil horen.

'Ik weet het,' zeg ik tegen haar. 'Je hebt gelijk.'

'Goed. Weet je, je zou pilatesoefeningen moeten proberen, Ed. Dat is goed voor je rompspieren.'

'Daar zal ik over nadenken.'

Niet dus.

'Hoe dan ook, ik zal je niet langer van je werk houden. Ik vroeg me af of je een kleinigheid voor me wilde doen.'

'O... ké...'

'Gerry en ik overwegen een week met de camper weg te gaan.'

'Wat leuk.'

'Maar onze gebruikelijke oppas voor de kat kan niet.'

'Ach, nee.'

'Ed! Je bent toch zo'n dierenliefhebber?'

'Dat ben ik ook. Alleen heeft Mittens de pest aan me.'

'Onzin. Het is een kat. Ze haat niemand.'

'Het is geen kat, het is een met bont beklede psychopaat.'

'Kun je een paar dagen op haar passen of niet?'

Ik zucht. 'Ja. Dat kan. Uiteraard.'

'Goed. Ik breng haar morgenochtend.'

O. Goed.

Ik beëindig het gesprek en loop het lokaal weer in. Een magere puber met zwart haar, waarvan de lange pony over zijn gezicht valt, hangt in een stoel met zijn Dr. Martens op het bureau, terwijl hij op zijn smartphone tikt en kauwgom kauwt.

Danny Myers zit in mijn Engelse les. Het is een slim joch, dat hoor ik tenminste van alle kanten: van het schoolhoofd, van Danny's ouders, die toevallig met het schoolhoofd bevriend zijn, en met verschillende leden van het schoolbestuur. Ik twijfel er niet aan, maar ben in zijn werk nog niets tegengekomen waar het uit blijkt.

Al is dat natuurlijk niet wat zijn ouders of ons schoolhoofd willen horen. Volgens hen heeft Danny speciale aandacht nodig. Danny is het slachtoffer van de brede, op de standaardklas gerichte aanpak van de overheid. Hij is te slim, te snel afgeleid, te gevoelig. Bla, bla, bla.

Dus zijn Danny en ik nu bezig met wat we een 'interventie' noemen. Die houdt in dat hij in de schoolvakantie komt opdraven voor bijles en ik hem moet inspireren, hem op de huid moet zitten en moet ompraten om de cijfers te krijgen die hij volgens zijn ouders eigenlijk zou moeten halen.

Soms leveren dit soort interventies iets op, met kinderen die de capaciteiten hebben maar het in de klas niet zo goed doen. Andere keren is het zowel een verspilling van mijn tijd als van die van de leerling. Ik ben geloof ik niet defaitistisch ingesteld. Maar ik ben een realist. Ik ben geen geliefde leraar die uit alle leerlingen het maximale weet te halen. Als het erop aankomt, wil ik lesgeven aan leerlingen die willen leren. Of in elk geval leerlingen die dat willen proberen. Liever een met veel inzet verkregen 6-, dan een onverschillige 7.

'Telefoon en voeten, allebei van tafel,' zeg ik als ik aan mijn bureau plaatsneem.

Hij zwaait zijn benen van tafel, maar blijft op zijn telefoon tikken. Ik zet mijn bril weer op en vind de plek in de tekst die we zojuist bespraken.

'Als je klaar bent, zou je je aandacht dan misschien weer op *Heer der vliegen* kunnen richten?'

Hij tikt verder.

'Danny, ik zou je ouders liever niet willen voorstellen dat een verbod op alle sociale media misschien de manier is om de hogere cijfers te halen die zij...'

Even staart Danny me aan. Beleefd glimlach ik terug. Hij zou de discussie wel aan willen gaan. Tegen me in willen gaan, maar ditmaal doet hij de telefoon uit en stopt hem in zijn zak. Ik beschouw het niet als een overwinning, meer als iets wat hij me gunt.

Dat is prima. Alles wat ervoor nodig is om deze twee uur soepeler te laten verlopen, vind ik prima. Soms geniet ik van het steekspel met Danny. En er is zeker wel enige bevrediging als ik hem een min of meer redelijke hoeveelheid schoolarbeid kan laten verrichten. Maar daar is het vandaag de dag niet voor. Na mijn gebroken nacht ben ik moe en geprikkeld. Alsof ik wacht tot er iets gebeurt. Iets slechts. Iets onherstelbaars.

Ik probeer me op de tekst te concentreren. 'Oké, we hadden het dus over waar de hoofdpersonen voor staan, Ralph, Jack, Simon...'

Hij haalt zijn schouders op. 'Al vanaf het begin stelde Simon geen ruk voor.'

'Hoezo?'

'Dood gewicht. Een sukkel. Hij verdiende het om dood te gaan.'

'Verdíénde het? Hoezo?'

'Goed. Hij was geen verlies, oké? Jack had gelijk. Als ze op het eiland wilden overleven, moesten ze alle beschaafde onzin overboord zetten.'

'Maar het hele punt van de roman is dat de samenleving uit elkaar valt als we ons aan primitiviteit overgeven.'

'Dat moet misschien ook. Het is toch allemaal nep. Dat is wat het boek eigenlijk beweert. We doen allemaal alsof we beschaafd zijn, terwijl we dat, in wezen, niet zijn.'

Ik glimlach, ook al voel ik me er een tikje ongemakkelijk bij. Maar dat komt waarschijnlijk weer door de spijsverteringsmoeilijkheden. 'Nou, dat is wel een interessant standpunt.'

Mijn horloge piept. Ik zet altijd het alarm om het einde van de les aan te geven.

'Nou. Dat was het voor vandaag.' Ik pak mijn schoolboeken bijeen. 'Ik zou in je volgende opstel graag meer over die theorie willen lezen, Danny.'

Hij staat op en pakt zijn plunjezak. 'Tot later, meneer.'

'Volgende week zelfde tijd.'

Terwijl hij het lokaal uit slentert, hoor ik mezelf zeggen: 'En ik neem aan dat jij in die nieuwe versie van de samenleving een van de overlevers zult zijn, Danny?'

'Tuurlijk.' Hij kijkt me merkwaardig aan. 'Maar wees gerust, meneer. Dat zult u ook zijn.'

De langere route van school terug naar huis loopt via het park. Hoewel het vandaag niet al te warm is, besluit ik toch de omweg te maken. Een ommetje terug in de tijd.

Langs de rivieroever is het mooi wandelen, met aan beide kanten golvende velden en, daarachter, een blik op de kathedraal in de verte, ook al staat hij momenteel half in de steigers, al een aantal jaren. Het heeft honderd jaar gekost om de beroemde torenspits te bouwen, zonder goed gereedschap of machines. Onwillekeurig denk ik dat het met gebruikmaking van de wonderen van de techniek langer kost om hem te restaureren.

Ondanks de schilderachtige omgeving wordt mijn blik als ik langs de rivier loop getrokken door het snelstromende, bruine water. En stel ik me voor hoe koud het is. Hoe onvergeeflijk de stroming is. Nog altijd denk ik meestal aan Sean Cooper, die onder het oppervlak werd getrokken toen hij zijn fiets probeerde te pakken. De fiets waarvan niemand ooit heeft toegegeven hem te hebben gestolen.

Links van me ligt het nieuwe recreatiegebied. Enkele jongens klepperen met hun skateboards over de skatebaan. Een moeder duwt een giechelende kleuter rond in de draaimolen. En een eenzaam tienermeisje zit op de schommel. Ze heeft haar hoofd voorovergebogen en haar haar valt als een glanzend gordijn over haar gezicht. Bruin haar, niet rood. Maar zoals ze hier zit, opgesloten in haar eigen, kalme cocon, doet ze me heel even aan Nicky denken.

Ik herinner me nog een dag, die zomer. Een moment dat bijna verloren ging in de vage wirwar van andere herinneringen. Ma had me de stad in gestuurd om wat boodschappen te halen. Ik liep terug door het park toen ik Nicky in de speeltuin zag. Ze zat alleen op de schommel en staarde naar haar schoot. Het had weinig gescheeld of ik had haar geroepen: *Hé, Nicky!*

Maar iets weerhield me ervan. Misschien de manier waarop ze in stilte schommelde, heen en weer. Ik kwam stilletjes dichterbij. Ze had iets in haar hand. Het lichtte zilverkleurig op in het zonlicht – en ik herkende het kruisje dat ze meestal rond haar nek droeg. Ik keek toe, terwijl ze het optilde... en vervolgens in de zachte huid van haar dij stak. En nog een keer, en nog een keer.

Ik deinsde terug en liep haastig naar huis. Nooit heb ik Nicky of iemand anders verteld wat ik die dag zag. Maar het is me altijd bijgebleven. Zoals ze het crucifix in haar been stak. Telkens weer. Waarschijnlijk tot bloedens toe. Maar zonder ooit een kik te geven, niet eens te kermen.

Het meisje in het park kijkt op, strijkt het haar achter een oor. In haar oor lichten meerdere zilveren ringen op en uit haar neus steekt een metalen ring. Ze is ouder dan ik aanvankelijk dacht, misschien studeert ze. Toch ben ik me er meteen van bewust dat ik een man op middelbare leeftijd ben, die vrij excentriek overkomt, en naar een pubermeisje in een speeltuin kijkt.

Ik buig mijn hoofd voorover en loop door, in een hoger tempo. In mijn zak gaat mijn telefoon over. In de verwachting dat het mijn moeder is, pak ik hem. Het is niet zo. Het is Chloe.

'Ja?'

'Fijne begroeting. Je moet op je telefoonmanieren letten.'

'Sorry, ik ben alleen een beetje... Sorry, wat is er?'

'Je vriend heeft zijn portemonnee hier laten liggen.'

'Mickey?'

'Ja, ik heb hem vlak nadat je vertrok in de gang gevonden. Hij zal uit zijn jaszak gevallen zijn.'

Vreemd. Het is lunchtijd. Mickey zal ondertussen wel weten dat hij zijn portemonnee kwijt is. Al was hij behoorlijk dronken gisteravond. Misschien slaapt hij zijn roes uit in het hotel.

'Goed. Nou, ik zal hem bellen en het aan hem doorgeven. Dank je wel.'

'Oké.'

Dan bedenk ik me iets.

'Zou je Mickeys portemonnee willen pakken en er een blik in willen werpen?'

'Momentje.'

Ik hoor haar rondscharrelen, waarna ze naar de telefoon terugkeert. 'Oké. Geld, ongeveer twintig pond – creditcards, bankpasjes, bonnetjes, rijbewijs.'

'Zijn sleutelkaart voor zijn hotelkamer?'

'O, ja. Die ook.'

Zijn sleutelkaart. De kaart die hij nodig heeft om zijn kamer in te komen. Al zal iemand van het personeel hem natuurlijk vast een ander exemplaar hebben gegeven, als hij een of ander identiteitsbewijs bij zich had...

Alsof ze mijn gedachten leest, zegt Chloe: 'Betekent dit dat hij afgelopen nacht zijn hotelkamer niet in kon komen?'

'Ik weet het niet,' zeg ik. 'Wie weet heeft hij in zijn auto geslapen.'

Maar waarom heeft hij mij niet gebeld? En zelfs als hij me vannacht niet wilde lastigvallen, waarom heeft hij vanochtend dan niet gebeld?

'Hopelijk ligt hij niet ergens in een greppel,' zegt Chloe.

'Wat bedoel je daar nou mee?'

Ik heb meteen spijt van mijn snauw. Ik kan haar aan de andere kant van de lijn bijna nijdig horen worden.

'Wat ís er toch met jou vanochtend? Ben je aan de kloothommelkant uit je bed gestapt, of zo?'

'Sorry,' zeg ik. 'Ik ben alleen maar moe.'

'Goed,' zegt ze, op een manier die me duidelijk maakt dat dit allesbehalve het geval is. 'Wat ga je doen met die vriend van je?'

'Ik zal hem bellen. Als ik hem niet te pakken kan krijgen, breng ik zijn portemonnee naar het hotel. Kijken of het goed met hem gaat.'

'Ik leg hem op het tafeltje in de gang.'

'Ga je weg?'

'Bingo, Sherlock. Dat onvoorstelbare sociale leven, weet je nog?'

'Oké, nou, tot later.'

'Ik hoop echt van niet.'

Ze beëindigt het gesprek, en ik vraag me af of het een grapje was over dat ze tot laat zou wegblijven, of een oprecht verlangen om een slechtgehumeurde lummel als ik nooit meer te zien.

Ik slaak een zucht en probeer Mickeys nummer. Ik beland rechtstreeks in de voicemail.

'Hoi, dit is Mickey. Ik kan de telefoon momenteel niet opnemen, dus doe na de piep wat je wilt doen.'

Ik neem niet de moeite een bericht in te spreken. Ik keer om, loop het park uit en neem een kortere route naar huis, terwijl ik het vage, verontrustende gerommel in mijn maag probeer te negeren. Het is vast niets. Mickey is vast naar het hotel gestommeld, heeft een medewerker overgehaald hem een nieuwe kaart te geven en slaapt gewoon zijn roes uit. Tegen de tijd dat ik er aankom, zal hij wel aan het lunchen zijn. Vast en zeker, helemaal goed, geweldig.

Ik herhaal het meermaals, met steeds meer overtuiging.

En elke keer geloof ik er minder van.

De Travelodge is een lelijk gebouw naast een verwaarloosde Little Chef. Ik zou hebben gedacht dat Mickey zich wel een beter verblijf kon veroorloven, maar ik vermoed dat het gunstig gelegen is.

Ik doe er nog twee pogingen om Mickey te bellen. Maar beide keren schakelt zijn telefoon direct door naar de voicemail. Mijn ongerustheid neemt toe.

Ik parkeer en loop de receptie in. Achter de balie staat een jongeman met rossig haar, een rechtovereind staande paardenstaart en gapende gaten in zijn oren, terwijl hij er met zijn te strakke overhemd en slecht geknoopte stropdas ongemakkelijk uitziet. Een op zijn revers gespelde badge geeft aan dat hij Nop heet, wat niet zozeer aandoet als een naam, maar als het toegeven van een chronisch gebrek.

'Hallo. Inchecken?'

'Eigenlijk niet. Ik ben op zoek naar een vriend van me.'

'Goed.'

'Mickey Cooper. Ik geloof dat hij hier gisteren heeft ingecheckt.'

'Oké.'

Hij blijft me vaag aankijken.

'Dus,' zwoeg ik verder, 'zou u willen nagaan of hij hier is?'

'Kunt u hem niet bellen?'

'Hij neemt niet op, en het punt is...' Ik haalde de portemonnee uit mijn zak. 'Hij heeft dit gisteravond bij mij thuis laten liggen. Zijn sleutelkaart en al zijn creditcards zitten erin.'

Ik wacht tot het belang hiervan tot de jongen is doorgedrongen. Er groeit mos op mijn voeten. Er ontstaan gletsjers en ze smelten.

'Het spijt me,' zegt hij ten slotte. 'Ik begrijp het niet.'

'Ik vráág of u wilt controleren of hij gisteravond in goede staat is teruggekeerd. Ik maak me zorgen over hem.'

'O, nou, ik was er gisteravond niet. Toen was Georgia er.'

'Goed. Nou, staat er misschien iets in de computer?' Ik knik richting de oud uitziende pc in de hoek van een rommelig bureau. 'Hij zal om een nieuwe sleutelkaart hebben moeten vragen. Zou daar niet iets over in de computer staan?'

'Nou, dat zou ik misschien kunnen nakijken.'

'Dat zou u misschien kunnen doen.'

Het sarcasme ontgaat hem volledig. Hij ploft neer achter het bureau en slaat een paar toetsen aan.

Dan draait hij zich om. 'Nee. Niets.'

'Aha, zou u Georgia misschien even kunnen bellen?'

Hij denkt na. Ik heb de indruk dat het voor Nop een enorme inspanning is om iets te doen wat ook maar een klein beetje afwijkt van zijn normale werk. Eerlijk gezegd lijkt het alsof het ademhalen voor Nop al een enorme inspanning is.

'Alstublieft?' zeg ik.

Een diepe zucht. 'Oké.'

Hij pakt de telefoon. 'Hallo, George?'

Ik wacht.

'Is er afgelopen nacht een vent die Mickey Cooper heet zonder sleutelkaart binnengekomen? Het zou kunnen dat je die hebt moeten vervangen. Goed. Oké. Bedankt.'

Hij legt de hoorn neer en loopt terug naar de balie.

'En?' vraag ik.

'Neuh. Die vriend van u is hier afgelopen nacht niet teruggekeerd.'

1986

Ik had me altijd voorgesteld dat begrafenissen plaatsvonden op grijze, regenachtige dagen waarop in het zwart gehulde mensen onder paraplu's bij elkaar kropen.

Op de ochtend van Sean Coopers begrafenis scheen de zon – in elk geval aan het begin ervan. En niemand was in het zwart. Zijn familie had gevraagd in het blauw of rood te komen. Seans lievelingskleuren. De kleuren van het schoolvoetbalteam. Er kwamen heel wat kinderen in het sporttenue van de school.

Ma koos een nieuw, lichtblauw overhemd voor me uit, met een rode stropdas en een donkere broek.

'Je moet er wel netjes uitzien, Eddie. Om hem de laatste eer te bewijzen.'

Ik wilde Sean Cooper niet echt de laatste eer bewijzen. Ik wilde helemaal niet naar de begrafenis. Ik was nog nooit naar een begrafenis geweest. Voor zover ik me kon herinneren tenminste. Naar het schijnt hadden mijn ouders me naar die van mijn opa meegenomen, maar toen was ik nog maar een baby en bovendien was opa oud. Je ging ervan uit dat oude mensen stierven. Ze roken zelfs alsof ze al halfdood waren. Een beetje muffig en bedompt.

De dood was iets wat anderen overkwam, niet kinderen zoals wij, niet mensen die we kenden. De dood was abstract en ver weg. Door de begrafenis van Sean Cooper begreep ik waarschijnlijk voor het eerst dat de dood maar een enkele, koele, zure ademteug van ons verwijderd is. Zijn grootste truc bestaat erin dat hij je laat denken dat hij er niet is. Terwijl de dood nog talloze andere trucs kent.

De kerk lag op slechts tien minuten lopen van ons huis. Van mij had het verder mogen zijn. Frunnikend aan mijn overhemd slofte ik erheen. Ma had dezelfde blauwe jurk aan als op het feest van Fat Gav, met een rood jasje eroverheen. Pa droeg bij hoge uitzondering een lange broek, waarvoor ik hem dankbaar was, en een overhemd met rode bloemen erop (waarvoor ik hem niet dankbaar was).

We arriveerden op hetzelfde moment bij het hek van het kerkhof als Hoppo en zijn moeder. We zagen de moeder van Hoppo niet zo vaak. Alleen als ze in haar auto zat, onderweg om schoon te maken. Vandaag had ze haar verwarde haar in een knotje gedaan. Ze droeg een vormeloze blauwe jurk en zeer oude, sjofel uitziende sandalen. Het klinkt afschuwelijk om te zeggen, maar zoals zij eruitzag was ik blij dat ze niet mijn moeder was.

Hoppo had een rood T-shirt aan en een blauwe lange broek van school, met zwarte schoenen. Zijn dikke, zwarte haar was keurig, glad opzijgekamd. Hoppo zag er heel anders uit dan anders. Niet alleen vanwege zijn haar en die nette kleren. Hij zag er gespannen en bezorgd uit. Hij had Murphy aan een riem.

'Dag, David. Dag, Gwen,' zei ma.

Ik had nooit geweten dat Hoppo's moeder Gwen heette. Ma was altijd goed in namen. Pa niet zozeer. Voor de grap zei hij altijd, nog voordat zijn dementie uit de hand liep en hij niet goed snik werd, dat het vergeten van namen van mensen niets nieuws was.

'Dag, meneer en mevrouw Adams,' zei Hoppo.

'Dag,' zei zijn moeder, met een zacht, zwak stemgeluid. Ze klonk altijd alsof ze zich ergens voor verontschuldigde.

'Hoe gaat het met je?' vroeg ma, op de beleefde toon die ze gebruikte als ze het niet echt wilde weten.

De moeder van Hoppo hoorde de hint niet. 'Niet zo goed,' zei ze. 'Ik bedoel, dit is zo erg allemaal, en Murphy is de hele nacht ziek geweest.'

'Och, heden,' zei pa oprecht.

Ik boog voorover om Murphy te aaien. Hij kwispelde vermoeid en plofte neer. Hij leek even weinig zin te hebben om hier te zijn als wij allemaal.

'Heb je hem daarom meegenomen?' vroeg pa.

Hoppo knikte. 'We wilden hem niet alleen thuislaten. Dan maakt hij er een bende van. En als we hem in de tuin laten, springt hij over de heg en ontsnapt. Dus hebben we besloten hem hierbuiten aan de lijn te leggen.'

Pa knikte. 'Nou, dat lijkt me een goed idee.' Hij klopte Murphy op de kop. 'Arme kerel. Je wordt oud, hè?'

'Nou,' zei ma, 'we moesten maar eens naar binnen gaan.'

Hoppo boog voorover en gaf Murphy een knuffel. De oude hond likte hem met een grote tong over zijn gezicht.

'Brave hond,' fluisterde hij. 'Tot straks.'

We sloten met ons allen aan bij de rij die door het hek van het kerkhof naar de ingang van de kerk liep. Er stonden meer mensen buiten te wachten, sommigen waren stiekem aan het roken. Ik zag Fat Gav en zijn ouders. Nicky stond bij de ingang van de kerk, naast dominee Martin. Ze had een dikke stapel papieren in de hand. Liedteksten, vermoedde ik.

Ik vond het spannend. Het was voor het eerst sinds het feest en het pakketje dat pa en ma en dominee Martin elkaar onder ogen kwamen. Toen hij ons zag, glimlachte de dominee.

'Meneer en mevrouw Adams, Eddie. Fijn dat u op deze vreselijke dag aanwezig bent.'

Hij stak zijn hand uit. Pa schudde hem niet. De glimlach op het gezicht van de dominee verdween niet, maar in zijn ogen zag ik heel even iets minder aangenaams oplichten.

'Alstublieft, pak een vel met liedteksten en zoek een plek.'

We pakten de liedteksten aan. Nicky knikte me heel even, zwijgend, toe, en we liepen langzaam de kerk in.

Het was koud binnen, koud genoeg om me te laten rillen. Donker ook. Mijn ogen moesten wennen aan het donker. Er zaten al wat mensen. Ik kende enkele kinderen van school. Ook een paar leraren, en meneer Halloran. Niet te missen, met zijn dikke bos wit haar. Vandaag had hij voor de verandering een rood overhemd aan. Zijn hoed lag op zijn schoot. Toen hij me met pa en ma zag binnenkomen, glimlachte hij heel even naar me. Iedereen glimlachte kort en raar die dag, alsof de mensen niet wisten wat ze met hun gezicht aan moesten.

We gingen zitten en wachtten af, en toen liepen de dominee en Nicky naar binnen en begon de muziek te spelen. Het was een melodie die ik eerder had gehoord, maar niet helemaal kon plaatsen. Geen kerkgezang of iets dergelijks. Een modern lied, langzaam. Op de een of andere manier vroeg ik me af of het, ondanks het feit dat het een modern lied was, wel paste bij Sean, die graag naar Iron Maiden luisterde.

Toen de kist naar binnen werd gedragen, gingen we allemaal staan en bogen ons hoofd. Metal Mickey en zijn vader en moeder liepen erachteraan. Het was voor het eerst sinds het ongeluk dat we Metal Mickey weer zagen. Zijn vader en moeder hadden hem thuisgehouden van school, en vervolgens waren ze weggegaan, om bij zijn opa en oma te logeren.

Metal Mickey keek niet naar de kist. Hij staarde voor zich uit, terwijl hij stijf rechtop liep. Hij leek al zijn concentratie nodig te hebben voor de inspanning van het lopen, om adem te halen en niet te huilen. Hij was ongeveer halverwege de kerk toen hij gewoon stopte. De man achter hem botste bijna tegen zijn rug. Even was er verwarring, en toen draaide Metal Mickey zich om en rende de kerk uit.

Iedereen keek elkaar aan, behalve zijn ouders, die nauwelijks leken te hebben gezien dat hij was weggegaan. In hun eigen, stevige cocon van verdriet schuifelden ze als een stel zombies verder. Niemand liep achter Metal Mickey aan. Ik wierp een blik op ma, maar ze schudde haar hoofd en kneep in mijn hand.

Dat was het geloof ik wat me aangreep. Dat ik Metal Mickey weer zo overstuur zag, over een jongen die de meesten van ons haatten, maar die toch zijn broer was. Misschien was Sean niet altijd zo'n pestkop geweest. Misschien had hij als kleine jongen met Metal Mickey gespeeld. Misschien waren ze samen naar het park gegaan, hadden ze samen met LEGO gespeeld en in bad gezeten.

En nu lag hij in een koude, donkere lijkkist, overdekt met te sterk ruikende bloemen, terwijl iemand muziek speelde die hij zou hebben gehaat, zonder dat hij er iets van kon zeggen, omdat hij nooit meer iets tegen iemand zou zeggen.

Ik slikte een flinke brok in mijn keel weg en knipperde met mijn ogen. Ma gaf een duwtje tegen mijn arm en we gingen allemaal zitten. De muziek hield op en dominee Martin kwam overeind en zei dingen over Sean Cooper en God. Het meeste sloeg nergens op. Over dat er nog een engel in de hemel was en dat God Sean Cooper meer wilde hebben dan de mensen op de aarde dat wilden. Toen ik naar zijn vader en moeder keek die tegen elkaar aan leunden en zo hard huilden dat ze wel in stukken uiteen leken te vallen, dacht ik dat dit niet klopte.

Dominee Martin was zo goed als klaar toen er een dreun klonk en er een windvlaag door de kerk trok, waardoor er een paar vellen met liedteksten op de grond waaiden. De meeste aanwezigen draaiden zich om, ik ook.

De deuren van de kerk zwaaiden open. Eerst dacht ik dat Metal Mickey was teruggekeerd. Maar vervolgens drong het tot me door dat er twee mensen stonden, door een halo omgeven. Toen ze de kerk in liepen, herkende ik ze: de blonde vriendin van het Waltzer-meisje en de politieagent die bij ons thuis was geweest, agent Thomas (later zou ik te weten komen dat ze Hannah heette en dat agent Thomas haar vader was). Even vroeg ik me af of het blonde meisje in de problemen zat. Agent Thomas hield haar stevig bij haar arm en trok haar bijna het middenpad in. Er klonk gemompel in de kerk. De moeder van Metal Mickey fluisterde iets tegen zijn vader. Hij stond op. Zijn gezicht was vertrokken van boosheid. Vanaf de kansel zei dominee Martin: 'Als u hier bent om de overledene de laatste eer te bewijzen, we staan op het punt om naar het graf te gaan.'

Agent Thomas en het blonde meisje stopten. Hij keek de kerk rond naar de aanwezigen. Niemand keek hem aan. We bleven allemaal zitten, stil en nieuwsgierig, al wilde niemand dat laten merken. Het blonde meisje staarde alleen maar naar de grond, alsof ze wilde dat ze erin zou verdwijnen, zoals Sean Cooper op het punt stond te doen.

'Eer?' zei agent Thomas langzaam. 'Nee. Ik geloof niet dat ik hem eer kom bewijzen.' Toen spoog hij op de vloer, vlak voor de kist. 'Niet aan die jongen die mijn dochter heeft verkracht.'

Vanuit de kerkbanken steeg een kreet van verbazing op naar de dakspanten van de kerk. Volgens mij maakte zelfs ik geluid. *Verkracht?* Ik wist niet goed wat 'verkrachten' inhield (voor een twaalfjarige was ik geloof ik behoorlijk naïef), maar ik wist dat het er iets mee te maken had dat een meisje dingen moest doen die ze niet wilde doen, en ik wist dat het erg was.

'Dat lieg je, klootzak!' schreeuwde de vader van Metal Mickey.

'Klootzak?' grauwde agent Thomas. 'Weet je wanneer je een klootzak bent?' Hij wees achter zich, naar zijn dochter. 'Als je mijn dochter zwanger maakt.'

Een volgende kreet van verbazing. Het gezicht van dominee Martin leek wel van zijn schedel af te kunnen glijden. Hij deed zijn mond open, maar voordat hij iets kon zeggen, klonk er een luid gebrul, stoof Metal Mickeys vader naar voren en stortte zich op agent Thomas.

De vader van Metal Mickey was niet groot, maar hij was wel stevig en snel, en hij overrompelde agent Thomas. De politieman wankelde, maar slaagde erin te blijven staan. Ze zwaaiden heen en weer, grepen elkaar bij de armen, alsof ze met een of andere vreselijke, gestoorde dans bezig waren. Toen rukte agent Thomas zich los. Hij haalde uit om Metal Mickeys vader op zijn hoofd te slaan. Op de een of andere manier lukte het Metal Mickeys vader om weg te duiken en zelf te slaan. Ditmaal was het wel raak, en agent Thomas wankelde achteruit.

Nog voordat het ervan kwam, voorzag ik wat er ging gebeuren. De meeste rouwenden zagen het waarschijnlijk ook. Er werd gegild, en iemand schreeuwde: 'Neeee!', precies op het moment dat agent Thomas op de kist van Sean Cooper viel, waardoor die van zijn plek voor de kansel schoot en met een klap op de stenen vloer smakte.

Ik weet niet zeker of ik me het daaropvolgende inbeeldde, want het deksel van de kist zal stevig dicht hebben gezeten. Ik bedoel, ze wilden hem er niet af laten glijden als ze de kist in het graf lieten zakken. Maar precies op het moment dat de kist de grond raakte, met een akelige, versplinterende klap die me een beetje al te zeer deed denken aan de botten van Sean Cooper die daarbinnen door elkaar werden geschud, ging het deksel een klein beetje open en ving ik een glimp op van een bleke, witte hand.

Maar misschien was dat ook niet zo. Misschien was het weer die idiote, belachelijke verbeelding van me. Het ging allemaal zo snel. Vrijwel meteen nadat de kist de vloer raakte, werd er in de kerk geschreeuwd en renden meerdere mannen naar voren om hem op te pakken en weer op zijn baar te plaatsen.

Agent Thomas kwam wankelend overeind. De vader van Metal Mickey wankelde al evenzeer. Hij hief zijn arm alsof hij agent Thomas weer wilde slaan, maar in plaats daarvan wierp hij zich op de kist en barstte in huilen uit. Met lange, hijgende uithalen.

Agent Thomas keek om zich heen. Hij leek een beetje verdwaasd, alsof hij uit een vreselijke droom ontwaakte. Hij balde zijn vuisten en ontspande ze weer. Hij wreef met zijn handen door zijn haar, dat nat was van het zweet en in de war zat. Bij zijn rechteroog ontstond een bult.

'Papa, toe,' fluisterde het blonde meisje.

Agent Thomas keek haar aan, pakte haar hand en trok haar mee door het middenpad van de kerk. Aan het eind ervan draaide hij zich om. 'Hier zal het niet bij blijven,' gromde hij. En toen waren ze weg.

Het hele incident kon nog geen drie of vier minuten hebben geduurd, al leek het veel langer. Dominee Martin schraapte luid zijn keel, maar nog altijd kon je hem maar net boven het huilen van Metal Mickeys vader uit horen.

'Het spijt me vreselijk dat de dienst is onderbroken. We zullen hem nu buiten voortzetten. Zou iedereen willen gaan staan?'

Opnieuw klonk er muziek. Een paar familieleden van Metal Mickey haalden zijn vader van de kist en we moesten allemaal weer naar buiten lopen, naar de begraafplaats.

Ik had nauwelijks een stap buiten de kerk gezet of de eerste druppel viel op mijn hoofd. De blauwe lucht was verdreven door Brillo-grijze wolken, die nu op de lijkkist en de rouwenden begonnen te druppelen.

De aanwezigen hadden geen paraplu meegenomen, dus kropen we allemaal in onze felrode en blauwe kleren tegen elkaar aan, schouder aan schouder tegen de steeds hevigere motregen. Toen ze de kist langzaam de grond in lieten zakken, rilde ik een beetje. Ze hadden de bloemen eraf gehaald. Alsof ze wilden zeggen dat er niets fleurigs en levends in dat diepe, donkere gat mee omlaag mocht gaan.

Ik dacht dat het gevecht daarbinnen het ergste deel van de

begrafenis was geweest, maar dat had ik verkeerd gezien. Dit was het ergste. Het neerploffen van de modder op het deksel van de kist. De geur van vochtige aarde onder de afnemende septemberzon. De blik in de gapende leegte in de grond in de wetenschap dat je er nooit meer uit kwam. Geen smoes, geen ontsnappingsclausule, geen briefje dat je moeder aan je leraar kon schrijven. De dood was definitief en absoluut, en niemand die er iets aan kon veranderen.

Uiteindelijk was het voorbij en liepen we allemaal achter elkaar aan bij het graf vandaan. Voor degenen die na afloop nog een broodje wilden eten en wat wilden drinken, was de gemeenschapsruimte van de kerk geboekt. 'Een wake,' werd dat genoemd, zei mijn moeder.

We waren bijna bij het hek toen pa en ma door een bekende werden tegengehouden om een praatje te maken. Achter hen stonden Fat Gav en zijn familie, die met Hoppo's moeder in gesprek waren. Ik kon Metal Mickeys familie zien, maar Metal Mickey niet. Hij zal wel ergens in de buurt zijn geweest, vermoed ik.

Ik bleef wat verloren aan de rand van de begraafplaats staan.

'Hallo, Eddie.'

Ik draaide me om. Meneer Halloran liep op me af. Hij had zijn hoed opgezet, tegen de regen, en hield een pakje sigaretten in zijn hand. Ik had hem nog nooit zien roken, maar ik herinnerde me de asbak bij hem thuis.

'Dag, meneer.'

'Hoe voel je je?'

Ik haalde mijn schouders op. 'Kweenie.'

Anders dan de meeste volwassenen had hij de eigenschap dat hij je eerlijk liet antwoorden.

'Dat is goed. Je hoeft niet bedroefd te zijn.'

Ik aarzelde. Ik wist niet goed wat ik moest zeggen.

'Je kunt niet bedroefd zijn over iedereen die overlijdt,' zei hij, waarna hij begon te fluisteren. 'Sean Cooper was een pestkop. Dat hij nu dood is, verandert daar niets aan. Wat niet betekent dat het niet vreselijk is wat hem is overkomen.'

'Omdat hij nog maar een kind was?'

'Nee. Omdat hij nooit de kans heeft gekregen om te veranderen.'

Ik knikte. 'Is het waar wat de politieman zei?' vroeg ik.

'Over Sean Cooper en zijn dochter?'

Ik knikte.

Meneer Halloran wierp een blik op zijn sigaretten. Volgens mij wilde hij er echt een opsteken, maar waarschijnlijk dacht hij dat hij dat op het kerkhof niet moest doen.

'Sean Cooper was geen aardige jongeman. Wat hij bij jou heeft gedaan – dat wordt door sommige mensen hetzelfde genoemd.'

Ik voelde dat mijn wangen kleurden. Ik wilde er niet over nadenken. Alsof hij het bespeurde, sprak meneer Halloran verder: 'Maar of hij gedaan heeft waar de politieman hem van beschuldigde? Nee, dat geloof ik niet.'

'Wat dan?'

'Volgens mij was die jongedame niet Sean Coopers type.'

'O.' Ik begreep niet goed wat hij zei.

Hij schudde zijn hoofd. 'Laat maar. Maar je hoeft niet meer over Sean Cooper in te zitten. Hij kan je nu niets meer doen.'

Ik dacht aan de stenen tegen mijn raam, de blauwgrijze huid in het maanlicht.

'*Hé, etterbak.*'

Ik was er niet zo zeker van.

Maar ik zei: 'Nee meneer. Ik bedoel, ja meneer.'

'Goed zo, jongen.' Hij glimlachte en liep weg.

Ik stond er nog over na te denken toen iemand me bij mijn arm pakte. Met een ruk draaide ik me om. Hoppo stond voor me. Zijn haar was niet langer achterovergekamd en zijn overhemd hing uit zijn broek. Hij had Murphy's riem en halsband in zijn handen. Maar Murphy was nergens te bekennen.

'Wat is er gebeurd?'

Hij staarde me met een verwilderde blik aan. 'Murphy. Hij is weg.'

'Is hij uit zijn halsband geglipt?'

'Ik weet het niet. Dat doet hij nooit. Hij zit niet los of zo...'

'Zou hij zelf naar huis kunnen lopen?' vroeg ik.

Hoppo schudde zijn hoofd. 'Ik weet het niet. Hij is oud en ziet en ruikt niet zo goed meer.' Ik zag dat hij probeerde niet in paniek te raken.

'Maar hij is langzaam,' zei ik. 'Dus hij kan niet ver weg zijn.' Ik keek rond. De volwassenen waren nog in gesprek. Fat Gav was te ver weg om zijn aandacht te kunnen trekken. Ik zag Metal Mickey nog steeds niet... Al zag ik wel wat anders.

Een tekening op een vlakke grafsteen vlak bij de toegangspoort van de kerk. Ze begon al te vervagen in de regen, maar ze trok mijn aandacht omdat het niet klopte. Op de verkeerde plek, maar o zo bekend. Ik liep ernaartoe. Ik kreeg kippenvel en voelde me gespannen.

Een wit krijtmannetje. Armen omhoog, een kleine 'o' voor zijn mond, alsof het schreeuwde. En het was niet alleen. Ernaast was een ruwe, witte krijthond getekend. Plotseling kreeg ik een naar voorgevoel. Een heel naar voorgevoel.

Kijk uit voor de krijtmannetjes.

'Wat is er?' vroeg Hoppo.

'Niets.' Ik ging vlug staan. 'We moeten gaan, Murphy zoeken. Nu.'

'David. Eddie. Wat scheelt eraan?' Pa en ma liepen op ons af, samen met de moeder van Hoppo.

'Murphy,' zei ik. 'Hij is... weggelopen.'

'O, nee!' De moeder van Hoppo sloeg een hand voor haar mond.

Hoppo klemde alleen de riem steviger vast.

'Mam, we moeten gaan, om hem te zoeken,' zei ik.

'Eddie...' begon ma.

'Alsjeblíéft?' zei ik.

Ik zag haar nadenken. Ze zag er niet goed uit. Ze was bleek en gespannen. Maar wat wil je, het was een begrafenis. Pa legde zijn hand op haar arm en knikte.

'Oké,' zei ma. 'Gaan jullie Murphy maar zoeken. Als jullie hem hebben gevonden, kom je weer naar ons in de kerk.'

'Dank je wel.'

'Toe. Rennen, jullie.'

We holden over de weg, terwijl we Murphy's naam riepen, wat waarschijnlijk geen zin had, want Murphy was nogal doof.

'Zullen we eerst bij je thuis kijken?' zei ik. 'Je weet tenslotte maar nooit.'

Hoppo knikte. 'Dat is goed.'

Hoppo woonde aan de andere kant van de stad, in een smalle straat met rijtjeshuizen. Het was het soort straat waar mannen op het stoepje voor de deur zaten en blikjes bier dronken, waar kinderen in hun luier op het trottoir speelden en waar altijd een hond blafte. Indertijd heb ik er nooit bij stilgestaan, maar dat was misschien ook wel de reden dat we zelden bij Hoppo waren. De anderen hadden een heel aardige woning. Die van mij was misschien een beetje krakkemikkig en ouderwets, maar het was wel een mooie straat met bermen en bomen en zo.

Het zou aardig zijn om te kunnen zeggen dat het huis van Hoppo een van de betere huizen van de straat was, maar dat was niet het geval. Voor het raam hing vergeelde vitrage, de verf bladderde van de voordeur en in het voortuintje stonden wat gebarsten potten, tuinkabouters en een oude ligstoel.

Binnen was het al even chaotisch. Ik weet nog dat ik dacht dat Hoppo's moeder voor een schoonmaakster het huis niet al te schoon hield. Overal lagen spullen opgestapeld en allemaal op vreemde plekken: op de televisie in de woonkamer lagen afgeprijsde pakken cornflakes, in de gang lag een berg wc-rollen, op de keukentafel lagen industriële verpakkingen met bleekmiddel en dozen met slakkenkorrels. Het rook er ook heel erg naar honden. Ik was dol op Murphy, maar zijn geur was niet zijn prettigste kant.

Hoppo rende langs het huis naar de achtertuin en vervolgens weer naar voren, terwijl hij zijn hoofd schudde.

'Oké,' zei ik. 'Dan gaan we in het park kijken. Daar kan hij ook naartoe zijn gegaan.'

Hij knikte, maar ik zag dat hij moeite moest doen om zijn tranen te bedwingen. 'Hij heeft het nog nooit eerder gedaan.'

'Het komt goed,' zei ik, wat een stomme opmerking was, omdat het niet zo zou zijn. Het zou helemaal niet goed komen.

We vonden hem opgerold onder een struik, niet ver van de speeltuin. Hij wilde geloof ik schuilen. Ondertussen regende het echt hard. Hoppo's haar hing in dikke, natte strengen omlaag, als zeewier, en mijn overhemd plakte op mijn lijf. Ook mijn schoenen waren doorweekt, en toen we op Murphy afrenden, maakten ze bij elke stap een zompend geluid.

Vanuit de verte leek hij te slapen. Pas als je dichterbij kwam, kon je het op en neer gaan van zijn grote borstkas zien en het raspende geluid van zijn ademhaling horen. Als je werkelijk dichtbij kwam, vlak naast hem, zag je waar hij had overgegeven. Overal. Niet gewoon overgegeven. Het was dik, teerachtig, vanwege al het bloed dat erin zat. En het gif.

Ik kan me de geur nog herinneren, en de blik in zijn grote, bruine ogen toen we naast hem neerknielden. Ze stonden zo verward. En zo dankbaar. Alsof we alles weer in orde zouden maken. Maar dat konden we niet. Voor de tweede keer die dag leerde ik dat je sommige dingen nooit goed kunt maken.

We probeerden hem op te tillen. Hoppo wist dat er een dierenarts in de stad was. Maar Murphy was zo zwaar, en door zijn dikke dampende, natte vacht was hij nog zwaarder. We waren nog niet het park uit, of hij begon weer te kuchen en te kokhalzen. We legden hem weer in het natte gras.

'Ik zou naar de dierenarts kunnen rennen, om iemand op te halen,' zei ik.

Hoppo schudde zijn hoofd en zei met schorre, verstikte stem: 'Nee. Het gaat niet goed.'

Hij begroef zijn gezicht in Murphy's dikke, doorweekte vacht, en klemde zich vast aan de hond, alsof hij wilde voorkomen dat hij vertrok, van deze wereld naar de volgende.

Maar natuurlijk kan niemand dat voorkomen, zelfs niet degene die het allermeest van je houdt. We konden hem alleen maar troosten, hem in zijn flaporen fluisteren en hopen dat alle pijn wegging. Uiteindelijk moet het voldoende zijn geweest, want Murphy ademde nog een laatste keer, en daarna niet meer.

Hoppo drukte zich snikkend tegen zijn roerloze lijf. Ik probeerde de tranen tegen te houden, maar ze stroomden over mijn wangen. Later bedacht ik dat we die dag meer om een dode hond hadden gehuild dan we ooit om Metal Mickeys broer hadden gedaan. En dat zou uiteindelijk ook terugkomen en zich tegen ons keren.

Ten slotte konden we de kracht opbrengen voor een poging hem naar Hoppo's huis te tillen. Het was voor het eerst dat ik echt iets doods had aangeraakt. Hij was nog zwaarder dan eerst, leek het wel. *Dood gewicht.* Het kostte ons bijna een halfuur, waarbij een paar mensen bleven staan om te kijken, al bood niemand aan om te helpen.

We legden hem op zijn matras in de keuken.

'Wat ga je met hem doen?' vroeg ik.

'Begraven,' zei Hoppo, alsof dat voor zich sprak.

'Jijzelf?'

'Het is mijn hond.'

Ik wist niet wat ik moest zeggen, dus zei ik niets.

'Jij moet teruggaan,' zei Hoppo. 'Naar die wake of zo.'

Iets in me zei dat ik moest aanbieden om te blijven, maar iets sterkers wilde daar gewoon weg.

'Oké.'

Ik draaide me om.

'Eddie?'

'Ja.'

'Als ik erachter kom wie dit gedaan heeft, zal ik hem vermoorden.'

Ik vergeet nooit de blik in zijn ogen toen hij het zei. Misschien dat ik hem daarom niet over de krijtmannetjes en de hond vertelde. Of over het feit dat ik Metal Mickey nadat hij de kerk uit rende niet had zien terugkeren.

2016

Ik beschouw mezelf niet als een alcoholist. Net zoals ik mezelf niet als een dwangmatig verzamelaar beschouw. Ik ben iemand die van een slokje houdt en dingen verzamelt.

Ik drink niet elke dag en meestal kom ik niet stinkend naar drank op school. Al is dat weleens gebeurd. Gelukkig heeft het schoolhoofd het niet te horen gekregen, maar een mededocent gaf me een vriendelijke waarschuwing:

'Ed, ga naar huis, neem een douche en koop wat mondwater. En zak voortaan alleen in het weekend door.'

Ik drink inderdaad meer dan zou moeten, vaker dan zou moeten. Vandaag heb ik er behoefte aan. Een wat gespannen keel. Lippen zo droog dat aflikken niet meer helpt. Ik heb niet gewoon zin om te drinken. Ik móét drinken. Een niet al te groot grammaticaal onderscheid. Een enorm verschil in intentie.

Ik ga naar de supermarkt en kies een paar stevige rode wijnen uit. Dan pak ik een fles goede whiskey en rijd de winkelwagen naar de kassa waar ik zelf kan afrekenen. Ik maak een babbeltje met de vrouw die toezicht op de kassa's houdt en leg de flessen in mijn auto. Vlak na zessen kom ik thuis, waar ik enkele oude elpees uitzoek die ik al een tijdje niet heb gedraaid en mijn eerste glas wijn inschenk.

Dan slaat de voordeur dicht, zo luid dat de kaarsen op de schoorsteenmantel ervan trillen en mijn volle glas op de tafel staat te wankelen.

'Chloe?'

Ik neem aan dat zij het moet zijn. Ik heb de deur dichtgedaan en niemand anders heeft een sleutel. Al slaat Chloe gewoonlijk niet met deuren. Chloe is eerder een kat, of een soort bovennatuurlijke mist.

Ik werp een dorstige blik op mijn glas wijn, slaak een zucht van spijt, kom overeind en loop de keuken in, waar ik hoor hoe ze luidruchtig de koelkast opent en de flessen laat rammelen. Er klinkt ook een ander geluid. Een geluid waaraan ik niet gewend ben.

Het kost me heel even om het te plaatsen, maar dan valt het kwartje. Chloe huilt.

Ik ben niet goed met huilen. Zelf doe ik het niet vaak. Zelfs niet op de begrafenis van mijn vader. Ik houd niet van de troep, het snot, het geluid. Niemand ziet er aantrekkelijk uit als hij huilt. Maar wat erger is, als een vrouw huilt, moet ze vrijwel zeker getroost worden. Ik ben ook niet goed in troosten.

Aarzelend loop ik de keuken in. 'Het is kut, Ed,' hoor ik Chloe zeggen. 'Ja, ik huil. Kom binnen en wen eraan, zo niet, dan donder je maar weer op.'

Ik duw de deur open. Chloe zit aan de keukentafel. Voor haar staan een fles gin en een groot glas. Geen tonic. Haar haar zit nog meer in de war dan anders en haar wangen zitten onder de zwarte mascara.

'Ik zal maar niet vragen hoe het met je gaat...'

'Goed. Ik zou deze fles ook in je reet kunnen rammen.'

'Wil je erover praten?'

'Niet echt.'

'Oké.' Ik blijf weifelend bij de tafel staan. 'Kan ik iets doen?'

'Ga zitten en drink.'

Hoewel ik dat al de hele middag van plan ben geweest, ben ik allesbehalve een liefhebber van gin, maar ik heb de indruk dat ik het aanbod maar beter kan accepteren. Ik pak een glas uit het kastje en laat het door Chloe flink vol schenken.

Ze schuift het over de tafel, met een wankel gebaar. Ik neem aan dat dit glas niet het eerste, tweede, of derde is. Dat is niet gebruikelijk. Chloe gaat graag uit. Chloe lust wel een slokje. Maar ik geloof niet dat ik haar ooit echt dronken heb gezien.

'Zo,' zegt ze, terwijl ze haar neus ophaalt. 'Hoe was jouw dag vandaag?'

'Nou, ik heb geprobeerd mijn vriend bij de politie als vermist op te geven.'

'En?'

'Ondanks het feit dat hij afgelopen nacht niet naar zijn hotel is teruggekeerd, geen portemonnee en bankpasjes heeft en zijn telefoon niet opneemt, kan hij blijkbaar pas officieel als vermist worden verklaard als hij vierentwintig uur door niemand is gezien.'

'Shit, nee.'

'Ja, shit.'

'Denk je dat hem iets is overkomen?'

Ze klinkt oprecht bezorgd.

Ik neem een slok gin. 'Ik weet het niet...'

'Misschien is hij naar huis gegaan.'

'Zou kunnen.'

'En wat ben je nu van plan?'

'Nou, ik vermoed dat ik morgen weer naar het politiebureau zal moeten gaan.'

Ze staart in haar glas. 'Vrienden, hè? Meer problemen dan ze waard zijn. Maar nog niet zo erg als familie.'

'Dat zal wel,' zeg ik voorzichtig.

'O, geloof me. Vrienden kun je dumpen. Van familieleden kom je nooit af. Ze zijn er altijd, op de achtergrond, aan het etteren.'

Ze slaat haar gin achterover en schenkt er nog een in.

Chloe heeft nog nooit over haar privéleven gesproken, en ik heb er ook nooit naar gevraagd. Het is net als met kinderen.

Als ze je iets willen vertellen, vertellen ze het. Als je ernaar moet vragen, slaan ze meteen dicht.

Ik ben er natuurlijk wel benieuwd naar geweest. Een poosje heb ik gedacht dat haar aanwezigheid in mijn huis iets met een vriendje te maken had, met wie het met veel ruzie was uitgegaan. Dichter bij haar werk zijn tenslotte meer dan genoeg studentenkamers te huur, in huizen met mensen die meer van haar leeftijd zijn en haar opvattingen delen. Je kiest pas voor het grote, enge, oude huis met die vreemde, alleenstaande man als je een reden hebt om een eenzame plek en privacy te willen.

Maar Chloe is er nooit over begonnen, en dus heb ik er niet naar gevist, misschien omdat ik vreesde haar ermee weg te jagen. Het vinden van een huurder voor mijn overgebleven kamer is één ding. Het vinden van gezelschap om mijn eenzaamheid te verdrijven, is heel wat anders.

Ik neem nog een slokje gin, maar de behoefte om te drinken neemt snel af. Om je af te brengen van de gedachte dat je dronken wilt worden, is niets zo goed als de omgang met een andere dronkaard.

'Nou,' zeg ik. 'Zowel je familie, als je vrienden kunnen lastig zijn...'

'Ben ik een vriend van je, Ed?'

De vraag overvalt me. Chloe staart me met een ernstige, wat vage blik aan, met een wat slap gezicht, en lippen die openstaan.

Ik slik. 'Ik hoop het.'

Ze glimlacht. 'Goed. Want ik zou nooit iets doen wat jou zou kwetsen. Ik wil dat je dat weet.'

'Ik weet het,' zeg ik, ook al weet ik het niet. Niet echt. Mensen kunnen je kwetsen zonder dat ze beseffen dat ze dat doen. Alleen al door te bestaan, kwetst Chloe me elke dag weer een beetje. En dat is prima.

'Goed.' Ze knijpt in mijn hand, en tot mijn schrik vullen

haar ogen zich weer met tranen. Ze wrijft over haar gezicht.

'Jezus, wat ben ik een idioot.'

Ze neemt nog een slok uit haar glas. 'Ik moet je iets vertellen...'

Die woorden bevallen me niet. Van een zin die zo begint, komt nooit iets goeds. Net als met: 'We moeten eens even praten...'

'Chloe,' zeg ik.

Maar net voordat ze los kan barsten, gaat de bel. Er staat iemand voor de deur. Er komen niet vaak mensen langs, en zeker niet onaangekondigd.

'Wie kan dat verdomme zijn?' zegt Chloe op haar gebruikelijke goedgehumeurde wijze.

'Geen idee.'

Ik schuifel naar de voordeur en doe open. Voor de deur staan twee mannen in een grijs pak. Nog voor ze hun mond opendoen, weet ik dat ze van de politie zijn. Die hebben gewoon iets. Van die vermoeide gezichten. Van die goedkope schoenen.

'Meneer Adams?' zegt de grotere, met het donkere haar.

'Ja?'

'Ik ben inspecteur Furniss. Dit is sergeant Danks. U bent afgelopen middag op het bureau geweest om een vriend van u als vermist op te geven, Mick Cooper?'

'Dat heb ik geprobeerd. Er is me gezegd dat hij nog niet officieel vermist is.'

'Dat klopt. Dat spijt ons,' zegt de kleinere, de kale. 'Zouden we even mogen binnenkomen?'

Ik wil vragen waarom, maar omdat ze uiteindelijk toch binnen zullen komen, lijkt me dat weinig zin hebben. Ik stap opzij. 'Natuurlijk.'

Ze lopen langs me de gang in en ik sluit de deur. 'Die kant op.'

Uit gewoonte vraag ik hen mee naar de keuken. Zodra ik

Chloe zie, dringt het tot me door dat ik me misschien heb vergist. Ze heeft haar uitgaanstenue nog aan. Het bestaat uit een strak, zwart vest met doodskoppen, een piepklein minirokje, netkousen en Dr. Martens-laarzen.

Ze kijkt op naar de politiemannen. 'O, gezelschap, wat fijn.'

'Dit is Chloe, mijn huurder. En vriendin.'

De twee zijn te professioneel om erop te reageren, maar ik weet zeker wat ze denken. Oudere man met een lekker jong ding in zijn huis. Of ik slaap met haar, of ik ben alleen maar een trieste geile bok. Jammer genoeg het laatste.

'Kan ik iets voor u klaarmaken?' vraag ik. 'Thee, koffie?'

'Gin?' Chloe houdt de fles omhoog.

'Ik ben bang dat we dienst hebben, mevrouw,' zegt inspecteur Furniss.

Ze kijken elkaar aan.

'Eigenlijk zouden we liever even met u alleen willen spreken, meneer Adams.'

Ik werp een blik op Chloe. 'Als jij er geen bezwaar tegen hebt?'

'Nou, ik gá al.' Ze grijpt de fles en het glas. 'Ik ben hiernaast, mochten jullie me nodig hebben.'

Ze kijkt de twee politiemannen vuil aan en maakt zich stilletjes uit de voeten.

Ze gaan zitten, er schrapen stoelen, en ik neem ongemakkelijk plaats aan het hoofd van de tafel. 'Wat is er eigenlijk aan de hand, als ik vragen mag? Ik heb de agent van dienst eerder vandaag alles verteld wat ik wist.'

'Ik weet dat u waarschijnlijk het gevoel zult hebben dat u zichzelf herhaalt, maar zou u ons alles nogmaals uit de doeken willen doen, met alle details erbij?'

Danks pakt zijn pen.

'Nou, Mickey is hier gisteravond vertrokken.'

'Sorry, zou u iets verder willen teruggaan? Waarom was hij hier? Ik begrijp dat hij in Oxford woont.'

'Nou, hij is een vriend van vroeger en kwam terug naar Anderbury om weer contact op te nemen.'

'Van hoe lang geleden?'

'Jeugdvrienden.'

'En u bent contact blijven houden?'

'Niet echt. Maar soms is het leuk om bij te praten.'

Ze knikten allebei.

'Hoe dan ook, hij kwam eten.'

'En hoe laat was dat?'

'Hij is hier om ongeveer kwart over zeven aangekomen.'

'Met de auto?'

'Nee, hij is komen lopen. Het hotel waar hij verblijft, is niet ver en ik vermoed dat hij dacht dat hij wel zou drinken.'

'Hoeveel denkt u dat hij gedronken heeft?'

'Nou,' – ik herinner me de lege bierflesjes die ik in de glasbak heb gegooid – 'u weet hoe het gaat. Je eet, praat... zes, zeven biertjes misschien.'

'Flink wat dus.'

'Dat zou je kunnen zeggen.'

'En in welke staat was hij toen hij vertrok?'

'Nou, hij viel niet om en sprak niet met dubbele tong, maar hij was behoorlijk dronken.'

'En u hebt hem terug laten lopen naar het hotel?'

'Ik heb aangeboden om een taxi voor hem te bellen, maar hij zei dat hij door de wandeling weer nuchter zou worden.'

'Goed. En hoe laat was dat volgens u?'

'Een uur of tien, halfelf. Niet al te laat.'

'En dat was de laatste keer dat u hem die avond zag?'

'Ja.'

'U hebt zijn portemonnee aan de dienstdoende sergeant afgegeven?'

Dat heeft me verdomme nog heel wat moeite gekost. Ze wilde dat ik hem hield, maar ik heb erop aangedrongen.

'Ja.'

'Hoe bent u eraan gekomen?'

'Mickey zal hem bij zijn vertrek uit mijn huis zijn vergeten.'

'En u hebt niet geprobeerd hem gisteravond nog terug te geven?'

'Ik ben er pas vandaag achter gekomen. Chloe vond hem en belde me.'

'En hoe laat was dat?'

'Rond het middaguur. Ik heb geprobeerd Mickey te bellen om hem te laten weten dat hij zijn portemonnee bij mij had laten liggen, maar hij reageerde niet.'

Er werd nog meer opgeschreven.

'Dus toen bent u naar het hotel gegaan om te zien of uw vriend in orde was?'

'Ja. En ze hebben me verteld dat hij die nacht niet was teruggekeerd. Toen heb ik besloten naar de politie te gaan.'

Er werd weer geknikt. 'Hoe was uw vriend er die nacht volgens u aan toe?' vraagt Furniss.

'Goed, ehm, ja.'

'Was hij goedgehumeurd?'

'Nou, ja, volgens mij wel.'

'Wat was het doel van zijn bezoek?'

'Mag ik vragen of dat relevant is?'

'Nou, na al die jaren zonder contact, waarna hij ineens weer langskomt. Dat is toch een beetje vreemd.'

'*People are strange*, zou Jim Morrison zeggen.'

Ze kijken me vaag aan. Geen liefhebbers van klassieke rock.

'Luister,' zeg ik, 'het was een sociaal bezoekje. We hebben het over van alles en nog wat gehad – waar we allebei mee bezig zijn. Werk. Niets van werkelijk belang. Zou ik nu alstublieft mogen weten waar al die vragen goed voor zijn? Is Mickey iets overkomen?'

Ze lijken na te denken over mijn vraag en vervolgens slaat Danks zijn kladblok dicht.

'Er is vandaag een lichaam gevonden dat aan de beschrijving van Mickey Cooper voldoet.'

Een lichaam. Mickey. Ik probeer de informatie te verwerken. Er zit een brok in mijn keel. Ik kan niet praten. Ik hap naar lucht.

'Gaat, het, meneer?'

'Ik... ik weet het niet. Het is de schrik. Wat is er gebeurd?'

'We hebben zijn lichaam uit de rivier gehaald.'

'*Ik durf te wedden dat hij helemaal opgezet en groen is en dat de vissen zijn ogen eruit hebben gegeten.*'

'Is Mickey verdronken?'

'We zijn nog bezig de precieze omstandigheden van de dood van uw vriend vast te stellen.'

'Als hij in de rivier is gevallen, wat moet er dan nog worden vastgesteld?'

Ze leken iets aan elkaar door te geven.

'Is het Old Meadows Park voorbij het hotel van uw vriend?'

'Nou, ja.'

'Waarom was hij dan daar?'

'Misschien heeft hij besloten nog wat verder te wandelen, om nuchter te worden. Of misschien is hij verkeerd gelopen.'

'Misschien.'

Ze klonken sceptisch.

'Denkt u dat Mickeys dood geen ongeluk was?'

'Integendeel, ik ben ervan overtuigd dat dat de meest waarschijnlijke verklaring is. Toch moeten we alle andere mogelijkheden ook langsgaan.'

'Zoals?'

'Is er iemand die Mickey mogelijk iets zou hebben willen aandoen?'

De zijkant van mijn hoofd begint te kloppen. Iemand die Mickey iets zou hebben willen aandoen? Nou, ik kan er minstens één bedenken, maar diegene is nauwelijks in staat 's nachts door parken te rennen en Mickey in de rivier te duwen.

'Nee, ik zou niet weten wie,' zeg ik, om er, met iets meer overtuiging aan toe te voegen: 'Anderbury is een rustig stadje. Ik kan me niet voorstellen dat iemand Mickey zou willen kwetsen.'

Allebei knikken ze. 'U zult wel gelijk hebben. Het is waarschijnlijk een heel droevig, betreurenswaardig ongeluk.'

Net als zijn broer, denk ik. Droevig, betreurenswaardig en een tikje al te toevallig...

'Het spijt ons dat we u dit nieuws moeten brengen, meneer Adams.'

'Het is goed. Dat is uw werk.'

Ze schuiven hun stoel achteruit. Ik ga staan om hen uit te laten.

'Dan was er nog iets.'

Uiteraard. Dat is er altijd. 'Ja?'

'We vonden iets op uw vriend wat ons enigszins verbaasde. Bent u wellicht in staat ons ermee verder te helpen?'

'Wie weet.'

Furniss haalt een plastic zak uit zijn jas. Hij legt hem op tafel.

In de plastic zak: een vel papier met een aan een galg hangend poppetje erop, en één enkel stukje wit krijt.

1986

'Gij kleingelovige.'

Dat zei mijn vader soms tegen mijn moeder als ze meende dat hij iets niet kon doen. Het was een privégrapje, vermoed ik, omdat ze hem dan altijd aankeek en zei: 'Nee, ik ben een ongelovige.' En dan lachten ze.

Ik geloof dat het erover ging dat mijn ouders niet religieus waren, en daar waren ze behoorlijk open over. Ik denk dat ze door sommige mensen in de stad daarom wat achterdochtig werden benaderd, en dat veel van hen voor wat betreft de kliniek daarom partij voor dominee Martin kozen. Zelfs degenen die achter ma stonden, wilden daar niet openlijk voor uitkomen; het was alsof zij het anders oneens waren met God of zo.

Dat najaar werd ma magerder, en ouder ook. Tot op dat moment was het nooit tot me doorgedrongen dat mijn ouders ouder dan andere ouders waren (misschien omdat als je twaalf bent iedereen van boven de twintig al behoorlijk oud is). Moeder had me pas gekregen toen ze zesendertig was, dus was ze nu bijna vijftig.

Voor een deel kwam het doordat ze extra hard werkte. Ze leek 's avonds steeds later thuis te komen, terwijl ze het aan pa overliet om eten te koken, dat altijd interessant was, maar niet altijd eetbaar. Het had – zo vermoedde ik – voornamelijk met de protesteerders te maken, die nog steeds elke dag voor de kliniek rondliepen. Nu een stuk of twintig. Ik had ook posters gezien, voor het raam van sommige winkels in de stad:

KIES VOOR HET LEVEN. STOP DE MOORD.
ZEG NEE TEGEN LEGALE MOORD.
SLUIT JE AAN BIJ DE ENGELEN VAN ANDERBURY.

Zo noemden de protesteerders zich, de Engelen van Anderbury, wat volgens mij een idee van dominee Martin was. Ze zagen er niet zozeer uit als engelen. Ik dacht altijd dat engelen rustig en kalm waren. De protesteerders hadden een rood gezicht en keken boos, ze schreeuwden en spuugden. Als ik erop terugkijk, geloof ik dat ze, zoals veel geradicaliseerde mensen, dachten dat ze het juiste deden, voor een of ander hoger doel. Zozeer dat ze alle verkeerde dingen die ze voor hun zaak deden door de vingers konden zien.

Intussen was het oktober geworden. De zomer had zijn badhanddoeken, emmertjes en schepjes ingepakt. Het geklingel van de ijscokarren had al plaatsgemaakt voor het knetteren en knallen van illegaal gekocht vuurwerk; de geur van bloesem en barbecues voor de scherpere geur van het verbranden van dode bladeren.

Metal Mickey bracht minder tijd met ons door. Sinds de dood van zijn broer was hij veranderd. Of misschien wisten we niet meer hoe we tegen hem moesten doen. Hij was killer, harder. Hij was altijd al gemeen en sarcastisch geweest, maar hij was nu nog bijtender. Hij zag er ook anders uit. Hij was gegroeid (al zou Metal Mickey nooit groot zijn), zijn trekken waren scherper geworden en zijn beugel was eruit. In zekere zin was hij niet langer Metal Mickey, onze vriend. Plotseling was hij Mickey Cooper, de broer van Sean Cooper.

Hoewel we ons allemaal een beetje ongemakkelijk bij hem voelden, leken hij en Hoppo helemaal met elkaar overhoop te liggen. Het was een langzaam groeiende vijandschap die traag doorsudderde, maar op een gegeven moment wel op een regelrechte strijd moest uitlopen. En dat gebeurde ook. Op de dag dat we bij elkaar kwamen om de as van Murphy uit te strooien.

Uiteindelijk had Hoppo hem niet begraven. Zijn moeder had Murphy's lichaam naar de dierenarts gebracht om het te laten cremeren. Hoppo bewaarde de as een poosje, waarna hij besloot hem uit te strooien op de plek waar Murphy altijd lag, en waar hij zijn laatste adem uitblies, in het park.

We hadden op een zaterdag om elf uur afgesproken. We gingen op de draaimolen zitten, terwijl Hoppo het kistje met Murphy vasthield, en wij allemaal een warme jas aanhadden en een sjaal om. De kou was zo hevig dat ze dwars door onze handschoenen heen ging en ons gezicht er pijn van deed. Daardoor, en door het feit dat we met een nogal akelige klus bezig waren, waren we allemaal somber gestemd. Toen Mickey kwam aanzetten, een kwartier te laat, sprong Hoppo overeind.

'Waar ben je geweest?'

Mickey haalde zijn schouders op. 'Ik moest gewoon wat dingen doen. Nu ik de enige thuis ben, moet ik van mijn moeder meer klusjes doen.' Hij zei het op zijn gebruikelijke strijdlustige wijze. Het klinkt wreed, maar alles wat hij zei, had altijd te maken met het feit dat zijn broer dood was. Ja, we wisten dat het droevig was en tragisch en zo, maar we wilden geloof ik dat hij het er niet meer elk moment van de dag over had.

Ik zag dat Hoppo toegaf. 'Nou, je bent hier, nu,' zei hij, op een toon die verzoenend moest zijn. Zoals Hoppo altijd deed. Maar die ochtend wilde Mickey daar niets van weten.

'Wat zit je trouwens te zeiken. Het is maar een stomme hond.'

Ik voelde de vonken er bijna vanaf spatten.

'Murphy was niet zomaar een hond.'

'O? En wat kon hij dan allemaal? Praten, trucjes met kaarten?'

Hij zat Hoppo te stangen. Dat wisten we allemaal, Hoppo wist het, maar ook al weet je dat iemand je kwaad probeert te maken, dat betekent nog niet dat je kunt voorkomen dat je toehapt, ook al deed Hoppo nog zo z'n best.

'Het was mijn hond en hij betekende veel voor me.'

'Ja, en mijn broer betekende veel voor mij.'

Fat Gav klom van de draaimolen. 'Dat weten we, oké. Dit is anders.'

'Ja, jullie vinden het allemaal erg dat er een of andere stomme hond dood is, maar niemand maakt het een reet uit dat mijn broer dood is.'

We staarden hem allemaal aan. Niemand wist wat hij moest zeggen. Omdat hij in zekere zin gelijk had.

'Zie je wel. Niemand weet iets over hem te zeggen, terwijl we hier vanwege een of ander stom, dom mormel vol vlooien bij elkaar zitten.'

'Dat neem je terug,' zei Hoppo.

'Of anders?' grijnsde Mickey, die een stap richting Hoppo zette. Hoppo was veel groter dan Mickey, sterker ook. Maar Mickey had een fanatieke schittering in zijn ogen. Net zoals zijn broer. En tegen een fanaat kun je niet vechten. Fanatisme wint altijd.

'Het was een stom, dom mormel vol vlooien dat alleen maar kakte en stonk. Hij had toch niet lang meer te leven. Iemand heeft hem alleen maar uit zijn ellende verlost.'

Ik zag dat Hoppo zijn vuist balde, maar ik denk niet dat hij Mickey ook echt geslagen zou hebben als Mickey het kistje niet uit zijn hand had geslagen. Het viel op de betonnen grond en brak open, waarbij de as ronddwarrelde.

Mickey schoof zijn voet erdoorheen. 'Stomme, dode, stinkende oude hond.'

Toen stortte Hoppo zich met een merkwaardige, verstikte kreet boven op hem. Allebei vielen ze op de grond, en gedurende een paar seconden was het slechts een worstelende kluwen van zwaaiende vuisten, in het grijze stof dat ooit Murphy was.

Fat Gav stapte naar voren om een einde aan het gevecht te maken. Nicky en ik volgden hem. Op de een of andere manier slaagden we erin om ze uit elkaar te halen. Fat Gav had Mickey vast. Ik probeerde Hoppo vast te houden, maar hij schudde me van zich af.

'Wat mankeert jou?' schreeuwde hij naar Mickey.

'Mijn broer is dood, of ben je dat soms vergeten?' Hij keek ons een voor een aan. 'Zijn jullie dat allemaal vergeten?' Hij veegde zijn neus af, waar bloed uit droop.

'Nee,' zei ik. 'Dat zijn we niet vergeten. We willen alleen maar weer vrienden zijn.'

'Vrienden, ja, lekker,' sneerde hij naar Hoppo. 'Wil je weten wie die stomme hond van je kapot heeft gemaakt? Dat heb ík gedaan. Zodat je zou weten hoe het voelt om iemand kwijt te raken van wie je houdt. Misschien moeten jullie allemaal weten hoe dat voelt.'

Hoppo gilde. Hij ontworstelde zich aan mij en haalde hard uit naar Mickey.

Ik weet niet wat er vervolgens gebeurde. Of Mickey bewoog, of Nicky er misschien tussen stapte. Hoe dan ook, ik weet nog dat ik me omdraaide en Nicky op de grond zag liggen, terwijl ze naar haar gezicht greep. Op de een of andere manier had Hoppo's zwiepende vuist haar in de worsteling vol op haar oog geraakt.

'Klootzak!' gilde ze. 'Vieze, vuile klootzak!'

Ik wist niet of ze Hoppo of Mickey bedoelde, of dat het ondertussen niet meer uitmaakte.

Op Hoppo's gezicht maakte de woede plaats voor afschuw. 'Sorry. Sorry.'

Fat Gav en ik renden naar haar toe om haar te helpen. Een beetje rillerig schudde ze ons van zich af. 'Mij mankeert niets.'

Maar dat klopte niet. Haar oog werd al dikker, was beurs en paars. Toen al, meteen, wist ik dat het fout zat. Ook ik was boos. Bozer dan ik ooit was geweest. Het was allemaal de schuld van Mickey. Op dat moment – ook al was ik geen vechtersbaas – wilde ik Mickey een klap voor z'n kop verkopen, net zoals Hoppo dat had gewild. Maar daar heb ik de kans niet voor gekregen.

Tegen de tijd dat we Nicky overeind hadden geholpen en Fat Gav zei dat we haar naar zijn moeder moesten brengen en een zak bevroren doperwtjes op haar oog moesten doen, was Mickey vertrokken.

Hij bleek te hebben gelogen. De dierenarts zei dat Murphy waarschijnlijk minstens vierentwintig uur voor de begrafenis was vergiftigd, wellicht nog eerder. Mickey had Murphy niet gedood. Al maakte het niet veel uit. Mickeys aanwezigheid was zelf gif geworden, waar iedereen in zijn omgeving door werd aangetast.

Door de doperwten trok het oog van Nicky wat bij, maar toen ze naar huis ging, zag het er nog altijd beroerd uit. Ik hoopte dat ze er geen problemen mee zou krijgen. Ik dacht dat ze waarschijnlijk een verhaal zou verzinnen om aan haar vader te vertellen en dat het goed zou komen. Ik zat ernaast.

Die avond, net toen mijn vader aan het koken was, werd er op de voordeur geklopt. Ma was nog aan het werk, dus veegde pa zijn handen af aan zijn broek en zuchtte diep. Hij liep naar de deur en deed open. Op de stoep stond dominee Martin. Hij had zijn domineeskleren aan en een zwart hoedje op. Hij zag eruit als iemand van vroeger. Hij zag er ook zeer boos uit. Ik stond in de hal.

'Kan ik iets voor je doen?' zei mijn vader, op zo'n manier dat het klonk alsof dat het laatste was wat hij van plan was.

'Ja, je kunt je zoon maar beter uit de buurt van mijn dochter houden.'

'Wat?'

'Mijn dochter heeft een blauw oog door die zoon van je en die bende van hem.'

Bijna schreeuwde ik dat het niet míjn bende was. Maar toen voelde ik me ook trots dat hij het zo had genoemd.

Pa draaide zich om. 'Ed?'

Ik schuifelde verlegen naar voren. Mijn wangen gloeiden. 'Het was een ongeluk.'

Pa keek de dominee aan. 'Als mijn zoon zegt dat het een ongeluk was, dan geloof ik hem.'

Ze staarden elkaar aan. Toen glimlachte dominee Martin. 'Waarom zou ik dat respecteren? De appel valt niet ver van de verrotte boom: "Gij hebt de duivel tot vader en wilt de begeerten van uw vader doen. Wanneer hij de leugen spreekt, spreekt hij naar zijn aard, want hij is een leugenaar en de vader der leugen."'

'Preek zoals je wilt, dominee,' zei pa. 'Maar wij weten allemaal dat je er zelf niet naar handelt.'

'Pardon?'

'Het is niet het eerste blauwe oog dat uw dochter heeft, toch?'

'Dat is laster, meneer Adams.'

'Echt waar?' Pa stapte naar voren. Tot mijn genoegen zag ik dominee Martin enigszins achteruitwijken. '"Want er is niets verborgen, dat niet aan het licht zal komen, en niets geheim, dat niet zal bekend worden en aan het licht komen."' Nu was het aan pa om een gemene glimlach te tonen. 'U zult niet voor altijd door uw kerk worden beschermd, dominee. En ga nu gauw van mijn stoep, voor ik de politie bel.'

Het laatste wat ik zag, was de open mond van dominee Martin, voordat mijn vader de deur voor zijn neus dichtgooide.

Mijn borst zwol op van trots. Mijn vader had gewonnen. Hij had hem verslagen.

'Dank je wel, papa. Die was raak. Ik wist niet dat je de Bijbel kende.'

'Zondagsschool – sommige stukken blijven je bij.'

'Het was echt alleen maar een ongeluk.'

'Ik geloof je, Eddie... maar...'

Nee, dacht ik. Geen: 'maar'. Een 'maar' was nooit goed, en volgens mij was dit een heel verkeerde. Een 'maar' was, in de woorden van Fat Gav: 'een trap in de ballen van een goede dag.'

Pa slaakte een zucht. 'Luister, Eddie. Misschien zou het beter zijn als je Nicky niet meer zag, in elk geval voorlopig.'

'Ze is mijn vriendin.'

'Je hebt nog meer vrienden. Gavin, David, Mickey.'

'Mickey niet.'

'O, hebben jullie ruzie?'

Daar ging ik niet op in.

Pa boog voorover en legde zijn handen op mijn schouders. Dat deed hij alleen als hij echt serieus was.

'Ik zeg niet dat je nooit meer met Nicky bevriend kunt zijn, maar nu, op dit moment, is het wat ingewikkeld, en dominee Martin... nou, die is niet bepaald aardig.'

'Dus?'

'Is het misschien beter als je even afstand neemt.'

'Nee!' zei ik en ik rukte me los.

'Eddie...'

'Dat is niet beter. Je weet er niks van. Je weet er helemaal niks van.'

Hoewel ik wist dat het kinderachtig was en stom, draaide ik me om en rende naar boven.

'Je eten is klaar...'

'Ik hoef niet.'

Toch wel. Mijn maag rammelde van de honger, maar ik zou geen hap door mijn keel kunnen krijgen. Alles ging verkeerd. Mijn hele wereld – en als kind zijn je vrienden je wereld – viel uiteen.

Ik schoof mijn ladekast opzij en trok de losse planken eronder omhoog. Ik keek even naar wat erin zat en haalde vervolgens een doosje met gekleurde krijtjes tevoorschijn. Ik pakte het witte eruit en begon, zonder na te denken, op de vloer-planken te krabbelen, telkens weer.

'Eddie.'

Er werd op de deur geklopt.

Ik verstijfde. 'Ga weg.'

'Eddie. Luister, ik zal je niet tegenhouden als je Nicky wilt zien...'

Ik wachtte, met een krijtje in mijn hand.

'... ik vraag het alleen maar, oké? Voor mij en je moeder.'

Een vraag was erger, en dat wist pa ook. Ik kneep in het krijtje, zodat het in mijn hand verkruimelde.

'Wat zeg je daarop?'

Ik zei niets. Dat lukte me niet. Ik had het gevoel dat alle woorden in mijn keel bleven steken, me verstikten. Uiteindelijk hoorde ik de zware voetstappen van mijn vader weer naar beneden gaan. Ik keek naar mijn tekeningen. Witte krijt-poppetjes, in een opwelling neergekrabbeld, telkens weer. Ik voelde iets ongemakkelijks in mijn maag. Vlug veegde ik de poppetjes uit met mijn mouw, tot er alleen nog maar een vage vlek over was.

Later die avond vloog de steen door het raam. Gelukkig zat ik al in mijn kamer en waren pa en ma in de keuken aan het eten, want als ze in de voorkamer zouden zijn geweest, waren ze misschien door het rondvliegende glas gewond geraakt, of erger. Nu had de steen een flink gat in het raam gemaakt en de televisie vernield, maar waren er geen gewonden gevallen.

Heel voorspelbaar zat er met een elastiekje een berichtje aan de steen bevestigd. Indertijd heeft ma me niet verteld wat erop stond. Waarschijnlijk dacht ze dat ik er bang van zou worden of overstuur zou raken. Later bekende ze het alsnog: 'Stop met het vermoorden van baby's, anders zal je familie het volgende slachtoffer zijn.'

Weer kwam de politie langs. Iemand timmerde een houten

plaat voor het raam. Later, toen ze dachten dat ik naar bed was gegaan, hoorde ik dat mijn ouders in de woonkamer ruziemaakten. Een beetje bang ging ik gehurkt boven aan de trap zitten luisteren. Pa en ma maakten nooit ruzie. Ja, soms beten ze elkaar weleens iets toe, maar ze hadden nooit echt ruzie. Niet met van die felle, luide stemmen zoals nu.

'Zo kan het niet langer doorgaan,' zei pa, boos en ontdaan.

'Wat bedoel je met "zo"?' zei ma gespannen.

'Je weet heus wel wat ik bedoel. Het is al erg genoeg dat je altijd aan het werk bent, erg genoeg dat die idiote evangelisten vrouwen voor de kliniek intimideren, maar nu dit: het bedreigen van je eigen gezin?'

'Dat zijn alleen maar tactieken om ons bang te maken, en je weet dat we daar niet voor wijken.'

'Dit is anders, dit is persoonlijk.'

'Het zijn maar dreigementen. Dit soort dingen zijn vaker gebeurd. Uiteindelijk krijgen ze er genoeg van. Dan zetten ze zich weer in voor een ander goddelijk doel. Het houdt een keer op. Dat is altijd zo.'

Hoewel ik hem niet kon zien, zag ik voor me dat pa zijn hoofd schudde en heen en weer liep, zoals hij deed als hij boos was.

'Volgens mij heb je het mis, en ik weet niet of ik het risico wel wil lopen.'

'Nou, wat wil je dat ik doe? Ontslag nemen? Mijn baan opzeggen? Thuis blijven zitten, starend naar de muren, terwijl we van een tekstschrijversloontje moeten zien rond te komen?'

'Dat is niet eerlijk.'

'Dat weet ik. Sorry.'

'Zou je niet kunnen terugkeren? Naar Southampton? En dat iemand anders Anderbury overneemt.'

'Dit was mijn project. Mijn kin...' Ze leek zichzelf te betrappen. 'Dit was een gelegenheid om mezelf te bewijzen.'

'Waarmee? Met dat je door die idioten gehaat kunt worden?'

Er viel een stilte.

'Ik stop niet met mijn werk, of met de kliniek. Dat moet je niet van me vragen.'

'En Eddie dan?'

'Met Eddie gaat het goed.'

'Echt waar? Hoe kun je dat nu weten, je hebt hem de laatste tijd nauwelijks gezien.'

'Wil je dan beweren dat het niet goed met hem gaat?'

'Ik beweer dat hij, gezien alles wat er is gebeurd – de ruzie op het feestje van Gavin, die jongen van Cooper, de hond van David Hopkins – genoeg heeft meegemaakt. We hebben altijd gezegd dat we voor veiligheid en liefde zullen zorgen, en ik wil hoe dan ook niet dat hij eronder te lijden heeft.'

'Als ik ook maar even de indruk heb dat Eddie eronder te lijden zou hebben...'

'Wat dan? Zou je dan ontslag nemen?' Mijn vader klonk vreemd. Min of meer sarcastisch en verbitterd.

'Dan zal ik alles doen wat nodig is om mijn gezin te beschermen, maar dat en doorgaan met mijn werk sluiten elkaar niet per se uit.'

'Nou, laten we hopen van niet, toch?'

Ik hoorde de deur van de woonkamer opengaan en geruis van kleren.

'Waar ga je heen?' vroeg ma.

'Wandelen.'

De voordeur sloeg dicht, zo luid dat de trapleuning ervan rammelde en er wat stof viel van het pleisterwerk van de muur van de overloop boven me.

Pa moet een flink eind hebben gelopen, want ik heb hem niet horen terugkomen. Ik zal in slaap zijn gevallen. Maar ik had wel iets gehoord wat ik nog niet eerder had gehoord: dat ma huilde.

2016

Ik neem plaats op een bank achter in de kerk. Hij is leeg, zoals te verwachten valt. Tegenwoordig hebben mensen andere plekken om een eredienst bij te wonen. Bars en winkelcentra, de televisie en de virtuele internetwereld. Wie heeft het woord van God nodig als het woord van een realitytelevisiester evengoed volstaat?

Sinds de begrafenis van Sean Cooper ben ik niet meer in de St. Thomas geweest, al ben ik er vaak langs gelopen. Het is een bijzonder, oud gebouw. Niet zo groot of prachtig als de kathedraal van Anderbury, maar toch mooi. Ik houd van oude kerken, maar alleen om te bekijken, en niet om erbinnen een dienst bij te wonen. Vandaag vormt een uitzondering, al gaat het me niet om de dienst. Ik weet eigenlijk niet goed waarom ik hier ben.

Vanaf het grote, gebrandschilderde raam staart St. Thomas welwillend op me neer. De beschermheilige van God mag het weten. Om de een of andere reden stel ik me voor dat het een cool soort heilige is. Niet zo'n saaie Maria of Matteüs. Een beetje een hipster. Zelfs het baardje is weer in de mode.

Ik vraag me af of heiligen een volledig onberispelijk leven moeten leiden, en of je zondig kunt leven en vervolgens een paar wonderen kunt verrichten en toch heilig kunt worden verklaard. Zo lijkt het in de religie te gaan. Moord, verkrachting, kapotmaken en verminken, maar zolang je maar berouw hebt, zal alles worden vergeven. Heeft me nooit helemaal rechtvaardig geleken. Maar goed, God is niet rechtvaardig, zoals ook het leven niet rechtvaardig is.

Trouwens, wie is er, zoals de heer Christus zelf heeft betoogd, zonder zonde? De meeste mensen hebben op een bepaald moment in hun leven verkeerde dingen gedaan, dingen die ze hadden willen terugdraaien, dingen waarvan ze spijt hebben. We maken allemaal fouten. We hebben allemaal het goede en het slechte in ons. Maar als iemand iets vreselijks heeft gedaan, zou dat dan alle goede dingen die hij heeft gedaan moeten overschaduwen? Of zijn sommige dingen zo slecht dat ze met geen enkele goede daad zijn goed te maken?

Ik denk aan meneer Halloran. Aan zijn prachtige schilderijen, aan de manier waarop hij het leven van het Waltzermeisje redde, en hoe hij – in zekere zin – mijn vader en mij eveneens redde.

Wat hij later misschien ook gedaan heeft, ik geloof niet dat hij een slecht mens was. Zoals Mickey ook geen slechte jongen was. Niet echt. Ja, hij kon soms een beetje een eikel zijn, en ik ben er niet helemaal van overtuigd of ik de volwassene die hij werd wel mocht. Maar of iemand hem genoeg haatte om hem te vermoorden?

Ik staar terug naar St. Thomas. Veel steun biedt hij niet. Ik voel geen enkele goddelijke inspiratie. Ik zucht. Waarschijnlijk heb ik te veel over dit soort dingen gelezen. De dood van Mickey was vrijwel zeker een tragisch ongeluk en de brief slechts een onaangename samenloop van omstandigheden. Misschien was er alleen maar een kwaadaardige trol die achter onze adressen kwam en een streek wilde uithalen. Daarvan heb ik mezelf tenminste sinds het bezoek van de politie proberen te overtuigen.

Het probleem is dat het wie die brief ook geschreven heeft gelukt is. Ze hebben de doos opengebroken. Het exemplaar dat ik stevig dichthoud, afgesloten, diep weggestopt in mijn hoofd. En zodra hij eenmaal open is, de doos van Ed, is het net zoals bij de doos van Pandora, een heidense klus om hem weer te sluiten. En erger nog is dat er onder in de doos geen hoop ligt, maar schuld.

Ik heb geluisterd naar een song die Chloe vaak draait en waar ik ondertussen redelijk tegen kan, van een of andere punk/folkzanger: Frank Turner. Het refrein gaat als volgt: '*No one gets remembered for the things they didn't do.*'

Maar dat klopt niet helemaal. Mijn leven is bepaald door wat ik niet heb gedaan. Door wat ik niet heb gezegd. Volgens mij hebben veel mensen dat. We worden niet gevormd door onze verdiensten, maar door wat we hebben weggelaten. Niet zozeer leugens; maar eenvoudigweg waarheden die we niet vertellen.

Toen de politie me die brief toonde, had ik iets moeten zeggen. Ik had naar hen toe moeten gaan en hun moeten laten zien dat ik net zo'n brief had gekregen. Maar dat heb ik niet gedaan. Ik weet nog altijd niet waarom, net zoals ik niet goed kan aangeven waarom ik de dingen die ik al die jaren geleden wist of had gedaan niet heb opgebiecht.

Ik weet niet eens wat ik van de dood van Mickey vind. Steeds als ik me hem probeer voor te stellen, zie ik de jonge Mickey voor me, van twaalf jaar, met zijn mond vol metaal en de haat in zijn ogen. Toch was hij nog altijd een vriend. En nu is hij dood. Niet langer deel uitmakend van mijn herinneringen, maar eenvoudigweg een herinnering.

Ik ga staan en neem afscheid van St. Tommy. Als ik me omdraai om te vertrekken, zie ik iets bewegen. De dominee. Een stevige, blonde vrouw die bij voorkeur Ugg-laarzen onder haar domineeskleding draagt. Ik heb haar in de stad gezien. Ze lijkt me heel aardig, voor een dominee.

Ze glimlacht. 'Hebt u gevonden wat u zocht?'

Misschien is de kerk inderdaad meer een winkelcentrum geworden dan ik besefte. Helaas is mijn mandje nog leeg.

'Nog niet,' zeg ik.

Als ik terugkeer, staat de auto van ma voor de deur geparkeerd. Shit. Ik herinner me nu ons gesprek over Mittens, ook bekend als de Hannibal Lecter van de kattenwereld. Ik open de deur, hang mijn jas aan de kapstok en loop de keuken in. Ma zit aan tafel, Mittens – gelukkig – in een reismand aan haar voeten. Chloe staat bij het aanrecht en zet koffie. Ze is gekleed, bescheiden voor Chloe, in een wijd sweatshirt, een legging en gestreepte sokken.

Desondanks straalt mijn moeder afkeuring uit. Ma mag Chloe niet. Dat had ik ook nooit verwacht. Ze mocht Nicky ook niet. Er zijn meisjes van wie ma niets moet hebben, en dat zijn natuurlijk de meisjes op wie ik tot over mijn oren verliefd word.

'Ed – eindelijk,' zegt ma. 'Waar was je?'

'Ik, ehm, heb gewoon een eindje gewandeld.'

Chloe draait zich om. 'En je hebt niet de moeite genomen om mij te zeggen dat je moeder kwam?'

Ze staren me allebei aan. Alsof het mijn schuld is dat ze elkaar niet kunnen uitstaan.

'Sorry,' zeg ik. 'Ik was de tijd uit het oog verloren.'

Met een plof zet Chloe een mok koffie voor mijn moeder neer en ze zegt tegen mij: 'Zet jij koffie voor jezelf? Ik ga douchen.'

Ze verlaat de keuken en ma kijkt me aan. 'Aardig meisje. Ik snap niet waarom ze geen vriendje heeft.'

Ik loop naar het koffiezetapparaat. 'Misschien is ze gewoon kieskeurig.'

'Zo kun je haar ook omschrijven.'

Voordat ik kan reageren, zegt ze: 'Je ziet er vreselijk uit.'

Ik ga zitten. 'Dank je wel. Ik heb gisteravond slecht nieuws gekregen.'

'O?'

Ik vertel zo zorgvuldig mogelijk wat er de afgelopen vierentwintig uur is gebeurd.

Ma nipt aan haar koffie. 'Wat erg. En dan te bedenken dat zijn broer ook zo is gestorven.'

Daar heb ik ook over nagedacht. Veel.

'Soms is het lot wreed,' zegt ze. 'Al verbaast het me op de een of andere manier ook weer niet.'

'Nee?'

'Nou, Mickey leek altijd al een jongen die weinig geluk in het leven had. Eerst zijn broer. Toen dat akelige ongeluk met Gavin.'

'Dat was zíjn fout,' zeg ik verontwaardigd. 'Hij reed. Door hem zit Gav in een rolstoel.'

'En dan draag je een hoop schuld met je mee, die zwaar op je schouders drukt.'

Ik staar haar aan, geërgerd. Ma ziet graag het tegenovergestelde standpunt, wat prima is, zolang het niet jou, je vrienden en je trouw betreft.

'Het leek er anders niet op dat hij iets met zich meedroeg, behalve een duur overhemd en een pas opgelapt gebit.'

Ma gaat er niet op in, net zoals ze deed toen ik nog jong was en iets zei wat ze niet de moeite van een reactie waard vond.

'Hij wilde een boek schrijven,' zeg ik.

Ze zet haar mok neer en kijkt me serieuzer aan: 'Over wat er in jullie jeugd is gebeurd?'

Ik knik. 'Hij wilde dat ik hem hielp.'

'En wat zei je?'

'Ik zei dat ik erover wilde nadenken.'

'Aha.'

'En er was nog iets – hij zei dat hij wist wie haar had vermoord.'

Ze kijkt me met haar grote, donkere ogen aan. Zelfs op haar achtenzeventigste zijn ze nog scherp en helder.

'Geloofde je hem?'

'Ik weet het niet. Misschien.'

'Heeft hij nog iets gezegd over wat er toen is gebeurd?'

'Niet echt. Hoezo?'

'Zomaar, uit nieuwsgierigheid.'

Maar ma stelt nooit zomaar een vraag. Ma doet nooit zomaar iets.

'Wat is er, mama?'

Ze aarzelt.

'Mam?'

Ze legt een koele, gerimpelde hand op de mijne. 'Niets. Het spijt me van Mickey. Ik weet dat je hem lang niet had gezien. Maar jullie zijn ooit vrienden geweest. Je zult wel geschrokken zijn.'

Ik sta op het punt haar de keuken uit te werken, als de deur opengaat en Chloe weer binnenkomt.

'Ik wil graag nog een kop koffie,' zegt ze met haar mok in de hand. 'Ik stoor niet, toch?'

Ik kijk ma aan.

'Nee,' zegt ze. 'Ik wilde toch net gaan.'

Voordat ze vertrekt, laat ma enkele grote zakken achter die blijkbaar van doorslaggevend belang zijn voor het geluk en welzijn van Mittens.

Gezien mijn vorige ervaringen heeft Mittens voor haar geluk en welzijn volgens mij alleen maar een eindeloze toevoer van jonge vogeltjes en muizen nodig om open te rijten, meestal op mijn bed als ik met een kater wakker word, of op de keukentafel als ik aan het ontbijten ben.

Ik laat haar uit haar reismand en we kijken elkaar wantrouwend aan, waarna ze bij Chloe op schoot springt en zich daar met een nauwelijks verhulde katachtige zelfvoldaanheid neervlijt.

Ik heb een bloedhekel aan dierenmishandeling, maar maak voor Mittens graag een uitzondering.

Ik laat ze met hun tweeën op de bank zitten, tevreden spinnend (Chloe of Mittens, ik weet niet wie van de twee). Dan loop ik naar boven, naar mijn werkkamer, open de bureaula en pak de onschuldige bruine enveloppe eruit. Ik stop hem in mijn zak en loop weer naar beneden.

'Ik ga even naar de winkel,' roep ik, en voordat Chloe me een boodschappenlijst meegeeft die bijna even lang is als *Oorlog en vrede* of groot genoeg om een kleine kamer mee te behangen, haast ik me naar buiten.

Het is marktdag. Dus de straten staan al vol met auto's die geen plek konden vinden op een van de parkeerplaatsen in de stad. Zo meteen zullen de bussen arriveren en de smalle trottoirs stampvol toeristen zijn, die op Google Maps kijken en een iPhone op alles met een balk of rieten dak zullen richten.

Ik loop naar het winkeltje op de hoek, koop een pakje sigaretten en een aansteker. Dan loop ik de stad door naar de Bull. Cheryl bedient, maar vandaag zit Gav voor de afwisseling eens niet aan zijn vaste tafel.

Voordat ik de bar kan bereiken, kijkt Cheryl op. 'Hij is er niet, Ed... en hij weet er al van.'

Ik vind hem in de speeltuin. De oude, waar we op warme, zonnige dagen rondhingen, kauwend op toverballen en Wham-repen. De speeltuin waar we de tekeningen vonden die naar haar lichaam leidden.

Hij zit in zijn rolstoel, vlak bij de oude bank. Van hieruit kun je nog net een stukje zien van de rivier en van het lint waarmee de plaats delict is afgezet, daar waar ze Mickeys lichaam uit het water hebben gehaald.

Het hek kraakt als ik het openduw. De schommels hangen zoals ze altijd hangen, gewikkeld rond de draagbalk bovenin. Er slingert afval rond en sigarettenpeuken, waarvan sommige er verdachter uitzien dan andere. Ik heb Danny Myers en zijn vriendengroep hier 's avonds zien rondhangen. Niet overdag. Overdag komt hier geen kip.

Gav draait zich niet om als ik op hem afloop, al moet hij het hek hebben horen kraken. Ik ga op de bank naast hem zitten. Er ligt een papieren zakje op zijn schoot. Hij houdt het me voor. Er zit een assortiment retrosnoepjes in. Hoewel ik er weinig zin in heb, pak ik er een vliegende schotel uit.

'Drie pond heeft dit me gekost,' zegt hij. 'In een van die chique snoepwinkels. Weet je nog dat we voor twintig pence een hele zak vol kochten?'

'Ja. Daarom heb ik zoveel vullingen.'

Hij gniffelt, maar het klinkt geforceerd.

'Volgens Cheryl weet je het al van Mickey,' zeg ik.

'Yep.' Hij pakt een witte muis en kauwt erop. 'En ik zal niet doen alsof het me spijt.'

Ik zou hem hebben geloofd als ik niet zag dat zijn ogen roodomrand zijn en hij een beetje schor klinkt. Als jongens waren Fat Gav en Mickey de beste vrienden, totdat het allemaal uit elkaar begon te vallen. Ver voor het ongeluk, al was dat de laatste, roestige spijker in een verrotte en versplinterde lijkkist.

'De politie is bij me langs geweest om met me te praten,' zeg ik. 'Ik was de laatste die Mickey die nacht heeft gezien.'

'Jij hebt hem er toch niet in geduwd?'

Ik glimlach niet, áls het al een grap is. Gav kijkt me nadenkend aan. 'Wás het wel een ongeluk?'

'Waarschijnlijk wel.'

'Waarschijnlijk?'

'Toen ze hem uit het water haalden, vonden ze iets in zijn zak.'

Ik kijk het park door. Het is niet druk. Een enkele, eenzame man die z'n hond uitlaat kuiert over het pad langs de rivier.

Ik haal mijn eigen brief tevoorschijn en geef die aan hem. 'Zo eentje,' zeg ik.

Gav leunt voorover. Ik wacht. Gav heeft altijd een behoorlijk goede pokerface gehad, zelfs als kind. Hij kon bijna even goed liegen als Mickey. Ik heb het idee dat hij overweegt of hij dat nu ook zal doen.

'Komt je bekend voor?' zeg ik.

Hij knikt en zegt uiteindelijk op vermoeide toon: 'Ja, ik heb er ook een. Net als Hoppo.'

'Hoppo?'

Ik laat het tot me doordringen, verdwaasd, en vreemd genoeg baal ik even als een klein kind dat ze het me niet hebben verteld. Dat ik niet tot de incrowd behoor.

'Waarom hebben jullie dat niet verteld?' zeg ik.

'We dachten allebei dat het een of andere misselijke grap was. Wat dacht jij?'

'Hetzelfde, denk ik.' Ik wacht even. 'Alleen is Mickey nu dood.'

'Nou, dat is een rake slotzin.'

Gav grijpt in de papieren zak met snoep, pakt er een colaflesje uit en steekt het in zijn mond.

Even kijk ik naar hem. 'Waarom haat je Mickey zo?'

Hij begint even te lachen. 'Moet je dat echt vragen?'

'Dus dat is het? Het ongeluk?'

'Dat lijkt me reden genoeg, toch?'

Hij heeft gelijk. Alleen ben ik er ineens van overtuigd dat hij iets voor zich houdt. Ik haal het ongeopende pakje Marlboro Light uit mijn zak.

Gav staart me aan. 'Sinds wanneer rook jij weer?'

'Ik rook niet. Nog niet.'

'Heb je er een over?'

'Dat meen je niet?'

Hij lacht bijna.

Ik open het pakje en haal er twee sigaretten uit. 'Ik dacht dat jij ook was gestopt.'

'Ja. Het lijkt een goed moment om voornemens op te geven.'

Ik geef hem de sigaret. Dan steek ik de mijne aan en overhandig hem de aansteker. Door de eerste trek word ik wat duizelig, een beetje misselijk, en hij is verdomd lekker.

Gav blaast de rook uit en zegt: 'Fuck, die dingen smaken als een berg gierende bagger.' Hij werpt me een blik toe. 'Maar dit is écht geweldig gierende bagger, man.'

We grijnzen.

'Zeg,' zeg ik, 'nu we toch voornemens opgeven... Wil je over Mickey praten?'

Hij slaat zijn ogen neer en de grijns verdwijnt.

'Je weet van het ongeluk?' Hij zwaait met zijn sigaret. 'Stomme vraag. Natuurlijk weet je ervan.'

'Ik weet wat men mij heeft verteld,' zeg ik. 'Ik ben er niet bij geweest.'

Hij kijkt me peinzend aan, terwijl hij het zich herinnert. 'Nee, dat klopt, waar was je?'

'Ik neem aan dat ik studeerde.'

'Nou, Mickey reed die nacht. Zoals altijd. Je weet hoe gek hij op die Peugeot van hem was.'

'Hij scheurde er als een idioot in rond.'

'Ja. Daarom dronk hij nooit. Hij reed liever. Ik, ik goot me liever vol.'

'We waren pubers. Dat doe je dan.'

Al had ik dat niet gedaan. Niet echt. Toen niet. Natuurlijk heb ik het daarna meer dan goedgemaakt.

'Op het feest ben ik echt losgegaan. Stomdronken geworden. Comazuipen. Toen ik overal over m'n nek ging, wilden Tina en Rich dat ik vertrok, dus haalden ze Mickey over om me naar huis te brengen.'

'Maar Mickey had ook gedronken?'

'Blijkbaar. Ik kan me niet herinneren dat ik hem heb zien drinken, maar veel herinner ik me ook niet van die avond.'

'Dat bleek toen ze hem een blaastest afnamen?'

Hij knikt. 'Ja. Alleen zei hij tegen mij dat iemand alcohol in zijn drinken moet hebben gedaan.'

'Wanneer heeft hij je dat verteld?'

'Hij kwam bij me langs in het ziekenhuis. Hij bood geeneens zijn excuses aan, bleef maar zeggen dat het niet echt zijn
fout was. Dat iemand sterkedrank in zijn drinken had gedaan
en dat hij mij trouwens niet naar huis had hoeven brengen als
ik niet zoveel had gedronken.'

Typisch Mickey. Altijd de schuld in de schoenen van een
ander schuiven.

'Nu snap ik waarom je hem nog steeds haat.'

'Dat doe ik niet.'

Ik kijk hem aan, terwijl de sigaret op weg naar mijn lippen
halverwege blijft hangen.

'Ik heb hem wel gehaat,' zegt hij. 'Een tijdje. Ik wilde het aan
hem wijten. Maar dat lukte me niet.'

'Dat begrijp ik niet.'

'Het was niet vanwege het ongeluk dat ik niet over Mickey
wilde praten, of hem nooit meer wilde zien.'

'Waarom dan?'

'Omdat het me eraan herinnert dat ik verdiende wat er is
gebeurd. Ik verdien het om in deze stoel te zitten. Dat is karma. Om wat ik heb gedaan.'

Plotseling hoor ik het meneer Halloran weer zeggen: '*Karma. Je zult oogsten wat je hebt gezaaid. Als je slechte dingen
doet, zal dat uiteindelijk terugkomen en zich tegen je keren.*'

'Wat heb je dan gedaan?'

'Ik heb zijn broer vermoord.'

1986

Behalve dat de moeder van Hoppo bij mensen thuis schoonmaakte, maakte ze ook de basisschool, de pastorie en de kerk zelf schoon.

Zo kwamen we het over dominee Martin te weten.

Gwen Hopkins kwam op zondagochtend om 6.30 uur in de St. Thomas aan, om te dweilen, af te stoffen en te poetsen voor de eerste dienst van 9.30 uur. (Ik vermoed dat de zondagsrust niet gold voor degenen die voor de dominee werkten.) De klokken waren niet teruggezet, dus was het nog behoorlijk donker toen ze naar de grote eikenhouten deuren liep, de sleutel, die ze aan een rek in de keuken bewaarde, tevoorschijn haalde en in het sleutelgat stak.

Aan het rek hingen alle sleutels voor de plekken die ze schoonmaakte, met de adressen van de eigenaars erop. Niet al te veilig, of slim, vooral niet omdat Hoppo's moeder rookte, zodat ze 's avonds vaak bij de achterdeur stond en soms vergat de deur op slot te doen.

Die ochtend, zo zou ze later aan de politie (en de kranten) vertellen, viel het haar op dat de sleutels van de kerk aan het verkeerde haakje hingen. Ze stond er verder niet bij stil, noch bij het feit dat de achterdeur niet op slot zat, omdat, zo zei ze, ze enigszins vergeetachtig was, al hing ze de sleutel meestal wel aan het goede haakje. Het probleem was dat iedereen precies wist waar zij ze bewaarde. Het was echt een wonder dat ze niet eerder voor diefstal waren gebruikt.

Je hoefde alleen maar stiekem naar binnen te sluipen, een

sleutel te pakken, waarna je bij iemand naar binnen kon gaan als je wist dat diegene niet thuis was. Misschien nam je alleen maar iets kleins mee, zonder dat ze er erg in hadden, zoals een klein sieraad, of een pen uit een la. Iets van weinig waarde, waarvan je zou denken dat je het ergens anders zou hebben kunnen neerleggen. Dat zou je kunnen doen. Als je zo iemand was die graag spullen meenam.

De eerste aanwijzing dat er iets mis was, kreeg Gwen toen de deur van de kerk niet op slot zat. Maar ze deed er niets mee. Misschien was de dominee al binnen. Soms stond hij vroeg op en trof ze hem aan in de kerk, druk in de weer met zijn preken. Pas toen ze in het schip liep, besefte ze dat er iets niet klopte. Heel erg niet klopte.

De kerk was niet donker genoeg.

Gewoonlijk waren de kerkbanken en de kansel aan het einde van het schip pikzwarte schaduwen. Die ochtend lichtten ze enigszins op, met her en der wit.

Misschien aarzelde ze. Misschien trilden de haartjes achter op haar nek een beetje. Zo'n vage trilling van angst waarvan je denkt dat je je haar wel ingebeeld zult hebben, terwijl je je eigenlijk inbeeldt dat er niets aan de hand is.

Gwen sloeg een vaag kruis voor haar borst, tastte vervolgens naar het lichtknopje naast de deur en drukte erop. De lampen aan de zijkanten van de kerk – oud, sommige kapot, toe aan vervanging – kwamen zoemend en knipperend tot leven.

Gwen slaakte een gil. De hele binnenkant van de kerk was overdekt met tekeningen. Op de stenen vloer, de houten banken en de kansel. Overal waar ze keek. Vele tientallen witte krijtpoppetjes. Sommige dansten, sommige zwaaiden. Sommige waren veel heidenser. Krijtmannetjes met krijtpenissen. Krijtvrouwtjes met enorme krijtborsten. Het ergste waren de hangende krijtmannetjes, met een strop rond hun magere nek. Het was idioot, en eng. Doodeng zelfs – angstaanjagend.

176

Bijna had Gwen zich omgedraaid en was ze weggerend. Ze had bijna haar schoonmaakemmer laten vallen om meteen de kerk uit te rennen, zo snel haar bleke benen haar konden dragen. Als ze dat had gedaan, was het misschien te laat geweest. Maar ze aarzelde. En toen hoorde ze iets, vaag. Een heel zacht, zwak gekreun.

'Hallo? Is daar iemand?'

Weer klonk er gekreun, wat luider nu. Onmiskenbaar. Gekreun van pijn.

Ze sloeg nog een kruis – duidelijker, met meer overtuiging – en liep het middenpad in, terwijl haar hoofdhuid verstrakte en ze kippenvel had.

Ze trof hem aan achter de kansel. In elkaar gekropen op de vloer, in een foetushouding. Op zijn collaar na ontdaan van kleren.

De stof was wit geweest, maar zat nu onder de rode vlekken. Hij was hard op zijn hoofd geslagen. Nog een klap en hij zou zijn overleden, zeiden de artsen. Nu had hij het gered, als 'gered' het juiste woord was.

Al kwam het bloed niet alleen uit zijn hoofd. Het kwam ook uit de wonden op zijn rug. Die was met een mes bewerkt: twee enorme, rafelige strepen die vanaf zijn schouderbladen tot zijn billen liepen. Pas toen al het bloed verwijderd was, drong tot de mensen door wat ze voorstelden...

Engelenvleugels.

Dominee Martin werd naar het ziekenhuis gebracht en aan allerlei slangen en dergelijke gelegd. Hij had hersenletsel opgelopen en de artsen gingen na hoe erg het was, om te weten of hij geopereerd moest worden.

Nicky ging bij een van de protesterende vriendinnen van haar vader logeren – een oudere dame met kroeshaar en een bril met dikke glazen. Al bleef ze er niet lang. Een dag of wat later stopte er een vreemde wagen voor de pastorie. Een felgele Mini. Er zaten veel stickers op: Greenpeace, een regenboog, STOP AIDS NOW! – van alles.

Ik heb haar zelf niet gezien. Ik hoorde het van Gav, die het van zijn vader hoorde, die het van iemand in de pub hoorde. Er stapte een vrouw uit de auto. Een grote vrouw, met rood haar dat bijna tot haar middel kwam, met een tuinbroek aan, een groen legerjack en legerschoenen.

'Zo'n type dat bij Greenham Common tegen kernwapens demonstreert.'

Maar daar bleek ze niet aan mee te doen. Ze kwam uit Bournemouth en was Nicky's moeder.

Niet dood, zoals we allemaal dachten. Allesbehalve dood zelfs. Ook al had dominee Martin dat aan iedereen, inclusief Nicky, verteld. Naar het schijnt was ze weggegaan toen Nicky nog heel jong was. Ik weet niet precies waarom. Ik begreep niet hoe een moeder zomaar weg kon gaan. Maar nu was ze terug, en zou Nicky bij haar wonen, omdat ze geen andere familie had en haar vader niet in staat was om voor haar te zorgen.

De artsen opereerden de dominee en zeiden dat hij beter zou moeten worden, zelfs volledig zou kunnen herstellen. Maar ze konden het niet met zekerheid zeggen. Dat wist je nooit met hersenletsel. Hij was in staat zelfstandig rechtop te zitten in een stoel. Om te eten en drinken, naar de wc te gaan, met enige hulp. Maar hij kon niet – of wilde niet – praten, en ze hadden geen idee of hij iets begreep van wat er tegen hem werd gezegd.

Hij werd naar een tehuis gebracht voor mensen die niet goed bij hun hoofd waren, om 'aan te sterken', zoals mijn moeder zei. De kerk betaalde de rekening. Wat misschien wel zo goed was, omdat ik vermoed dat de moeder van Nicky het zich niet kon veroorloven, en het ook niet had gewild.

Voor zover ik weet, is ze nooit samen met Nicky bij hem op bezoek geweest. Misschien was dat haar manier om het hem betaald te zetten. Al die jaren dat hij Nicky had voorgehouden dat ze dood was en had voorkomen dat ze haar dochter kon opzoeken. Of misschien wilde Nicky niet gaan. Ik kon haar geen ongelijk geven.

Hij werd maar door één persoon geregeld bezocht, steevast, elke week, en dat was niet iemand van zijn gelovige gemeente, of zijn trouwe 'engelen'. Het was mijn moeder.

Ik heb nooit begrepen waarom. Ze hadden een bloedhekel aan elkaar gehad. Dominee Martin had vreselijke dingen gedaan en vreselijke dingen tegen mijn moeder gezegd. 'Dat is het punt, Eddie,' zou ze mij enige tijd later zeggen. 'Je moet begrijpen dat als je een goed mens wilt zijn, het er niet om gaat dat je kerkliederen zingt of een of andere mythische god toezingt. Het gaat niet om het dragen van een kruis of elke zondag naar de kerk gaan. Als je een goed mens wilt zijn, gaat het erom hoe je anderen behandelt. Een goed mens heeft geen religie nodig, omdat hij weet dat hij het juiste doet.'

'En daarom ga je bij hem op bezoek?'

Ze keek me met een eigenaardige glimlach aan. 'Niet echt. Ik ga bij hem op bezoek omdat ik spijt heb.'

Eenmaal ben ik met haar mee geweest. Ik weet niet waarom. Misschien omdat ik niets beters te doen had. Misschien was het alleen maar prettig om een poosje in het gezelschap van ma te zijn, omdat ze nog steeds heel hard werkte en we niet veel tijd samen hadden. Misschien was het de morbide nieuwsgierigheid van een kind.

Het tehuis heette St. Magdalena en lag op tien minuten rijden van ons huis, aan de weg naar Wilton. Het stond aan een smal weggetje, omgeven door veel bomen. Het zag er mooi uit: een groot, oud huis, met een lang, gestreept grasveld en fraaie, witte tafels en stoelen ervoor.

Aan de andere kant stond een houten hut, en er waren een

paar mannen in overalls – tuinmannen, vermoed ik – hard aan het werk. Een van hen liep heen en weer met een grote, snorrende grasmaaier; de ander hakte dode boomtakken met een bijl in stukken en legde ze op een stapel, klaar om aan te steken.

Aan een van de tafels zat een oude dame. Ze droeg een met bloemen bedrukte kamerjas en had een fraaie hoed op. Toen we voorbijreden, stak ze een hand op en zwaaide: 'Fijn dat je langskomt, Ferdinand.'

Ik keek ma aan. 'Heeft ze het tegen ons?'

'Niet echt, Eddie. Ze heeft het tegen haar verloofde.'

'O, komt hij bij haar op bezoek?'

'Dat vraag ik me af. Hij is veertig jaar geleden overleden.'

We parkeerden de auto en liepen over het knarsende grind naar een grote ingang. Binnen was het anders dan ik me had voorgesteld. Het was er weliswaar mooi, of ze hadden in elk geval geprobeerd het mooi te maken, met geelgeverfde muren, versieringen en schilderijen en dergelijke. Maar het rook er naar artsen. Een indringende geur van desinfecterende middelen, pis en rottende kool.

Ik moest er bijna van kokhalzen, zelfs nog voor we bij de dominee waren. Een dame in verpleegstersuniform leidde ons door die lange kamer met veel tafels en stoelen. In een hoek stond een televisie te flikkeren. Er zaten een paar mensen voor. Een echt heel dikke vrouw, die bijna leek te slapen, een jongeman met een bril en een of ander gehoorapparaat. Nu en dan sprong hij overeind, zwaaide met zijn armen en riep: 'Sla me, Mildred!' Het was tegelijkertijd zowel grappig als min of meer gênant. De verpleegkundigen leken het niet eens op te merken.

Dominee Martin zat in een stoel naast de openslaande deuren. Zijn handen rustten op zijn benen en zijn gezicht was even uitdrukkingsloos als dat van een etalagepop. Hij was zo neergezet dat hij de tuin in kon kijken. Ik weet niet of hij dat echt leuk vond. Hij zat met een lege blik in zijn ogen naar buiten te staren, naar iets – of niets – in de verte. Zijn ogen bewogen helemaal niet, niet als er iemand langsliep, en zelfs niet als de man met het gehoorapparaat schreeuwde. Ik weet niet eens of hij met zijn ogen knipperde.

Ik rende de zaal niet uit, maar veel scheelde het niet. Ma ging bij hem zitten om iets aan hem voor te lezen. Een of ander klassiek boek van een dode schrijver. Ik verontschuldigde me en ging weg, om door de tuin te wandelen, alleen maar om weg te kunnen en een frisse neus te halen. De oude dame met de grote hoed zat er nog steeds. Ik probeerde uit het zicht te blijven, maar toen ik in de buurt kwam, draaide ze zich om.

'Ferdinand komt niet, hè?'

'Ik weet het niet,' stamelde ik.

Ze keek me aan. 'Ik ken jou. Hoe heet je, jongeman?'

'Eddie.'

'Eddie, mevróúuw.'

'Eddie, mevrouw.'

'Je bent hier om bij de dominee langs te gaan.'

'Mijn moeder is bij hem.'

Ze knikte. 'Zal ik je een geheimpje verklappen, Freddie?'

Ik overwoog te zeggen dat ik Eddie heette, maar besloot het niet te doen. De oude vrouw had iets beangstigends, en niet alleen omdat ze oud was, al speelde dat wel mee. Voor een kind zijn oude mensen met hun uitgezakte huid en broodmagere handen vol blauwe aderen enigszins monsterachtig.

Met een dunne, benige vinger gebaarde ze me om bij haar te komen. De nagel was helemaal geel en gekruld. Iets in me wilde wegrennen. Maar welk kind wil geen geheim horen? Ik kwam een stapje dichterbij.

'De dominee... Hij houdt iedereen voor de gek.'

'Hoe?'

'Ik heb hem gezien, 's nachts. De duivel, vermomd.'

Ik wachtte af. Ze week achteruit en keek me verbaasd aan. 'Ik ken jou.'

'Ik heet Eddie,' herhaalde ik.

Plotseling wees ze naar me. 'Ik weet wat jij gedaan hebt, Eddie. Je hebt iets meegenomen, nietwaar?'

Ik sprong overeind. 'Nietes.'

'Geef terug. Geef het terug of ik laat je afranselen met de zweep, vuile vagebond die je d'r bent.'

Ik deinsde terug, terwijl ze me naschreeuwde: 'Geef terug, jongeman. Geef terug!'

Ik rende zo snel als ik kon weer terug over het pad naar het huis, met een bonkend hart en een blozend gezicht. Ma was de dominee nog aan het voorlezen. Ik ging op de stoep voor het huis zitten tot ze klaar was.

Maar voordat het zover was, zette ik vlug het porseleinen beeldje dat ik uit de gemeenschappelijke ruimte had meegenomen weer terug.

Dat was allemaal later. Veel later. Na het bezoek van de politie, nadat ze pa hadden gearresteerd. En nadat meneer Halloran ontslag van school had moeten nemen.

Nicky was bij haar moeder in Bournemouth gaan wonen. Fat Gav was een- of tweemaal bij Mickey langs geweest – om het goed te maken – maar beide keren zei Mickeys moeder hem dat Mickey niet buiten kon komen en gooide ze de deur voor zijn neus dicht.

'Het was een berg gierende bagger,' zei Fat Gav, omdat hij Mickey later in de winkel had gezien, terwijl hij met een paar oudere jongens optrok. Ruige boys met wie zijn broer ooit omging.

Mij maakte het niet zoveel uit met wie Mickey optrok. Ik was blij dat hij niet langer meer deel uitmaakte van onze vriendengroep. Wel vond ik het jammer dat Nicky weg was, meer dan ik aan Hoppo en Fat Gav kon toegeven. Het was niet het enige wat ik niet aan hen toegaf. Ik heb hun nooit verteld dat ze me nog een laatste keer had opgezocht. Op de dag dat ze vertrok.

Ik was in de keuken, waar ik aan tafel huiswerk zat te maken. Pa was ergens aan het timmeren en ma was aan het stofzuigen. Ik had de radio aanstaan, dus was het een wonder dat ik de deurbel überhaupt hoorde.

Ik wachtte even. Toen, op het moment dat bleek dat niemand anders open zou doen, kwam ik van mijn stoel, liep de gang in en deed open.

Buiten stond Nicky, met haar fiets aan de hand. Ze zag er bleek uit en haar rode haar was mat en zat in de war, de huid onder haar linkeroog was nog steeds gelig en blauw. Ze zag eruit als de abstracte schilderijen van meneer Halloran. Een opgelapte, fletse versie van zichzelf.

'Hoi,' zei ze, en zelfs haar stem klonk niet als de hare.

'Hoi,' zei ik terug. 'We zouden bij je langsgaan, maar...'

Ik maakte de zin niet af. Het was niet het geval. We wisten niet wat we moesten zeggen. Net zoals met Mickey.

'Dat geeft niet,' zei ze.

Maar het gaf wel. We waren immers vrienden.

'Wil je binnenkomen?' vroeg ik. 'We hebben limonade en koekjes.'

'Kan niet. Mama denkt dat ik aan het inpakken ben. Ik ben 'm gesmeerd.'

'Ga je vandaag weg?'

'Ja.'

Mijn hart bonkte in mijn keel. Ik voelde iets in mezelf meegeven.

'Ik zal je echt missen,' riep ik. 'Wij allemaal.'

Ik bereidde me voor op een bijtend, sarcastisch antwoord. In plaats daarvan stapte ze op me af en sloeg haar armen om me heen. Zo stevig dat het niet echt als een knuffel aandeed, meer als een dodelijke omhelzing, alsof ik het laatste stuk hout in een donkere en stormachtige oceaan was.

Ik liet haar begaan. Ik snoof de geur van haar bijeengebonden krullen op. Vanille en kauwgom. Ik voelde haar borstkas op en neer gaan. De beginnende borsten onder haar wijde pullover. Ik wou dat we altijd zo konden blijven staan. Dat ze zich nooit meer zou losrukken.

Maar dat deed ze wel. Ze draaide zich even onverwacht om en zwaaide haar been over haar fiets. Vervolgens reed ze als een razende de straat uit, waarbij haar rode haar als woedende vlammen achter haar aan wapperde. Zonder nog een woord te spreken. Zonder afscheidsgroet.

Ik keek haar na en besefte nog iets: ze had het niet over haar vader gehad. Geen enkele keer.

De politie kwam weer langs om met de moeder van Hoppo te praten.

'En weten ze al wie het heeft gedaan?' vroeg Fat Gav aan Hoppo, terwijl hij de inhoud van een colaflesje in zijn mond goot.

We zaten op een bankje op het schoolplein. De plek waar we altijd met ons vijven zaten, vlak naast de hinkelbaan. Nu waren we nog maar met ons drieën.

Hoppo schudde zijn hoofd. 'Ik geloof het niet. Ze vroegen haar naar de sleutel, wie wist waar hij werd bewaard. Ze vroegen ook weer naar de tekeningen in de kerk.'

Dat wekte mijn belangstelling. 'De tekeningen. Wat wilden ze weten?'

'Of ze iets dergelijks al eerder had gezien. Had de dominee het over andere berichten of bedreigingen gehad? Was er iemand die iets tegen hem had?'

Ik schoof ongemakkelijk heen en weer. *Kijk uit voor de krijtmannetjes.*

Fat Gav keek me aan. 'Wat is er, Eddie Munster?'

Ik aarzelde. Ik weet niet goed waarom. Dit waren mijn vrienden. Dit was mijn vriendengroep. Ik kon hun alles vertellen. Ik zou hun over de andere krijtmannetjes moeten vertellen.

Maar iets weerhield me daarvan.

Misschien omdat Fat Gav, ondanks het feit dat hij grappig, loyaal en genereus was, niet goed iets geheim kon houden. Misschien omdat ik Hoppo niet over de tekening op de begraafplaats wilde vertellen, omdat ik dan zou moeten uitleggen waarom ik toen niets had gezegd. Bovendien wist ik nog wat hij die dag had gezegd: '*Als ik erachter kom wie dit gedaan heeft, zal ik hem vermoorden.*'

'Niks,' zei ik. 'Punt is alleen dat wij krijtmannetjes hebben getekend, toch? Ik hoop dat de politie niet denkt dat wij het hebben gedaan.'

'Dat was alleen maar wat geklooi,' snoof Fat Gav. 'Niemand zal zo gek zijn om te denken dat wij een dominee in elkaar zouden slaan.' Toen klaarde zijn gezicht op. 'Ik durf te wedden dat het een of andere satanist of iets dergelijks was. Een duivelaanbidder. Weet je moeder wel zeker dat het krijt was? En geen blooeehhooeed?' Hij kwam overeind, kromde zijn vingers tot klauwen en stootte een duivels lachje uit.

Vervolgens ging de schoolbel voor de middaglessen en moesten we het onderwerp, althans voorlopig, laten voor wat het was.

Toen ik terugkwam van school stond er een vreemde auto op de oprit en zat pa samen met een man en een vrouw in vormeloze grijze pakken in de keuken. Ze zagen er streng en onvriendelijk uit. Pa zat met zijn rug naar me toe, maar gezien zijn onderuitgezakte houding wist ik dat hij bezorgd zou kijken, met een rimpel tussen zijn borstelige wenkbrauwen.

Ik kreeg niet de kans om meer te zien, omdat ma de keuken uit kwam en de deur achter zich dichttrok. Ze begeleidde me de gang in.

'Wie zijn dat?' vroeg ik.

Ma was niet iemand die de waarheid beter voorstelde dan ze was. 'Rechercheurs, Eddie.'

'Politie? Waarom zijn ze hier?'

'Ze willen je vader alleen maar wat vragen, over dominee Martin.'

Mijn hart ging sneller slaan en ik keek haar met grote ogen aan. 'Waarom?'

'Gewoon routine. Ze praten met veel mensen die hem kenden.'

'Ze hebben niet met de vader van Fat Gav gesproken, terwijl die iedereen kent.'

'Niet zo brutaal, Eddie. Ga maar televisiekijken, totdat we klaar zijn.'

Ma stelde nooit voor dat ik televisie moest kijken. Meestal mocht ik pas televisiekijken als ik mijn huiswerk af had, dus wist ik dat er iets aan de hand was.

'Ik wilde wat drinken halen.'

'Dat breng ik je wel.'

Ik keek haar wat langer aan. 'Er is toch niets ergs, hè, mam? Ze denken toch niet dat papa iets heeft gedaan?'

Haar blik verzachtte. Ze legde haar hand op mijn arm en kneep er vriendelijk in. 'Nee, Eddie. Papa heeft absoluut niets verkeerds gedaan. Oké. Nou, wegwezen, jij. Ik breng zo wel wat ranja.'

'Oké.'

Ik liep de woonkamer in en zette de tv aan. Ma bracht geen drinken. Maar dat gaf niet. Korte tijd later vertrokken de politieman en -vrouw weer. Pa ging met hen mee. En ik wist dat het niet goed was. Van geen kant.

Pa bleek op de avond dat de dominee was aangevallen wel degelijk te hebben gewandeld, al was hij maar tot de Bull gekomen. De vader van Fat Gav verklaarde dat hij er was geweest, en whiskey had gedronken (mijn vader dronk niet vaak, maar als hij het deed, dronk hij nooit bier, zoals andere vaders, maar whiskey). Fat Gavs vader had hem gesproken, maar hij had het druk die avond. 'En bovendien,' zo had de vader van Fat Gav gezegd, 'weet je wanneer een klant even op zichzelf wil zitten.' Toch had hij vlak voor mijn vader even voor sluitingstijd vertrok overwogen om hem niets meer te geven.

Pa kon zich er later weinig meer van herinneren, maar hij wist nog wel dat hij, onderweg naar huis, op een van de bankjes op het kerkhof was gaan zitten om wat frisse lucht te krijgen. Daar had iemand hem rond middernacht gezien. Ma vertelde de politie dat hij om een uur of een was thuisgekomen. De politie wist niet zeker wanneer dominee Martin was aangevallen, maar ze meenden dat het ergens tussen middernacht en drie uur 's ochtends was.

Waarschijnlijk hadden ze niet genoeg bewijs om pa in staat van beschuldiging te stellen, maar meer hadden ze niet nodig – samen met het gevecht en de bedreiging van ma – om hem mee te nemen naar het politiebureau en nog wat vragen te stellen. Als meneer Halloran er niet was geweest, hadden ze hem daar misschien zelfs gehouden.

Die liep de volgende dag het politiebureau in om hun te vertellen dat hij die nacht had gezien dat mijn vader op het bankje op het kerkhof lag te slapen. Hij had hem er liever niet willen laten liggen, en had hem wakker gemaakt en geholpen naar huis te lopen, vrijwel tot aan de deur. Dat was tussen middernacht en een uur. Het had ruim veertig minuten geduurd (ondanks het feit dat het maar tien minuten lopen was) omdat pa zo ver heen was.

En nee, had meneer Halloran tegen de politie gezegd, mijn

vader zat niet onder het bloed, en hij was niet boos of ge-
welddadig. Hij was alleen maar dronken en een beetje emotioneel.

Daarmee pleitte hij mijn vader zo ongeveer vrij. Jammer
genoeg leidde het tot vragen over wat meneer Halloran daar
zo laat bij het kerkhof deed, en zo kwam iedereen van het
Waltzer-meisje te weten.

2016

We denken dat we antwoorden willen hebben. Maar wat we echt willen, zijn de júíste antwoorden. Zo zitten mensen in elkaar. We stellen vragen waarvan we hopen dat ze de waarheid opleveren die we willen horen. Het probleem is dat je je waarheden niet voor het uitkiezen hebt. De waarheid heeft de gewoonte eenvoudigweg de waarheid te zijn. De enige echte keuze die je hebt, is of je haar gelooft of niet.

'Heb jij de fiets van Sean Cooper gestolen?' vraag ik aan Gav.

'Ik wist dat hij hem vaak 's nachts op de oprit liet staan. Hij dacht dat hij zo'n grote vent was dat niemand hem zou durven meenemen. Dus deed ik het. Gewoon om te zieken.' Hij wacht even. 'Ik had er nooit bij stilgestaan dat hij de rivier in zou gaan om hem te proberen te pakken. Nooit gedacht dat hij zou verdrinken.'

Nee, denk ik. Maar iedereen wist hoe gek Sean op die fiets was. Gav moet toch hebben geweten dat het stelen ervan alleen maar gedonder zou opleveren.

'Waarom heb je het gedaan?' vraag ik.

Gav blaast een ring rook uit. 'Ik zag wat hij je aandeed. Die dag in de speeltuin.'

De bekentenis is als een stomp in mijn maag. Dertig jaar geleden, en mijn wangen gloeien nog van schaamte bij de herinnering. Het ruwe asfalt tegen mijn knieën. De zweterige urinesmaak in mijn mond.

'Ik was in het park,' zegt hij. 'Ik zag wat er gebeurde, zonder iets te doen. Ik stond daar maar. Toen zag ik dat meneer Halloran eropaf rende, dus dacht ik dat het wel goed zat. Maar het was niet goed.'

'Je had niets kunnen doen,' zeg ik. 'Ze zouden je te grazen hebben genomen.'

'Toch had ik het moeten proberen. Vrienden zijn alles. Weet je nog? Dat zei ik altijd. Maar toen het erop aankwam, heb ik je laten zitten. Ik liet Sean ermee wegkomen. Zoals iedereen dat deed. Tegenwoordig zou hij voor iets dergelijks in de gevangenis belanden. Toen waren we allemaal zo bang voor hem.' Hij keek me fel aan. 'Hij was niet alleen maar een pestkop. Hij was verdomme een psychopaat.'

Hij heeft gelijk. Voor een deel. Ik weet niet zeker of Sean Cooper een psychopaat was. Beslist een sadist. Zoals de meeste kinderen, tot op zekere hoogte. Maar misschien zou hij met de jaren anders zijn geworden. Ik denk aan wat meneer Halloran op de begraafplaats zei: *Hij heeft niet de kans gekregen om te veranderen.*

'Wat ben je stil,' zegt Gav.

Ik neem een nog steviger trek van de sigaret. Mijn oren gonzen door de nicotine.

'Op de avond nadat Sean overleed, heeft iemand een krijtmannetje op mijn oprit getekend. Een verdrinkend krijtmannetje. Als een soort bericht.'

'Dat heb ik niet gedaan.'

'Maar wie dan wel?'

Gav drukt zijn sigaret uit op de bank. 'Wie weet? Wat maakt het uit? Die verdomde krijtmannetjes. Dat is het enige wat iedereen zich van die zomer herinnert. De mensen vinden die stomme tekeningen belangrijker dan degenen die hebben geleden.'

Dat klopt. Maar ze hielden onlosmakelijk verband met elkaar. Kip en ei. Wat was er het eerst? De krijtmannetjes of de moord?

'Jij bent de enige die het weet, Ed.'

'Ik zal mijn mond houden.'

'Ik weet het.' Hij zucht. 'Heb je ooit iets zo slechts gedaan dat je het zelfs niet aan je beste vrienden kunt vertellen?'

Ik druk mijn sigaret uit tot het filter. 'Ik ben ervan overtuigd dat de meeste mensen zoiets hebben gedaan.'

'Weet je wat iemand me ooit heeft gezegd? Dat geheimen net konten zijn. We hebben er allemaal een. Alleen zijn sommige smeriger dan andere.'

'Ik zie het helemaal voor me.'

'Ja.' Hij gniffelt. 'Wat een berg gierende bagger.'

Pas tegen het einde van de middag ben ik thuis. Ik laat mezelf naar binnen, loop de keuken in en haal meteen mijn neus op voor de onaangename kattenbakgeur. Ik tuur in de bak. Er lijkt nog niks in te zitten. Wat mazzel is, of verontrustend, afhankelijk van de mate van kwaadaardigheid die Mittens er vandaag op na houdt. Ik bedenk me dat ik straks mijn slippers moet controleren voordat ik ze aandoe.

De whiskey staat verleidelijk op het aanrecht, maar in plaats daarvan (vanwege een helder hoofd en zo), pak ik een biertje uit de koelkast en loop naar boven. Voor de kamer van Chloe aarzel ik even. Ik hoor niets daarbinnen, maar ik voel de vloerplanken vaag trillen, wat waarschijnlijk betekent dat ze haar koptelefoon opheeft en naar muziek luistert. Prima.

Ik sluip naar mijn eigen kamer en doe de deur dicht. Vervolgens zet ik het bier op het nachtkastje, hurk neer en schuif de ladekast bij het raam opzij. Hij is zwaar en schraapt een beetje over de oude vloerplanken, hoewel ik niet al te zeer inzit over het geluid. Als Chloe naar muziek luistert, doet ze dat het liefst op een trommelvliesverwoestend hoog volume. Een kleine aardbeving zou ongemerkt aan haar kunnen voorbijgaan.

Ik pak de oude schroevendraaier die ik in de lade met ondergoed bewaar en wrik er de vloerplanken mee los. Vier stuks. Meer dan toen ik jong was. Ik heb meer te verbergen.

Ik til een van de twee dozen uit de holte, open het deksel en staar naar de inhoud. Ik haal het kleinste voorwerp eruit en wikkel het keukenpapier er voorzichtig van af. Er zit één enkele, ronde oorring in. Geen echt goud; een goedkoop sieraad, wat dof nu. Even houd ik hem in mijn hand en laat het metaal in mijn palm opwarmen. Het eerste wat ik van haar heb weggenomen, geloof ik. Op de dag dat het allemaal begon, op het kermisterrein.

Ik begrijp hoe Gav zich moet voelen. Als hij de fiets van Sean Cooper niet had gestolen, zou hij nog hebben kunnen leven. Een kleine streek van een kind die in een vreselijk drama uitmondt. Niet dat Gav de afloop had kunnen voorzien. Ik evenmin. Al komt er een merkwaardig gevoel over me heen. Een ongemakkelijk gevoel. Geen echt schuldgevoel. Het is dubbel. Verantwoordelijkheid. Voor alles.

Ik ben ervan overtuigd dat Chloe me zou vertellen dat dit komt omdat ik het type bekrompen, egocentrische man ben, dat alles op zichzelf betrekt en meent dat de hele wereld om hem draait. Tot op zekere hoogte is dat ook zo. Als je op jezelf bent, kan dat tot introspectie leiden. Toch heb ik misschien onvoldoende aan introspectie gedaan, of over het verleden nagedacht. Ik pak de oorring weer voorzichtig in en leg hem terug in de doos.

Misschien is het een goed moment om in gedachten naar het lang voorbije verleden terug te keren. Al gaat het hier niet om een zonovergoten wandelingetje langs aangename herinneringen. De betreffende weg is duister, overgroeid met een verward vlechtwerk van leugens en geheimen, en vol verborgen kuilen.

En onderweg zijn er krijtmannetjes.

1986

'Je kunt niet kiezen op wie je verliefd wordt.'

Dat is wat meneer Halloran me heeft verteld.

Volgens mij heeft hij gelijk. Liefde is geen keuze. Het is dwang. Dat weet ik nu. Al zou je soms misschien toch moeten kiezen. Of er tenminste voor moeten kiezen om níét verliefd te worden. Verzet je ertegen, haal jezelf erbij vandaan. Als meneer Halloran ervoor had gekozen om niet verliefd te worden op het Waltzer-meisje, zou alles misschien anders zijn geweest.

Nadat hij de school voorgoed had verlaten, glipte ik weg en reed op mijn fiets de stad door om hem in zijn arbeidershuisje op te zoeken. Het was koud die dag. De lucht was staalgrijs, hard en massief als een blok beton. Nu en dan spetterde er wat regen omlaag. Te droefgeestig zelfs om fatsoenlijk te regenen.

Meneer Halloran had ontslag moeten nemen. Het werd niet aangekondigd. Ik neem aan dat ze gewoon hoopten dat hij stilletjes vertrok. Maar natuurlijk wisten we allemaal dat hij wegging, en wisten we allemaal waarom.

Meneer Halloran had het Waltzer-meisje tijdens haar herstel in het ziekenhuis bezocht. Na haar ontslag was hij haar blijven bezoeken. Ze dronken koffie samen of ontmoetten elkaar in het park. Ik vermoed dat ze dat behoorlijk geheim hadden gehouden, want niemand had hen gezien, of misschien hadden ze het gezien, maar zonder dat ze erbij stil hadden gestaan. Het Waltzer-meisje had een ander kapsel. Ze had haar haar lichter geverfd, bijna blond. Ik weet niet precies waarom. Ik vond dat ze al mooi haar had. Maar wellicht vond ze dat ze iets moest veranderen, omdat zij was veranderd. Soms liep ze nu met een stok. Soms liep ze mank. Als men hen wél had gezien, zullen ze vast hebben gedacht dat meneer Halloran alleen maar aardig was, vermoed ik. Indertijd was hij nog een held.

Dat veranderde allemaal toen men erachter kwam dat het Waltzer-meisje 's avonds naar zijn huisje kwam en hij als haar moeder niet thuis was stiekem bij haar huis rondscharrelde. Dat was de reden dat hij die nacht langs het kerkhof terugliep.

Toen brak de pleuris uit, omdat het Waltzer-meisje pas zeventien was en meneer Halloran boven de dertig en een leraar. Men noemde hem niet langer een held, maar een viespeuk en een pedo. Ouders gingen naar school en beklaagden zich bij het schoolhoofd. Hoewel hij officieel of wettelijk gezien niets verkeerds had gedaan, moest ze hem verzoeken om te gaan. De reputatie van de school en de 'veiligheid' van de leerlingen waren in het geding.

Er deden verhalen de ronde over hoe meneer Halloran bordenwissers liet vallen om tijdens de les onder de rokjes van de meisjes te kijken, dat hij tijdens gym naar de benen van de meisjes keek, of dat hij een keer in de kantine de borst van een van de meisjes van de bediening had aangeraakt toen ze zijn tafel schoonmaakte.

Niets daarvan was waar, maar geruchten zijn net ziektekiemen. Ze verspreiden en vermenigvuldigen zich in een vloek en een zucht, en voor je het weet is iedereen ermee besmet.

Ik zou graag willen zeggen dat ik partij koos voor meneer Halloran en tegenover de andere leerlingen zijn naam verdedigde. Maar dat is niet zo. Ik was twaalf en het was op school. Ik lachte om de grapjes over hem en zei geen woord als men op hem schold of het zoveelste schandelijke verhaal over hem verspreidde.

Ik heb hun nooit gezegd dat ik er geen geloof aan hechtte. Dat meneer Halloran goed was. Omdat hij het leven van het Waltzer-meisje had gered, en ook mijn vader had gered. Ik kon hun niet vertellen over de prachtige schilderijen die hij maakte, over de dag dat hij me van Sean Cooper redde, of dat hij me had geholpen om te begrijpen dat ik aan bijzondere zaken moest vasthouden. Dat ik daar heel stevig aan moest vasthouden.

Dat was vermoedelijk de reden dat ik die dag naar hem toe ging. Behalve dat hij ontslag moest nemen, moest hij ook zijn huis uit. Het werd verhuurd door de school en de nieuwe leraar, zijn vervanger, zou erin trekken.

Ik was nog steeds een beetje bang en opgelaten toen ik mijn fiets buiten neerzette en aanklopte. Het duurde even voordat meneer Halloran opendeed. Ik vroeg me net af of ik moest weggaan, of hij niet thuis was, ook al stond zijn auto voor de deur, toen de deur openging en meneer Halloran voor me stond.

Op de een of andere manier zag hij er anders uit. Hij was altijd al dun geweest, maar nu zag hij er broodmager uit. Voor zover dat menselijkerwijs mogelijk was, kleurde zijn huid nog bleker. Zijn haar hing los, hij had een spijkerbroek aan en een T-shirt dat de aandacht vestigde op zijn pezige armen, waarvan alleen de blauwe aderen een kleur hadden, die tegen de doorschijnende huid verrassend intens was. Die dag vond ik dat hij er echt uitzag als een vreemd, onmenselijk wezen. Als de Krijtman.

'Hoi Eddie.'

'Dag meneer Halloran.'

'Wat brengt jou hier?'

Goede vraag, want nu ik er was, had ik geen idee.

'Weten je vader en moeder dat je hier bent?'

'Nou, nee.'

Hij keek me even nadenkend aan, waarna hij naar buiten

stapte en rondkeek. Indertijd snapte ik niet goed waarom hij dat deed. Later begreep ik het – met al die beschuldigingen die rondgingen, was het laatste wat hij wilde dat men zag dat hij een jongetje zijn huis binnenliet. Volgens mij kon hij weleens op het punt hebben gestaan om me weg te sturen, maar toen keek hij me aan en zei zacht: 'Kom binnen, Eddie. Wil je iets drinken? Limonade of melk?'

Eigenlijk hoefde dat niet, maar het leek me bot om nee te zeggen. 'Ehm, ja melk, cool.'

'Oké.'

Ik liep achter meneer Halloran aan de keuken in.

'Ga zitten.'

Ik nam plaats op een van de wiebelige houten stoelen. Het aanrecht en de tafel in de keuken stonden vol dozen. Ook de woonkamer stond er vol mee.

'Gaat u weg?' vroeg ik, wat een stomme vraag was, omdat ik al wist dat hij weg zou gaan.

'Ja,' zei meneer Halloran, die melk uit de koelkast pakte en de datum controleerde voordat hij in de dozen naar een glas zocht. 'Ik ga bij mijn zus in Cornwall logeren.'

'O. Ik dacht dat uw zus dood was.'

'Ik heb nog een zus, een oudere. Ze heet Kirsty.'

'O.'

Meneer Halloran bracht de melk. 'Is alles goed met je, Eddie?'

'Ik, ehm, wilde u bedanken, voor wat u voor mijn vader hebt gedaan.'

'Ik heb niets gedaan. Ik heb alleen maar de waarheid verteld.'

'Ja, maar dat had u niet hoeven doen en als u dat niet had...'

Ik maakte de zin niet af. Het was heel erg. Erger dan ik had gedacht dat het zou zijn. Ik wilde hier niet zijn. Ik wilde daar weg, al vond ik dat het niet kon.

Meneer Halloran slaakte een zucht. 'Eddie, het heeft allemaal niets met je vader en jou te maken. Ik was toch al van plan om binnenkort te vertrekken.'

'Vanwege het Waltzer-meisje?'

'Bedoel je Elisa?'

'O, ja.' Ik knikte. Nam een slokje melk. Hij smaakte een beetje vreemd.

'Volgens ons is het beter om opnieuw te beginnen, voor ons allebei.'

'Gaat ze dan met u mee, naar Cornwall?'

'Uiteindelijk wel, hoop ik.'

'Er worden rare verhalen over u verteld.'

'Dat weet ik. Ze zijn niet waar.'

'Dat weet ik.'

Maar hij zal hebben gevonden dat ik iets overtuigenders te horen moest krijgen. 'Elisa is een heel bijzonder meisje, Eddie. Ik had niet gewild dat dit zou gebeuren. Ik wilde haar alleen maar helpen, als vriend.'

'En waarom kon u dan niet alleen maar een vriend zijn?'

'Als je ouder bent, zul je dat beter begrijpen. We kunnen niet kiezen op wie we verliefd worden, wie ons gelukkig zal maken.'

Maar hij zag er helemaal niet gelukkig uit. Niet zoals mensen die verliefd zijn dat horen te zijn. Hij zag er bedroefd uit en min of meer in gedachten verzonken.

Ik fietste naar huis en was zelf wat in gedachten verzonken. Het begon winter te worden en al om drie uur verloor het licht zijn kracht en maakte plaats voor een grauwe schemering.

Alles deed kil aan, somber en hopeloos veranderd. Onze vriendengroep was uiteengevallen. Nicky woonde bij haar moeder in Bournemouth. Mickey had zijn nieuwe, onaangename vrienden. Ik trok nog op met Hoppo en Fat Gav, maar het was niet meer wat het geweest was. Een groep van drie had zo zijn eigen problemen. Ik had altijd gedacht dat Hoppo mijn beste vriend was, maar nu was hij als ik bij hem langsging soms al het huis uit en bij Fat Gav. Dat mondde uit in een ander gevoel: wrevel.

Ook pa en ma waren anders. Sinds de aanval op dominee Martin was er een einde gekomen aan de protesten tegen het werk van ma. 'Alsof de kop van het beest is afgehakt,' zei pa. Maar waar ma ontspannener was, leek pa vinniger en ongeduriger. Misschien was hij van slag door het gedoe met de politie, of misschien was het iets anders. Hij was vergeetachtig en prikkelbaar. Soms zag ik hem in zijn stoel zitten, terwijl hij voor zich uit staarde, alsof hij op iets wachtte, zonder te weten waarop.

Dat wachten leek over heel Anderbury te zijn gekomen. Alles leek opgeschort. De politie had nog niemand aangeklaagd voor de aanval op dominee Martin, dus zou achterdocht er deel van kunnen uitmaken: dat men rondkeek en zich afvroeg of iemand die je kende tot iets dergelijks in staat was.

De bladeren verschrompelden en verloren ten slotte hun zwakke greep op de takken. Alles leek van dorheid en dood doortrokken. Niets was nog fris, kleurrijk of onschuldig. Alsof de hele stad tijdelijk in haar eigen stoffige tijdcapsule was opgesloten.

Natuurlijk waren we inderdaad aan het wachten. En toen de bleke hand van het meisje van onder achteloos vallende verschrompelde bladeren wenkte, was het alsof de hele stad lang en traag haar adem liet ontsnappen. Omdat het was gebeurd. Omdat uiteindelijk het ergste was gebeurd.

2016

De volgende ochtend word ik vroeg wakker. Of eigenlijk geef ik mijn poging om te slapen op, na uren te hebben liggen draaien, alleen onderbroken door dromen die ik me slechts gedeeltelijk herinner.

In een ervan draait meneer Halloran samen met het Waltzer-meisje rond in de Waltzers. Ik weet vrij zeker dat het het Waltzer-meisje is, vanwege haar kleren, ondanks het feit dat ze haar hoofd mist. Dat ligt op de schoot van meneer Halloran en gilt elke keer als de medewerker van de kermis, in wie ik Sean Cooper herken, hen ronddraait.

'*Gil als je sneller wilt, etterbakken. GIL, zei ik!*'

Ik hijs mezelf uit bed, geschokt en allesbehalve uitgerust. Vervolgens trek ik wat kleren aan en slof naar beneden. Ik veronderstel dat Chloe nog slaapt, dus dood ik de tijd met het zetten van koffie, lezen en het roken van twee sigaretten, buiten, bij de achterdeur. Dan, even na negen uur, als het net een acceptabel tijdstip is, pak ik de telefoon en bel Hoppo.

Zijn moeder neemt op.

'Dag mevrouw Hopkins. Is David aanwezig?'

'Met wie spreek ik?'

Haar stem trilt en is zwak. Een opmerkelijk contrast met de precieze staccato klanken van mijn moeder. De moeder van Hoppo is dement. Net als mijn vader, al is de dementie van pa eerder begonnen en sneller verlopen.

Dat is de reden dat Hoppo nog steeds in het huis woont waar hij is opgegroeid. Om voor zijn moeder te zorgen. Soms maken we grapjes over onszelf, twee volwassen mannen die nooit het ouderlijk huis hebben verlaten. Het is een wat verbitterd grapje.

'U spreekt met Ed Adams, mevrouw Hopkins,' zeg ik.

'Wie?'

'Eddie Adams. Een vriend van David.'

'Hij is er niet.'

'O, weet u wanneer hij terugkomt?'

Er valt een lange stilte. 'Wij willen het niet hebben,' klinkt het vervolgens feller. 'We hebben al dubbelglas.'

Ze gooit de hoorn op de haak. Ik staar er even naar. Ik weet dat ik me niet al te veel aan moet trekken van wat Gwen zegt. Mijn vader raakte vaak de weg kwijt in gesprekken en zei volledig willekeurige dingen.

Ik bel Hoppo's mobiel. Die schakelt door naar de voicemail. Zoals altijd. Als hij geen bedrijf runde, zou ik zweren dat hij dat ellendige ding nooit aanzette.

Ik sla het restje van mijn vierde kop koffie achterover en loop dan de gang in. Het is een koele dag voor half augustus en er staat een stevige bries. Ik kijk om me heen naar mijn lange overjas. Meestal hangt hij aan de kapstok naast de deur. Vanwege het zachte weer heb ik hem al een poosje niet aangehad. Maar nu ik hem nodig heb, blijkt hij er niet te zijn.

Dat verbaast me. Ik houd er niet van als dingen zich niet op hun plek bevinden. Dat was het begin van de achteruitgang van mijn vader, en elke keer als ik mijn sleutels kwijt ben, raak ik in een lichte paniek. Eerst raak je de dingen kwijt, dan de naam van de dingen.

Ik herinner me nog hoe pa op een ochtend bij de voordeur in het niets staarde, terwijl zijn mond in stilte bewoog en er een frons op zijn gezicht stond. En toen, plotseling, klapte hij als een kind in zijn handen, grijnsde en wees op de deurkruk.

'De deurhánger. De deurhánger.' Hij draaide zich naar me om. 'Ik dacht dat ik het was vergeten.'

Hij was zo blij, zo verheugd, dat ik hem niet kon tegenspreken. Ik glimlachte alleen maar. 'Heel goed, papa. Heel goed.'

Ik controleer de kapstok nogmaals. Misschien heb ik de jas boven laten liggen. Maar nee, waarom zou ik mijn jas boven aan hebben gehad? Toch sjok ik naar boven en kijk mijn kamer rond. Achter de stoel naast mijn bed? *Nope.* Aan de haak achter de deur? Nope. Kledingkast? Ik ga de kleren aan de hangers langs... en dan zie ik de bult onderin.

Ik buig voorover en pak hem op. Mijn jas. Ik bekijk hem. Verkreukeld, in elkaar gepropt en enigszins vochtig. Ik probeer terug te denken aan de laatste keer dat ik hem zag. De avond dat Mickey langskwam. Ik herinner me dat hij zijn dure sportjasje ernaast hing. En daarna? Ik kan me niet herinneren dat ik hem daarna aan heb gehad.

Of misschien toch. Misschien heb ik hem later die nacht aangetrokken en... om wat? Om Mickey in de rivier te duwen? Belachelijk. Volgens mij zou ik het me wel herinneren als ik mijn vriend van vroeger midden in de nacht in de rivier had geduwd.

Echt waar, Ed? Omdat je je niet kunt herinneren dat je naar beneden bent geweest om de hele haard onder de krijtmannetjes te krijten, toch? Je had veel gedronken. Je hebt geen idee wat je die nacht nog meer hebt gedaan.

Ik breng het knagende stemmetje tot zwijgen. Ik had geen reden om Mickey iets aan te doen. Hij bood me juist een grote kans. En als Mickey wist wie het Waltzer-meisje echt had vermoord – als hij meneer Halloran van blaam kon zuiveren – zou ik dat heel fijn hebben gevonden, toch?

Dus hoe is die jas daar onder in je klerenkast beland, Ed?

Ik bekijk hem nog eens goed, strijk met mijn vingers over de ruwe wol. En dan zie ik nog iets. Op de manchet van een van de mouwen. Een paar doffe, roestrode vlekken. Ik voel hoe mijn keel samenknijpt.

Bloed.

Het is slechts een illusie om te denken dat je volwassen bent. Als het erop aankomt, weet ik niet of een van ons ooit volwassen is geworden. We worden gewoon groter en hariger. Soms verbaas ik me er nog over dat ik auto mag rijden, of dat ik niet tijdens het drinken in de pub door de mand ben gevallen.

Onder het dunne laagje volwassenheid, onder de lagen ervaring die zich met het stoïcijns voortschrijden van de jaren opstapelen, zijn we allemaal nog kinderen, met geschaafde knieën en snotneuzen, die onze ouders nodig hebben... en onze vrienden.

Het busje van Hoppo staat buiten. Als ik de hoek om kom, zie ik Hoppo zelf, die van zijn oude fiets stapt, met twee tassen vol takken en schors aan het stuur, op zijn rug een uitpuilende rugzak. In gedachten zie ik de zonnige zomerdagen voor me waarop we vaak samen uit het bos terugkeerden, Hoppo beladen met hout en aanmaakhout voor zijn moeder.

Ondanks alles kan ik niet nalaten te glimlachen als hij zijn been over de fiets zwaait en hem tegen de stoeprand zet.

'Ed, wat doe jij hier?'

'Ik heb geprobeerd te bellen, maar je mobiel stond uit.'

'O, ja. Ik was net in het bos. Slecht bereik.'

Ik knik. 'Nog altijd aan het sprokkelen?'

Hij grijnst. 'Het geheugen van mijn moeder werkt niet meer, maar ze zou het me nog steeds niet vergeven als we voor ons brandhout betaalden.'

Dan verdwijnt de grijns, misschien omdat hij mijn gezicht ziet. 'Wat is er aan de hand?'

'Heb je het gehoord van Mickey?'

'Wat heeft hij nu weer gedaan?'

Ik open mijn mond, mijn tong fladdert heen en weer en mijn hersenen duwen hem in de richting van de meest duidelijke woorden: 'Hij is dood.'

'Dood?'

Grappig dat mensen dat woord altijd herhalen, ook al weten ze dat ze het goed hebben verstaan. Een soort ontkenning middels vertraging.

'Hoe?' vraagt Hoppo algauw. 'Wat is er gebeurd?'

'Hij is verdronken. In de rivier.'

'Jezus. Net zoals zijn broer.'

'Niet helemaal. Zeg, kan ik binnenkomen?'

'Ja, natuurlijk.'

Hoppo tilt zijn fiets het paadje op. Ik volg hem. Hij doet de deur van het slot. We lopen een donkere, smalle gang in. Sinds onze jeugd ben ik niet meer in Hoppo's huis geweest en zelfs toen gingen we niet vaak naar binnen, vanwege de rommel. Nu en dan speelden we in de achtertuin, maar nooit lang, omdat de tuin klein was, nauwelijks meer dan een binnenplaats. Vaak lagen er hondendrollen die niet waren opgeruimd, sommige vers, sommige wit uitgeslagen.

Het huis ruikt naar zweet, verschaald voedsel en desinfecterende middelen. Rechts van me, door de openstaande deur van de woonkamer, zie ik dezelfde gebloemde bank, met wit kantwerk dat het gore nicotinegeel afdekt. In een hoek de televisie. In een andere een postoel en een rollator.

Hoppo's moeder zit in haar hoge leunstoel, enigszins aan de zijkant ervan, en staart uitdrukkingsloos naar een of andere televisiequiz. Gwen Hopkins was altijd al klein, maar door haar ziekte en leeftijd lijkt ze nu nog kleiner. Ze lijkt te verdwalen in een lange bloemetjesjurk en een groen gebreid vestje. Als stukjes verdord, uitgedroogd vlees steken haar polsen uit de mouwen.

'Mam?' zegt Hoppo zacht. 'Ed is hier. Ken je Eddie Adams nog?'

'Dag mevrouw Hopkins,' zeg ik, op het wat hardere volume waarmee je altijd tegen ouderen en zieken praat.

Ze draait zich langzaam om, terwijl haar ogen zich met moeite scherpstellen, al kan het ook zijn dat ze haar gedachten verzamelt. Dan glimlacht ze, toont een te gelijkmatig, crèmekleurig kunstgebit. 'Ik kan me je nog herinneren, Eddie. Je had toch een broer, Sean?'

'Eigenlijk, mama,' zegt Hoppo, 'was dat Mickey. Mickey had een broer die Sean heette.'

Ze kijkt verbaasd. 'O ja, natuurlijk. Míckey. Hoe gaat het met hem?'

'Prima, mama,' zegt Hoppo vlug, 'het gaat heel goed met hem.'

'Goed, goed. Zou je een kopje thee voor me kunnen halen, David, lieverd?'

'Natuurlijk, mam.' Hij kijkt me aan. 'Ik zal de ketel even opzetten.'

Ik blijf in de deuropening staan en kijk Gwen verlegen glimlachend aan. Het stinkt een beetje in de kamer. Ik weet niet zeker of de postoel kortgeleden nog geleegd is.

'Het is een goeie jongen,' zegt Gwen.

'Ja.'

Ze kijkt verbaasd. 'Wie ben jij?'

'Ed. Eddie. De vriend van David.'

'O, ja. Waar is David?'

'Even in de keuken.'

'Weet je dat zeker? Ik dacht dat hij de hond uitliet.'

'De hond?'

'Murphy.'

'Ja. Nee, volgens mij is hij Murphy niet aan het uitlaten.'

Ze zwaait met een trillende vinger naar me. 'Je hebt gelijk. Murphy is dood. Ik bedoel Buddy.'

Buddy was de hond die Hoppo na Murphy had. Nu eveneens dood.

'Ach. Natuurlijk.'

Ik knik. Ze knikt terug. We knikken naar elkaar. Op de hoedenplank van een auto zouden we op onze plaats zijn geweest.

Ze buigt naar me toe over de armleuning van haar rolstoel.

'Ik ken jou nog wel, Eddie,' zegt ze. 'Jouw moeder maakte baby's dood.'

Mijn adem stokt in mijn keel, Gwen blijft maar knikken, maar er is iets veranderd; haar mondhoeken staan verbitterd omlaag, plotseling kijkt ze helder uit haar vaalblauwe ogen.

'Wees maar niet bang. Ik zal het niet doorvertellen.' Ze buigt voorover, tikt op haar neus en geeft me een trage, trillende knipoog. 'Ik kan een geheim bewaren.'

'Kijk eens aan.' Hoppo verschijnt weer, met een kop thee. 'Alles goed?'

Ik werp een blik op Gwen, maar de helderheid zakt weg, in haar ogen is de verwarring teruggekeerd.

'Prima,' zeg ik. 'We hebben gewoon wat gekletst.'

'Goed, mam. Thee.' Hij zet het kopje op tafel. 'Pas op, hij is heet. Eerst blazen.'

'Dank je wel, Gordy.'

'Gordy?' Ik kijk Hoppo aan.

'Mijn vader,' fluistert hij.

'Aha.'

Mijn eigen vader verwarde mensen meestal niet. Maar soms ging hij ertoe over me met 'zoon' aan te spreken, alsof het me niet zou opvallen dat hij mijn naam weer was vergeten.

Gwen leunt achterover in haar stoel, terwijl ze naar de televisie staart, weer opgegaan in haar eigen wereld, of misschien in een andere. Wat stelt het weinig voor, bedenk ik, dat weefsel dat verschillende werkelijkheden van elkaar scheidt. Misschien gaat een geest niet verloren. Misschien zakt hij erdoorheen en vindt een andere plek om rond te dwalen.

Met een somber lachje geeft Hoppo me een brief. 'Zullen we naar de keuken gaan?'

'Natuurlijk,' zeg ik.

Als hij had voorgesteld om tussen de haaien te gaan zwemmen, had ik er ook mee ingestemd, om maar uit die warme, stinkende woonkamer te komen.

Veel beter is het niet in de keuken. In de gootsteen ligt een stapel vieze borden. Op het aanrecht liggen stapels enveloppen, oude tijdschriften, met korting gekochte pakketten met sinaasappelsap en cola. De tafel is haastig leeggeruimd, maar ik kan de resten van een oude radio of misschien het binnenwerk van een oud apparaat nog zien. Ik ben niet handig, Hoppo wel – hij zet dingen in elkaar en haalt ze weer uit elkaar.

Ik neem plaats op een van de oude houten stoelen. Hij kraakt en wiebelt een beetje.

'Thee? Koffie?' biedt Hoppo aan.

'Ehm, koffie, lekker.'

Hoppo gaat naar de ketel, die gelukkig splinternieuw is, en pakt een stel kopjes van het afdruiprek.

Hij schenkt oploskoffie uit een potje in de kopjes, en kijkt me aan.

'Wat is er gebeurd?'

Opnieuw vertel ik over de gebeurtenissen van de afgelopen twee dagen. Hoppo hoort me zwijgend aan. De uitdrukking op zijn gezicht verandert pas als ik bij het laatste onderdeel ben aanbeland.

'Volgens Gav heb jij ook een brief gekregen,' zeg ik.

Hij knikt en voegt kokend water toe aan de koffie. 'Ja, een paar weken geleden.'

Hij loopt naar de koelkast, haalt er melk uit, ruikt eraan en schenkt wat in beide kopjes koffie. 'Ik dacht dat het alleen maar een of andere misselijke grap was.'

Hij zet de kopjes op tafel en gaat tegenover me zitten.

'Maar de politie denkt dat het een ongeluk was – de dood van Mickey?'

Daar was ik een beetje vaag over geweest, maar nu zeg ik: 'Momenteel wel.'

'Kan daar volgens jou nog verandering in komen?'

'Ze hebben die brief gevonden.'

'Dat wil nog niet per se iets zeggen.'

'Nee?'

'Wat? Denk jij dat iemand ons een voor een zal ombrengen, zoals in een boek?'

Zo had ik het eigenlijk nog niet bekeken, maar nu hij het zegt, lijkt het me al te aannemelijk. Waardoor ik me nog iets bedenk. Zou Nicky ook een brief hebben gekregen?

'Geintje,' zegt hij. 'Je zei zelf dat Mickey dronken was. Het was donker; dat stuk van het pad is niet verlicht. Hij is er waarschijnlijk gewoon in gevallen. Er vallen om de haverklap dronken mensen in het water.'

Hij heeft gelijk, maar... Er is altijd een 'maar'. Een knagende, vervelende gast, die padvindersknopen in je maag legt.

'Is er nog iets anders?'

'Toen Mickey die avond langskwam, hebben we met elkaar gesproken en zei hij... dat hij wist wie Elisa echt had vermoord.'

'Gelul.'

'Nou, dat dacht ik ook, maar stel dat hij de waarheid sprak?'

Hoppo neemt nog een slokje koffie. 'Dus jij vermoedt dat de "echte" moordenaar Mickey in de rivier heeft geduwd?'

Ik schud mijn hoofd. 'Ik weet het niet.'

'Luister, Mickey was altijd al goed in onrust stoken. Zelfs nu hij dood is, lijkt hij dat te doen.' Hij wacht even. 'Bovendien ben jij de enige die hij over die theorie heeft verteld, toch?'

'Ik geloof het wel.'

'Hoe zou de "echte" moordenaar dan kunnen weten dat Mickey hem op het spoor was?'

'Nou...'

'Behalve als jij het was.'

Ik kijk hem verschrikt aan.

Doffe, roestrode vlekken. Bloed.

'Geintje,' zegt hij.

'Natuurlijk.'

Ik neem een slokje koffie. *Natuurlijk.*

Onderweg naar huis van Hoppo pak ik mijn telefoon en bel Chloe. Ik heb nog steeds de indruk dat het niet helemaal goed zit tussen ons. Alsof er iets onuitgesprokens tussen ons in hangt. Het zit me niet lekker. Behalve Hoppo en Gav is zij de enige vriend die ik heb.

Nadat de telefoon driemaal is overgegaan, neemt ze op. 'Hai.'

'Hai. Met mij.'

'Ja.'

'Niet te enthousiast, graag.'

'Ik doe mijn best.'

'Sorry van mijn moeder gister.'

'Is goed. Jouw moeder. Jouw huis.'

'Nou, toch sorry. Waar eet jij tussen de middag?'

'Ik ben aan het werk.'

'O. Ik dacht dat je vrij had vandaag.'

'Er is iemand ziek.'

'Oké. Nou...'

'Zeg, excuses geaccepteerd, Ed. Ik moet ophangen. Klant.'

'Oké. Tot ziens dan.'

'Misschien.'

Ze beëindigt het gesprek. Even staar ik naar de telefoon. Chloe maakt nooit iets gemakkelijk. Ik wacht even en steek een sigaret op, terwijl ik overweeg op weg naar huis een broodje te kopen. Dan kom ik daarop terug. Chloe is dan misschien wel aan het werk, maar ze moet toch een lunchpauze hebben. Ik besluit me niet zo eenvoudig te laten afschepen. Ik wandel terug naar huis, pak mijn auto en rijd naar Boscombe.

Ik ben eigenlijk nog nooit bij het werk van Chloe langs geweest. Ik moet bekennen dat een winkel met 'alternatieve rock-/gothickleding' niet helemaal de omgeving is waar ik me vaak ophoud. Ik vermoed dat ik enigszins vreesde haar, en mijzelf, in verlegenheid te brengen.

Ik weet zelfs niet eens waar het precies is. Ik worstel me door het gebruikelijke vakantieverkeer heen en vind uiteindelijk een plek bij een parkeermeter. De winkel van Chloe, Gear (het marihuanateken op het bord suggereert meer dan alleen kleding), staat halverwege een zijstraat, ingeklemd tussen een studentenbar en een winkel met tweedehandsspullen, en tegenover een rockclub die The Pit heet.

Ik duw de deur open. Er rinkelt een belletje. De winkel is halfduister en lawaaierig. Iets wat voor muziek zou kunnen doorgaan – maar wat evengoed iemand kan zijn van wie een voor een de ledematen eraf worden getrokken – schreeuwt uit de luidsprekers boven mijn hoofd, waardoor mijn trommelvliezen meteen pijn beginnen te doen.

Tussen de kleding houden zich een paar magere jongelingen schuil – medewerkers of klanten, dat kan ik niet goed uitmaken. Wel weet ik zeker dat Chloe er niet is. Dat verbaast me. Achter de toonbank staat een tengere jongedame met aan één kant scharlakenrood haar, aan de andere kant een kaalgeschoren hoofd en een overvloed aan zilver in haar gezicht. Als ze zich omdraait, zie ik de tekst op het T-shirt dat om haar magere lijf zit: GEPIERCET. GEPENETREERD. GEMUTILEERD. Fraai.

Ik loop naar de toonbank. Het gepiercete meisje kijkt op en glimlacht. 'Hoi. Kan ik je helpen?'

'Ehm. Eigenlijk was ik op zoek naar iemand anders.'

'Jammer.'

Ik lach, een tikje gespannen. 'Ehm. Ze werkt hier. Een vriendin. Chloe Jackson.'

Ze kijkt me vragend aan. 'Chloe Jackson?'

'Ja, dun. Donker haar. Veel zwarte kleren.'

Ze blijft me aankijken, en ik besef dat bijna iedereen hierbinnen aan die beschrijving voldoet.

'Het spijt me. Dat zegt me niets. Weet je zeker dat ze hier werkt?'

Dat was wel zo, maar nu begin ik aan mezelf te twijfelen. Misschien ben ik in de verkeerde winkel.

'Is er in Boscombe nog zo'n soort winkel?'

Ze denkt even na. 'Niet echt.'

'Oké.'

Omdat ze de blik op mijn gezicht ziet en misschien medelijden heeft met deze arme, verwarde middelbare man, zegt ze: 'Luister, ik werk hier nog maar een paar weken. Ik zal het Mark even vragen. Dat is de bedrijfsleider.'

'Dank je,' zeg ik, al lost dat nog niets op. Chloe zei dat ze vandáág aan het werk was, en voor zover ik weet, heeft ze hier de afgelopen negen maanden gewerkt.

Ik wacht, terwijl ik naar de rij horloges met grijnzende rode schedels op de wijzerplaat kijk en naar een rek verjaardagskaarten met kreten erop als 'Fuck verjaardagen' en 'Happy birthday, kutwijf'.

Even later komt er een slungelachtige jongeman aankuieren, met een kaalgeschoren hoofd en een enorme, woeste baard.

'Hoi. Ik ben Mark, de bedrijfsleider.'

'Hoi.'

'Je was op zoek naar Chloe?'

Ik voel enige opluchting. Hij kent haar.

'Ja. Ik dacht dat ze hier werkte.'

'Dat was ook zo, maar de afgelopen tijd niet.'

'O? Wanneer is ze dan weggegaan?'

'Dat zal een maand geleden geweest zijn.'

'Goed. Ik begrijp het.' Al doe ik dat echt niet. 'En we hebben het beslist over dezelfde Chloe?'

'Dun, zwart haar, vaak met een paardenstaart?'

'Dat lijkt haar wel.'

Hij kijkt me argwanend aan. 'Je zei dat ze een vriendin van je was?'

'Dat dacht ik wel.'

'Eerlijk gezegd heb ik haar moeten ontslaan.'

'Wat bedoel je?'

'Ze had kapsones. Ze heeft een paar klanten grof benaderd.'

Ook dat lijkt op Chloe.

'Ik dacht dat dat in dit soort winkels juist van je werd verwacht.'

Hij grijnst. 'Nonchalant, niet beledigend. Hoe dan ook, ze was regelrecht aan het schreeuwen tegen een vrouw die hier binnenkwam. Ik dacht dat er klappen zouden vallen. Toen heb ik haar ontslagen.'

'Ik begrijp het.'

Ik laat het allemaal langzaam tot me doordringen, als salmonella. Ik ben me ervan bewust dat ze me allebei aankijken.

'Het spijt me,' zeg ik. 'Dan ben ik verkeerd geïnformeerd.' Wat een beleefde manier is om te zeggen dat ik ben voorgelogen, door iemand die ik meende te kennen. 'Bedankt voor de hulp.' Ik loop naar de deur, en dan heb ik mijn Columbomoment. Ik draai me om. 'Die vrouw met wie Chloe ruzie had, hoe zag die eruit?'

'Slank, aantrekkelijk voor een oudere vrouw. Lang, rood haar.'

Ik verstijf, ben plotseling een en al aandacht.

'Rood haar?'

'Ja. Felrood. Eigenlijk was het een heel lekker ding.'

'Ik neem aan dat je haar naam niet hebt gehoord.'

'Die heb ik opgeschreven – dat wilde ze niet echt, maar dat moest wel, voor het geval dat ze een klacht zou indienen of zo.'

'Ik neem aan dat je dat briefje niet meer hebt? Ik bedoel, ik weet dat het veel gevraagd is. Maar... het is echt belangrijk.'

'Nou, een klant wil ik altijd wel een dienst bewijzen.' Hij kijkt me onderzoekend aan, trekt aan zijn baard en bekijkt me van onder tot boven. 'Je bent toch een klant? Ik zie alleen geen tas...'

Maar natuurlijk. Voor niets gaat de zon op. Ik slaak een zucht, loop de winkel in en pak de eerste de beste zwarte, met vuil grijnzende schedels bedrukte sweater. Ik houd hem het gepiercete meisje voor.

'Ik neem deze.'

Ze glimlacht, opent een la en haalt er een verfrommeld blaadje uit. Ze geeft het aan me. Ik kan de krabbel nog maar net ontcijferen.

'Nicola Martin.'

Nicky.

1986

'*You gotta have a dream. If you don't have a dream, how you gonna have a dream come true?*'

Merkwaardig genoeg denk ik altijd aan dat liedje als ik aan de dag denk waarop we haar vonden. Ik ken veel liedjes uit oude musicals, misschien omdat ze die altijd in het verzorgingstehuis leken te draaien als we bij pa op bezoek gingen. Dat was nadat ma uiteindelijk toegaf dat ze hem niet meer thuis kon verzorgen.

Ik heb veel akelige dingen gezien, toch is het nog altijd de vreselijke aftakeling door dementie van mijn vader, nog voordat hij pensioen kon ontvangen, die me alle dagen achtervolgt en me badend in het koude zweet doet wakker worden. Je hebt een gewelddadige, plotselinge en bloederige dood, en je hebt iets veel ergers. Als ik moest kiezen, wist ik het wel.

Ik was zevenentwintig toen ik mijn vader zag sterven. Ik was twaalf jaar, elf maanden en acht dagen toen ik mijn eerste lijk zag.

Op de een of andere vreemde manier had ik het verwacht. Al vanaf de aanval op dominee Martin. Misschien al sinds het ongeluk van Sean Cooper en het allereerste krijtmannetje. En ook omdat ik een droom had gehad.

Ik was in het bos. Diep in het bos. De bomen verhieven zich als knoestige, oude reuzen, die met hun krakende ledematen naar de hemel reikten. Tussen hun kromme en kronkelende vingers door scheen een bleke, nevelige maan.

Ik stond op een kleine open plek, omgeven door bergen

rottende bruine bladeren. De klamme nachtlucht sloeg neer op mijn huid en drong door tot in mijn botten. Ik had alleen maar een pyjama, gymschoenen en een hoody aan. Ik rilde en trok de rits van de hoody zo hoog mogelijk op. Het metaal van de rits kwam, ijskoud, tegen mijn kin.

Werkelijk. Al te werkelijk.

Er was nog iets. Een geur. Een zoete, maar zurige, misselijkmakende geur. Hij drong mijn neus binnen en verstopte mijn keel. Op een keer waren we in het bos op een dode das gestuit. Hij was helemaal verrot en zat onder de maden. Die geur was het.

Ik wist het meteen. Het was bijna drie maanden na het ongeluk. Onder de grond is dat lang. Een lange tijd om in een harde, glanzende kist te liggen, terwijl er wriemelende, bruine wormen over je zachter wordende huid gleden en naar binnen kropen.

Ik draaide me om. Sean Cooper, of wat er van hem over was, glimlachte naar me, met zijn openbarstende, uit elkaar vallende lippen die de lange witte schachten afdekten van uit rottend tandvlees stekende tanden.

'Hé, etterbak.'

Waar zijn ogen zaten, bevonden zich nu nog slechts donkere, lege holten. Al waren ze niet helemaal leeg. Erbinnen kon ik iets zien bewegen. Glimmende zwarte dingen, die in het zachte vlees van zijn oogkassen heen en weer schoten.

'Wat doe ik hier?'

'Zeg het maar, etterbak.'

'Ik weet het niet. Ik weet niet waarom ik hier ben. Ik weet niet waarom jíj hier bent.'

'Nogal wiedes, etterbak. Ik ben dood – de eerste keer dat je dat van dichtbij meemaakt. Je lijkt er vaak aan te denken.'

'Ik wil niet aan je denken. Ik wil dat je weggaat.'

'Dikke shit. Maar wees gerust – binnenkort heb je andere shit om nachtmerries van te krijgen.'

'Wat?'

'*Wat denk je?*'

Ik keek rond. De boomstammen zaten onder de tekeningen. Witte krijtmannetjes. Ze bewogen. Ze schoten heen en weer over de schors, alsof ze een waanzinnige, afschuwelijke horlepiep dansten. Ze zwaaiden wild met hun stakerige ledematen. Ze hadden geen gezicht, maar op de een of andere manier wist ik dat ze grijnsden. En allesbehalve vriendelijk.

Mijn huid trok strak over mijn botten. 'Wie heeft die getekend?'

'*Wat denk je zelf, etterbak?*'

'Ik weet het niet!'

'*O, je weet het, etterbak. Je weet het alleen nog niet.*'

Hij gaf me een knipoog, wat hij op de een of andere manier zonder oogleden voor elkaar kreeg, en toen was hij verdwenen. Ditmaal niet in een wolk stof, maar in plotseling vallende bladeren die naar de grond dwarrelden en onmiddellijk opkrulden en wegteerden.

Ik keek weer omhoog. De krijtmannetjes waren verdwenen. Het bos was verdwenen. Ik bevond me in mijn slaapkamer, met een van angst en kou rillend lichaam, en tintelende, verdoofde handen. Ik stak ze diep in mijn zakken. En toen drong het tot me door.

Mijn zakken zaten vol kalk.

Sinds het gevecht was onze groep niet meer volledig bijeengekomen. Nicky was natuurlijk weg, en Mickey had ondertussen nieuwe vrienden. Als hij Fat Gav, Hoppo en mij zag, werden we meestal gewoon door hem genegeerd. In het voorbijgaan hoorden we zijn groep soms grinniken en mompelde er iemand 'flikkers' of 'homo's' of een ander soort belediging.

Die ochtend, toen we naar de speeltuin liepen, herkende ik hem nauwelijks. Zijn haar was langer en lichter geworden.

Hij begon – heel eng – op zijn broer te lijken. Ik was er zelfs vrij zeker van dat hij enkele kledingstukken van Sean aanhad.

Eigenlijk dacht ik heel even, heel angstaanjagend, dat het zijn broer wás, die daar op de draaimolen zat, wachtend op mij.

Hé, etterbak, wil je me afzuigen?

En ditmaal wist ik zeker – nou, bijna zeker – dat het geen droom was. Om te beginnen was het overdag. Als het licht is, zijn er geen geesten of zombies. Die zijn er alleen in die slaperige leegte tussen middernacht en ochtendgloren. Zoiets dacht ik op twaalfjarige leeftijd nog.

Toen glimlachte Mickey, en was hij het maar. Hij gleed van de draaimolen waarop hij had gezeten, kauwend op zijn kauwgom, en kwam slenterend op me af.

'Hé, Eddie Munster. En, heb je het bericht ontvangen?'

Dat had ik. Met blauw op de oprit getekend toen ik beneden kwam. Het teken dat we gebruikten als we elkaar in de speeltuin wilden ontmoeten, voorzien van drie uitroeptekens. Eentje was al heel dringend. Twee betekende dat je er meteen heen moest. Drie betekende dat het een kwestie van leven en dood was.

'Waarom wilde je dat ik kwam? Wat is er zo dringend?'

Hij keek me verbaasd aan. 'Ik? Ik heb geen bericht achtergelaten.'

'Je hebt een bericht achtergelaten. In het blauw.'

Hij schudde zijn hoofd. 'Néé. Ik heb een bericht van Hoppo gekregen. Groen.'

We staarden elkaar aan.

'Wauw. De verloren zoon keert terug!' Fat Gav sjokte de speeltuin in. 'Wat is er?'

'Heeft iemand je bericht dat je hier moest komen?' vroeg ik hem.

'Yep. Jij, met je pikadem.'

We waren druk op zoek naar een verklaring toen Hoppo arriveerde. 'En wie heeft jou gezegd dat je moest komen?' vroeg Fat Gav.

Hoppo keek hem verbaasd aan. 'Jij. Wat is er aan de hand?'

'Iemand wilde dat we hier allemaal bij elkaar kwamen,' zei ik.

'Waarom?'

Je weet het wel, etterbak. Je weet het alleen nog niet.

'Volgens mij zal er iemand iets worden aangedaan, of is dat al gebeurd.'

'Sodemieter op,' snoof Metal Mickey.

Ik keek rond. Nog een bericht. Er moest er een zijn, dat wist ik zeker. Ik begon door de speeltuin te lopen. De rest bekeek me alsof ik niet goed bij mijn hoofd was. En toen wees ik. Onder de babyschommels. Een tekening, met wit krijt. Maar deze was anders. Het poppetje had lang haar en droeg een jurk. Geen krijtmán, maar een meisje, en ernaast enkele witte krijtbomen.

Ik kan me dat moment nog heel duidelijk herinneren. De helderheid van het witte krijt op het zwarte asfalt. Het zachte piepen van de roestende, oude babyschommel en de bijtende kou van de ochtendlucht.

'Wat is dat voor shit?' vroeg Metal Mickey, die kwam aangelopen. Hoppo en Fat Gav volgden. Allemaal tuurden ze naar de tekening.

'We moeten naar het bos,' zei ik.

'Dat meen je niet!' riep Fat Gav, maar het kwam er wat halfhartig uit.

'Ik ga het bos niet in,' zei Metal Mickey. 'Dat is veel te ver weg, en waar doe je het voor?'

'Ik ga,' zei Hoppo, en hoewel ik wist dat hij het waarschijnlijk alleen maar zei om Mickey te zieken, was ik blij dat hij me steunde.

Fat Gav draaide verveeld zijn ogen weg, maar haalde vervolgens zijn schouders op. 'Oké, ik doe mee.'

Metal Mickey stond zwijgend aan de kant, met zijn handen diep in zijn zakken.

Ik keek de andere twee aan. 'Kom.'

We liepen de speeltuin door, terug naar onze fietsen.

'Wacht.' Mickey sjokte op ons af. Hij keek ons dreigend aan. 'Dit is toch geen grap, hè?'

'Geen grap,' zei ik, en hij knikte.

We duwden onze fietsen de speeltuin uit. Ik wierp nog een blik in de richting van de babyschommels. Ik weet niet of het de anderen was opgevallen, maar er was iets anders aan het krijtpoppetje van het meisje. Het was kapot. De lijnen van haar lichaam waren onderbroken. Armen. Benen. Hoofd. Ze zaten niet aan elkaar vast.

In zekere zin – in de zin dat je als er iets vreselijks gebeurt de overweldigende behoefte hebt om alleen maar te lachen, onbedwingbaar – was de rit naar het bos die ochtend de opwindendste, plezierigste die we ooit hadden meegemaakt.

We gingen 's winters niet vaak het bos in, op Hoppo na, die er soms op zijn fiets op uit trok om hout te sprokkelen. Vandaag scheen de zon en waaide er een ijzig koude wind in ons gezicht en door onze haren. Mijn huid voelde fris en tintelend aan. Mijn benen leken sneller dan ooit te kunnen gaan. Niets kon ons tegenhouden. Ik wilde dat de fietstocht almaar doorging, maar dat kon natuurlijk niet. Veel te vlug kwam de donkere massa van het bos in het zicht.

'Wat nu?' vroeg Metal Mickey enigszins buiten adem.

We stapten van de fiets. Ik keek rond. En toen zag ik het. Getekend op de houten omheining naast het draaihek. Eén enkele witte krijtarm met een vinger die rechtuit wees.

'Dan gaan we verder en eroverheen,' zei Fat Gav, terwijl hij zijn fiets over het draaihek tilde.

De blik in zijn ogen kwam overeen met hoe ik me voelde. Een verhoogd bewustzijn, een bijna hysterische opwinding.

Ik weet niet of een van hen wist waarnaar we zochten. Of misschien wisten we het wel en wilden we het gewoon niet hardop uitspreken.

Ieder kind wil een lijk vinden. Zo ongeveer het enige wat een twaalfjarige jongen nog liever vindt, is een ruimteschip, een begraven schat of een pornoblaadje. Die dag wilden we iets ergs vinden. En dat deden we. Al vraag ik me af of iemand wist hoe erg het zou zijn.

Fat Gav ging voorop, en ik weet nog dat ik daarvan baalde. Het moest míjn avontuur zijn. Míjn ding. Maar Fat Gav had ons altijd aangevoerd, dus voelde het ook wel weer goed. De groep was weer bij elkaar. Bijna.

We leken al een heel eind het bos in te zijn, toen we het zagen. Op een boomstam stond nog een krijthand.

'Deze kant op,' zei Fat Gav, die een beetje hijgde.

'Ja, dat zien wij ook wel,' zei Metal Mickey.

Hoppo en ik keken elkaar aan en grijnsden. Zo kenden we elkaar weer. Dat stomme gekibbel. Metal Mickey die sarcastische opmerkingen maakte.

We zwoegden voort, van het pad af en naar het midden van het bos. Nu en dan klonk er plotseling kabaal en vloog er uit de bomen een groep spreeuwen of kraaien op. Een paar keer zag ik tussen de struiken iets wegschieten. Vast een konijn, al zag je hier soms ook vossen.

'Stop,' commandeerde Fat Gav, en we stapten allemaal af.

Hij wees op nog een boom, recht voor ons. Op de boomstam stond ditmaal geen krijtarm, maar een krijtmeisje. Eronder lag een enorme bult bladeren. We keken elkaar aan. En toen weer naar de bult bladeren. Er stak iets bovenuit.

'Holy fuck!' zei Fat Gav.

Vingers.

Haar nagels waren kort, schoon en mooi pastelroze gelakt. Nergens afgebrokkeld of gescheurd. De politie zou zeggen dat ze niet had gevochten. Of dat ze daar misschien geen gelegenheid voor had gehad. Haar huid was bleker dan ik me herinnerde, de zomerkleur had plaatsgemaakt voor een winteriger tint. Om haar middelvinger zat een zilveren ringetje met een groene steen. Vanaf het eerste moment dat ik hem zag, wist ik dat het de arm van het Waltzer-meisje was.

Hoppo boog als eerste voorover. Hij was altijd het minst teergevoelig. Ik heb ooit gezien dat hij een gewonde vogel met een steen uit zijn lijden verloste. Hij veegde nog wat bladeren weg.

'O, shit,' fluisterde Metal Mickey.

Het rafelige uiteinde van het bot was heel wit. Dat viel me meer op dan het bloed. Dat was opgedroogd tot een doffe, roestbruine kleur, die bijna opging in de bladeren die de arm nog gedeeltelijk afdekten. Alleen maar de arm. Gescheiden bij de schouder.

Fat Gav liet zich ineens op de grond zakken. 'Een arm,' mompelde hij. 'Een fucking arm.'

'Goed gezien, Sherlock,' zei Metal Mickey, maar zelfs zijn veel geuite sneer klonk wat trillerig.

Fat Gav keek me met een hoopvolle blik aan. 'Of zou het een grap zijn? Misschien is hij niet echt.'

'Hij is echt,' zei ik.

'Wat nu?'

'We bellen de politie,' zei Hoppo.

'Ja, ja,' mompelde Fat Gav. 'Ik bedoel, misschien leeft ze nog...'

'Ze leeft niet meer, idioot,' zei Metal Mickey. 'Ze is dood, net als Sean.'

'Dat weet je niet.'

'Jawel,' zei ik, en ik wees naar een andere boom, met nog een krijtvinger erop. 'Er zijn meer aanwijzingen... naar de rest van haar.'

'We moeten de politie waarschuwen,' zei Hoppo weer.

'Hij heeft gelijk,' zei Metal Mickey. 'Kom. We moeten gaan.'

Er werd instemmend geknikt. We zetten ons in beweging. Toen zei Fat Gav: 'Moet er niet iemand bij blijven... voor het geval dat...'

'Wat? Voor het geval dat de arm opstaat en wegloopt?' zei Metal Mickey.

'Nee. Ik weet het niet. Gewoon om er zeker van te zijn dat er niets mee gebeurt.'

We keken elkaar aan. Hij had gelijk. Iemand zou de arm moeten bewaken. Maar niemand wilde. Niemand wilde diep in het bos, in stilte bij een losse arm achterblijven, luisterend naar het geritsel tussen de struiken, opschrikkend bij elke zwerm vogels, terwijl hij zich afvroeg of...

'Ik doe het wel,' zei ik.

Toen de anderen waren vertrokken, ging ik naast haar zitten. Aarzelend stak ik mijn hand uit en raakte haar vingers aan. Omdat dat het was wat ze leek te doen. Haar hand uitsteken zodat iemand hem kon vasthouden. Ik verwachtte dat de hand stijf en koud zou zijn. Maar eigenlijk voelde hij zacht en bijna warm aan.

'Het spijt me,' zei ik. 'Het spijt me zo.'

Ik weet niet goed hoe lang ik in het bos heb gezeten. Waarschijnlijk niet langer dan een halfuur. Toen de groep uiteindelijk terugkeerde, eerst met twee plaatselijke agenten, waren mijn benen helemaal verdoofd en was ik geloof ik in een merkwaardig soort trance beland.

Maar ik was nog in staat de politie te verzekeren dat niemand de arm had aangeraakt. Dat hij er nog precies zo bij lag als toen we hem vonden. En dat was ook bijna zo.

Met dit verschil dat er een net iets blekere, cirkelvormige lijn rond haar middelvinger zat, op de plek waar een ring had gezeten.

Ze vonden de rest van haar onder andere hopen bladeren in het bos. Nou, bijna alles van haar. Volgens mij duurde het daarom een tijdje voordat ze erachter kwamen wie het was. Ik wist het natuurlijk al. Maar niemand heeft me er ooit naar gevraagd. Ze stelden veel andere vragen. *Wat deden we daar in het bos? Hoe hadden we het lichaam gevonden?* Toen ik hun over de krijttekeningen op de bomen vertelde, waren ze dáár zeer in geïnteresseerd, maar ik vraag me af of ze me volledig begrepen toen ik hun over de andere krijtfiguren probeerde te vertellen.

Dat is het punt met volwassenen. Soms maakt het niet uit wat je zegt, en horen ze alleen maar wat ze willen horen.

Voor de politie waren wij gewoon in het bos spelende kinderen die de gekrijte aanwijzingen hadden gevolgd en op een lijk waren gestuit. Dat was niet helemaal zoals het was gebeurd, maar ik vermoed dat het aardig in de buurt kwam. Volgens mij is dat de manier waarop mythen en dergelijke ontstaan. Het verleden wordt doorverteld en nogmaals doorverteld, en de zaken worden verdraaid en veranderd, en uiteindelijk wordt het nieuwe verhaal de waarheid.

Natuurlijk wilde iedereen op school met ons praten. Het was een beetje zoals na de kermis, al had men nog meer belangstelling, omdat ze dood was. En in stukken.

Er was een leerlingenbijeenkomst, en een agent kwam ons vertellen dat we extra voorzichtig moesten zijn en niet met vreemden moesten praten. En natuurlijk waren er nu veel vreemdelingen in de stad. Mensen met camera's en microfoons stonden op straat en in het bos te praten. We mochten er niet meer heen. Er zat tape om de bomen en er stonden agenten op wacht.

Fat Gav en Metal Mickey vonden het leuk om de bloederige details te beschrijven en zelfs nog aan te dikken. Hoppo en ik lieten hen meestal aan het woord. Ik bedoel, het was allemaal beslist opwindend en zo. Maar ik voelde me ook een beetje schuldig. Het voelde niet goed om plezier te hebben om een overleden meisje. En het leek erg oneerlijk dat het Waltzer-meisje die dag op de kermis overleefde en dat haar been werd gered, terwijl het er later weer was afgehakt. Dat was pas echt een berg gierende bagger.

Ook speet het me voor meneer Halloran. De laatste keer dat ik hem zag, had hij er zo verdrietig uitgezien, terwijl het Waltzer-meisje toen nog had geleefd en ze van plan waren om ervandoor te gaan en samen te gaan wonen. Nu was ze dood en zou ze nergens meer heen gaan, behalve naar die-zelfde, donkere plek als Sean Cooper.

Dat was wat ik op een avond tijdens het eten aan pa en ma probeerde te zeggen.

'Ik vind het zo jammer voor meneer Halloran.'

'Meneer Halloran? Waarom?' vroeg pa.

'Omdat hij haar heeft gered, en ze nu dood is, en het voor niets was.'

Ma slaakte een zucht. 'Toch zijn jij en meneer Halloran die dag heel moedig geweest. Het was niet voor niets. Dat moet je nooit denken, wat de mensen ook zeggen.'

'Wat zeggen de mensen dan?'

Pa en ma keken elkaar als 'volwassenen' aan, op de manier waarop volwassenen kijken als ze denken dat je het als kind, op een of andere magische wijze, niet kunt begrijpen.

'Eddie,' zei ma. 'We weten dat je meneer Halloran graag mag. Maar soms kennen we mensen niet zo goed als we ze denken te kennen. Eigenlijk is meneer Halloran hier niet zo lang geweest. Geen van ons kent hem echt.'

Ik staarde hen aan. 'Denken ze dat hij haar heeft vermoord?'

'Dat hebben we niet gezegd, Eddie.'

Dat hoefde ook niet. Ik was twaalf, niet achterlijk.

Ik voelde dat mijn keel samenkneep. 'Hij zou haar niet heb-ben gedood. Hij hield van haar. Ze zouden er samen vandoor gaan. Dat zei hij.'

Ma keek me verbaasd aan. 'Wanneer heeft hij dat gezegd, Eddie?'

Ik had mezelf vastgepraat. 'Toen ik bij hem langs ben geweest.'

'Ben je bij hem langs geweest? Wanneer dan?'

Ik haalde mijn schouders op. 'Een paar weken geleden.'

'Bij hem thuis?'

'Ja.'

Mijn vader liet zijn mes met een klap vallen. 'Eddie. Daar moet je nooit meer naartoe gaan, begrepen?'

'Maar het is een vriend.'

'Niet meer, Eddie. Momenteel weten we niet wat hij is. Je moet hem niet meer opzoeken.'

'Waarom?'

'Omdat wij dat zeggen, Eddie,' zei ma vinnig.

Dat zei ma nooit. Ze zei altijd dat je een kind nooit iets zonder reden kon zeggen en ervan uit kon gaan dat het het dan deed. Maar op haar gezicht stond een uitdrukking die ik nog niet eerder had gezien. Niet toen het pakketje was afgeleverd. Niet toen de steen door ons raam vloog. Zelfs niet toen dominee Martin iets ergs was overkomen. Ze was bang.

'Nou, beloof je het?'

Ik sloeg mijn ogen neer. 'Ik beloof het,' mompelde ik.

Pa legde een grote, zware hand op mijn schouder. 'Heel goed, jongen.'

'Mag ik nu van tafel en naar mijn kamer?'

'Ja hoor.'

Ik gleed van mijn stoel en slofte naar boven. Onderweg naar boven haalde ik mijn gekruiste vingers van elkaar.

2016

Antwoorden. Op een vraag die ik niet eens had gesteld. Niet eens had overwogen te stellen. Was Chloe wel wie ze leek te zijn? Had ze tegen me gelogen?

Ik heb haar moeten ontslaan. Ze maakte ruzie met een klant. Nicky.

Ik doorzoek mijn keukenladen, graai door oude menukaarten van afhaalrestaurants, kaartjes van handelaars en supermarktfolders, in een poging mijn verwarde gedachten weer op een rij te krijgen, op zoek naar een redelijke verklaring.

Ik bedoel, misschien heeft Chloe wel een andere baan en heeft ze gewoon niet de moeite genomen mij ervan op de hoogte te brengen. Misschien had ze er moeite mee dat ze was ontslagen – al klinkt dat niet echt als Chloe. Misschien was de ruzie met Nicky puur toeval. Misschien was het zelfs niet de Nicky die ik ken (of kende). Het zou een andere kleine, aantrekkelijke oudere vrouw met vuurrood haar kunnen zijn die Nicola Martin heet. Ja, lekker. Ik gis, maar het zóú kunnen.

Meermaals bel ik haar bijna op. Maar ik doe het niet. Nog niet. Eerst moet ik iemand anders bellen.

Ik gooi de la dicht en ga naar boven. Niet naar mijn slaapkamer, maar naar mijn verzamelkamer. Ik staar naar de opgestapelde dozen, sluit er meteen een paar uit.

Nadat Nicky was vertrokken, stuurde ze ons allemaal een briefkaart met haar nieuwe adres. Ik schreef een paar keer, zonder dat er ooit een antwoord kwam.

Ik pak drie dozen van een van de bovenste planken en zoek. De eerste doos levert niets op, de tweede evenmin. Ontmoedigd open ik de derde.

Toen pa stierf, kreeg ik weer een kaart. Met maar één enkel woord. *Sorry. N.* En ditmaal een telefoonnummer. Ik heb het nooit gebeld. Mijn blik valt op een verkreukte kaart met een foto van de pier van Bournemouth op de voorkant. Ik pak hem op en draai hem om. Bingo. Ik haal mijn telefoon tevoorschijn.

Hij gaat over, en gaat over. Misschien klopt het nummer niet meer. Ze heeft vast een andere telefoon. Het is...

'Hallo?'

'Nicky. Met Ed.'

'Ed?'

'Eddie Adams...'

'Nee, nee. Ik weet wie je bent. Ik ben alleen verbaasd, dat is alles. Het is al een tijdje geleden.'

Dat is zo. Maar ik hoor het nog steeds als ze liegt. Ze is niet verbaasd. Ze is bezorgd.

'Inderdaad.'

'Hoe gaat het met je?'

Goede vraag. Veel antwoorden. Ik ga voor het eenvoudigste.

'Het is weleens beter gegaan. Luister, ik weet dat het een beetje onverwacht is, maar zou ik je kunnen spreken?'

'Dat doen we toch al?'

'Niet over de telefoon.'

'Waarover?'

'Chloe.'

Stilte. Zo lang dat ik me afvraag of ze heeft opgehangen.

Dan zegt ze: 'Ik ben om drie uur klaar met mijn werk.'

De trein naar Bournemouth arriveert om halfvier. Tijdens de reis doe ik alsof ik lees, waarbij ik nu en dan een bladzijde van de nieuwste Harlan Coben omsla. Nadat de trein het station in is gereden, schuifel ik het station uit en sluit me aan bij een grote hoeveelheid mensen die zich richting de kust begeven. Ik steek over bij de voetgangerslichten en slinger door de tuinen van Bournemouth.

Ondanks het feit dat het maar een kilometer of dertig bij mijn huis vandaan is, kom ik zelden in Bournemouth. Ik ben niet zo op de zee gericht. Zelfs als kind was ik al een beetje bang voor de veranderende golven en had ik een hekel aan het zompige, korrelige zand tussen mijn tenen, een gevoel dat nog toenam toen ik een keer zag dat iemand zijn half opgegeten boterhammen in het zand begroef. Vanaf dat moment weigerde ik steevast een voet op het zand te zetten zonder mijn slippers of gymschoenen aan te hebben.

Vandaag, niet de warmste nazomerdag, zijn er nog altijd behoorlijk wat mensen die door de tuinen wandelen en midgetgolf spelen (wat ik als kind wel graag deed).

Ik bereik de promenade, passeer de nu lege plek waar ooit de monsterlijke IMAX-bioscoop na jaren leegstand verviel, loop langs de automatenhal en sla vervolgens meteen af naar de cafés aan de kust.

Bij een ervan neem ik plaats, buiten, met een kop lauwwarme cappuccino en een sigaret. Maar één ander tafeltje is bezet, door een jong stel. Een vrouw met kort, gebleekt haar en een metgezel met dreadlocks en verschillende piercings. Ik voel me erg oud en braaf – zo zal ik er ook wel uitzien.

Ik haal mijn boek tevoorschijn, maar nu kan ik me al evenmin concentreren. Ik werp een blik op mijn horloge. Bijna kwart over vier. Ik haal nog een sigaret uit het pakje – mijn derde in een halfuur – en buig voorover om hem aan te steken. Als ik opkijk, zie ik Nicky voor me staan.

'Walgelijke gewoonte.' Ze pakt een stoel en gaat zitten. 'Heb je er nog eentje over?'

Ik schuif het pakje en de aansteker over de tafel en ben blij dat mijn hand niet trilt. Ze trekt er een sigaret uit en steekt hem aan, geeft mij de gelegenheid om haar te bekijken. Ze ziet er ouder uit. Uiteraard. De tijd heeft lijnen in haar voorhoofd gegroefd en rond haar ooghoeken. Het rode haar is rechter en er zitten stukken blond tussen. Ze is nog steeds slank, heeft een spijkerbroek aan en een geruit overhemd. Onder de met veel zorg opgebrachte make-up kan ik nog net vaag wat sproeten onderscheiden. Het meisje onder de vrouw.

Ze kijkt op. 'Ja. Ik ben ouder geworden. Jij ook.'

Plotseling ben ik me zeer bewust van hoe ik er in haar ogen uitzie. Een lange en magere, slonzige man in een muffe, oude jas, verwassen overhemd en een halfslachtig geknoopte stropdas. Mijn kapsel is fout en ik heb mijn bril op om te lezen. Ik verbaas me erover dat ze me nog heeft herkend.

'Dank je wel,' zeg ik. 'Ik ben blij dat we de beleefdheden achter de rug hebben.'

Ze staart me met haar levendige groene ogen aan. 'Weet je wat het gekke is?'

Daar kan ik veel antwoorden op geven. 'Nou?'

'Het verbaasde me niet dat je belde. Ik had het geloof ik zelfs verwacht.'

'Ik wist niet eens of ik het goede nummer wel had.'

Er slentert een in het zwart geklede kelner op ons af, met een hipsterbaard waar hij niet oud genoeg voor lijkt te zijn en zo'n trendy, zwaartekracht ontkennende vetkuif.

'Dubbele espresso,' bestelt Nicky.

Met een minimaal buiginkje geeft hij te kennen dat hij haar heeft verstaan, waarna hij wegkuiert.

'En?' zegt ze, terwijl ze zich weer op mij richt. 'Wie begint?'

Ik besef dat ik geen idee heb waar ik moet beginnen. Ik werp een blik in mijn koffie voor inspiratie. Die niet komt. Ik kies voor een voor de hand liggende opening. 'Dus je bent in Bournemouth blijven hangen?'

'Vanwege mijn werk heb ik een tijdje elders gewoond. Ik ben teruggekeerd.'

'Oké. Wat doe je?'

'Niets bijzonders. Administratief werk.'

'Mooi.'

'Niet echt. Eigenlijk is het behoorlijk saai.'

'O.'

'Jij?'

'Voor de klas. Ik ben tegenwoordig leraar.'

'In Anderbury?'

'Ja.'

'Goed zo.'

De kelner keert terug met haar koffie. Ze bedankt hem. Ik nip aan mijn cappuccino. De beweging doet bewust en overdreven aan. We rekken allebei tijd.

'Nou, en hoe gaat het met je moeder?' vraag ik.

'Overleden. Borstkanker. Vijf jaar geleden.'

'Het spijt me.'

'Dat hoeft niet. We konden niet zo goed met elkaar opschieten. Ik ben op mijn achttiende het huis uit gegaan. Daarna heb ik haar niet vaak meer opgezocht.'

Ik staar haar aan. Ik heb altijd gedacht dat het met Nicky goed zou aflopen. Weg bij haar vader. Haar moeder die terugkeert. Maar in het echte leven zal er wel geen goede afloop bestaan, alleen maar een warrige en ingewikkelde.

Ze blaast rook uit. 'Zie je de anderen nog?'

Ik knik. 'Ja. Hoppo is tegenwoordig loodgieter. Gav heeft de Bull overgenomen.' Ik aarzel. 'Weet je van het ongeluk?'

'Ik heb het gehoord.'

'Hoe?'

'Ruth schreef me. Zo heb ik het ook van je vader gehoord.'

Ruth? Ik kan me vaag iets herinneren. Dan valt het kwartje. De kroesharige vriendin van dominee Martin. De vrouw bij wie Nicky na de aanval logeerde.

'Maar ze bleef maar doorgaan over het bezoeken van mijn vader,' zegt ze. 'Na een poosje ben ik gestopt met haar brieven te lezen. Daarna ben ik verhuisd, zonder het haar te zeggen.'

Ze neemt een slokje koffie. 'Hij leeft nog, weet je dat?'

'Ja, dat weet ik.'

'Aha, ja.' Ze knikt. 'Je moeder. De barmhartige samaritaan. Ironisch, toch?'

Ik glimlach even. 'Ben je ooit bij hem langs geweest?'

'Nee. Ik ga wel langs als hij dood is.'

'Nooit overwogen om naar Anderbury terug te keren?'

'Te veel slechte herinneringen. Terwijl ik het ergste niet eens heb meegemaakt.'

Nee, denk ik. Inderdaad. Al maakte ze er wel deel van uit.

Ze buigt voorover om haar sigaret te doven.

'Nou, tot zover de koetjes en kalfjes. Zullen we nu ter zake komen? Waarom vroeg je naar Chloe?'

'Waar ken je haar van?'

Even kijkt ze me aan. 'Jij eerst,' zegt ze vervolgens.

'Ze huurt een kamer bij me.'

Haar ogen staan wijd open. 'Shit.'

'Dat klinkt goed.'

'Sorry, maar... nou, het is alleen...' Ze schudt haar hoofd. 'Ik kan me niet voorstellen dat ze dat zou doen.'

Ik kijk haar aan. 'Wat doet?'

Ze buigt voorover en pakt zonder te vragen nog een sigaret uit het pakje. Haar mouw glijdt omhoog en onthult een kleine tatoeage op haar arm. Engelenvleugels. Ze ziet dat ik het zie.

'Ter nagedachtenis aan mijn vader. Een eerbetoon.'

'Hij leeft toch nog?'

'Dat noem ik geen leven.'

En dat noem ik geen eerbetoon. Het is iets anders. Iets waarvan ik me afvraag of het me wel helemaal lekker zit.

'Hoe dan ook,' vervolgt ze, terwijl ze de sigaret opsteekt en een flinke trek neemt. 'Tot een jaar geleden kende ik haar niet. Toen vond ze me.'

'Vond ze jou? Wie is zij dan?'

'Mijn zus.'

'Kun je je Hannah Thomas herinneren?'

Dat duurt even. Dan weet ik het weer. Het blonde protesteervriendinnetje van het Waltzer-meisje. De dochter van de politieman. En, natuurlijk...

'Dat was het meisje dat door Sean Cooper was verkracht,' zeg ik. 'En zwanger werd.'

'Al was dat niet zo,' zegt Nicky. 'Dat was een leugen. Hannah Thomas was niet door Sean Cooper verkracht. En hij was niet de vader van de baby.'

'Wie was dat dan wel?' Ik staar haar verward aan.

Ze kijkt me aan alsof ik een idioot ben. 'Kom op, Ed. Denk even na.'

Ik denk na. En dan begint het me te dagen. 'Je vader? Heeft je vader haar zwanger gemaakt?'

'Kijk niet zo gechoqueerd. Die protesteerders leken papa's harem wel. Groupies. Ze vereerden hem als een popster. En papa? Nou, laten we zeggen dat het vlees zwak is.'

Ik probeer het te verwerken. 'En waarom loog Hannah dan dat het Sean Cooper was?'

'Omdat papa haar dat had gezegd. Omdat háár vader een jongen die al dood was niet kon vermoorden.'

'Hoe ben je dat te weten gekomen?'

'Ik heb ze er op een avond ruzie over horen maken. Ze dachten dat ik sliep. Zoals ze ook dachten dat ik sliep toen ze aan het neuken waren.'

Ik denk terug aan de avond dat ik Hannah Thomas bij ma in de woonkamer zag.

'Ze is bij mijn moeder langs geweest,' zeg ik. 'Ze was erg overstuur. Mijn moeder troostte haar.' Ik moet er een beetje om glimlachen. 'Grappig hoe je principes overboord gaan als het jóúw ongewenste baby en jóúw leven is.'

'Eigenlijk wilde ze de baby houden. Papa wilde ervanaf.'

Ik staar haar ongelovig aan. 'Wilde híj dat zij abortus pleegde? Na alles wat hij had gedaan?'

Nicky werpt me een veelbetekenende blik toe. 'Vind je het niet grappig dat je goddelijke opvattingen overboord gaan als jouw bastaardkind en jouw reputatie op het spel staan?'

Ik schud mijn hoofd. 'Wat een eikel.'

'Ja. Dat kun je wel zeggen.'

Toch begrijp ik nog lang niet alles.

'Dus ze heeft de baby gehouden. Dat kan ik me niet herinneren.'

'Het hele gezin is verhuisd. Haar vader had zich laten overplaatsen of zo.'

En toen werd dominee Martin aangevallen, zodat hij hoe dan ook geen contact kon houden.

Nicky tikt de as van haar sigaret in de asbak, die er begint uit te zien als in een antirookcampagne van de overheid.

'En dan zijn we ineens dertig jaar verder,' zegt ze. 'En staat Chloe bij mij op de stoep. Ik weet nog steeds niet precies hoe ze me heeft opgespoord. Ze zei dat ze Hannahs dochter was, mijn halfzus. Eerst geloofde ik haar niet. Zei dat ze weg moest gaan. Maar ze gaf me haar telefoonnummer. Ik was niet van plan te bellen, maar ik weet het niet, misschien uit nieuwsgierigheid...

We hebben geluncht. Ze had foto's bij zich, vertelde me dingen die me ervan overtuigden dat ze inderdaad was wie ze was. Ik merkte dat ik haar mocht. Misschien deed ze me denken aan mezelf toen ik jonger was.'

Misschien mag ook ik haar daarom wel, denk ik.

'Ze vertelde dat haar moeder was overleden – kanker,' vervolgt ze. 'Haar relatie met haar stiefvader was niet al te goed. Weer voelde ik met haar mee.

We hebben elkaar nog een paar keer ontmoet. Toen, op een dag, zei ze dat ze haar flat uit moest en moeite had om iets te vinden. Ik zei dat ze een poosje bij mij kon wonen, als dat zou uitkomen.'

'En wat gebeurde er toen?'

'Niets. Drie maanden lang was ze de ideale gast – bijna al te ideaal.'

'En?'

'Op een avond kom ik thuis. Chloe zal zijn uitgegaan. Ze had haar slaapkamerdeur open laten staan... en haar laptop stond op haar bureau.'

'Je bent stiekem haar kamer in gegaan.'

'Míjn kamer en... Ik weet het niet, ik was gewoon...'

'Een indringer?'

'Nou, ik ben blij dat ik het heb gedaan. Ik kwam erachter dat ze over me had geschreven. Over de krijtmannetjes. Over ons allemaal. Alsof ze onderzoek deed.'

'Waarvoor?'

'Geen idee.'

'Heeft ze het uitgelegd?'

'Daar heb ik haar de kans niet voor gegeven. Ik heb haar duidelijk gemaakt dat ze diezelfde avond nog kon vertrekken.'

Ze drukt de tweede sigaret uit en neemt een flinke slok koffie. Ik zie dat haar hand een beetje trilt.

'Hoe lang was dat geleden?'

'Ongeveer een maand of negen?'

Dus rond de tijd dat ze bij mij op de stoep stond en me ervoor bedankte dat ik op korte termijn een kamer voor haar had.

Er waait een windvlaag over de promenade. Ik ril en trek de kraag van mijn jas omhoog. Gewoon de wind. Dat is alles.

'Als je haar al maanden niet hebt gezien, waar ging die ruzie in de winkel dan over?'

'Daar weet jij van?'

233

'Zo ben ik erachter gekomen dat ze je kende.'

'Ik kreeg een brief...'

Mijn hart slaat een slag over. 'Het poppetje aan de galg en een krijtje?'

Ze staart me aan. 'Hoe weet jij dat?'

'Omdat ik er ook een heb gekregen, en Gav, Hoppo... en Mickey.'

Nicky kijkt peinzend voor zich uit. 'Dus heeft ze ons er allemaal een gestuurd?'

'Zij? Denk jij dat Chloe die brieven heeft gestuurd?'

'Natuurlijk,' bijt ze me toe.

'Heeft ze dat dan toegegeven?'

'Nee. Maar wie zou het anders kunnen zijn?'

Er valt een stilte. Ik denk na over de Chloe die ik ken. De uitdagende, grappige, pientere persoon aan wier aanwezigheid ik meer en meer gehecht ben geraakt. Ik kan het niet met elkaar rijmen.

'Ik weet het niet,' zeg ik. 'Maar ik trek liever geen overhaaste conclusies.'

Ze haalt haar schouders op. 'Mij best. Het is jouw begrafenis.'

Nu we het daar toch over hebben. Ik wacht tot ze een slok koffie neemt en zeg vervolgens, vriendelijker: 'Heb je het al gehoord van Mickey?'

'Wat?'

Ed Adams – de brenger van vreugde en vrolijk nieuws.

'Hij is dood.'

'Jezus christus. Wat is er gebeurd?'

'Hij is in de rivier gevallen, verdronken.'

Met grote ogen staart ze me aan. 'De rivier in Anderbury?'

'Ja.'

'Wat deed hij in Anderbury?'

'Hij was bij mij op bezoek geweest. Hij overwoog een boek over de krijtmannetjes te schrijven. Wilde dat ik hem hielp.

We hadden flink wat gedronken, hij stond erop terug te lopen naar zijn hotel... waar hij nooit is aangekomen.'

'Fuck.'

'Ja.'

'Maar was het een ongeluk?'

Ik aarzel.

'Ed?'

'Luister, dit klinkt misschien vreemd, maar voor hij die avond vertrok, vertelde Mickey me dat hij wist wie Elisa echt had gedood.'

'En dat geloofde jij?' snuift ze.

'Stel dat hij de waarheid vertelde?'

'Nou, dat zou de eerste keer zijn.'

'Maar als hij dat deed, dan zou zijn dood misschien geen ongeluk zijn.'

'En? Wie maakt dat iets uit?'

Heel even ben ik van mijn stuk gebracht. Ik vraag me af of ze altijd al zo hard was. Een stuk steen met KRIJG DE KLERE! er diep ingekerfd.

'Dat meen je niet.'

'O, jawel. Mickey heeft zijn hele leven vijanden gemaakt. Hij was met niemand bevriend. Met jou, ooit. Vandaar dat ik ben gekomen om jou te zien. Maar nu ben ik er klaar mee.'

Ze schuift haar stoel naar achteren. 'Luister naar mijn advies – ga naar huis, zet Chloe op straat en... ga verder met je leven.'

Ik zou naar haar moeten luisteren. Ik zou haar moeten laten gaan. Ik zou mijn kopje moeten leegdrinken en op de trein moeten stappen. Maar mijn hele leven is een puinhoop van 'zou moeten', een instortende, verwarde bende spijt.

'Nicky, wacht.'

'Wat?'

'En jouw vader dan? Wil je niet weten wie dat op zijn geweten heeft?'

'Ed, laat dat rusten.'

'Waarom?'

'Omdat ik al weet wie daarvoor verantwoordelijk is.'

Voor de tweede keer ben ik op het verkeerde been gezet. 'Weet jij het? Hoe?'

'Omdat ze het me heeft verteld.'

De trein naar Anderbury heeft vertraging. Ik probeer het af te doen als een ongelukkig toeval en merk dat ik daar niet in slaag. Ik loop op en neer door de stationshal, vervloek het feit dat ik heb besloten met de trein te gaan en niet met de auto (en ook dat ik ben gebleven en een fles wijn heb gedronken, in plaats van een trein eerder te nemen). Nu en dan werp ik een blik op het bord met de vertrektijden. Vertraging. Er had net zo goed kunnen staan: 'Vastbesloten om jou, Ed, te naaien.'

Vlak na negenen kom ik thuis, opgefokt, brak en aan één kant verdoofd, doordat ik tegen het raam ben gedrukt door een man die eruitzag alsof hij rugby speelde voor de Titanen (de goden, niet het team).

Tegen de tijd dat ik een bus vanaf het station heb genomen en het laatste stuk naar huis wandel, ben ik moe, gespannen en helaas behoorlijk nuchter. Ik duw het hek open en loop de oprit op. Het huis is in het donker gehuld. Chloe moet hebben besloten uit te gaan. Wat misschien maar goed is ook. Ik weet niet zeker of ik wel klaar ben voor het gesprek dat we moeten voeren.

Het eerste kille gevoel van ongemak ervaar ik als ik bij de voordeur aankom en merk dat hij niet op slot zit. Chloe kan frustrerend oneerbiedig zijn, maar gewoonlijk is ze niet onverantwoord of vergeetachtig.

Even aarzel ik, als een ongewenste verkoper voor mijn eigen deur, en dan duw ik de voordeur open.

'Hallo?'

De enige reactie zijn de ademloze stilte van het huis en een vaag gebrom uit de keuken. Ik doe het licht van de gang aan en blijf staan, met mijn overbodige sleutels in de hand.

De achterdeur staat op een kier en er waait me een vlaag koele lucht tegemoet. Op het aanrecht liggen de resten van de voorbereiding van een avondmaal: een pizza op een bord. Wat salade in een kom. Een half opgedronken glas wijn op tafel. Het gebrom dat ik hoor, is de oven.

Ik buig voorover en zet hem uit. Meteen doet de stilte luider aan. Het enige geluid dat ik nu hoor, is het kloppende gesuis van bloed in mijn oren.

'Chloe?'

Ik zet een stap naar voren. Mijn voet glibbert over iets op de vloer. Ik kijk omlaag. Mijn hart slaat een slag over. Het lawaai in mijn oren wordt luider. Rood. Donkerrood. Bloed. Er loopt een dun spoor naar de open achterdeur. Met een nog altijd wild kloppend hart loop ik ernaartoe. Bij de achterdeur aarzel ik. Het is bijna donker. Ik keer terug, pak een zaklantaarn uit de rommella en stap naar buiten.

'Chloe? Ben je daar?'

Voorzichtig loop ik door de achtertuin en schijn met de zaklantaarn in de richting van de woekerende wildernis die zich tot aan een groepje bomen uitstrekt. Een deel van het lange gras is platgetrapt. Er heeft kortgeleden iemand door de tuin gescharreld.

Ik volg het ruwe spoor. Onkruid en spinnenwebben slaan tegen mijn broek. Dan zie ik iets, in het licht van de zaklamp. Iets roods, roze en bruin. Ik buig voorover en mijn maag keert zich om als een Russische gymnast die een salto maakt.

'Shit.'

Een rat. Een van zijn ingewanden ontdane rat. Zijn buik is opengereten en zijn ingewanden hangen er als een verwarde massa kleine, niet-gebraden worstjes uit.

Rechts van me hoor ik iets ritselen. Ik spring overeind en draai me om. Vanuit het lange gras word ik door twee groene puntjes aangestaard. Boos sissend springt Mittens naar voren.

Ik deins strompelend achteruit, terwijl ik een gesmoorde kreet slaak. 'Fuck.'

Mittens kijkt me geamuseerd aan – *Heb ik je even laten schrikken, Eddie, jongen?* – waarna ze voorzichtig naar voren sluipt, de resten van de rat tussen haar scherpe, witte tanden neemt en ermee de nacht in kuiert.

Even barst ik uit in hysterisch gelach. 'Fuckerdefuck!'

Een rat. Dat was het bloed. Alleen maar een rat en die fuckerdefucker van een kat. Wat een opluchting. Maar dan fluistert er een zacht stemmetje in mijn oren: '*Maar de kat en de rat verklaren de open achterdeur toch niet, Eddie. Of de half voorbereide maaltijd. Wat heeft dat allemaal te betekenen?*'

Ik ga weer naar binnen.

'Chloe!' roep ik.

En dan begin ik te rennen. Ik vlieg de trap op, naar haar kamer. Ik klop eenmaal en doe hem meteen open, terwijl iets in me hoopt een verward hoofd uit haar bed omhoog te zien komen. Maar haar bed is leeg. De kamer is leeg. In een opwelling trek ik haar kledingkast open. Er ratelen lege klerenhangers. Ik ruk de laden van haar kast open. Leeg. Leeg. Leeg.

Chloe is vertrokken.

1986

Ik dacht dat het wel even kon duren voordat ik de kans zou krijgen om weg te glippen. Maar ik bleek er slechts een paar dagen op te hoeven wachten, tot het weekend.

Ma kreeg een telefoontje en moest haastig naar de kliniek. Pa moest op me passen, maar hij moest een deadline halen en sloot zichzelf op in zijn werkkamer. Ik zag het briefje dat ma voor hem had neergelegd: *Maak ontbijt voor Eddie. Cornflakes of geroosterd brood. GEEN chips of chocola! Liefs, Marianne.*

Ik geloof dat pa het niet eens had gelezen. Hij leek afweziger dan ooit. Toen ik naar de kast ging, zag ik dat hij de melk daar had neergezet en de koffie in de koelkast. Ik schudde mijn hoofd, pakte er een kom uit, deed er wat cornflakes en een scheut melk in, en liet hem vervolgens met een lepel erin op het afdruiprek staan.

Ik pakte een zak chips en at hem in de woonkamer op, vlug, terwijl ik naar *Saturday Superstore* keek. Vervolgens liet ik de televisie aanstaan en sloop weer naar mijn slaapkamer. Ik schoof mijn ladekast opzij, pakte de schoenendoos eruit en haalde het deksel eraf.

Daar lag de ring. Hij was nog steeds een beetje vies, er zat modder uit het bos op, maar ik wilde hem niet schoonmaken. Dan zou hij niet meer van haar zijn; dan zou hij niet meer bijzonder zijn. Dat was belangrijk. Als je iets wilde bewaren, dan moest je elk onderdeel ervan bewaren. Om je de tijd en de plek te kunnen herinneren.

Maar er was een ander die er meer behoefte aan had. Iemand die van haar hield, die niets had om zich haar te kunnen herinneren. Hij had weliswaar de schilderijen. Maar die waren niet van haar geweest, die hadden haar huid niet geraakt of op haar gezeten toen ze langzaam op de bodem van het bos was afgekoeld.

Ik wikkelde de ring weer in wat wc-papier en stopte hem voorzichtig in mijn zak. Op dat moment wist ik geloof ik niet wat ik van plan was. In gedachten stelde ik me voor dat ik naar meneer Halloran ging, om hem te vertellen hoezeer het me speet, hem de ring te geven, waarna hij me zeer dankbaar zou zijn en ik hem zou hebben terugbetaald voor alle dingen die hij voor mij had gedaan. Ik dénk in elk geval dat dat het was wat ik wilde.

In de kamer naast mij hoorde ik beweging: een kuch, het kraken van pa's stoel en het ratelen en brommen van de printer. Ik schoof de ladekast weer op zijn plek en sloop naar beneden. Ik pakte mijn dikke winterjas en sjaal, en schreef een kort briefje, voor het geval dat pa beneden kwam en ongerust was: *Ben naar Hoppo. Wilde je niet storen. Eddie.*

Gewoonlijk was ik geen ongehoorzaam kind. Maar ik was koppig, obsessief zelfs. Als ik eenmaal iets in mijn hoofd had gehaald, was ik er niet van af te brengen. Ik kan niet zeggen dat ik een moment heb getwijfeld of ongerust was toen ik de fiets uit de garage haalde en op weg ging, in de richting van de woning van meneer Halloran.

Meneer Halloran had al naar Cornwall moeten zijn vertrokken. Maar de politie had hem gevraagd om te blijven, vanwege het onderzoek. Indertijd wist ik niet dat ze op het punt stonden om te besluiten of ze voldoende bewijs hadden om hem van de moord op het Waltzer-meisje te beschuldigen.

Eigenlijk hadden ze heel weinig echte bewijzen. Het meeste bewijs was indirect of berustte op informatie uit de tweede hand. Iedereen wilde dat hij schuldig was, want dat zou mooi uitkomen en begrijpelijk zijn. Hij was een buitenstaander, en dat niet alleen, ook een merkwaardig uitziende buitenstaander, iemand die al had bewezen een viespeuk te zijn door een jong meisje te bezoedelen.

Hun theorie was dat het Waltzer-meisje de relatie had willen beëindigen en dat meneer Halloran moest zijn doorgedraaid toen ze het hem vertelde, en haar had vermoord. Dat werd voor een deel gesteund door de moeder van het Waltzer-meisje, die de politie had verteld dat ze de voorgaande avond na een ruzie met meneer Halloran in tranen was thuisgekomen. Meneer Halloran gaf toe dat ze ruzie hadden gehad, maar ontkende dat ze het uit hadden gemaakt. Hij gaf zelfs toe dat ze elkaar op de avond dat ze was vermoord in het bos zouden ontmoeten (door alle geruchten en praatjes moesten ze elkaar daar in het geheim ontmoeten), maar na de ruzie was hij niet gegaan. Ik weet niet goed wat er werkelijk was gebeurd, en niemand kon een van beide verhalen bevestigen of ontkennen, terwijl het meisje nooit meer haar mond zou openen, behalve op een plek waar haar stem door modder en wormen werd gesmoord.

Het was stil voor een zaterdagochtend, maar het was zo'n ochtend waarop de dag zelf niet uit bed leek te willen komen, als een slome tiener, die geen zin had om de dekens van de nacht af te werpen en de gordijnen van de ochtend te openen. Om tien uur was het nog somber en grijs, en onderweg zorgde alleen een sporadische auto voor verlichting. De meeste huizen waren in het duister gehuld. Hoewel het niet lang meer zou duren voordat het kerst was, had bijna niemand versiering opgehangen. Volgens mij voelde niemand ervoor om iets te vieren. Pa had nog geen kerstboom gekocht en ik had nauwelijks aan mijn verjaardag gedacht.

Het huisje sprong in het oog als een witte geest waarvan de randen in het mistige licht enigszins vervaagden. De auto van meneer Halloran stond voor het huis. Ik stopte op een afstandje en keek rond. Het huisje stond afgezonderd aan het eind van Amory's Lane, een straatje met maar een paar andere huisjes. Er leek niemand in de buurt te zijn. Toch zette ik mijn fiets niet voor het huisje van meneer Halloran neer en liet hem in plaats daarvan achter bij een heg aan de andere kant van de weg, waar je hem niet goed kon zien. Toen stak ik vlug over en liep de oprit op.

De gordijnen waren open, maar binnen scheen geen licht. Ik hief mijn hand, klopte aan en wachtte af. Ik hoorde niets en zag niets bewegen. Ik probeerde het nog een keer. Nog altijd stil. Nou, niet helemaal. Ik meende iets te horen. Ik overwoog wat te doen. Misschien wilde hij niemand zien. Misschien kon ik maar beter gewoon naar huis gaan. Wat ik bijna deed. Maar iets – ik weet nog steeds niet wat – leek me een zetje te geven en te zeggen: *Probeer de deur eens.*

Ik legde mijn hand op de deurkruk en drukte hem omlaag. De deur ging open. Ik staarde naar de lonkende strook duisternis.

'Hallo? Meneer Halloran?'

Geen reactie. Ik haalde diep adem en stapte naar binnen. 'Hallo?'

Ik keek om me heen. Overal stonden nog stapels dozen, maar aan de kleine woonkamer was iets toegevoegd. Flessen. Wijn, bier en een paar stevigere exemplaren, met JIM BEAN erop. Dat verontrustte me. Ik nam aan dat alle volwassenen dronken. Maar dit waren wel heel veel flessen.

Van boven klonk het geluid van lopende kranen. Dat was het vage geluid dat ik daarnet had gehoord. Dat was een opluchting. Meneer Halloran liet het bad volstromen. Daarom had hij me niet horen aankloppen.

Al belandde ik daardoor natuurlijk wel in een wat lastige situatie. Ik kon niet naar boven roepen. Hij kon naakt zijn of iets dergelijks. Ook zou hij weten dat ik uit mezelf naar binnen was gegaan, onuitgenodigd. Maar ik wilde al evenmin weer naar buiten gaan en wachten, voor het geval dat iemand me zou zien.

Ik overwoog wat te doen en nam vervolgens een beslissing. Ik sloop de keuken in, haalde de ring uit mijn zak en legde hem midden op tafel, waar hij niet over het hoofd gezien zou worden.

Ik had een briefje moeten achterlaten, maar ik zag nergens een pen of papier. Ik keek naar boven. Er zat een vreemde plek op het plafond. Donkerder dan de rest. Heel even bedacht ik dat het niet in de haak was, met dat water dat maar doorliep. Toen hoorde ik een knallende uitlaat in de straat. Ik sprong op, want het geluid herinnerde me aan het feit dat ik in het huis van een ander was, en ook aan de waarschuwing van pa en ma. Pa kon ondertussen wel klaar zijn met zijn werk, en stel dat ma was thuisgekomen? Ik had een briefje achtergelaten, maar er was altijd een kans dat ma achterdocht kreeg en Hoppo's moeder belde om het te controleren.

Met een bonkend hart ontvluchtte ik het huisje en trok de deur achter me dicht. Daarna rende ik naar de overkant van de straat en greep mijn fiets. Ik fietste naar huis, zo snel als ik kon, zette mijn fiets bij de achterdeur neer, deed mijn jas uit en sjaal af en plofte neer op de bank in de woonkamer. Een minuut of twintig later kwam pa de trap af en stak zijn hoofd om de hoek.

'Alles goed, Eddie? Ben je weg geweest?'

'Ik ben even naar Hoppo geweest, maar hij was er niet.'

'Dat had je even moeten zeggen.'

'Ik heb een briefje neergelegd. Ik wilde je niet storen.'

Hij glimlachte. 'Prima, jongen. Wat dacht je ervan als we koekjes gingen bakken, voor als mama thuiskomt?'

'Oké.'

Ik vond het fijn om samen met pa iets te bakken. Sommige jongens vonden dat koken iets voor meisjes was, maar als pa het deed, was dat niet zo. Hij werkte niet echt volgens een recept, en stopte er vreemde dingen in. De ene keer smaakte het geweldig, de andere keer een beetje gek, maar het was altijd spannend om uit te vinden.

Ongeveer een uur later haalden we net de koekjes met rozijnen, Marmite en pindakaas uit de oven, toen ma thuiskwam.

'We zijn hier!' riep pa.

Ma kwam binnen. Meteen wist ik dat er iets mis was.

'Alles oké in de kliniek?' vroeg pa.

'Wat? Ja. Alles in orde.' Maar ma zag er niet uit alsof alles in orde was. Ze zag er ongerust en overstuur uit.

'Wat is er, mama?' vroeg ik.

Ze wierp een blik op mij en pa, en zei ten slotte: 'Op weg naar huis reed ik langs het huis van meneer Halloran.'

Ik schrok. Had ze me gezien? Natuurlijk niet. Ik was al een hele poos thuis. Of zou iemand anders me hebben gezien en haar op de hoogte hebben gebracht, of wist ze het gewoon, omdat ze mijn moeder was en er een zesde zintuig voor had als ik iets verkeerds deed?

Maar het was geen van alle.

'Er waren politieagenten buiten... en er stond een ziekenauto.'

'Een ziekenauto?' zei pa. 'Waarom?'

'Ze haalden een lichaam uit het huis,' zei ze zachtjes, 'op een draagbaar.'

Zelfmoord. De politie was gekomen om meneer Halloran te arresteren, maar had hem in plaats daarvan aangetroffen in een overlopend bad, terwijl het plafond eronder al afbladderde en doorhing. Het water dat vanaf het plafond op de keukentafel droop, was lichtroze. Donkerder rood was het in het bad, waar meneer Halloran lag, met overal in zijn armen diepe sneeën, van zijn pols tot aan zijn elleboog. In de lengterichting. Geen kreet om hulp. Een afscheidskreet.

Ze hadden de ring gevonden. Nog onder de modder van

het bos. Wat voor de politie de doorslag gaf. Het was het directe bewijs dat ze nodig hadden. Meneer Halloran had het Waltzer-meisje omgebracht, en vervolgens zichzelf.

Ik heb het nooit bekend. Dat had ik moeten doen, ik weet het. Maar ik was twaalf, en bang, en ik weet trouwens niet of iemand me zou hebben geloofd. Ma zou hebben gedacht dat ik meneer Halloran probeerde te helpen, terwijl niemand hem, of het Waltzer-meisje, nu nog kon helpen. Wat had het voor zin om de waarheid te vertellen?

Er kwamen geen berichten meer. Geen krijtmannetjes. Geen vreselijke ongelukken of akelige moorden. Volgens mij was het ergste wat in de daaropvolgende jaren in Anderbury zou gebeuren dat een paar zigeuners het lood van het kerkdak roofden. O, en toen Mickey met zijn auto tegen een boom knalde, waarbij hij zichzelf bijna ombracht, en Gav natuurlijk.

Wat niet wil zeggen dat men het meteen vergat. Door de moord en alle andere dingen die er waren voorgevallen, kreeg Anderbury een slechte naam. De plaatselijke kranten bleven er wekenlang over schrijven.

'Binnenkort delen ze gratis krijtjes uit bij de weekendedities,' hoorde ik mijn moeder op een avond mompelen.

Fat Gav zei dat zijn vader had overwogen de naam van de pub in de Krijtman te veranderen, maar zijn moeder had het hem uit het hoofd gepraat.

'Te vroeg,' zei ze.

Nog een tijdje daarna zag je groepen vreemdelingen in de stad. Ze droegen anoraks en praktische schoenen, en hadden fototoestellen en aantekeningenboekjes bij zich. Ze liepen achter elkaar aan door de kerk en hingen rond in het bos.

'Ramptoeristen,' noemde mijn vader ze.

Ik vroeg hem wat dat betekende.

'Mensen die het leuk vinden om naar iets vreselijks te kijken, of om een bezoek te brengen aan een plek waar iets vreselijks is gebeurd. Ook wel bekend als lijkenpikkers.'

Die tweede beschrijving beviel me geloof ik beter. *Lijken-pikkers.* Zo zagen die mensen eruit, met hun lange haar, mismoedige gezichten en de manier waarop ze hun neus altijd tegen ramen drukten of vlak boven de grond hielden, terwijl ze maar met hun camera's knipten.

Soms hoorde je ze ook vragen stellen: *Waar was het huis waar de Krijtman woonde? Kende iemand hem persoonlijk? Is er iemand die zijn tekeningen heeft?*

Nooit vroegen ze naar het Waltzer-meisje. Niemand. Haar moeder gaf een interview aan de krant. Ze zei dat Elisa van muziek had gehouden, dat ze verpleegkundige had willen worden om mensen te helpen die gewond waren geraakt, zoals zij, en hoe moedig ze na het ongeluk was geweest. Toch was het maar een kort artikel. Het leek bijna wel alsof men haar wílde vergeten. Alsof het besef dat ze echt iemand was die was overleden het verhaal bedierf.

Uiteindelijk trokken zelfs de lijkenpikkers zich weer in hun nest terug. De voorpagina's werden met andere vreselijke gebeurtenissen gevuld. Nu en dan werd de moord in een tijdschriftartikel genoemd of dunnetjes herkauwd in een of ander misdaadprogramma op televisie.

Ja, er waren ook losse eindjes. Merkwaardige zaken die niet leken te kloppen. Iedereen nam aan dat meneer Halloran dominee Martin had aangevallen en de tekeningen in de kerk had gemaakt, maar niemand kon uitleggen waarom. Ze hebben nooit de bijl gevonden die hij had gebruikt om het lichaam in stukken te hakken.

En natuurlijk hebben ze het hoofd van het Waltzer-meisje nooit gevonden.

Al vermoed ik dat we, hoewel we het nooit eens konden worden over wanneer het was begonnen, allemaal dachten dat het op de dag van het overlijden van meneer Halloran afgelopen was.

2016

De begrafenis van mijn vader kwam, in zekere zin, meerdere jaren te laat. De man die ik had gekend, was allang overleden. Wat restte, was een leeg omhulsel. Alle dingen die hem maakten tot wie hij was: zijn compassie, humor, warmte, zelfs zijn rottige weersvoorspellingen, waren verdwenen. Evenals zijn herinneringen. En misschien was dat nog wel het ergste. Want wie zijn we als we niet de som zijn van onze ervaringen, de dingen die we tijdens ons leven opdoen en verzamelen? Zodra we die kwijtraken, resten er alleen wat vlees, botten en bloedvaten.

Als er zoiets als een ziel bestaat – en daar moet ik nog van worden overtuigd – dan was die van mijn vader allang heengegaan voordat hij uiteindelijk kreunend en ijlend met een longontsteking in een steriel, wit ziekenhuisbed belandde. Een gekrompen, skeletachtige versie van de grote, levenslustige vader die ik mijn hele leven had gekend. Ik herkende dat omhulsel van een menselijk wezen niet. Tot mijn schaamte moet ik bekennen dat ik, toen ze me vertelden dat hij was overleden, in eerste instantie geen verdriet, maar opluchting voelde.

De begrafenisdienst was bescheiden en vond plaats in het crematorium. Alleen mijn moeder en ik, een paar vrienden van de tijdschriften waarvoor pa schreef, Hoppo en zijn moeder, en Fat Gav en zijn familie. Ik zat er niet mee. Ik geloof niet dat je iemand kunt beoordelen op het aantal mensen dat bij zijn dood komt opdraven. De meeste mensen hebben te veel vrienden. En ik maak losjes gebruik van de term 'vrienden'. Internetvrienden zijn geen echte vrienden. Echte vrienden zijn anders. De echte vrienden zijn er hoe dan ook. Echte vrienden zijn mensen van wie je evenzeer houdt als dat je ze haat, maar die evenzeer deel van je uitmaken als jijzelf.

Na de dienst keerden we allemaal terug naar ons huis. Ma had broodjes gesmeerd en hapjes gemaakt, maar de meeste mensen dronken alleen maar. En hoewel pa voor zijn dood al meer dan een jaar in een verzorgingstehuis was verpleegd, en hoewel het huis voller was dan het ooit was geweest, geloof ik niet dat het ooit leger aanvoelde dan die dag.

Ma en ik gaan elk jaar op zijn sterfdag naar het crematorium. Ik denk dat ma vaker gaat. Er staan altijd verse bloemen bij de kleine plaquette met zijn naam erop en een paar regels in het herinneringsboek.

Vandaag tref ik haar daar aan, zittend op een van de banken in de tuin. Slechts nu en dan schijnt de zon. Er drijven rusteloze wolken over, opgejaagd door een ongeduldige wind. Ma heeft een blauwe spijkerbroek aan en een chic rood jasje.

'Hallo.'

'Hoi, mam.'

Ik ga naast haar zitten. Ze heeft het bekende brilletje op met de ronde glazen, die fonkelen in het licht als ze zich naar me toe draait.

'Je ziet er moe uit, Ed.'

'Ja. Het is een lange week geweest. Het spijt me dat je je vakantie hebt moeten afbreken.'

Ze wuift het weg. 'Dat hoefde niet. Het was mijn eigen keuze. Bovendien, als je één meer hebt gezien, heb je ze allemaal gezien.'

'Toch fijn dat je bent teruggekomen.'

'Nou, vier dagen met Mittens was waarschijnlijk wel genoeg, voor jullie allebei.'

Ik glimlach. Met de nodige inspanning.

'Ben je nog van plan me te vertellen wat er mis is?' Ze kijkt me precies zo aan als toen ik nog een kind was. Zodanig dat ze me het gevoel geeft dat ze mijn leugens doorziet.

'Chloe is weg.'

'Weg?'

'Haar boeltje gepakt, vertrokken, verdwenen.'

'Zonder een woord te zeggen?'

'Ja.'

En ik verwacht niet dat dat nog komt. Eigenlijk is dat een leugen. De eerste paar dagen verwachtte en hoopte ik min of meer dat ze contact met me zou opnemen. Dat ze ontspannen binnen kwam wandelen, een kop koffie voor zichzelf zette en me met een ironisch geheven wenkbrauw aankeek, terwijl ze een bondige en plausibele verklaring gaf, waardoor ik me klein, dom en paranoïde voelde.

Maar dat gebeurde niet. Nu, bijna een week later, kan ik, hoe ik er ook naar probeer te kijken, geen verklaring vinden, op een voor de hand liggende na. Dat ze een sluwe jonge vrouw is die een spelletje met me heeft gespeeld.

'Nou, ik ben nooit een fan van dat meisje geweest,' zegt ma. 'Maar dit klinkt niet zoals ze is.'

'Ik ben geloof ik niet zo goed in het inschatten van mensen.'

'Wijt het niet aan jezelf, Ed. Sommige mensen kunnen zeer goed liegen.'

Ja, denk ik. Inderdaad.

'Kun je je Hannah Thomas nog herinneren, mam?'

Ze kijkt verbaasd. 'Ja, maar wat heeft dat...'

'Chloe is de dochter van Hannah Thomas.'

Achter haar bril worden haar ogen een beetje groter, maar ze weet zich te beheersen. 'Aha. En dat heeft ze je verteld?'

'Nee. Dat heeft Nicky verteld.'

'Heb je Nicky gesproken?'

'Ik heb haar opgezocht.'

'Hoe gaat het met haar?'

'Waarschijnlijk net zoals toen jij haar vijf jaar geleden hebt opgezocht... en haar vertelde wat haar vader echt is overkomen.'

Er valt een veel langere stilte. Ma slaat haar ogen neer. Haar handen zijn knoestig en overdekt met blauwe aderen. Onze handen tonen wie we zijn, denk ik. Onze leeftijd. Onze zenuwen. Ma's handen waren tot prachtige dingen in staat. Ze konden knopen uit mijn in de war zittende haren halen, vriendelijk over mijn wangen strijken, een geschaafde knie schoonmaken en van een pleister voorzien. Die handen konden ook andere dingen doen. Dingen die sommige mensen misschien minder aanvaardbaar vinden.

'Gerry haalde me over om te gaan,' zegt ze ten slotte. 'Ik had hem alles verteld. En het voelde goed om het op te biechten. Door hem zag ik in dat ik het Nicky verschuldigd was om haar de waarheid te laten weten.'

'En wat was de waarheid?'

Er verschijnt een droevige glimlach op haar gezicht. 'Ik heb je altijd gezegd dat je nooit spijt moet hebben. Je neemt een beslissing en daar heb je op dat moment een goede reden voor. Zelfs als het later een verkeerde beslissing blijkt te zijn, accepteer je het.'

'Niet achteromkijken.'

'Precies. Maar dat is makkelijker gezegd dan gedaan.'

Ik wacht. Zij zucht.

'Hannah Thomas was een kwetsbaar meisje. Gemakkelijk beïnvloedbaar. Altijd op zoek naar iemand achter wie ze aan kon lopen. Die ze kon vereren. Helaas vond ze zo iemand.'

'Dominee Martin?'

Ze knikt. 'Op een avond kwam ze bij me langs...'

'Dat weet ik nog wel.'

'Echt waar?'

'Ik heb haar bij jou in de woonkamer gezien.'

'Ze had een afspraak in de kliniek moeten maken. Daar had

ik op moeten staan, maar dat arme meisje was zo overstuur, ze wist niet met wie ze moest praten, dus liet ik haar binnen, zette een kopje thee...'

'Ook al was ze een van de protesteerders?'

'Ik ben een dokter. Dokters oordelen niet. Ze was zwanger. Vier maanden. Ze durfde het niet tegen haar vader te zeggen. En ze was pas zestien.'

'Wilde ze de baby houden?'

'Ze wist niet wat ze wilde. Het was nog maar een meisje.'

'Wat heb je tegen haar gezegd?'

'Ik heb haar gezegd wat ik tegen alle vrouwen zei die in de kliniek kwamen. Ik heb alle opties met haar doorgesproken. En natuurlijk vroeg ik of de vader wilde helpen.'

'Wat zei ze?'

'Eerst wilde ze niet zeggen wie dat was, maar toen kwam het er allemaal uit. Dat zij en de dominee verliefd waren, terwijl de kerk wilde dat ze elkaar niet meer zouden zien.' Ze schudt haar hoofd. 'Ik heb haar zo goed mogelijk van advies voorzien, en bij haar vertrek was ze wat gekalmeerd. Maar ik geef toe dat ik van slag was, in gewetensnood zat. En toen, die dag, op de begrafenis, toen haar vader binnenviel en Sean Cooper ervan beschuldigde dat hij haar had verkracht...'

'Wist je toen al wat er was gebeurd?'

'Ja. Maar wat kon ik doen? Ik kon het vertrouwen van Hannah niet beschamen.'

'Maar je hebt het wel aan papa verteld?'

Ze knikt. 'Hij wist al dat ze bij me langs was geweest. Die avond heb ik hem alles verteld. Hij wilde naar de politie, naar de kerk, om dominee Martin te ontmaskeren, maar ik heb hem ervan overtuigd het voor zich te houden.'

'Al is het hem niet gelukt, toch?'

'Nee. Toen de steen door het raam werd gegooid, was hij zo boos. We kregen ruzie...'

'Dat heb ik gehoord. Papa is het huis uit gegaan en dronken geworden...'

Van de rest ben ik op de hoogte, maar ik laat ma uitpraten.

'Die avond waren Hannahs vader en een paar van zijn makkers in de pub. Je vader, nou, hij had veel gedronken, hij was boos...'

'Heeft hij hun verteld dat dominee Martin de vader van Hannahs baby was?'

Weer knikt ma. 'Je moet begrijpen dat hij niet had kunnen voorzien wat er zou gebeuren. Wat ze dominee Martin die nacht zouden aandoen. Inbreken, hem de kerk in slepen, hem zo in elkaar slaan.'

'Ik weet het,' zeg ik. 'Ik begrijp het.'

Net zoals Gav niet had kunnen voorzien wat er zou gebeuren toen hij Seans fiets stal. Net zoals ik niet had kunnen voorzien wat er zou gebeuren toen ik de ring bij meneer Halloran achterliet.

'Waarom heb je daarna niets gezegd, mam? Waarom heeft papa niets gezegd?'

'Andy Thomas was een politieman. En wij konden niets bewijzen.'

'Dus dat was het? Jullie hebben hen ermee laten wegkomen?'

Ze neemt even de tijd voor ze antwoord geeft. 'Dat was het niet alleen. Andy Thomas en zijn vrienden waren dronken, wilden die nacht wraak nemen. Ik heb er geen moment aan getwijfeld dat zij het waren die dominee Martin aan gort hebben geslagen...'

'Maar?'

'Die akelige krijttekeningen en die sneden in zijn rug? Ik kan me nog steeds nauwelijks voorstellen dat zij dat hebben gedaan.'

Engelenvleugels, ik zie de kleine tatoeage op Nicky's pols weer voor me: '*Ter nagedachtenis aan mijn vader.*'

En ik herinner me nog iets wat ze zei, toen ik haar naar de tekeningen vroeg: *'Mijn vader hield van die kerk. Het enige waarvan hij hield. Die tekeningen. Die zijn dierbare kerk ontheiligden. Het ging niet om het in elkaar slaan. Die zouden hem pas echt pijn hebben gedaan.'*

Ineens heb ik het koud. Alsof ik een ijskoude jas aanheb.

'Ze moeten het wel gedaan hebben,' zeg ik. 'Wie zou het anders hebben kunnen doen?'

'Ik geloof,' zegt ze met een zucht, 'dat ik er verkeerd aan heb gedaan, Ed. Dat ik het je vader heb verteld. Niet heb verteld wie de dominee echt heeft aangevallen.'

'Ga je daarom elke week bij hem op bezoek? Voel je je verantwoordelijk?'

Ma knikt. 'Hij was misschien geen goed mens, maar iedereen verdient enige vergeving.'

'Maar niet van Nicky. Ze zei dat ze hem pas op zal zoeken als hij dood is.'

Ma kijkt verbaasd. 'Dat is merkwaardig.'

'Dat is ook een manier om ermee om te gaan,' zeg ik.

'Nee, ik bedoel dat het merkwaardig is omdat ze wel bij hem op bezoek is geweest.'

'Wat zeg je?'

'Volgens de verpleegkundigen is ze er afgelopen maand dagelijks geweest.'

Je wereld krimpt als je ouder wordt. Je wordt Gulliver in je eigen Lilliput. Ik herinner me het verpleeghuis St. Magdalena als een groots, oud gebouw. Een imposant herenhuis aan het eind van een lange, slingerende oprijlaan, omgeven door vele hectaren keurig onderhouden, groene grasvelden.

Vandaag is de oprit korter, het grasveld eromheen niet groter dan een grote tuin in een buitenwijk, een tikje verwilderd en ongelijk. Nergens een tuinman te bekennen die hem verzorgt en bijhoudt. De oude hut is scheefgezakt, de deur hangt open, waardoor enkele verwaarloosde apparaten te zien zijn en oude overalls die aan een haak hangen. Verderop op het grasveld, waar ik de oude dame met de fraaie hoed trof, staat hetzelfde stel tuinmeubels op roestige poten, overgeleverd aan vogelpoep en de elementen.

Het huis zelf is kleiner, de witte muren moeten hoognodig gesausd, de oude houten kozijnen zijn aan vervanging toe. St. Magdalena ziet er – net zoals sommigen van haar bewoners – uit als een dame die er ooit geweldig uitzag, nu in haar nadagen.

Bij de voordeur druk ik op de zoemer. Er volgt een stilte, gekraak en dan een ongeduldige vrouwenstem, die zegt: 'Ja?'

'Edward Adams, voor een bezoek aan dominee Martin.'

'Oké.'

De deur zoemt en ik duw hem open. Binnen verschilt het huis niet met hoe ik het me herinner. De muren zijn nog steeds geel, of misschien eerder mosterdkleurig. Ik ben er vrij zeker van dat er nog dezelfde schilderijen hangen en het er nog net zo ruikt. Het instituutsparfum. Schoonmaakmiddelen, pis en muf eten.

In een hoek van de hal bevindt zich een lege receptiebalie. Op een computerscherm is een nerveuze screensaver te zien en op de telefoon knippert een lichtje. Het gastenboek ligt open. Ik loop erop af en kijk om me heen. Vervolgens ga ik met mijn vinger over de pagina, terwijl ik namen en datums bekijk...

Veel staan er niet in. Of de bewoners hebben geen familie, of, zoals Chloe gezegd zou kunnen hebben, die heeft zich van hen afgekeerd, om hen langzaam in het moeras van hun geest te laten wegzakken.

Meteen zie ik de naam Nicky staan. Ze is afgelopen week op bezoek geweest. Waarom heeft ze dan gelogen?

'Kan ik u ergens mee helpen?'

Ik spring overeind. Het gastenboek valt dicht. Een corpulente vrouw met een strenge blik, haar haar in een knotje en alarmerende, valse nagels kijkt me met opgetrokken wenkbrauwen aan. Hoewel, opgetrokken? Ze kunnen er ook op geverfd zijn.

'Hallo,' zeg ik. 'Ik... wilde mijn naam er net in schrijven.'

'Ja natuurlijk, echt?'

Verpleegkundigen hebben dezelfde blik als moeders. Zo'n blik die zegt: *Klets niet, jochie. Ik weet precies wat je daar uitspookte.*

'Sorry, het boek lag open op de verkeerde pagina en...'

Ze haalt afkeurend haar neus op, loopt erheen en slaat het boek op de bladzijde van vandaag open. Met een glanzende, paarse nagel port ze ernaar. 'Naam. Degene die u bezoekt. Vriend of familielid.'

'Oké.'

Ik pak een balpen, schrijf mijn naam en 'dominee Martin'. Na een korte aarzeling kruis ik 'vriend' aan.

De verpleegkundige kijkt me aan. 'Bent u hier eerder geweest?' vraagt ze.

'Ehm, meestal komt mijn moeder op bezoek.'

Ze bekijkt me nog wat beter. 'Ádams. Natuurlijk, Marianne.'

Haar gezicht ontspant. 'Dat is een goede vrouw. Komt hem elke week voorlezen, al die jaren lang.' Plotseling kijkt ze bezorgd. 'Het gaat toch wel goed met haar?'

'Ja. Nou, ze is verkouden. Daarom ben ik hier.'

Ze knikt. 'Momenteel is de dominee in zijn kamer. Ik wilde hem net zijn middagthee brengen, maar als u dat zou willen doen?'

Dat wil ik eigenlijk niet. Het is zelfs zo dat nu ik hier ben de gedachte hem te zien, dicht bij hem te zijn, me met walging vervult, maar veel keuze heb ik niet.

'Natuurlijk.'

'Rechtdoor de gang in. De kamer van de dominee is de vierde aan de rechterkant.'

'Fijn. Bedankt.'

Ik kom traag in beweging, met slepende voeten. Hier was ik niet voor gekomen. Ik wilde weten of Nicky haar vader had bezocht. Ik weet niet goed waarom. Het leek me gewoon belangrijk. Nu ik hier ben, nou, weet ik niet goed waaróm ik er ben, al moet ik het spel nu meespelen.

Ik kom aan bij de kamer van de dominee. De deur zit dicht. Bijna draai ik me om en loop rechtstreeks weer de gang uit. Maar iets – ziekelijke nieuwsgierigheid wellicht – houdt me tegen. Ik hef mijn hand en klop aan. Ik verwacht niet echt dat er een reactie komt, maar het lijkt me beleefd. Na even gewacht te hebben, doe ik de deur open.

Als de rest van het tehuis een poging ondernam – vergeefs – om meer dan een ziekenhuis te lijken voor mensen van wie het hoofd niet meer zal genezen, dan heeft de kamer van de dominee zich stug tegen dergelijke huiselijke trekjes verzet.

Het is er kaal en sober. Geen schilderijen aan de muur, geen bloemen in vazen. Er zijn geen boeken, decoraties of herinneringen. Boven het keurig opgemaakte bed hangt alleen maar een kruis en op de tafel ernaast ligt een bijbel. Het dubbele raam – enkel glas, een gammele vergrendeling, niet bepaald conform de gezondheids- en veiligheidseisen – kijkt uit op nog een stuk onverzorgde tuin, dat zich tot aan de bosrand uitstrekt. Een goed uitzicht neem ik aan, als je in de stemming bent om het te waarderen, al vraag ik me af of de dominee dat is.

De man zelf, of wat er van hem over is, zit in een hoek van de kamer in een rolstoel voor een kleine televisie. Op de armleuning van zijn stoel is een afstandsbediening gelegd. Maar het televisiescherm is leeg.

Ik vraag me af of hij slaapt, maar ik zie dat zijn ogen wijd openstaan en net zoals toen leeg voor zich uit staren. Het effect is even verontrustend. Zijn mond beweegt een beetje, waardoor hij de indruk wekt een of andere interne dialoog te voeren met iemand die alleen hij kan zien of horen. God, wellicht.

Ik dwing mezelf om de kamer in te lopen, maar dan aarzel ik even. Ik heb het gevoel een indringer te zijn, ondanks het feit dat ik ervan overtuigd ben dat de dominee zich nauwelijks van mijn aanwezigheid bewust is. Uiteindelijk ga ik verlegen op het voeteneinde van het bed naast hem zitten.

'Dag dominee Martin.'

Geen reactie. Maar ja, wat had ik anders gedacht?

'U weet vast niet meer wie ik ben. Eddie Adams. Mijn moeder is degene die u elke week komt opzoeken, ondanks... nou, ondanks alles.'

Stilte. Op het zachte, amechtige raspen van zijn ademhaling na. Er tikt zelfs geen klok. Niets wat het verstrijken van de tijd markeert. Al is dat, hierbinnen, misschien wel het laatste wat je wilt. Herinnerd worden aan het trage voortslepen van de tijd. Ik kijk omlaag, weg van de starende ogen van de dominee. Ondanks het feit dat ik volwassen ben, ben ik er nog altijd een beetje bang voor en voel ik me er ongemakkelijk onder.

'Toen ik u voor het laatst zag, was ik nog maar een kind. Twaalf. Een vriend van Nicky. Kunt u zich haar herinneren? Uw dochter?' Ik wacht even. 'Stomme vraag. Dat kunt u natuurlijk. Op de een of andere manier. Ergens binnenin. Nog steeds.'

Ik wacht weer. Ik was niet van plan iets te zeggen, maar nu ik er ben, merk ik dat ik zowaar wil praten.

'Mijn vader. Hij had wat problemen met z'n hoofd. Niet zoals bij u. Zijn probleem was dat alles gewoon wegliep. Alsof het lek was. Hij kon niets onthouden: zijn herinneringen, zijn woorden – ten slotte zichzelf. Ik denk dat bij u het omgekeerde het geval is. Dat alles in u zit opgesloten. Ergens. Heel ver weg. Maar er nog altijd is.'

Dat, of het is allemaal gewist, vernietigd, voor altijd verdwenen. Maar dat geloof ik niet. Onze gedachten, onze herinneringen, die moeten ergens heen. Die van pa zijn misschien weggelekt, maar ma en ik hebben geprobeerd op te dweilen wat we konden. Om zijn geheugen te zijn. Om de meest kostbare tijden veilig te kunnen onthouden.

Alleen vind ik het, naarmate ik ouder word, lastiger om het me te herinneren. Gebeurtenissen, iets wat iemand heeft gezegd, wat ze aanhadden, of hoe ze eruitzagen, worden vager. Het verleden vervaagt, als een oude foto, en hoezeer ik ook mijn best doe, ik kan niets doen om dat tegen te gaan.

Ik kijk weer naar de dominee, en val bijna van het bed af, op de vloer.

Hij kijkt me recht aan, met heldere, harde, grijze ogen.

Zijn lippen bewegen, fluisteren zacht. 'Beken.'

Er trekt een huivering over mijn hoofdhuid. 'Wát?'

Plotseling pakt hij me bij mijn arm. Voor een man die minstens dertig jaar lang niet in staat is geweest zonder hulp naar de wc te gaan, heeft hij me opmerkelijk stevig vast.

'Beken.'

'Beken wat? Ik heb niet...'

Voordat ik nog iets kan zeggen, wordt er op de deur geklopt en draai ik me om. De dominee laat mijn arm los.

Een verpleegkundige steekt haar hoofd om de hoek. Een andere dan zojuist. Slank en blond, met een vriendelijk gezicht.

'Hallo.' Ze glimlacht. 'Ik wilde alleen even kijken of alles goed gaat.' Haar glimlach verdwijnt. 'Het gaat goed, toch?'

Ik probeer mezelf te kalmeren. Het laatste wat ik wil is dat iemand op de alarmknop drukt en dat ik van het terrein word verwijderd.

'Ja. Prima. We waren alleen maar... nou, ík sprak even met hem.'

De verpleegkundige glimlacht. 'Ik zeg altijd tegen de bezoekers: u moet met de bewoners praten. Dat is goed voor hen. Het lijkt dan misschien wel alsof ze niet luisteren, maar ze begrijpen meer dan je denkt.'

Ik dwing mezelf om te glimlachen. 'Ik begrijp wat u bedoelt. Mijn vader was dement. Hij reageerde vaak op dingen waarvan je dacht dat ze niet tot hem waren doorgedrongen.'

Ze knikt meevoelend. 'Er is zoveel wat we niet over geesteszieken begrijpen. Maar het zijn nog altijd mensen hier. Wat hier' – ze tikt tegen haar hoofd – 'ook mee is gebeurd, het hart blijft altijd hetzelfde.'

Ik werp weer een blik op de dominee. Hij staart weer voor zich uit. *Beken.*

'Dat zou weleens zo kunnen zijn.'

'Er is thee in de gemeenschapsruimte,' zegt ze opgewekter. 'Zou u de dominee willen meenemen?'

'Ja. Natuurlijk.'

Ik wil hier maar al te graag weg. Ik pak de rolstoel en duw hem door de deuropening. We lopen de gang in.

'Ik heb u hier niet eerder gezien,' zegt de verpleegkundige.

'Nee. Normaal komt mijn moeder.'

'O, Marianne?'

'Ja.'

'Gaat het goed met haar?'

'Ze is verkouden.'

'O jee. Nou, ik hoop dat ze zich snel weer beter voelt.'

Ze duwt de deur naar de gemeenschapsruimte open – de kamer waar ma en ik eerder zijn geweest – en ik rijd de dominee naar binnen. Ik besluit een gokje te wagen.

'Mama zei dat zijn dochter op bezoek is geweest.'

De verpleegkundige kijkt peinzend. 'Ik heb inderdaad kortgeleden een jonge vrouw bij hem gezien. Slank, zwart haar?'

'Nee,' zeg ik. 'Nicky is...'

En dan stop ik.

In gedachten geef ik mezelf een klap voor mijn hoofd. *Natuurlijk.* Het was niet Nicky die hier is geweest, wat een slim meisje ook in het gastenboek heeft geschreven. Maar de dominee heeft nog een dochter. *Chloe.* Chloe is langs geweest om haar vader op te zoeken.

'Sorry,' herpak ik mezelf. 'Ja, dat zal haar zijn geweest.'

De verpleegkundige knikt. 'Ik wist niet dat het familie was. Hoe dan ook, ik moet weer gaan en thee rondbrengen.'

'Oké. Uiteraard.'

Ze loopt weg. Er vallen een paar dingen op hun plek. Waar Chloe was als ze niet op haar werk was. Het bezoek van de afgelopen week. Dezelfde dag keerde ze dronken terug, in tranen, terwijl ze van die vreemde opmerkingen over familie maakte.

Maar waarom? Meer onderzoek? Een terugkeer naar het verleden? Wat voert ze in haar schild?

Ik rij de dominee naar een plek waar hij de televisie kan zien, waarop een oude aflevering van *Diagnosis Murder* te zien is. Godsamme, als je je verstand niet was kwijtgeraakt voordat je hier kwam, dan zou je waarschijnlijk wel flink zijn doorgedraaid als je dagelijks naar die aanstellerij van Dick van Dyke en zijn gezin had moeten kijken.

Dan valt me nog iets op. Aan de andere kant van de televisie en de in stoelen met hoge rugleuningen hangende gestaltes zit vlak achter de klapdeuren een fragiel wezen. Het heeft een dikke bontjas aan, om haar hoofd is zorgvuldig een paarse tulband gewikkeld, waar slierten wit haar onderuit komen.

De tuindame. Degene die me een geheim vertelde. Maar dat was bijna dertig jaar geleden. Onvoorstelbaar dat ze nog leeft. Ik vermoed dat ze toen pas in de zestig was. Maar dan nog zou ze nu in de negentig zijn.

Nieuwsgierig loop ik op haar af en duw de deuren open. Het is fris, al heeft de zon enige kracht.

'Hallo?'

De tuindame draait zich om. Haar ogen zijn troebel door de staar. 'Ferdinand?'

'Nee, ik ben Ed. Ik ben hier ooit een keer geweest, lang geleden, met mijn moeder.'

Ze buigt voorover en tuurt naar me. Haar ogen verdwijnen tussen de in elkaar gevouwen, bruine rimpels, als gekreukeld, oud perkament.

'Ik kan me je nog herinneren. De jongen. De dief.'

Ik ben geneigd het te ontkennen, maar wat heeft het voor zin?

'Dat klopt,' zeg ik.

'Heb je het teruggezet?'

'Ja.'

'Grote jongen.'

'Mag ik erbij komen zitten?' Ik gebaar naar de enige andere stoel hier buiten.

Ze aarzelt en knikt vervolgens. 'Heel eventjes maar. Ferdinand zal zo komen.'

'Natuurlijk.'

Ik laat me in de stoel zakken.

'Je bent bij hem op bezoek?' zegt ze.

'Bij Ferdinand?'

'Nee.' Minachtend schudt ze haar hoofd. 'Bij de dominee.'

Ik werp een blik in de richting van waar hij zit, onderuitgezakt in zijn stoel. *Beken.*

'Ja. U hebt ooit gezegd dat hij iedereen voor de gek houdt. Wat bedoelde u?'

'Benen.'

'Pardon?'

Ze buigt voorover en grijpt met een schonkige, witte klauw mijn dij vast. Ik deins achteruit. Ik ben niet iemand die het prettig vindt als hij, zelfs onder de meest gunstige omstandigheden, ongevraagd wordt vastgepakt. Dit zijn beslist niet de meest gunstige omstandigheden.

'Ik hou van mannen met goede benen,' zegt ze. 'Ferdinand. Die heeft goede benen. Stérke benen.'

'Ik begrijp het.' Ik begrijp het niet, maar het lijkt me eenvoudiger om het met haar eens te zijn. 'Wat heeft dat met de dominee te maken?'

'De dominee?' Haar blik wordt weer wazig. Ze herkent me niet meer. Ik kan haar geest bijna zien omslaan, van het heden naar het verleden. Ze laat mijn dij los en staart me aan. 'Wie bent u? Wat doet u in de stoel van Ferdinand?'

'Het spijt me.' Ik kom overeind. Op de plek waar ze mijn dij vastklemde, doet het een beetje pijn.

'Haal Ferdinand op. Hij is te laat.'

'Dat zal ik doen. Het was... fijn... u weer te ontmoeten.'

Ze maakt een afwijzend gebaar. Ik ga door de dubbele deur naar binnen. De verpleegkundige die me binnenliet, staat vlakbij iemand de mond af te vegen. Ze kijkt op.

'Ik wist niet dat u Penny kende,' zegt ze.

'Ik heb haar jaren geleden ontmoet, toen ik hier een keer met mijn moeder kwam. Het verbaast me dat ze er nog is.'

'Achtennegentig ondertussen, en oersterk.'

Sterke benen.

'En nog altijd wachtend op Ferdinand?'

'O, ja.'

'Dat is geloof ik ware liefde. Dat ze al die jaren op haar verloofde wacht.'

'Nou, dat zou het zijn.' De verpleegkundige komt overeind en kijkt me met een grote grijns aan. 'Maar haar verloofde bleek eigenlijk Alfred te heten.'

Ik wandel in een stevig tempo naar huis. Ik had naar St. Magdalena kunnen rijden, maar te voet is het slechts een halfuur van de stad en ik wilde mijn hoofd leegmaken. Al is het eerlijk gezegd niet leeg geworden. Woorden en flarden van zinnen dwarrelen als confetti in een sneeuwbol door mijn hoofd.

Beken. Sterke benen. Maar haar verloofde blijkt eigenlijk Alfred te heten.

Er zit daar iets. Bijna zichtbaar achter de wervelende confetti. Maar het lukt me niet om het helder achter mijn dwarrelende gedachten waar te nemen.

Ik trek de kraag van mijn jas omhoog. De zon is verdwenen, heeft plaatsgemaakt voor grijze wolken. Nog even en het gaat schemeren, er schuilt al een donkere schaduw achter het daglicht.

De bekende omgeving en oriëntatiepunten doen vreemd aan. Alsof ik een vreemdeling in mijn eigen wereld ben. Alsof ik de dingen aldoor op de verkeerde manier bekeken heb. Niet góéd heb gekeken. Alles doet scherper, duidelijker aan. Ik kan me bijna voorstellen dat als ik een blad aan een boom aanraak, het dwars door mijn vinger snijdt.

Ik loop langs wat ooit de bosrand was en nu een uitgestrekte woonwijk. Ik merk dat ik voortdurend achteromkijk, van elke windvlaag schrik. De enige mensen die ik zie, zijn een man die met een onwillige labrador wandelt en een jonge moeder die met een wandelwagen naar de bushalte loopt.

Maar dat is niet helemaal waar. Eén, twee keer meen ik iemand of iets te zien wat zich achter me in de oprukkende schaduwen schuilhoudt: oplichtende ivoorkleurige huid, de rand van een zwarte hoed, en bleek oplichtend wit haar, dat een fractie van een seconde vanuit mijn ooghoeken zichtbaar is.

Het lukt me om thuis te komen, gespannen en buiten adem, ondanks de lage temperatuur badend in het zweet. Ik leg een plakkerige hand op de deurkruk. Ik moet nog steeds een slotenmaker bellen om de sloten te vervangen. Maar eerst wil ik graag een glaasje. Streep dat door. Eerst moet ik beslist een glas hebben. Meerdere glazen. Ik loop de gang in en blijf vervolgens staan. En toch... als ik rondkijk... klopt er iets niet. Iets in het huis is anders. De geur. De vage geur van vanille.

Vrouwelijk. Die hier niet thuishoort. En de keukendeur. Die staat op een kier. Heb ik hem voor mijn vertrek niet dichtgedaan?

'Chloe?' roep ik.

Een galmende stilte. Natuurlijk. Stom. Het zijn de zenuwen, strakker gespannen dan de snaren van een Stradivarius. Ik gooi mijn sleutels op tafel. En dan spring ik bijna tegen het plafond als er vanuit de keuken een laconieke stem klinkt: 'Dat werd tijd.'

2016

Haar haar hangt los op haar schouders. Ze heeft het geblondeerd. Het staat haar niet. Ze heeft een spijkerbroek aan en een oud Foo Fighters-T-shirt. Op haar gezicht zit voor de verandering geen dikke laag zwarte oogschaduw. Ze ziet er niet uit als Chloe. Niet mijn Chloe. Al denk ik dat ze dat nooit is geweest.

'Nieuwe look?' vraag ik.

'Het leek me gewoon leuk om eens iets anders te doen.'

'Ik heb geloof ik een voorkeur voor de vorige versie van jou.'

'Ik weet het. Het spijt me.'

'Hoeft niet.'

'Ik heb je geen pijn willen doen.'

'Ik heb geen pijn. Ik ben kwaad.'

'Ed...'

'Hou toch op. Kun je me een argument geven waarom ik nu niet meteen de politie moet bellen?'

'Ik heb niets misdaan.'

'Stalken. Dreigbrieven. Wat dacht je van moord?'

'Móórd?'

'Jij hebt die avond Mickey gevolgd tot de rivier en hem erin geduwd.'

'Jézus, Ed.' Ze schudt haar hoofd. 'Waarom zou ik Mickey willen vermoorden?'

'Zeg het maar.'

'Is dit het deel waarin ik alles toegeef, zoals in een slechte detective?'

'Ik dacht dat dat de reden was dat je was teruggekomen.'

Ze kijkt verbaasd. 'Eigenlijk heb ik nog een fles gin in de koelkast laten staan.'

'Doe alsof je thuis bent.'

Ze loopt erheen en pakt de fles Bombay Sapphire. 'Jij ook?'

'Domme vraag.'

Ze schenkt twee flinke bellen in, gaat weer tegenover me zitten en heft haar glas. 'Proost.'

'Waar drinken we op?'

'Bekentenissen?'

Beken.

Ik neem een flinke slok en bedenk dat ik niet echt van gin houd, al zou momenteel een fles spiritus me zelfs smaken.

'Oké. Jij begint. Waarom ben je om te beginnen hier bij me komen wonen?'

'Misschien heb ik iets met oudere mannen?'

'Ooit had je een oude man heel gelukkig kunnen maken.'

'En nu?'

'Wil ik alleen de waarheid weten.'

'Goed. Iets meer dan een jaar geleden nam je vriend Mickey contact met me op.'

'Mickey?' Dat was niet het antwoord dat ik had verwacht. 'Waarom? En hoe heeft hij jou gevonden?'

'Niet mij. Hij vond mijn moeder.'

'Ik dacht dat je moeder dood was.'

'Nee. Dat heb ik Nicky alleen maar verteld.'

'Nog een leugen. Dat is schrikken.'

'Ze zou net zo goed dood kunnen zijn. Ze was niet bepaald een geweldige moeder. In mijn tienerjaren was ik de helft van de tijd onder toezicht gesteld.'

'Ik dacht dat ze in de Heer was?'

'Ja, nou, en na Hem aan de drank, wiet en iedere kerel die wodka en cocaïne voor haar kocht.'

'Dat spijt me.'

'Dat hoeft niet. Hoe dan ook, er was niet al te veel voor nodig om Mickey te vertellen wie mijn echte vader was. En met "veel" bedoel ik ongeveer een halve fles Smirnoff.'

'En toen heeft Mickey jou gevonden?'

'Yep.'

'Wist jij wie je vader was?'

Ze knikt. 'Mijn moeder heeft het me jaren geleden verteld, toen ze dronken was. Het maakte me niet uit. Hij was niet meer dan een spermadonor, een biologisch ongelukje. Maar ik vermoed dat mijn belangstelling door het bezoek van Mickey is gewekt. Bovendien deed hij me een voorstel. Als ik hem zou helpen met het onderzoek voor een boek dat hij schreef, zou hij me wat van het geld geven.'

Dat komt me akelig bekend voor.

'Dat heb ik eerder gehoord.'

'Ja. Maar anders dan jij, wilde ik per se van tevoren betaald worden.'

'Uiteraard,' zeg ik meesmuilend.

'Luister. Ik ben er helemaal niet trots op, maar ik vond dat ik het ook voor mezelf deed – dingen te weten komen over mijn familie en mijn verleden.'

'En het geld was mooi meegenomen, toch?'

Haar gezicht verstrakt. 'Wat wil je dat ik zeg, Ed?'

Ik wil dat ze niets van dit alles zegt. Ik wil dat dit allemaal een vreselijke nachtmerrie is. Maar de werkelijkheid is altijd harder en wreder.

'Het komt er dus op neer dat Mickey je betaalde om bij Nicky en mij rond te snuffelen. Waarom?'

'Hij zei dat jij er opener door zou kunnen worden. En het zou een goede achtergrond opleveren.'

Achtergrond. Volgens mij zijn we dat voor Mickey altijd geweest. Geen vrienden. Gewoon een fucking achtergrond.

'En toen kwam Nicky erachter wat je deed en zette ze je op straat?'

'Zo'n beetje.'

'En ik had toevallig een kamer vrij. Goeie timing.'

Al te goed natuurlijk. Ik had me er al over verbaasd waarom de jongeman die op het punt stond de kamer te nemen (een vrij zenuwachtige student geneeskunde) plotseling van gedachten veranderde en zijn borg terug wilde hebben. Maar ik heb nu een donkerbruin vermoeden waarom.

'Wat is er met mijn andere huurder gebeurd?' vraag ik haar.

Ze strijkt met haar vingers over de rand van haar glas. 'Die heeft wellicht een paar glaasjes met een jongedame gedronken die hem vertelde dat jij een vreselijke, geile bok was die op geneeskundestudenten viel en dat hij 's nachts zijn deur op slot moest doen.'

'Zoals in *Uncle Monty*.'

'Eigenlijk heb ik je een dienst bewezen. Het was best wel een lul.'

Ik schud mijn hoofd. Niemand is zo gek als een ouwe gek, behalve een gek op middelbare leeftijd. Ik pak de gin en schenk het hele glas vol. Daarna sla ik de helft achterover.

'En de brieven?'

'Die heb ik niet gestuurd.'

'Wie dan wel?'

Voordat ze kan antwoorden, beantwoord ik mijn eigen vraag. 'Het was Mickey, toch?'

'Bingo. U wint de hoofdprijs.'

Natuurlijk. Het verleden weer oprakelen. Ons angst aanjagen. Het ademde Mickey. Maar ik vermoed dat hij uiteindelijk zelf het slachtoffer van de grap is geworden.

'Jij hebt hem niets aangedaan?'

'Natuurlijk heb ik dat niet gedaan. Jezus, Ed. Denk je werkelijk dat ik iemand zou ombrengen?' Er valt een stilte. 'Maar je hebt gelijk. Ik ben hem die avond gevolgd.'

Plotseling schiet me iets te binnen.

'Had je mijn jas aan?'

'Het was koud. Onderweg naar buiten heb ik hem gewoon meegegrist.'

'Waarom?'

'Nou, ik vond dat hij me beter stond...'

'Ik bedoel, waarom ben je hem gevolgd?'

'Je zult me misschien niet geloven, maar ik had genoeg van al die leugens. Ik ving iets op van het spel dat hij met je speelde. Ik werd boos. Dus ging ik achter hem aan. Om hem te zeggen dat ik er genoeg van had.'

'Wat is er gebeurd?'

'Hij lachte me uit. Beschuldigde me ervan dat ik met je de koffer in dook en zei dat hij dat al te graag in het boek verwerkte, voor de couleur locale.'

Zo kennen we Mickey.

'Ik heb hem een klap gegeven,' vervolgt ze. 'In het gezicht. Misschien harder dan ik wilde. Zijn neus begon te bloeden. Hij schold me uit en strompelde ervandoor...'

'Naar de rivier?'

'Ik weet het niet. Ik ben daar niet blijven hangen. Maar ik heb hem niet geduwd.'

'En mijn jas?' vraag ik.

'Die was vies, Mickeys bloed zat erop. Ik kon hem niet meer aan de kapstok hangen, dus heb ik hem maar onder in je kledingkast gelegd.'

'Bedankt.'

'Ik had niet gedacht dat je hem zou missen, en ik dacht dat ik hem gewoon zou laten schoonmaken, als de rust weer was teruggekeerd.'

'Tot nu toe is het heel overtuigend allemaal.'

'Ik ben hier niet om je te overtuigen, Ed. Geloof wat je wilt.'

Maar ik geloof haar. Al blijft de vraag nog onbeantwoord wat er daarna met Mickey is gebeurd.

'Waarom ben je vertrokken?' vraag ik.

'Een vriendin uit de winkel zag je binnenkomen, hoorde

dat je naar me zocht. Ze belde me. Ik nam aan dat als je achter Nicky was gekomen, je zou ontdekken dat ik had gelogen. Ik kon je niet onder ogen komen, niet meteen.'

Ik wierp een blik in mijn glas. 'Dus kneep je er gewoon tussenuit?'

'Ik ben teruggekomen.'

'Voor de gin.'

'Niet alleen de gin.' Ze pakt mijn hand. Haar nagels zijn zwart, de lak is gebarsten. 'Het waren niet allemaal leugens, Ed. Je bent echt een vriend van me. Die avond waarop ik dronken werd, wilde ik je de waarheid vertellen, over alles.'

Ik zou mijn hand graag willen wegtrekken. Maar eigenlijk ben ik niet zo trots. Ik laat haar bleke, koele vingers even op de mijne liggen, voordat ze ze wegtrekt en haar hand in haar zak steekt.

'Luister. Ik weet dat ik niet alles kan goedmaken, maar ik dacht dat dit misschien kon helpen.'

Ze legt een notitieboekje op tafel.

'Wat is dat?'

'Het notitieboekje van Mickey.'

'Hoe ben je daaraan gekomen?'

'Ik heb het uit zijn jaszak gejat toen hij die avond hier op bezoek was.'

'Daarmee overtuig je me niet echt van je eerlijkheid.'

'Ik heb nooit gezegd dat ik eerlijk ben. Ik zei dat het niet allemaal leugens waren.'

'Wat staat erin?'

Ze haalt haar schouders op. 'Ik heb niet alles gelezen. Mij zei het niet zoveel, maar jou misschien wel.'

Ik blader door de pagina's. Mickeys handschrift is nauwelijks leesbaarder dan het mijne. Er staan zelfs geen samenhangende zinnen in. Het zijn eerder steekwoorden, gedachten, namen (waaronder die van mij). Ik sla het weer dicht. Het zou iets kunnen zijn, of niet, maar ik bekijk het liever later, alleen.

'Dank je,' zeg ik.

Er is nog iets wat ik wil weten: 'Waarom heb je je vader opgezocht? Was dat ook voor Mickey en zijn boek?'

Verrast kijkt ze me aan. 'Ben je zelf ook op onderzoek uit geweest?'

'Een beetje.'

'Nou, dat had niets met Mickey te maken. Het was voor mezelf. Zinloos, uiteraard. Hij heeft geen flauw idee wie ik ben. Dat is misschien maar goed ook.'

Ze komt overeind en pakt een rugzak van de vloer. Erbovenop is een tent bevestigd.

'Kun je je met Mickeys geld geen vijfsterrenhotel veroorloven?'

'Nog geen Travelodge.' Ze kijkt me kil aan. 'Ik gebruik het voor collegegeld, volgend jaar, als het je interesseert.'

Ze hijst de rugzak op haar rug. Onder het gewicht lijkt ze fragiel, kwetsbaar.

'Red je je wel?' zeg ik ondanks alles.

'Een paar nachten in het bos doet geen pijn.'

'In het bos? Dat meen je niet. Kun je geen pension of iets dergelijks vinden?'

Ze kijkt me aan. 'Het is geen probleem. Ik heb het vaker gedaan.'

'Maar het is niet veilig.'

'Vanwege de Grote Boze Wolf, bedoel je, of de heks met haar peperkoekhuisje?'

'Ja, drijf maar de spot met mij.'

'Dat is mijn taak.' Ze loopt naar de deur. 'Tot ziens, Ed.'

Ik had iets moeten zeggen. *In je dromen. Niet als ik jou eerst zie. Je weet maar nooit.* Iets. Iets wat past bij het beëindigen van onze relatie.

Maar ik doe het niet. En dan is het moment voorbij, beland in de bodemloze put bij alle andere verloren momenten; de had-ik-maars, kon-ik-maars en stel-dats waaruit het grote zwarte gat in het hart van mijn leven bestaat.

De voordeur knalt dicht. Ik sla mijn glas gin achterover en merk dat het leeg is. Evenals de fles gin. Ik sta op en pak een fles whiskey en schenk een flinke hoeveelheid in. Dan ga ik zitten en sla het notitieboekje weer open. Ik wil er alleen maar een korte blik in werpen. Maar een hele tijd later zit ik er nog steeds in te lezen. Eerlijk gezegd heeft Chloe gelijk: vaak is er geen touw aan vast te knopen. Losse gedachten, associaties, veel onzinnige zwartgalligheid; waar nog bij komt dat Mickeys spelling nog beroerder is dan zijn handschrift. Al kom ik steeds weer bij dezelfde pagina uit, vlak voor het einde:

Wie wilde Elisa vermoorden?
De Krijtman? Niemand.
Wie wilde dominee Martin iets aandoen?
Iedereen!! Verdachten: Eds vader, ~~Eds moeder~~. ~~Nicky~~. Hannah Thomas? Zwanger van Martins baby. Hannahs vader?
Hannah?
Hannah – dominee Martin. Elisa – meneer Halloran. Verband?
<u>Niemand</u> wilde Elisa iets aandoen – <u>belangrijk</u>.
<u>HAAR</u>.

Het doet wel een belletje bij me rinkelen, maar ik kan niet goed horen waar het hangt. Ten slotte sla ik het notitieboekje dicht en schuif het van me af. Het is laat en ik ben dronken. Op de bodem van een fles heeft nog nooit iemand een antwoord aangetroffen. Daar gaat het dan ook niet om. Het doel van het bereiken van de bodem van de fles is over het algemeen het vergeten van de vragen.

Ik doe het licht uit en stommel naar boven. Dan bedenk ik me en stommel weer naar de keuken. Ik pak het notitieboekje van Mickey en neem het mee. Ik ga naar de wc, leg het boekje op het nachtkastje en plof neer in bed. Ik hoop dat ik voordat ik in slaap val bewusteloos raak door de whiskey. Dat is een wezenlijk onderscheid. De sluimer van de alcohol is anders. Dat is een regelrechte bewusteloosheid, on the rocks. Als je echt slaapt, zak je weg en droom je. En soms... word je wakker.

Ineens open ik mijn ogen. Ik kom niet langzaam uit lagen halfslaap bovendrijven. Mijn hart bonkt, mijn lichaam is overdekt met een glibberig laagje zweet en mijn oogbollen lijken op steeltjes te staan. Ik ben ergens wakker door geworden. Nee. Het was anders. Iets heeft mij uit mijn bewusteloosheid gepord.

Ik kijk de kamer rond. Leeg, al is geen enkele kamer ooit echt leeg, niet in het donker. In de hoeken houden zich schaduwen schuil die zich op de vloer verenigen, sluimerend, en die soms van vorm veranderen. Maar daardoor ben ik niet wakker geworden. Het kwam door de indruk dat er iemand, nog maar heel kort geleden, op mijn bed zat.

Ik ga rechtop zitten. De slaapkamerdeur staat wijd open. Ik weet dat ik hem heb dichtgetrokken toen ik naar bed ging. De gang erachter wordt verlicht door een bleke straal maanlicht die door het raam op de overloop naar binnen valt. Vollemaan vannacht, denk ik. Gepast. Ik zwaai mijn benen uit bed, ook al zegt het kleine, rationele deel van mijn hersenen, dat deel dat zelfs in een droomstaat nog functioneert, mij dat dit geen goed idee is, helemaal geen goed idee, een van de allerberoerdste ideeën die er bestaan. Ik moet wakker worden. Nu meteen. Maar dat lukt me niet. Niet vanuit deze droom. Evenals sommige dingen in het leven moeten sommige dromen hun beloop hebben. En zelfs wanneer ik toch wakker werd, zou de droom terugkeren. Dat doen dit soort dromen altijd, totdat je ze helemaal tot in de verdorven kern hebt gevolgd en de etterende wortels eruit hebt gesneden.

Ik stap in mijn slippers en trek mijn badjas aan. Ik knoop

hem stevig om mijn middel dicht en loop de slaapkamer uit, naar de overloop. Ik kijk omlaag. Op de vloer ligt modder, en nog iets. Bladeren.

Ik ga sneller lopen, de krakende trap af, de gang door, de keuken in. De achterdeur staat open. Er strijkt een vleugje koude lucht langs mijn blote enkels, terwijl de duisternis buiten me met ijzige vingers wenkt. Door de opening komt me geen frisse nachtlucht tegemoet, maar een andere geur: een bedompte, stinkende geur van verrotting. Instinctief sla ik mijn hand voor mijn neus en mond. Op hetzelfde moment kijk ik naar beneden. Op de donkere, betegelde vloer van de keuken staat een krijtmannetje – met een arm wijst het naar de deur. Natuurlijk. Een krijtmannetje dat de weg wijst. Net als toen.

Ik wacht nog, nog even, en dan, met een laatste blik op het vertrouwde comfort van de keuken achter me, stap ik de achterdeur uit.

Ik sta niet op de oprit. De droom heeft een sprong gemaakt, zoals dromen doen, naar een andere plek. Het bos. In de schaduwen om me heen ruist en ritselt het, de bomen kraken, de takken bewegen dan weer de ene en dan weer de andere kant op, als door nachtelijke angsten geplaagde lijders aan slapeloosheid.

Ik heb een zaklantaarn in mijn hand, zonder dat ik me kan herinneren dat ik hem heb meegenomen. Ik schijn om me heen en zie tussen de struiken voor mij iets bewegen. Ik loop naar voren, probeer mijn nerveus kloppende hart te negeren en concentreer me op mijn voeten, waarmee ik me krakend en knerpend over de hobbelige bodem begeef. Ik weet niet precies hoe ver ik doorloop. Het lijkt lang te duren, maar waarschijnlijk is het maar een paar seconden. Ik heb de indruk dat ik in de buurt kom. Maar in de buurt waarvan?

Ik stop. Plotseling is het bos opener. Ik sta in een kleine

open ruimte. Die ik herken. Het is dezelfde als al die jaren geleden.

Ik schijn rond met de zaklantaarn. Op een paar bultjes bladeren na is het er leeg. Geen verse, oranje en bruine bladeren zoals toen. Deze zijn al dood en verschrompeld, grijs en vergaan. En ze bewegen, besef ik opeens tot mijn schrik. Elk bultje beweegt onrustig heen en weer.

'*Eddieeee! Eddieeee!*'

Het is niet meer de stem van Sean Cooper, of zelfs die van meneer Halloran. Vannacht verkeer ik in ander gezelschap. Vrouwelijk gezelschap.

De eerste bult bladeren barst open en er klauwt een bleke hand omhoog, als een nachtdier dat uit zijn winterslaap ontwaakt. Ik onderdruk een kreet. Uit een andere bult verschijnt een voet, die eruit hupt, terwijl hij zijn roze geschilderde tenen kromt. Op een bebloede stomp komt een been aangeschuifeld, en ten slotte barst de grootste bult open, waaruit een slanke, getinte torso rolt die zich als een afzichtelijke, menselijke Waltzer over de bodem voortbeweegt.

Maar er ontbreekt nog altijd een stuk. Ik kijk rond en zie de hand op zijn vingertoppen over de meest verafgelegen bult bladeren trippelen. Hij verdwijnt eronder en dan, bijna majestueus, komt ze uit de berg rottend materiaal tevoorschijn, terwijl het haar over haar half verwoeste gezicht valt, en ze op de rug van haar eigen, afgehakte hand wordt opgetild.

Maar hij heeft haar arm eraf gehakt, jammer ik in gedachten, alsof dat het belangrijke detail is van dit zonderlinge tafereel.

Mijn blaas, vol whiskey, stroomt plompweg leeg en de warme urine stroomt langs mijn been mijn pyjamabroek in. Ik merk het nauwelijks. Gebiologeerd kijk ik naar haar hoofd dat over de bosbodem op mij aftrippelt, met dat gezicht dat nog altijd schuilgaat onder een gordijn van zijdeachtig haar. Ik wankel achteruit, mijn voeten blijven haken achter een boomwortel en ik val hard op mijn billen.

Haar vingers grijpen me bij mijn enkel. Ik wil het uitgillen, maar mijn stembanden weigeren dienst, zijn verlamd. De combinatie van hand en hoofd beweegt zich waggelend bij mijn been omhoog, vlak langs mijn natte kruis, en blijft even op mijn buik zitten. Ik ben gek van angst. Van walging. Compleet gestoord.

'*Eddieee*,' fluistert ze. '*Eddieee*.'

Haar hand kruipt mijn borst op. Ze heft haar hoofd. Ik houd mijn adem in en wacht op het moment dat ze mij met haar blauwe ogen beschuldigend aankijkt.

Beken, denk ik. *Beken.*

'Het spijt me. Het spijt me zo.'

Haar vingers strijken over mijn kin en liefkozen mijn lippen. En dan valt me iets op. Haar nagels. Ze zijn zwartgelakt. Dat klopt niet. Dat is niet...

Ze gooit haar haar naar achteren, pas geblondeerd, met een zweem rood erin van het bloed van haar afgehakte nek.

En ik begrijp mijn vergissing.

Ik ontwaak in een verwarde bult beddengoed op de vloer naast het bed. Mijn stuitje doet pijn. Liggend op de grond, hijgend, laat ik de werkelijkheid tot me doordringen. Al slaag ik daar niet in. Ik ben nog bevangen door de droom. Ik zie haar gezicht nog voor me. Haar vingers raken mijn lippen nog aan. Ik betast mijn haar en haal er een takje uit. Ik kijk naar mijn voeten. De boorden van mijn pyjama en de zolen van mijn slippers zitten onder de modder en bladerresten. Ik ruik de zure geur van de urine. Ik slik.

Er is nog iets, en ik moet snel te weten komen wat, voordat het net als dat afgrijselijke spinnenhoofd mijn droom uit trippelt.

Ik dwing mezelf om op te staan en over het bed te kruipen. Ik doe het nachtlampje aan en pak Mickeys notitieboekje van het nachtkastje. Ik blader tot ik bij de laatste pagina ben aangekomen. Ik staar naar de neergekrabbelde aantekeningen van Mickey en plots zie ik het glashelder voor me. Ik kan het lampje bijna met een *pling* aan horen gaan.

Het is alsof je naar zo'n plaatje met een optische illusie kijkt en je, hoezeer je ook je best doet, alleen maar reeksen stippeltjes of kronkelige lijntjes ziet. Waarna je een beweging maakt, nauwelijks, en plotseling het verborgen beeld ziet. Zo duidelijk als wat. En als je het eenmaal hebt gezien, vraag je je af hoe het in hemelsnaam mogelijk is geweest dat je het niet eerder hebt gezien. Zo verbluffend, waanzinnig duidelijk is het.

Ik had er helemaal verkeerd naar gekeken. Iedereen had er verkeerd naar gekeken. Misschien omdat het laatste stukje van de puzzel ontbrak. Misschien omdat alle foto's van Elisa, in de krant, in de nieuwsberichten, haar vóór het ongeluk toonden. Dat beeld, die foto, werd Elisa, het meisje in het bos.

Maar het was niet het juiste beeld. Het was niet het meisje van wie de schoonheid zo wreed was afgenomen. Het was niet het meisje dat meneer Halloran en ik hadden proberen te redden.

Bovenal was het niet de Elisa die kortgeleden had besloten dat er iets moest veranderen. Die haar haar had geverfd. Die er van een afstandje niet eens meer als Elisa uitzag.

'Niemand wilde Elisa iets aandoen – belangrijk. HAAR.'

1986-1990

Op mijn negende of tiende was ik een grote fan van *Doctor Who*. Tegen de tijd dat ik twaalf was, vond ik het ongeloofwaardig en er niets meer aan. Volgens de mening van mij als twaalfjarige begon het mis te gaan toen Peter Davison werd geregenereerd als Colin Baker, die nooit zo cool was, met dat idiote bontgekleurde jasje van hem, en dat gestippelde sjaaltje.

Hoe dan ook, tot op dat moment had ik elke uitzending fantastisch gevonden, vooral die met Daleks en wanneer ze in het midden lieten zien hoe het afliep. Een 'cliffhanger' werd dat genoemd.

Het punt was dat de cliffhanger altijd beter was dan de oplossing waarnaar je de hele week reikhalzend uitkeek. In de eerste aflevering belandde de Doctor meestal in groot gevaar, omgeven door een horde Daleks die op het punt stonden hem te vernietigen, of in een ruimteschip dat op het punt stond te exploderen of een enorm monster tegenkwam waar absoluut geen ontsnappen aan was.

Maar het lukte hem altijd, en meestal was daarvoor een 'volstrekt maffe uitvlucht' nodig, zoals Fat Gav het noemde. Een geheim ontsnappingsluik, een plotselinge redding door UNIT of iets onvoorstelbaars wat de Doctor weer met zijn sonische schroevendraaier kon doen. Alhoewel ik het tweede deel nog dolgraag zag, voelde ik me altijd een beetje verraden. Alsof ik op de een of andere manier was bedrogen.

In het echte leven kun je de boel niet bedriegen. Kun je niet aan het vreselijke lot ontsnappen omdat je sonische schroevendraaier dezelfde frequentie gebruikte als de zelfvernietigingsknop van de Cybermannen. Zo werkte het niet.

En toch wilde ik na het overlijden van meneer Halloran een poosje dat ik was bedrogen. Wilde ik dat meneer Halloran op de een of andere manier niet dood was. Dat hij opdook en tegen iedereen zei: '*Eigenlijk leef ik nog. Ik heb het niet gedaan en ik zal jullie zeggen wat er echt is gebeurd...*'

Ik geloof dat het aanvoelde alsof we een afloop hadden, maar dat het niet de juiste was. Het was geen goede afloop. Het was een anticlimax. Het voelde alsof er nog iets meer moest zijn. En er waren dingen die bij mij bleven knagen. 'Plotgaten' zou ik ze denk ik willen noemen, nu we het toch over *Doctor Who* hebben. Dingen waarvan de schrijvers hoopten dat ze niet zouden opvallen, terwijl je ze wel zag. Zelfs als je twaalf jaar bent. Eigenlijk juist als je twaalf jaar bent. Als je twaalf bent, is je er veel aan gelegen om niet belazerd te worden.

Ik bedoel, naderhand zei iedereen gewoon dat meneer Halloran gek was, alsof dat alles zou verklaren. Maar zelfs als je gek was, of een een meter tachtig grote hagedis in *Doctor Who*, dan nog moest je een reden hebben om iets te doen.

Toen ik dat tegen de anderen zei, tegen Fat Gav en Hoppo (want ondanks het feit dat we het lijk samen hadden gevonden, werd ons contact met Mickey er niet beter op en trokken we daarna nog steeds weinig met elkaar op), keek Fat Gav me alleen maar geërgerd aan, draaide met zijn vinger naast zijn hoofd en zei: 'Hij heeft het gedaan omdat hij krankjorum was, beste kerel. Driedubbel en overdwars gestoord. Hoteldebotel. Kierewiet. Een volledig betaald lid van de Gekkenbrigade.'

Hoppo zei niet zoveel, op één keertje na, toen Fat Gav doordraafde en het bijna ruzie werd. Toen voegde hij er zachtjes aan toe: 'Misschien had hij zo zijn redenen. We begrijpen hem gewoon niet, omdat we hem niet zijn.'

Volgens mij zat er ook nog een soort schuldgevoel achter;

vanwege mijn aandeel erin, vooral vanwege die stomme, waardeloze ring.

Als ik hem op die dag niet had achtergelaten, zou iedereen dan nog hebben geloofd dat meneer Halloran schuldig was? Ik bedoel, dat zou misschien nog wel zo zijn, vanwege het feit dat hij zelfmoord had gepleegd. Maar zonder ring zouden ze hem de moord op Elisa misschien niet zo snel in de schoenen hebben geschoven. Dan waren ze misschien naar meer bewijzen blijven zoeken. Naar het moordwapen. Naar haar hoofd.

Ik zou nooit een bevredigend antwoord op die vragen kunnen geven, of een einde kunnen maken aan die twijfels. En dus stopte ik ze, uiteindelijk, weg. Bij de kinderspullen. Al ben ik er niet zeker van of we die ooit echt wegdoen.

De tijd verstreek, en de gebeurtenissen van die zomer zakten weg in ons geheugen. We werden veertien, vijftien, zestien. Onze gedachten werden in beslag genomen door examens, hormonen en meisjes.

Ondertussen had ik andere dingen aan mijn hoofd. Pa begon echt ziek te worden. Het leven veranderde in de routine die ik gedurende een aantal jaren akelig goed zou leren kennen. Overdag studeren, later werken. En 's avonds omgaan met de steeds verder achteruitgaande geest van mijn vader en de hulpeloze frustratie van mijn moeder. Dat werd de gebruikelijke gang van zaken.

Fat Gav leerde een aardig, wat mollig meisje kennen, Cheryl. Ook begon hij gewicht kwijt te raken. Eerst geleidelijk aan. Hij ging minder eten en meer fietsen. Hij werd lid van een loopclub, en hoewel hij het eerst als een grote grap beschouwde, rende hij algauw steeds verder en sneller, terwijl hij almaar lichter werd. Hij leek zijn oude zelf wel af te schudden. En dat deed hij volgens mij ook. Met de kilo's verloor hij ook zijn excentrieke gedrag, de aanhoudende stroom kwinkslagen. Het maakte plaats voor een nieuw soort ernst. Een scherp randje. Hij dolde minder en studeerde meer, en wanneer hij niet studeerde, was hij bij Cheryl. Net zoals Mickey voor hem, verdween hij steeds meer uit beeld. Zodat er twee overbleven: Hoppo en ik.

Ik had een paar niet al te serieuze vriendinnetjes. En een paar onbereikbare geliefden, onder wie een tamelijk serieus uitziende lerares Engels met donker haar en nogal onvoorstelbare groene ogen. Juffrouw Barford.

Hoppo – nou, Hoppo leek zich helemaal niet voor meisjes te interesseren, totdat hij dat ene meisje ontmoette, Lucy (degene die hem uiteindelijk met Mickey bedroog en de oorzaak van het gevecht was op het feest waar ik niet naartoe ging).

Hoppo werd verliefd, smoorverliefd. Als jongen heb ik het nooit echt begrepen. Ik bedoel, ze was best wel knap hoor, maar verder niets bijzonders. Een beetje muizig zelfs. Steil, bruin haar, bril. En ze kleedde zich ook vreemd. Lange, van kwastjes voorziene jurkjes en grote laarzen, geknoopverfde T-shirts en al die hippieshit. Niet bepaald cool.

Pas later besefte ik aan wie ze me deed denken: Hoppo's moeder.

Hoe dan ook, ze leken het goed met elkaar te kunnen vinden en bij elkaar te passen. Ze hielden van dezelfde dingen, al denk ik dat we, in relaties, allemaal een beetje meegeven en pretenderen dingen leuk te vinden zonder dat dit zo is, om de ander een plezier te doen.

Vrienden doen dat ook. Ik was niet zo blij met Lucy, maar omwille van Hoppo deed ik alsof ik haar mocht. Indertijd ging ik om met een meisje uit een klas lager dat Angie heette. Ze had vrij wild gepermanent haar en een heel aardig lichaam. Ik was niet verliefd, maar ik vond haar leuk en ze was gemakkelijk (niet in dat opzicht, al was ze eerlijk gezegd ook weer niet zo moeilijk). Het was gemakkelijk om bij haar te zijn: niet veeleisend, ontspannen. Toen er van alles aan de hand was met pa had ik daar behoefte aan.

Samen met Hoppo en Lucy gingen we een paar keer met ons vieren uit. Ik wil niet beweren dat Lucy en Angie veel met elkaar hadden, maar Angie was een vriendelijk meisje dat zich altijd voor anderen probeerde te interesseren. Wat goed was, omdat het inhield dat ik dat niet hoefde te doen.

We gingen naar de bioscoop en de pub, en toen, in een weekend, stelde Hoppo iets anders voor.

'Laten we naar de kermis gaan.'

Op dat moment zaten we in de pub. Niet de Bull. De vader van Fat Gav zou ons absoluut geen glazen *snakebite*, half cider, half bier, willen serveren. Het was in de Wheatsheaf, aan de andere kant van de stad, waar de waard ons niet kende en het hem eerlijk gezegd hoe dan ook niet zou hebben uitgemaakt als hij wist dat we pas zestien waren.

Het was juni, dus zaten we buiten in de biertuin, eigenlijk een kleine tuin aan de achterkant, voorzien van een paar gammele houten tafeltjes en bankjes.

Lucy en Angie reageerden allebei enthousiast. Ik zei niets. Sinds die dag van het vreselijke ongeval was ik niet meer naar de kermis geweest. Ik beweer niet dat ik actief kermissen of amusementsparken had gemeden, ik was gewoon niet geneigd ernaartoe te gaan.

Maar dat was een leugen. Ik was bang. De voorafgaande zomer was ik voor een reisje naar het Thorpe Park teruggeschrikt, onder het mom van maagpijn, wat min of meer klopte. Elke keer als ik dacht aan wat voor ritje dan ook, kwam mijn maag in opstand. Ik zag alleen maar het Waltzer-meisje voor me, terwijl ze met een loshangend been op de grond lag en van haar mooie gezicht alleen maar kraakbeen en bot over was.

'Ed?' zei Angie, met een kneepje in mijn been. 'Wat vind jij ervan? Lijkt het je wat om morgen naar de kermis te gaan?' En ze fluisterde in mijn oor: 'Ik zal je me laten vingeren in de Spooktrein.'

Hoe verleidelijk het idee ook was, (tot dan toe had ik Angie alleen maar in de nogal weinig opwindende omgeving van mijn kamer gevingerd), toch moest ik mezelf tot een glimlach dwingen.

'Ja. Klinkt geweldig.'

Wat niet zo was, maar ik wilde niet bang lijken, niet tegenover Angie en, om een of andere reden, tegenover Lucy, die me verbaasd aankeek. Met een blik die me niet beviel, alsof ze wist dat ik loog.

Het was warm, die dag op de kermis. Net zoals toen. En Angie hield woord. Al genoot ik er minder van dan ik had gedacht, ondanks het feit dat ik bij het verlaten van de Spooktrein enige moeite met lopen had. Het gevoel verslapte al snel toen ik zag waar we waren uitgekomen. Recht tegenover de Waltzers.

Op de een of andere manier moest ik die tot dan toe over het hoofd hebben gezien. Misschien dat het door de drukte kwam, of omdat ik ergens door afgeleid was, zoals het korte, lycra minirokje van Angie en wat een paar centimeter daaronder verleidelijk op me wachtte.

Nu stond ik, als verstijfd, naar de rondtollende karretjes te staren. Ergens schalde Bon Jovi uit de luidsprekers. Meisjes gilden verrukt, terwijl de medewerkers de karretjes lieten ronddraaien.

'*Gil als je sneller wilt.*'

'Hé.' Hoppo kwam naast me staan en zag waar ik naar keek. 'Gaat-ie?'

Ik knikte, omdat ik in het bijzijn van de meisjes niet als een slapjanus wilde overkomen. 'Ja, goed.'

'Zullen we nu in de Waltzers gaan?' zei Lucy, die haar arm achter die van Hoppo haakte.

Ze zei het onschuldig genoeg, maar tot op de dag van vandaag weet ik bijna zeker dat er nog iets anders achter zat. Onoprechtheid. Geniepigheid. Ze wist het. En ze genoot ervan om mij te tergen.

'Ik dacht dat we naar de Octopus gingen,' zei ik.

'Dat kunnen we daarna doen. Toe, Eddie. Het is leuk.'

Ik had er ook een hekel aan dat ze me Eddie noemde. Eddie was een kindernaam. Op mijn zestiende wilde ik Ed genoemd worden.

'Ik vind de Waltzers gewoon niks aan.' Ik haalde mijn schouders op. 'Maar als jullie zo'n stom ritje willen maken, vind ik het best.'

Ze glimlachte. 'Wat zeg jij, Angie?'

Ik wist wat Angie zou zeggen. Lucy ook.

'Als iedereen het wil. Ik doe er niet moeilijk over.'

En heel even wilde ik dat ze dat wel had gedaan. Ik wilde dat ze een mening had, een ruggengraat. Omdat een andere omschrijving voor 'niet moeilijk doen', 'je gemakkelijk laten inpalmen' is.

'Geweldig,' zei Lucy grijnzend. 'Kom mee.'

We liepen naar de Waltzers en sloten aan bij de korte rij ernaast. Mijn hart bonkte. Mijn handen voelden klam aan. Ik dacht dat ik zou overgeven, terwijl ik er nog niet eens in zat, nog niet eens aan het kotsopwekkende ronddraaien was begonnen.

Degenen die voor ons in het karretje zaten, stapten uit. Ik hielp Angie instappen, in een poging als een heer over te komen door haar voor te laten gaan. Ik zette mijn voet op het wankele houten platform en wachtte even. Er was me iets opgevallen, of eigenlijk had ik vanuit mijn ooghoeken iets opgevangen. Net voldoende om me te laten omdraaien.

Naast de Spooktrein stond een grote, magere gestalte. Volledig in het zwart gekleed. Strakke zwarte spijkerbroek, wijd overhemd en een breedgerande, zwarte cowboyhoed. Hij stond met zijn rug naar me toe naar de Spooktrein te kijken, maar ik zag het lange, witblonde haar dat op zijn rug viel.

'*Ben je er nog, Eddie?*'

Wat idioot. Dat kon niet waar zijn. Dat kon meneer Halloran niet zijn. Dat kon niet. Hij was dood. Overleden. Begraven. Maar dat gold ook voor Sean Cooper.

'Ed?' Angie keek me vragend aan. 'Gaat-ie?'

'Ik...'

Ik keek naar de Spooktrein. De gestalte was verdwenen. Ik zag een zwarte schaduw om de hoek verdwijnen.

'Sorry, ik moet even iets nagaan.'

Ik sprong van de Waltzers af.

'Ed? Je kunt er niet zomaar vandoor gaan!'

Angie keek me dreigend aan; nooit zou ik haar in een staat zien die meer weg had van woede. Ik twijfelde er niet aan dat ons avontuurtje in de Spooktrein voorlopig weleens het laatste kon zijn geweest, maar dat maakte op dat moment niet uit. Ik moest gaan. Ik moest het weten.

'Sorry,' mompelde ik weer.

Ik holde terug over de kermis. Ik liep de hoek bij de Spooktrein om, net toen de gestalte achter de suikerspinnen en het ballonkraampje verdween. Ik versnelde mijn pas en botste onderweg tegen een paar mensen, die me uitscholden. Het maakte me niet uit.

Ik weet niet zeker of ik dacht dat de verschijning die ik volgde echt was, maar ik was niet onbekend met geesten. Zelfs als tiener keek ik 's nachts uit mijn raam om na te gaan of Sean zich beneden schuilhield. Bij elke vleug slechte lucht vreesde ik nog dat die van een rottende hand op mijn gezicht afkomstig was.

Ik haastte me langs de botsauto's en de Satelliet, ooit een grote attractie, en nu, met de komst van de achtbanen en de spannende ritten, tamelijk tam. Ik haalde hem in. En toen stopte de gestalte. Ook ik wachtte even, waarbij ik me achter een hotdogkraampje verschool. Ik zag dat hij zijn hand in zijn zak stak en er een pakje sigaretten uit haalde.

Toen begreep ik dat ik me had vergist. De hand. Geen verfijnde, bleke vingers, maar grove en donkerbruine, met lange, rafelige nagels. De gestalte draaide zich om. Ik staarde naar het afgetobde gezicht. Met zulke diepe rimpels dat ze er wel met een mes in gekerfd leken te zijn; met tussen de littekens ogen als blauwe stenen. Hij had een bijna tot aan zijn borst reikende gele baard. Niet meneer Halloran, zelfs geen jonge man, maar een oude man, een zigeuner.

'Wat sta je daar te kijken, jochie?' Het klonk als grind in een roestige emmer.

'Niks. Ik... Sorry.'

Ik draaide me om en liep zo snel weg als met behoud van mijn waardigheid – althans de restanten ervan – mogelijk was. Toen ik ver genoeg weg was om uit het zicht te zijn, stopte ik, in een poging adem te halen, in een poging de golven misselijkheid die me dreigden te overvallen in bedwang te houden. Toen schudde ik mijn hoofd, en in plaats van braaksel, kwam er gelach uit mijn mond. Niet meneer Halloran, geen Krijtman, maar een oude kermisklant, met onder zijn cowboyhoed vast een kale kop.

Wat een waanzin. Net zoals die fucking dwerg in *Don't Look Now* (een film die we een paar jaar eerder stiekem bij Fat Gav hadden gezien, en alleen omdat we hadden gehoord dat Donald Sutherland en Julie Christie het voor de camera 'echt deden'. Eigenlijk viel het flink tegen, omdat je niet veel van Julie Christie te zien kreeg, en je veel te veel van Sutherlands magere witte billen zag).

'Ed. Wat is er aan de hand?'

Ik keek op en zag Hoppo op me afrennen, gevolgd door de meisjes. Ze moesten uit de Waltzers gestapt zijn. Zo te zien baalde Lucy er flink van.

Ik probeerde te stoppen met lachen, er niet langer krankzinnig uit te zien.

'Ik dacht dat ik hem zag, meneer Halloran. De Krijtman.'

'Wat? Echt waar?'

Ik schudde mijn hoofd. 'Maar het was hem niet.'

'Nee, natuurlijk niet,' zei Hoppo. 'Hij is dood.'

'Dat weet ik,' zei ik. 'Alleen...'

Ik zag hun bezorgde, verblufte gezichten en knikte langzaam. 'Ik weet het. Ik vergiste me. Stom.'

'Kom,' zei Hoppo, die nog altijd bezorgd keek. 'Laten we iets drinken.'

Ik keek naar Angie. Ze glimlachte een beetje en stak haar hand uit. Ze had me vergeven. Al te gemakkelijk. Zoals altijd. Toch pakte ik hem vast. Dankbaar. 'Wie is de Krijtman?' vroeg ze.

Niet lang daarna gingen we uit elkaar. Volgens mij hadden we niet veel gemeen. Kenden we elkaar toch niet zo goed. Of misschien was ik al een jongeman met een verleden en een vlekje, en zou er een speciaal iemand nodig zijn die daartegen kon. Misschien dat ik daarom zo lang vastberaden single ben gebleven. Ik heb diegene nog steeds niet gevonden. Nog niet. Misschien zal dat ook wel nooit gebeuren.

Na de kermis gaf ik Angie een afscheidskus en liep in de nog altijd nazinderende namiddagwarmte vermoeid terug naar huis. De straten waren merkwaardig verlaten, de inwoners trokken zich terug in bier- en achtertuinen. Er was zelfs weinig verkeer. In de drukkende hitte wilde niemand lang in een groot blik zitten stoven.

Ik liep onze straat in, terwijl het voorval op de kermis me nog steeds niet lekker zat. Ik geloof dat ik me ook een beetje dom voelde. Ik had me zo gemakkelijk de stuipen op het lijf laten jagen, was er zo gemakkelijk van overtuigd geweest dat het hem was. Idioot. Natuurlijk was het hem niet. Dat kon niet. Het was gewoon weer zelfbedrog.

Ik slaakte een zucht, sjokte de oprit op en duwde de voordeur open. Pa zat in zijn favoriete leunstoel in de woonkamer en staarde met een lege blik naar de televisie. Ma stond in de keuken te koken. Haar ogen waren rood, alsof ze had gehuild.

Ma huilde niet. Niet snel. Ik vermoed dat ik op dat punt op haar leek.

'Wat is er?' vroeg ik.

Ze veegde haar tranen weg, maar nam niet de moeite om me te zeggen dat er niets aan de hand was. Ma loog ook niet. Dat dacht ik tenminste. Toen.

'Je vader,' zei ze.

Alsof het iets anders had kunnen zijn. Soms – en ik schaam me ervoor om het toe te geven – had ik een hekel aan pa omdat hij ziek was. Om wat hij daardoor deed of zei. Om die lege, verloren blik in zijn ogen. Om wat hij ma en mij aandeed. Als tiener wil je het liefst dat alles normaal is, en niets aan het leven van pa was normaal.

'Wat heeft hij nu weer gedaan?' vroeg ik, waarbij ik nauwelijks de moeite nam om mijn minachting te verbergen.

'Hij vergat wie ik was,' zei ma, en ik zag de tranen weer in haar ogen opwellen. 'Ik bracht hem zijn lunch en heel even keek hij me aan alsof ik een vreemde was.'

'O, mama.'

Ik trok haar naar me toe en omhelsde haar zo stevig als ik kon, alsof ik alle pijn uit haar kon knijpen, ondanks het feit dat iets in me zei dat vergeten juist fijn was.

Het herinneren – misschien was dat juist erg.

2016

'Je moet nooit iets aannemen,' zei mijn vader ooit. 'Alleen een ezel neemt iets aan.'

Toen ik hem niet-begrijpend aankeek, sprak hij verder. 'Zie je die stoel? Denk je dat hij morgenochtend nog steeds hier staat, daar waar hij nu is?'

'Ja.'

'Dan neem je iets aan.'

'Aha.'

Pa pakte de stoel en zette hem op tafel. 'Je kunt er alleen zeker van zijn dat de stoel op precies dezelfde plek staat als je hem aan de vloer vastlijmt.'

'Maar dan speel je toch vals?'

'Mensen spelen altijd vals, Eddie,' zei hij serieuzer. 'En ze liegen. Daarom is het belangrijk om alles in twijfel te trekken. Kijk altijd voorbij het voor de hand liggende.'

Ik knikte. 'Oké.'

De keukendeur ging open en ma kwam de kamer in. Ze keek naar de stoel, en toen naar pa en mij, en schudde het hoofd.

'Ik weet niet of ik wil weten waarom.'

Je moet nooit iets aannemen. Alles in twijfel trekken. Kijk altijd voorbij het voor de hand liggende.

We nemen dingen aan omdat het gemakkelijker is, luier. Anders denken we te veel na – meestal over dingen waar we ons ongemakkelijk over voelen. Maar als je niet nadenkt, kan dat tot misverstanden leiden, en, in sommige gevallen, tragedies.

Zoals de onbezonnen streek van Fat Gav, die op de dood uitliep. Alleen maar omdat hij een jongetje was dat niet echt over de gevolgen nadacht. En ma die dacht dat het geen kwaad kon om pa over Hannah Thomas te vertellen en aannam dat haar echtgenoot het voor zich zou houden. En dan had je nog dat jongetje dat een zilveren ringetje stal en probeerde terug te geven, omdat hij meende het juiste te doen, ondanks het feit dat het, natuurlijk, zo heel, heel erg verkeerd was.

Ook op andere manieren kun je de mist ingaan door iets aan te nemen. Het kan ervoor zorgen dat je niet ziet wie iemand echt is en het zicht verliest op de mensen die je kent. Ik nam aan dat het Nicky was die haar vader in St. Magdalena bezocht, maar het was Chloe. Ik nam aan dat ik op de kermis achter meneer Halloran aan liep, maar het was gewoon een oude kermisklant. Zelfs Penny de tuindame leidde iedereen met aannames om de tuin. Iedereen meende dat ze op haar overleden verloofde wachtte, Ferdinand. Maar Ferdinand was haar verloofde niet. Dat was die arme Alfred. Ze had al die jaren op haar minnaar gewacht.

Geen geval van onsterfelijke liefde, maar van ontrouw en een persoonsverwisseling.

De volgende ochtend pleeg ik meteen enkele telefoontjes. Hoewel, eigenlijk zet ik eerst nog een paar extreem sterke kopjes koffie, rook ik vijf, zes sigaretten, waarna ik pas enkele telefoontjes pleeg. Eerst met Gav en Hoppo, dan met Nicky. Geheel volgens verwachting neemt ze niet op. Ik laat een verward bericht voor haar achter, waarbij ik er volledig van uitga dat ze het zal wissen zonder het af te luisteren. Ten slotte bel ik Chloe.

'Ik weet het niet, Ed.'

'Je moet dit echt voor me doen.'

'Ik heb hem in geen jaren gesproken. Zo goed kennen we elkaar niet.'

'Een goed moment om de draad weer op te pakken.'

Ze zucht. 'Je ziet het verkeerd.'

'Misschien. Misschien niet. Maar – alsof ik je daarop moet wijzen – je bent het me verschuldigd.'

'Goed. Ik weet alleen niet waarom het zo belangrijk is. Waarom nu? Het was dertig jaar geleden, verdomme. Waarom laat je het niet gewoon rusten?'

'Dat lukt me niet.'

'Dit heeft niets met Mickey te maken, hè? Want hem ben je in elk geval niets verschuldigd.'

'Nee.' Ik denk aan meneer Halloran en wat ik heb gestolen. 'Misschien ben ik het iemand anders verschuldigd en wordt het tijd dat ik die schuld terugbetaal.'

The Elms is een klein landgoed voor gepensioneerden vlak buiten Bournemouth. Aan de zuidkust liggen tientallen van dergelijke landgoederen. In feite heeft de zuidkust behoorlijk veel weg van een heel groot landgoed voor gepensioneerden, al zijn sommige gebieden wat exclusiever dan andere.

Eerlijk gezegd behoort The Elms tot de minder aantrekkelijke projecten. De doodlopende weg met kleine, rechthoekige bungalows is fantasieloos en enigszins sjofel. De tuinen zijn nog keurig onderhouden, maar het schilderwerk bladdert af en is verweerd. De auto's hierbuiten vertellen hun eigen verhaal. Kleine, glimmende auto's – ik durf te wedden dat ze elke zondag nauwgezet worden gewassen – maar allemaal zijn ze al een aantal jaren oud. Het is geen verkeerde plek om je terug te trekken. Al stelt het na veertig jaar hard werken niet veel voor.

Soms denk ik dat alles waar we in het leven naar streven uiteindelijk zinloos is. Je werkt hard, zodat je een mooi, groot huis voor je gezin kunt kopen en in de nieuwste vierwielaangedreven Landrover Destroyer kunt rondrijden. Dan worden de kinderen volwassen en gaan het huis uit, waarna je hem voor een goedkoper, milieuvriendelijker model inruilt (met achterin misschien net genoeg ruimte voor een hond). Dan ga je met pensioen en is de grote gezinswoning een gevangenis met afgesloten deuren en kamers waarin het stof zich ophoopt, terwijl de tuin, die zo geweldig was om met het hele gezin in te barbecueën, veel te veel werk is, en de kinderen tegenwoordig hun eigen barbecue hebben. Dus wordt het huis ook kleiner. En hoef je misschien, sneller dan je ooit had verwacht, alleen nog maar voor jezelf te zorgen. Terwijl je bij jezelf zegt dat het goed is dat je bent verhuisd, omdat je in kleinere kamers minder eenzaam bent. Als je boft, is het afgelopen met je voordat je nog verder achteruitgaat en naar één enkel kamertje bent verhuisd, in een bed met hekjes slaapt, niet meer in staat je eigen gat af te vegen.

Gewapend met dergelijke montere gedachten, breng ik mijn auto tot stilstand in de beperkte ruimte voor nummer 23. Ik loop de korte oprit op en bel aan. Ik wacht een paar tellen. Als ik op het punt sta nogmaals te bellen, zie ik achter het matglas een vage gestalte naderen, hoor ik gerammel van kettingen en gaat de deur van het slot. Zich zeer bewust van de beveiliging, denk ik. Al is dat nauwelijks verrassend, gezien zijn voormalige beroep.

'Edward Adams?'

'Ja.'

Hij steekt zijn hand uit. Na een korte aarzeling schud ik hem.

De laatste keer dat ik agent Thomas van dichtbij zag, stond hij op de drempel van mijn eigen huis, dertig jaar geleden. Hij is nog steeds slank, maar niet zo groot als ik me herinner. Ik ben zelf natuurlijk een stuk groter, maar het is inderdaad zo dat een mens met de jaren kleiner wordt. Het donkere haar is nu grotendeels grijs en verdwenen. Het hoekige gezicht is minder streng, eerder gekweld. Hij ziet er nog altijd als een enorm stuk LEGO uit, maar enigszins gesmolten.

'Fijn dat u me wilde zien,' zeg ik.

'Ik moet toegeven dat ik er niet zeker van was... maar ik neem aan dat Chloe mijn nieuwsgierigheid heeft gewekt.' Hij doet een stap achteruit. 'Kom binnen.'

Ik loop een korte, smalle gang in. Er hangt een wat bedompte etensgeur en het ruikt sterk naar luchtverfrisser. Heel sterk naar luchtverfrisser.

'De woonkamer is rechtdoor en dan links.'

Ik loop door en open de deur naar een opmerkelijk grote zitkamer met doorgezakte banken en bloemengordijnen. De keuze van de voormalige vrouw des huizes, stel ik me zo voor.

Volgens Chloe is haar grootvader een paar jaar geleden, na zijn pensionering, naar het zuiden verhuisd. Enkele jaren later is zijn vrouw gestorven. Ik vraag me af of dat het moment was waarop hij met het schilderen van de muren en wieden van de tuin is gestopt.

Thomas gebaart dat ik in de minst versletene van de twee banken kan plaatsnemen. 'Iets drinken?'

'Ehm, nee, bedankt. Ik heb net koffie gehad.' Ik lieg, maar ik wil van dit bezoek geen sociale aangelegenheid maken, niet met wat ik wil bespreken.

'Oké.' Even staat hij er wat verloren bij.

Volgens mij krijgt hij niet vaak bezoek. Hij weet niet hoe hij zich moet gedragen met iemand anders in huis. Zoals ik dat ook een beetje heb.

Uiteindelijk gaat hij zitten, stijfjes, terwijl hij zijn handen op zijn knieën legt. 'Dus, de zaak-Elisa Rendell. Dat is al lang geleden. Jij was een van de kinderen die haar hebben gevonden?'

'Ja.'

'En nu heb je een theorie over wie haar echt heeft vermoord?'

'Jazeker.'

'Denk je dat de politie het bij het verkeerde eind had?'

'Dat hadden we geloof ik allemaal.'

Hij wrijft over zijn kin. 'Het indirecte bewijs was overtuigend. Maar meer was het niet. Indirect. Als Halloran zichzelf niet van het leven had beroofd, weet ik niet of er genoeg was om er een zaak van te maken. Het enige echte bewijs was die ring.'

Ik voel dat mijn wangen beginnen te gloeien. Zelfs nu. Die ring. Die vervloekte ring.

'Maar er was geen moordwapen, geen bloed als bewijs.' Hij wacht even. 'En we hebben haar hoofd natuurlijk nooit gevonden.' Hij kijkt me nog eens goed aan, en het lijkt alsof er geen dertig jaren zijn verstreken. Alsof er achter zijn ogen licht is gaan branden.

'En wat is je theorie?' vraagt hij, terwijl hij naar me toe buigt.

'Zou ik u eerst een paar vragen kunnen stellen?'

'Ik geloof het wel, maar bedenk wel dat ik niet al te zeer bij die zaak betrokken was. Ik was maar een eenvoudige agent.'

'Niet over de zaak. Over uw dochter en dominee Martin.'

Hij verstart. 'Ik begrijp niet wat dat ermee te maken heeft.'

Alles, denk ik.

'Zou u gewoon willen luisteren naar wat ik te zeggen heb?'

'Ik zou je gewoon kunnen vragen om te vertrekken.'

'Dat zou kunnen.'

Ik wacht. Ga niet op zijn bluf in. Ik zie dat hij me eruit wil gooien, maar ik hoop dat zijn nieuwsgierigheid en het oude instinct van een smeris de overhand krijgen.

'Oké,' zegt hij. 'Ik luister. Maar dat doe ik alleen voor Chloe.'

Ik knik. 'Ik begrijp het.'

'Nee. Dat doe je niet. Zij is de enige die ik nog heb.'

'En Hannah dan?'

'Ik ben mijn dochter al lang geleden kwijtgeraakt. En vandaag heb ik voor het eerst in twee jaar iets van mijn kleindochter gehoord. Als ik haar door met jou te praten weer kan zien, dan doe ik dat. Begrijp je?'

'Wilt u dat ik haar overhaal om een bezoek aan u te brengen?'

'Naar jou luistert ze tenminste.'

Niet echt, maar ze is me nog wel iets verschuldigd.

'Ik zal doen wat ik kan.'

'Fijn. Meer kan ik niet vragen.' Hij leunt achterover. 'Wat wil je weten?'

'Wat vond u van dominee Martin?'

Hij snuift. 'Dat lijkt me verdomd duidelijk.'

'En wat vond u van Hannah?'

'Ze was mijn dochter. Ik hield van haar. Dat doe ik nog steeds.'

'En toen ze zwanger raakte?'

'Was ik teleurgesteld. Dat zou iedere vader zijn. En ook boos. Ik vermoed dat ze daarom tegen mij over de vader heeft gelogen.'

'Sean Cooper.'

'Ja. Dat had ze niet moeten doen. Daar heb ik later spijt van gehad, van wat ik over die jongen heb gezegd. Maar indertijd zou ik hem, als hij niet dood was geweest, zelf hebben gedood.'

'Zoals u hebt geprobeerd de dominee te doden?'

'Hij kreeg zijn verdiende loon.' Even verschijnt er een verlegen glimlach op zijn gezicht. 'Dat heb ik geloof ik aan je vader te danken.'

'Dat geloof ik ook.'

Hij slaakt een zucht. 'Hannah was niet perfect. Maar een heel gewone puber. We hadden de gebruikelijke ruzies, over make-up, de kortheid van haar rokjes. Ik vond het fijn toen ze in de religieuze groep van dominee Martin belandde. Ik dacht dat het goed voor haar zou zijn.' Er klinkt een cynisch gegniffel. 'Hoe kon ik er zo naast zitten? Hij heeft haar kapotgemaakt. Tot dan toe konden we goed met elkaar opschieten. Maar daarna hebben we alleen nog maar ruziegemaakt.'

'Hebt u ruziegemaakt op de dag dat Elisa werd vermoord?'

Hij knikt. 'Dat was een van de ergste ruzies.'

'Waarover?'

'Omdat ze bij hem op bezoek was geweest, bij St. Magdalena. Om hem te zeggen dat ze zijn baby zou houden. Dat ze op hem zou wachten.'

'Ze was verliefd op hem.'

'Ze was een kind. Ze wist niet wat liefde was.' Hij schudt zijn hoofd. 'Heb jij kinderen, Ed?'

'Nee.'

'Verstandig, hoor. Kinderen, vanaf het moment dat ze zijn geboren, vullen ze je hart met liefde... en angst. Vooral meisjes. Je wilt ze overal tegen beschermen. En als je dat niet kunt, is het alsof je hebt gefaald als vader. Je hebt jezelf heel wat pijn bespaard door geen kinderen te krijgen.'

Ik schuif een beetje heen en weer in mijn stoel. Hoewel het niet bijzonder warm is in de kamer, heb ik het benauwd, is de atmosfeer verstikkend. Ik probeer het gesprek weer op de rails te krijgen.

'U zei dus dat Hannah die dag bij dominee Martin op bezoek ging, op de dag dat Elisa werd vermoord?'

Hij herpakt zich. 'Ja. We hadden een enorme ruzie. Ze rende naar buiten. Kwam niet terug voor het eten. Daarom ging ik die avond het huis uit. Om haar te zoeken.'

'Was u in de omgeving van het bos?'

'Ik dacht dat ze daar misschien naartoe was gegaan. Ik weet dat ze elkaar daar soms troffen.' Hij kijkt peinzend voor zich uit. 'Dit is indertijd allemaal gemeld.'

'Meneer Halloran en Elisa ontmoetten elkaar ook in het bos.'

'Dat is de plek waar veel jongeren elkaar troffen om dingen te doen die ze niet zouden moeten doen. Kinderen... en viespeuken.'

Hij spuugt het laatste woord uit. Ik sla mijn ogen neer. 'Ik was ooit onder de indruk van meneer Halloran,' zeg ik. 'Maar ik vermoed dat hij gewoon een oudere man was die op jonge meisjes viel, net zoals de dominee.'

'Nee.' Thomas schudt zijn hoofd. 'Halloran was helemaal niet zoals de dominee. Ik vergoelijk niet wat hij deed, maar het was niet hetzelfde. De dominee was een hypocriet, een leugenaar, iemand die het woord van God verkondigde, terwijl hij het in feite gebruikte om achter de jonge meisjes aan te zitten. Hij heeft Hannah veranderd. Hij pretendeerde haar met liefde te vervullen, maar ondertussen vergiftigde hij haar, en alsof dat nog niet genoeg was, zadelde hij haar ook nog eens op met zijn bastaardkind.'

Zijn blauwe ogen spuiten vuur. In zijn mondhoeken staat schuim. Men zegt dat er niets sterker is dan liefde. Dat klopt. En dat is de reden dat in naam daarvan de ergste gruweldaden worden verricht.

'Hebt u het daarom gedaan?'

'Wat gedaan?'

'U bent het bos in gegaan en u zag haar, nietwaar? Stond ze daar gewoon, zoals ze meestal deed als ze op hem wachtte? Sloeg u toen door? Hebt u haar beetgepakt, gewurgd, nog voordat ze de kans had om zich om te draaien? Misschien kon u de aanblik van haar niet verdragen, en toen u haar toch aankeek, toen de vergissing tot u doordrong, was het te laat.

Zodat u later terugkwam, en haar in stukken hakte. Ik weet niet precies waarom. Om het lichaam te verstoppen? Of misschien eenvoudigweg om de zaak te vertroebelen...'

'Waar heb je het verdomme over?'

'U hebt Elisa vermoord, omdat u dacht dat het Hannah was. Ze hadden dezelfde bouw, Elisa had haar haar geblondeerd. Dan vergis je je zomaar, als je emotioneel bent, boos. U dacht dat Elisa uw dochter was, die vergiftigd, kapotgemaakt was, en het bastaardkind van de dominee droeg...'

'Nee! Ik hield van Hannah. Ik wilde dat ze de baby hield. Ja, ik vond dat ze hem zou moeten laten adopteren, maar ik zou haar nooit iets hebben aangedaan. Nooit...'

Ineens komt hij overeind. 'Ik had niet met dit bezoek moeten instemmen. Ik dacht dat je echt iets zou weten, maar dit? Ik wil dat je vertrekt.'

Ik kijk naar hem op. Als ik had verwacht schuld op zijn gezicht te zien, dan heb ik me vergist. Ik zie alleen maar woede en pijn. Heel veel pijn. Ik voel me misselijk. Ik voel me een klootzak. En bovenal heb ik het gevoel dat ik me afschuwelijk, afschuwelijk heb vergist.

'Het spijt me. Ik...'

Zijn blik is priemend. 'Spijt van de beschuldiging van het vermoorden van mijn eigen dochter? Volgens mij is dat niet helemaal het gepaste woord, meneer Adams.'

'Nee... nee, dat zal wel niet.' Ik sta op en loop naar de deur. Dan hoor ik hem zeggen: 'Wacht.'

Ik draai me om. Hij komt op me af.

'Ik zou je misschien een klap moeten verkopen voor wat je hebt gezegd...'

Ik bespeur een 'maar'. Daar hoop ik in elk geval op.

'Maar een persoonsverwisseling? Dat is een interessante theorie.'

'En fout.'

'Misschien niet helemaal fout. Alleen maar de verkeerde persoon.'

'Wat bedoelt u?'

'Los van Halloran had niemand een motief om Elisa iets aan te doen. Maar Hannah? Nou, dominee Martin had indertijd veel volgelingen. Als een van hen van hun verhouding wist, van de baby, kon er misschien iemand jaloers genoeg zijn – gek genoeg – om voor hem te doden.'

Daar denk ik even over na. 'Maar hebt u een idee waar diegenen nu zijn?'

Hij schudt zijn hoofd. 'Nee.'

'Juist.'

Thomas wrijft over zijn kin. Hij lijkt iets te overwegen. 'Die nacht,' zegt hij, 'toen ik in de buurt van het bos naar Hannah zocht, heb ik iemand gezien. Het was donker, en vanuit de verte was hij gekleed in een overall, als een werkman, en liep hij mank.'

'Ik kan me niet herinneren dat er nog een verdachte was.'

'Er is nooit iets mee gedaan.'

'Waarom niet?'

'Waarom wel, als we de dader al hadden, en – heel praktisch – een overleden dader, voor wie geen kosten voor een rechtszaak gemaakt hoefden te worden? Bovendien was het niet echt een beschrijving om mee verder te gaan.'

Hij heeft gelijk. Veel verder kom je er niet mee. 'Toch bedankt.'

'Dertig jaar is een lange tijd. Weet je, misschien vind je nooit het antwoord waar je naar op zoek bent...'

'Ik weet het.'

'Of erger. Je vragen worden beantwoord, maar anders dan je wilt.'

'Ook dat weet ik.'

Tegen de tijd dat ik weer in de auto stap, ben ik aan het trillen. Ik draai het raam omlaag en pak mijn sigaretten. Gretig steek ik er een op. Toen ik de bungalow binnenging, had ik mijn mobiel op stil gezet. Ik haal hem tevoorschijn en zie dat ik een oproep heb gemist. Twee zelfs. Zo populair ben ik anders nooit.

Ik luister de twee verwarde voicemailberichten af, een van Hoppo en een van Gav. Allebei zeggen ze hetzelfde: 'Ed, even over Mickey. Ze weten wie hem heeft vermoord.'

2016

Ze zitten aan hun gebruikelijke tafel, al heeft Gav, ongebruikelijk, een glas bier voor zich staan, in plaats van een cola light.

Ik heb nog maar net met mijn eigen bier plaatsgenomen, als hij zijn krant voor mij op tafel gooit. Ik staar naar de kop.

JONGENS GEARRESTEERD NA AANVAL RIVIEROEVER

Twee vijftienjarige jongens worden ondervraagd vanwege de fatale aanval op hun voormalige plaatsgenoot Mickey Cooper (42). Het tweetal werd twee dagen geleden 's avonds aangehouden na een poging tot beroving op hetzelfde stuk van het pad langs de rivier. De politie gaat na of de twee voorvallen verband met elkaar houden.

De rest van het verhaal lees ik snel door. Ik had niets over de beroving gehoord, maar wat wil je, ik had iets anders aan mijn hoofd. Ik kijk peinzend voor me uit.

'Wat is er?' vraagt Gav.

'Er staat niet dat die jongens Mickey hebben aangevallen,' zeg ik. 'Dat is alleen maar een vermoeden.'

Hij haalt zijn schouders op. 'En? Het lijkt me logisch. Een uit de hand gelopen beroving. Het heeft niets met het boek te maken, of met de Krijtman. Alleen maar gajes uit op geld.'

'Daar lijkt het op. Weten ze wie die jongens zijn?'

'Ik hoorde dat een ervan op jouw school zit. Danny Myers?'

Danny Myers. Ik zou verbaasd moeten zijn, maar dat ben ik niet. Niets over de aard van mensen lijkt me meer te verbazen. Al...

'Je lijkt er niet van overtuigd,' zegt Hoppo.

'Dat Danny iemand berooft? Ik kan me wel voorstellen dat hij iets stoms doet om indruk op zijn vrienden te maken. Maar dat hij Mickey vermoordt...'

Ik ben niet overtuigd. Het ligt al te zeer voor de hand. Dan neem je iets aan, ben je een ezel. En er is nog iets wat me niet lekker zit.

Op hetzelfde stuk van het pad langs de rivier.

Ik schud mijn hoofd. 'Gav zal vast gelijk hebben. Het is waarschijnlijk de meest aannemelijke verklaring.'

'De jeugd van tegenwoordig?' zegt Hoppo.

'Ja,' zeg ik langzaam. 'Wie weet waartoe die in staat is.'

Er valt een stilte. Die aanhoudt. We nemen een slok bier.

'Mickey zou echt woest zijn als hij een "voormalige plaatsgenoot" zou worden genoemd. Hij had minimaal "een succesvolle directeur" verwacht.'

'Ja. Nou, hij heeft wel ergere namen dan "plaatsgenoot" gehoord,' zegt Gav. En dan betrekt zijn gezicht. 'Ik kan nog steeds niet geloven dat hij Chloe heeft betaald om jou te bespioneren. En ook nog eens die brieven aan ons heeft gestuurd.'

'Volgens mij wilde hij alleen maar zijn boek interessanter maken,' zeg ik. 'De brieven waren zijn manier om een plot te bedenken.'

'Nou, Mickey is altijd goed geweest in het verzinnen van dingen,' zegt Hoppo.

'En hij zorgde altijd voor reuring,' zegt Gav. 'Laten we hopen dat die nu voorbij is.'

Hoppo heft zijn glas. 'Daar drink ik op.'

Ik strek mijn hand uit naar mijn glas, maar ik ben geloof ik wat afgeleid. Ik stoot het om, slaag erin het te pakken voordat het stukvalt op de grond, maar het bier gutst eruit, over de zijkant van de tafel, op Gavs schoot.

Gav zwaait met zijn hand. 'Geeft niet.' Hij veegt het bier van zijn spijkerbroek. Weer verbaas ik me over het contrast tussen zijn sterke handen en de dunne, wegkwijnende spieren van zijn benen.

Sterke benen.

De woorden schieten me te binnen, ongevraagd.

Hij houdt iedereen voor de gek.

Ik ga staan, zo snel dat ik bijna de rest van het bier mors.

Soms troffen ze elkaar daar.

Gav pakt zijn bier. 'Wat krijgen we nou?'

'Ik had gelijk,' zeg ik.

'Hoezo?'

Ik kijk hen aan. 'Ik had me vergist, maar ik had gelijk. Ik bedoel, het is gek. Moeilijk te geloven, maar toch... is het logisch. Fuck. Het klopt allemaal.'

De duivel, vermomd. Beken.

'Ed, waar heb je het over?' vraagt Hoppo.

'Ik weet wie de moordenaar is van het Waltzer-meisje, Elisa. Ik weet wat haar is overkomen.'

'Wat?'

'De straffe Gods.'

'Ik heb het u aan de telefoon al gezegd, meneer Adams. We zijn gesloten.'

'En ik heb u gezegd dat ik hem moet zien. Het is belangrijk.'

De verpleegkundige – dezelfde stevige en strenge die me eerder heeft ontvangen – staart ons drieën aan. (Hoppo en Fat Gav stonden erop om ook mee te komen. De oude vriendengroep. Voor een laatste avontuur.)

'Een kwestie van leven en dood, neem ik aan.'

'Ja.'

'En die kan niet tot morgen wachten?'

'Nee.'

'De dominee is niet van plan binnenkort ergens heen te gaan.'

'Daar zou ik niet zo zeker van zijn.'

Ze kijkt me vreemd aan. En dan besef ik het. Ze weet ervan. Ze weten er allemaal van, en niemand heeft ooit iets gezegd.

'Ik geloof dat het er niet zo goed uitziet, toch?' zeg ik. 'Als de bewoners naar buiten gaan? Als jullie merken dat ze aan de wandel gaan. Misschien is het beter dat jullie dat soort dingen stilhouden. Vooral als jullie willen dat de kerk jullie blijft betalen.'

Ze knijpt haar ogen tot spleetjes. 'Komt u maar met mij mee. Jullie' – ze knipt met haar vingers richting Hoppo en Gav – 'blijven hier wachten.' Ze kijkt me nog een keer aan. 'Vijf minuten, meneer Adams.'

Ik loop achter haar aan de gang in. Boven ons hoofd schijnen felle, fluorescerende tl-buizen. Overdag kunnen ze hier de indruk wekken dat het meer dan een ziekenhuis is. 's Nachts niet. Omdat er in een instituut geen nacht is. Er is altijd licht, en geluid. Gekerm en gekreun, krakende deuren, het piepen van zachte zolen op linoleum.

We komen aan bij de deur van de dominee. Zuster Weltevree kijkt me nog een laatste keer waarschuwend aan en steekt vijf vingers op voordat ze aanklopt.

'Dominee Martin. Ik heb hier een bezoeker voor u.'

Heel even zie ik in gedachten voor me dat de deur openzwaait en hij voor me staat, terwijl hij me met een kille blik aankijkt.

'*Beken.*'

Maar ik hoor niets. De verpleegkundige kijkt me zelfvoldaan aan en doet de deur voorzichtig open.

'Dominee?'

Terwijl de koele wind me tegemoetkomt, hoor ik de twijfel in haar stem.

Ik wacht niet. Ik stap langs haar heen naar binnen. De kamer is leeg, het raam staat wagenwijd open, de gordijnen wapperen in de avondwind. Ik draai me om naar de verpleegkundige.

'Zitten er geen veiligheidssloten op de ramen?'

'Dat leek ons nooit nodig...' stamelt ze.

'Ja, ja, ondanks het feit dat hij al eerder aan de wandel is geweest?'

Ze kijkt me strak aan. 'Hij gaat alleen aan de wandel als hij overstuur is.'

'En ik neem aan dat hij vandaag overstuur was.'

'Inderdaad, ja. Er was bezoek voor hem. Dat ergerde hem. Maar hij gaat nooit ver.'

Ik loop naar het raam en kijk naar buiten. Het wordt snel donkerder, maar ik kan nog net de zwarte massa van het bos zien. Het is maar een klein eindje. En wie zou hem van hieruit over het terrein zien lopen?

'Hij zal geen vlieg kwaad doen,' vervolgt ze. 'Meestal vindt hij zelf de weg weer terug.'

Ik draai me om. 'U zei dat er bezoek voor hem was. Wie?'

'Zijn dochter.'

Chloe. Ze kwam om afscheid van hem te nemen. De schrik slaat me om het hart.

Een paar nachten in het bos doet geen pijn.

'Ik moet alarm slaan,' zegt de verpleegkundige.

'Nee. U moet de politie bellen. Nu.'

Ik zwaai mijn been over de vensterbank.

'Waar gaat u heen?'

'Het bos in.'

Het is kleiner dan toen we kinderen waren. Daarmee doel ik niet op de blik van de volwassene. Het bos is echt gekrompen, stukje bij beetje, door de nieuwbouwwijk die sneller groeide dan de oude eiken en platanen ernaast. Maar vanavond lijkt het bos weer enorm groot, gigantisch. Een donkere, verboden plek vol gevaren en duistere zaken.

Ditmaal loop ik voorop, terwijl mijn voeten krakend op de dode bladeren en takken neerkomen, met een zaklantaarn die zuster Weltevree mij (met tegenzin) heeft gegeven en ik de weg probeer te vinden. Een paar keer reflecteert de lichtbundel in de oplichtende ogen van een dier, dat er vervolgens snel vandoor gaat en de dekking van het duister opzoekt. Er zijn nachtdieren en dagdieren, bedenk ik me. Ondanks mijn slapeloosheid en slaapwandelen, ben ik geen nachtdier, niet echt.

'Gaat-ie goed?' fluistert Hoppo achter me. Ik schrik ervan.

Hij stond erop mee te gaan. Gav wacht bij het tehuis, om ervoor te zorgen dat ze de politie echt bellen.

'Ja,' fluister ik. 'Ik herinner me nog hoe we als jongens door het bos liepen.'

'Ja,' fluistert Hoppo. 'Ik ook.'

Ik vraag me af waarom we fluisteren. Niemand kan ons horen. Niemand, op de nachtdieren na. Misschien heb ik het bij het verkeerde eind. Misschien is hij niet hier. Misschien heeft Chloe naar me geluisterd en ergens een hotel geboekt. Misschien...

De gil galmt door het bos alsof het een laatste kreet is. De bomen lijken ervan te rillen en er stijgt een wolk zwarte vleugels op.

Ik kijk naar Hoppo, en allebei zetten we het op een rennen, de lichtbundel voor ons stuitert op en neer. We ontwijken takken en springen over dichte struiken... en komen uit op een kleine, open plek, net als eerst. Net als in mijn droom.

Ik stop, en Hoppo blijft achter me hangen. Ik schijn rond met de zaklantaarn. Op de grond voor ons staat een eenpersoonstentje, gedeeltelijk ingestort. Ervoor liggen een rugzak en een bult kleren. Ze is er niet. Heel even ben ik opgelucht... en dan schijn ik nog een keer. De bult kleren. Te veel. Te groot. Geen kleren. Een lichaam.

Nee! Ik ren erop af en val op mijn knieën. 'Chloe.'

Ik trek de capuchon omlaag. Haar gezicht is bleek, rond haar nek zitten rode striemen, maar ze ademt. Licht, zwak, maar ze ademt. Niet dood. Nog niet.

We moeten net op tijd zijn gearriveerd, en hoe graag ik hem ook wilde zien, om hem te vertellen dat ik hem doorheb, dat zal moeten wachten. Op dit moment is het belangrijker ervoor te zorgen dat Chloe het redt. Ik kijk om naar Hoppo, die onzeker aan de rand van de open plek staat.

'We moeten een ziekenwagen bellen.'

Hij knikt, pakt zijn telefoon, maar zijn gezicht betrekt. 'Nauwelijks bereik.' Toch brengt hij hem naar zijn oor...

... en ineens is hij weg. Niet alleen de telefoon, maar zijn oor. Waar het zat, zit nu een gapend, bloederig gat. Ik zie iets zilverkleurigs oplichten, donkerrode bloedspetters, en dan zakt zijn arm omlaag, die nog slechts met een paar spieren vastzit.

Ik hoor een gil. Niet van Hoppo. Hij staart me zwijgend aan en zakt vervolgens met een kermende kreun in elkaar. Ik ben het zelf die gilt.

De dominee stapt over het uitgestrekte lichaam heen. Hij heeft een bijl vast, glimmend en nat van het bloed. Over zijn pyjama heen draagt hij de overall van een tuinman.

Hij was gekleed in een overall, als een werkman, en hij liep mank.

Trekkend met zijn ene been strompelt hij op me af. Hij hijgt, zijn gezicht is uitgemergeld en wasbleek. Het lijkt wel een wandelende dode, op zijn ogen na. Die staan uiterst levendig, en er glanst een licht in dat ik pas eenmaal eerder heb gezien. Bij Sean Cooper. Een gestoord licht.

Ik krabbel overeind. Alles in me neigt ernaar om weg te lopen. Maar ik kan Chloe en Hoppo toch niet achterlaten? Sterker nog, hoe lang houdt Hoppo het vol voordat hij doodbloedt? Ik meen in de verte sirenes te horen. Misschien beeld ik het me in. Aan de andere kant, als ik hem aan de praat weet te houden...

'Dus u gaat ons allemaal vermoorden? Is het geen zonde om te moorden, dominee?'

'"De ziel die zondigt, die zal sterven. De gerechtigheid van de rechtvaardige zal alleen rusten op hemzelf en de goddeloosheid van de goddeloze zal alleen rusten op hemzelf."'

Ondanks het feit dat mijn benen knikken, houd ik voet bij stuk, terwijl ik Hoppo's bloed van het blad van de bijl zie druppelen. 'Wilde u daarom Hannah doden? Omdat ze een zondaar was?'

'"Want door een vrouw, die een hoer is, komt men tot een stuk broods; en eens mans huisvrouw jaagt de kostelijke ziel. Zal iemand vuur in zijn boezem nemen, dat zijn klederen niet verbrand worden?"'

Zwaaiend met de bijl, met een mank been dat de bladeren oprakelt, komt hij dichterbij. Het lijkt wel een gesprek met een Bijbelse wreker. Toch probeer ik het, wanhopig nu, met trillende stem.

'Ze was zwanger van uw kind. Ze hield van u. Betekende dat niets voor u?'

'"En indien uw hand u tot zonde verleidt, houw haar af. Het is beter, dat gij verminkt ten leven ingaat, dan dat gij met uw twee handen ter helle vaart, in het onuitblusbare vuur. En indien uw voet u tot zonde zou verleiden, houw hem af. Het is beter, dat gij kreupel ten leven ingaat, dan dat gij met uw twee voeten in de hel geworpen wordt."'

'Maar u hebt uw hand niet afgehakt. En u hebt Hannah niet gedood. U hebt Elisa gedood.'

Hij wacht even. Ik zie dat hij heel even onzeker is en grijp mijn kans.

'U zat ernaast, dominee. U hebt het verkeerde meisje vermoord. Een onschuldig meisje. Maar dat weet u, nietwaar? En nu we het er toch over hebben, u weet, diep in uw hart, dat ook Hannah onschuldig was. U bent de zondaar, dominee. U bent een leugenaar, een hypocriet en een moordenaar.'

Hij brult en loopt slingerend op me af. Op het laatste moment duik ik weg en stoot met mijn schouder in zijn buik. Tot mijn voldoening hoor ik hoe hij zijn adem met een *oempf* uitstoot, en hij achteruitwankelt, waarna een pijnlijke klap volgt, van de houten steel van de bijl die de zijkant van mijn hoofd raakt, hard. De dominee valt op de grond. Door de vaart die ik heb, plof ik met mijn volle gewicht boven op hem.

Ik probeer mezelf omhoog te duwen, om de bijl te pakken, maar mijn hoofd doet pijn en ik ben duizelig. Ik kan er net niet bij. Ik rek me uit en glijd opzij. De dominee rolt boven op mij. Zijn handen omklemmen mijn nek. Ik sla hem in zijn gezicht, probeer hem af te schudden, maar mijn armen voelen zwak aan, de klappen komen niet aan. We worstelen. Een murw geslagen man in gevecht met een wandelende dode. Zijn vingers knijpen mijn keel nog verder dicht. Wanhopig probeer ik ze los te trekken. Mijn longen staan op springen, mijn ogen zijn hete kolen die opbollen uit hun kassen. Alles om me heen kleurt zwart, alsof iemand langzaam de gordijnen sluit.

Zo zou het niet moeten aflopen, bedenk ik me met mijn door zuurstofgebrek geteisterde hersenen. Dit is niet mijn grande finale. Dit is bedrog, dit is... en plotseling klinkt er een doffe klap en verslappen zijn handen. Ik kan weer ademhalen. Ik trek zijn handen van mijn nek. Ik kan weer zien. De dominee kijkt me aan, zijn ogen wijd open van de schrik. Hij opent zijn mond.

'*Beken...*'

Het laatste woord komt er tegelijk met donkerrood bloed uit. Hij blijft me aanstaren, maar het licht in zijn ogen is uitgegaan. Het zijn nog slechts bollen van kraakbeen en vocht. Wat het ook was wat er ooit achter zat, uiteindelijk is het heengegaan.

Met moeite kruip ik onder hem vandaan. De bijl steekt uit zijn rug. Ik kijk omhoog. Boven het lichaam van haar vader staat Nicky. Haar gezicht en haar kleren zitten onder de bloedspetters, haar handen zijn helemaal rood. Ze kijkt me aan, alsof haar pas zojuist is opgevallen dat ik er ben.

'Het spijt me. Ik wist het niet.' Terwijl de tranen op haar wangen zich mengen met bloed, zakt ze naast haar vader in elkaar. 'Ik had eerder moeten komen. Ik had eerder moeten komen.'

2016

Er zijn vragen. Talloze vragen. Op het hoe, waar en wat kan ik zo ongeveer wel een antwoord geven, maar meer moeite heb ik met het waarom. Veel meer.

Blijkbaar is Nicky nadat ze mijn bericht had ontvangen naar mij toe gereden. Toen ik niet thuis was, heeft ze de pub geprobeerd. Cheryl vertelde haar waar we heen waren en de verpleegkundigen vertelden haar de rest. Omdat Nicky Nicky was, is ze achter ons aan gegaan. Ik ben blij – dolblij – dat ze dat heeft gedaan.

Chloe besloot een laatste bezoek aan haar vader te brengen. Een vergissing. Evenals het feit dat ze aangaf dat ze in het bos kampeerde. En dat ze haar haar had geblondeerd. Volgens mij kwam het daardoor. Door die plotselinge gelijkenis met Hannah. Dat hij ontwaakte.

Nu we het toch over de geest van de goede dominee hebben, de artsen zijn daar nog steeds niet uit. Was de bewuste toestand, het wandelen (en moorden), een tijdelijke afwijking van zijn bijna voortdurende catatonische staat, of was het andersom? Speelde hij alleen maar dat hij ziek was en had hij altijd alles begrepen?

Nu hij dood is, zullen we er nooit meer achter komen. Al ben ik ervan overtuigd dat er iemand is die naam zal maken, en waarschijnlijk wat zal verdienen, door er een artikel over te schrijven, of misschien een boek. Mickey zal zich omdraaien in zijn graf.

De theorie – voornamelijk van mij – is dat de dominee Elisa

heeft vermoord, in de veronderstelling dat het Hannah was, de hoer die zwanger was van zijn bastaardkind en, in zijn verwrongen geest, zijn reputatie verwoestte. Waarom hij haar in stukken hakte? Nou, de enige verklaring die ik daarvoor heb, heeft hij me in het bos gegeven: "'En indien uw hand u tot zonde verleidt, houw haar af. Het is beter, dat gij verminkt ten leven ingaat, dan dat gij met uw twee handen ter helle vaart, in het onuitblusbare vuur.'"

Volgens mij wilde hij door haar in stukken te hakken ervoor zorgen dat zij toch naar de hemel ging. Misschien nadat hij zijn fout had ingezien. Misschien zomaar. Wie zal het zeggen? God zal wellicht een oordeel over de dominee vellen, al zou het mooi zijn geweest als hij voor de rechter had kunnen verschijnen, tegenover de openbaar aanklager en de niet vergevingsgezinde gezichten van een jury.

De politie overweegt het onderzoek naar Elisa Rendell te heropenen. Tegenwoordig hebben ze betere onderzoeksmethoden, DNA, al die coole dingen die je op televisie ziet, waarmee met zekerheid zou kunnen worden bewezen dat de dominee verantwoordelijk was voor de moord. Ik houd mijn adem niet in van de spanning. Na die avond in het bos, en de herinnering aan de handen van de dominee om mijn nek, vraag ik me af of ik dat ooit weer zal doen.

Hoppo is bijna volledig hersteld. De artsen naaien zijn oor er weer aan, al zit het niet helemaal goed, maar gelukkig is zijn haar altijd vrij lang. Ze doen hun best op zijn arm, maar zenuwen zijn lastige dingen. Ze hebben gezegd dat hij hem wellicht voor een deel weer zal kunnen bewegen, misschien ook niet. Dat valt nu nog niet te zeggen. Fat Gav heeft hem al getroost door hem erop te wijzen dat hij nu overal kan parkeren waar hij wil (en nog steeds één goede arm overheeft om zich af te trekken).

In de stad en aan mijn voordeur is de pers gedurende een paar weken een vervelende en niet welkome gast. Ik wil er niet over praten, maar Fat Gav heeft zich laten interviewen. In het interview maakt hij meermaals melding van de pub. Toen ik er kwam, viel het me op dat de zaak uitstekend loopt. Zo is er tenminste iets goeds uit voortgekomen.

Mijn leven krijgt weer enige routine, op een paar dingen na. Op school zeg ik dat ik na de herfstvakantie niet zal terugkeren en ik bel een makelaar.

Er komt een keurige jongeman met een duur kapsel en in een goedkoop pak naar het huis en hij kijkt rond. Ik houd me in en probeer me niet te storen aan het gevoel een indringer te hebben binnengelaten, terwijl hij in kasten kijkt, op vloerplanken stampt, 'aha' en 'ahum' zegt en vertelt dat de huizenprijzen de laatste jaren fors zijn gestegen, waarna hij, ondanks het feit dat het huis wat moet worden opgeknapt, toch een waarde noemt die mij een tikje verbaasd doet staan.

Een paar dagen later staat het TE KOOP-bordje in de tuin.

De daaropvolgende dag trek ik mijn beste donkere pak aan, kam mijn haar en knoop zorgvuldig een stemmig grijze stropdas om mijn nek. Net als ik op het punt sta om te vertrekken, klopt er iemand op de voordeur. 'Nou, nou,' mompel ik – wat een timing – en ik loop vervolgens haastig de gang in en ruk de deur open.

Voor me staat Nicky. Ze bekijkt me van top tot teen. 'Keurig hoor.'

'Dank je wel.' Ik werp een blik op haar felgroene jas. 'Ik neem aan dat je niet komt?'

'Nee. Ik ben vandaag alleen maar teruggekomen om met mijn advocaat te spreken.'

Ondanks het feit dat ze drie levens heeft gered, kan Nicky nog altijd worden aangeklaagd voor doodslag op haar vader.

'Kun je niet nog even blijven?'

'Ik heb de trein gereserveerd. Zeg de anderen dat het me spijt, maar...'

'Dat zullen ze vast wel begrijpen.'

'Dank je.' Ze steekt een hand uit. 'Ik wilde alleen maar afscheid van je nemen, Ed.'

Ik kijk naar haar hand. En dan, net zoals zij al die jaren geleden deed, stap ik naar voren en sla mijn armen om haar heen. Even verstijft ze, en dan omhelst ze mij ook. Ik adem haar geur in. Geen vanille en kauwgom, maar muskus en sigaretten. Geen vastklampen, maar loslaten.

Uiteindelijk rukken we ons los. Er glinstert iets rond haar nek.

Opmerkelijk. 'Draag je dat kettinkje nog steeds?'

Ze kijkt omlaag. 'Ja. Ik heb het altijd gehouden.' Ze betast het kleine, zilveren kruisje. 'Het is vast gek om iets te bewaren waar je slechte herinneringen aan hebt.'

Ik schud mijn hoofd. 'Niet echt. Sommige dingen kun je nu eenmaal niet wegdoen.'

Ze glimlacht. 'Pas goed op jezelf.'

'Jij ook.'

Ik kijk haar na als ze de oprit af loopt en om de hoek verdwijnt. Vasthouden, denk ik. Laten gaan. Soms komt het op hetzelfde neer.

Dan pak ik mijn overjas, controleer of de heupflacon nog in de zak zit en loop naar buiten.

De oktoberlucht is fris. Mijn wangen prikkelen ervan. Ik ben blij dat ik met de auto kan en zet de verwarming vol aan. Als ik bij het crematorium aankom, begint het net een beetje warm te worden.

Ik heb een hekel aan begrafenissen. Wie niet, op begrafenisondernemers na? Maar sommige zijn erger dan andere. De jongeren, degenen die plotseling en met geweld zijn heengegaan, baby's. Niemand zou ooit een kistje met de afmetingen van een pop de duisternis in moeten zien zakken.

Andere doen eenvoudigweg onvermijdelijk aan. Al was de dood van Gwen natuurlijk schrikken. Maar net zoals bij mijn vader, zal het lichaam op een bepaald moment onvermijdelijk volgen als de geest al afscheid heeft genomen.

Veel rouwenden zijn er niet. Veel mensen kenden Gwen, maar veel vrienden had ze niet. Ma is er, Fat Gav en Cheryl, een paar mensen voor wie ze ooit schoonmaakte. Hoppo's oudere broer kon niet – of wilde niet – weg. Hoppo zit vooraan, gewikkeld in een duffelse jas die te groot voor hem lijkt, met zijn arm in een ingewikkeld uitziende mitella. Hij is afgevallen en ziet er ouder uit. Hij is pas een paar dagen geleden uit het ziekenhuis ontslagen. Hij moet er nog weer heen voor de fysio.

Naast hem zit Gav in zijn rolstoel en op de zitplaats daar weer naast Cheryl. Ik neem plaats achter hen, naast ma. Als ik ga zitten, reikt ze naar mijn hand. Zoals ze deed toen ik nog een kind was. Ik pak hem en houd hem stevig vast.

De dienst is kort. Wat zowel een zegen is, als dat hij je er tijdig aan herinnert hoe zeventig jaar op deze planeet tot een samenvatting van een paar minuten en wat overbodig gewauwel over God kunnen worden teruggebracht. Wie na mijn dood over God begint, mag wat mij betreft in de hel branden.

Bij een crematie is het in elk geval afgelopen als de gordijnen zijn dichtgegaan. Geen geschuifel naar het kerkhof. Geen in een gapend gat zakkende kist. Van Seans begrafenis kan ik me dat nog maar al te goed herinneren.

In plaats daarvan gaan we allemaal naar buiten en staan we in de herinneringstuin, waar we bloemen bewonderen en ons ongemakkelijk voelen. Gav en Cheryl houden een kleine wake in de Bull, maar ik geloof niet dat iemand van ons daar zin in heeft.

Ik praat nog wat met Gav, waarna ik ma in gesprek met Cheryl achterlaat en even stiekem de hoek om ga, voornamelijk voor een sigaretje en een slokje uit mijn heupflacon, maar gewoon ook om bij de mensen weg te kunnen.

Er is nog iemand die op dat idee is gekomen.

Hoppo staat naast een rij kleine grafstenen die aangeven waar as is begraven of verstrooid. Ik vind altijd dat grafstenen in de tuin van het crematorium verkleinde versies van de echte stenen zijn: een miniatuurbegraafplaats.

Hoppo kijkt op als ik op hem afloop. 'Hé?'

'Hoe gaat-ie? Of is dat een stomme vraag?'

'Het gaat goed. Geloof ik. Hoewel ik wist dat het eraan zat te komen, ben je er nooit echt klaar voor.'

Nee. Niemand van ons is ooit echt op de dood voorbereid. Voor iets zo definitiefs. Als mens zijn we eraan gewend om ons leven onder controle te hebben. Om het te laten voortduren, tot op zekere hoogte. Maar de dood duldt geen argumenten. Geen laatste verzoek. Geen recht van beroep. De dood is de dood, en hij houdt alle kaarten in handen. Zelfs als je hem ooit te slim af bent geweest, zal hij dat niet een tweede keer laten gebeuren.

'Weet je wat het ergste is?' zegt Hoppo. 'Dat ik ook opgelucht ben dat ze is overleden. Dat ik niet meer voor haar hoef te zorgen.'

'Dat had ik ook toen papa stierf. Daar hoef je niet mee te zitten. Je bent niet blij dat ze er niet meer is. Je bent blij dat haar ziekte er niet meer is.'

Ik haal mijn heupflacon tevoorschijn en bied hem aan Hoppo aan. Hij aarzelt, waarna hij hem aanpakt en een slok neemt.

'Hoe gaat het verder met je?' vraag ik. 'Je arm?'

'Nog steeds weinig gevoel, maar volgens de artsen kost het tijd.'

Natuurlijk. We geven onszelf altijd tijd. Dan, op een dag, is die eenvoudigweg op.

Hij geeft de heupflacon terug. Hoewel met pijn in mijn hart, gebaar ik dat hij nog wel wat mag. Hij neemt nog een slok en ik steek een sigaret op.

'En met jou?' vraagt hij. 'Klaar voor de grote verhuizing naar Manchester?'

Ik ben van plan een poosje als plaatsvervangend docent aan de slag te gaan. Manchester lijkt voldoende ver weg om de dingen in perspectief te kunnen zien. Veel dingen.

'Zo ongeveer,' zeg ik. 'Al heb ik de indruk dat de kinderen me rauw zullen verslinden.'

'En Chloe?'

'Die komt niet mee.'

'Ik dacht dat jullie tweeën...?'

Ik schud mijn hoofd. 'Volgens mij is het beter als we vrienden blijven.'

'Echt?'

'Echt.'

Want hoe aardig het ook is om me voor te stellen dat Chloe en ik een soort relatie hebben, het is een feit dat ze me niet als zodanig ziet. En dat zal ook nooit zo zijn. Ik ben haar type niet, en zij is niet de juiste persoon voor mij. Daar komt bij dat het niet goed voelt nu ik weet dat ze het zusje van Nicky is. Die twee moeten goed met elkaar leren omgaan. Ik wil niet degene zijn die daar weer een einde aan maakt.

'Ach,' zeg ik, 'misschien ontmoet ik in het noorden een leuk meisje.'

'Er zijn gekkere dingen gebeurd.'

'Dat is toch zo?'

Er valt een stilte. Hoppo houdt de flacon weer omhoog en ditmaal pak ik hem aan.

'Volgens mij is het echt allemaal voorbij,' zegt hij, en ik weet dat hij niet alleen op de krijtmannetjes doelt.

'Dat zou kunnen.'

Ondanks het feit dat er nog plotgaten zijn. Losse eindjes.

'Je lijkt er niet van overtuigd.'

Ik haal mijn schouders op. 'Er zijn nog altijd dingen die ik niet begrijp.'

'Zoals?'

'Heb je je nooit afgevraagd wie Murphy heeft vergiftigd? Dat is nog steeds onbegrijpelijk. Ik bedoel, ik ben er vrij zeker van dat Mickey die dag zijn riem heeft losgemaakt. Waarschijnlijk omdat hij jou pijn wilde doen, zoals hij pijn had. En de tekening die ik vond, was waarschijnlijk ook van Mickey. Maar ik kan me nog steeds niet voorstellen dat Mickey Murphy doodmaakte. Jij wel?'

Hij neemt flink de tijd om antwoord te geven. Even denk ik dat hij geen antwoord geeft. Dan zegt hij: 'Hij heeft het niet gedaan. Niemand heeft het gedaan. Niet met opzet.'

Ik staar hem aan. 'Dat begrijp ik niet.'

Hij kijkt naar de heupflacon. Ik reik hem weer aan. Hij slaat hem achterover.

'Mama was al een beetje verward aan het worden, zelfs toen al. Ze zette dingen op de verkeerde plek, of borg ze helemaal verkeerd op. Ik heb een keer gezien dat ze cornflakes in een koffiekopje deed en er kokend water bij schonk.'

Dat kwam me bekend voor.

'Op een keer, misschien een jaar of zo nadat Murphy was doodgegaan, kwam ik thuis en maakte ze het eten voor Buddy klaar. Ze had wat blikvoer in een kom gedaan en voegde er iets uit een doos uit het keukenkastje aan toe. Ik dacht eerst dat het zijn brokken waren. En toen drong het tot me door dat het slakkenkorrels waren. Ze had de dozen verwisseld.'

'Shit.'

'Ja. Ik kon nog net voorkomen dat ze die aan hem gaf, en ik geloof dat we er zelfs een grapje over hebben gemaakt. Maar het zette me wel aan het denken: stel dat ze dat al eens eerder had gedaan, bij Murphy?'

Ik denk er even over na. Niet expres. Alleen maar een verschrikkelijke, verschrikkelijke vergissing.

Je moet nooit iets aannemen, Eddie. Alles in twijfel trekken. Altijd voorbij het voor de hand liggende kijken.

Onwillekeurig moet ik lachen. 'We hebben het al die tijd bij het verkeerde eind gehad. Al weer.'

'Het spijt me dat ik het je niet eerder gezegd heb.'

'Waarom zou je?'

'Nou, dan had je het nu begrepen.'

'Er is meer wat ik niet begrijp.'

'Wat dan nog?'

Ik neem een flinke teug van mijn sigaret. 'Het feest. De nacht van het ongeluk. Mickey heeft altijd gezegd dat iemand alcohol aan zijn drankjes heeft toegevoegd.'

'Mickey loog altijd.'

'Maar niet daarover. Als hij dronk, reed hij nooit. Hij was dol op die auto van hem. Hij zou nooit het risico op een ongeluk hebben willen lopen.'

'Dus?'

'Volgens mij is er die avond wel degelijk alcohol aan zijn drankjes toegevoegd. Door iemand die wilde dat hij een ongeluk kreeg. Iemand die hem echt haatte. Al rekenden ze er niet op dat Gav ook in de auto zou zitten.'

'Zo iemand zou wel een heel trieste vriend zijn geweest.'

'Ik geloof niet dat het een vriend van Mickey was. Niet toen. Niet nu.'

'Wat bedoel je?'

'Jij zag Mickey toen hij in Anderbury terugkeerde. De eerste dag. Jij vertelde Gav dat hij met je had gesproken.'

'En?'

'Iedereen nam aan dat Mickey die avond het park in wandelde omdat hij dronken was, terwijl hij aan de dood van zijn broer dacht, maar volgens mij is dat niet zo. Volgens mij was hij van plan ernaartoe te gaan. Om daar iemand te ontmoeten.'

'Nou, dat is gebeurd. Een stel straatrovende pubers.'

Ik schud mijn hoofd. 'Die zijn niet aangeklaagd. Onvoldoende bewijs. Bovendien ontkennen ze dat ze die avond in de buurt van het park zijn geweest.'

Hij denkt even na. 'Dus is het misschien zoals ik meteen al zei – Mickey was dronken, en is erin gevallen.'

Ik knik. 'Omdat "dat stuk van het pad niet verlicht is". Dat heb jij gezegd toen ik je vertelde dat Mickey in de rivier was gevallen en was verdronken. Toch?'

'Dat klopt.'

De schrik slaat me om het hart.

'Hoe kon jij weten waar Mickey erin was gevallen? Toch alleen als je erbij was?'

Zijn gezicht ontspant. 'Waarom zou ik Mickey hebben willen vermoorden?'

'Omdat hij er uiteindelijk achter was gekomen dat jij het ongeluk had veroorzaakt? Dat wilde hij aan Gav vertellen, of in het boek schrijven. Zeg jij het maar.'

Hij kijkt me wat langer aan dan prettig voelt. Dan geeft hij me de flacon terug, drukt hem stevig tegen mijn borst.

'Soms, Ed... is het beter om niet overal een antwoord op te hebben.'

Twee weken later

Merkwaardig hoe nietig je leven lijkt als je het achterlaat.

Ik had me voorgesteld dat de ruimte die ik innam na twee-enveertig jaar op aarde groter was, de deuk die ik in de tijd heb geslagen wat forser. Maar nee, net zoals bij vrijwel ieder ander kan het grootste deel van mijn leven – in elk geval het materiële deel ervan – veilig in een grote verhuiswagen worden ondergebracht.

Ik kijk naar het sluiten van de deuren waarachter al mijn aardse bezittingen veilig in van labels voorziene dozen zitten. Nou, bijna alle.

Ik glimlach naar de verhuizers, naar ik hoop joviaal en kameraadschappelijk. 'Zit alles erin?'

'Yep,' zegt de oudere, meer doorgewinterde van de twee. 'Alles in orde.'

'Goed, goed.'

Ik draai me om naar het huis. Het TE KOOP-bordje staart me beschuldigend aan, alsof het me wil zeggen dat ik op de een of andere manier heb gefaald, mijn nederlaag heb toegegeven. Ik dacht dat ma het vervelender zou vinden dat ik het wil verkopen, maar eigenlijk kreeg ik de indruk dat ze opgelucht was. Ze heeft erop gestaan geen penny van de winst aan te nemen.

'Jij zult het nodig hebben, Ed. Begin voor jezelf. Daar hebben we nu en dan allemaal behoefte aan.'

Als de verhuiswagen wegrijdt, steek ik mijn hand op. Ik huur een tweekamerappartement, dus de meeste van mijn spullen worden meteen ergens opgeslagen. Langzaam loop ik terug naar het huis.

Zoals mijn leven nietiger lijkt nu mijn bezittingen zijn weggehaald, zo lijkt het huis onvermijdelijk groter. Ik hang wat doelloos rond in de gang, waarna ik de trap op sjok naar mijn kamer.

Op de vloer zit een donkerder vlak, onder het raam, waar mijn kast stond. Ik loop ernaartoe, kniel neer en haal een schroevendraaiertje uit mijn zak. Ik steek het onder de losse vloerplanken en druk ze omhoog. Er liggen nog maar twee dingen.

Voorzichtig haal ik het eerste eruit: een grote plastic bak. Eronder ligt het tweede: een oude rugzak. Nadat ik mijn heuptasje op de kermis was verloren, had ma hem voor me gekocht. Had ik dat al gezegd? Ik vond het een mooie rugzak. Er stond een plaatje van het Ghostbusters-logo op en hij was zowel cooler als praktischer dan een heuptasje. Beter ook voor het verzamelen van spullen.

Op die heldere, bittere ochtend waarop ik naar het bos fietste, had ik hem bij me. Ik was alleen. Ik weet eigenlijk niet waarom. Het was nog echt heel vroeg en ik fietste niet vaak in mijn eentje naar het bos. Vooral niet in de winter. Misschien had ik een voorgevoel. Je wist tenslotte maar nooit wanneer je iets interessants kon vinden.

En die ochtend vond ik iets heel interessants.

Ik struikelde letterlijk over de hand. En toen ik van de schrik was bekomen, en nog wat had gezocht, vond ik haar voet. Toen de linkerhand. Benen. Torso. En uiteindelijk het belangrijkste stukje van de menselijke puzzel. Haar hoofd.

Het lag op een bultje bladeren, terwijl het naar de hemel staarde. Het zonlicht scheen door de kale takken omlaag. Enkele gouden bundels licht bereikten de bodem van het bos. Ik knielde naast haar neer. Vervolgens stak ik een hand uit – enigszins trillend van de spanning – en raakte haar haren aan, veegde ze uit haar gezicht. De littekens zagen er niet zo erg meer uit. Zoals meneer Halloran ze met de zachte streken van zijn kwasten had verdoezeld, zo had de dood ze met de koele streling van zijn skeletachtige hand verdoezeld. Ze zag er weer prachtig uit. Maar verdrietig. En afwezig.

Ik streek met mijn vingers over haar gezicht en toen, bijna zonder na te denken, tilde ik haar op. Ze was zwaarder dan ik dacht. En nu ik haar had aangeraakt, vond ik dat ik haar niet kon laten gaan. Ik kon haar daar niet achterlaten, afgedankt tussen de bruine herfstbladeren. Door de dood was ze niet alleen weer mooi geworden, maar ook bijzonder. En ik was de enige die het kon zien. De enige die eraan kon vasthouden.

Voorzichtig en eerbiedig veegde ik enkele bladeren van haar af en legde haar in de rugzak. Die was warm en droog, en ze hoefde er niet in de zon te staren. Ik wilde ook niet dat ze naar het donker staarde of dat er stukjes krijt in haar ogen kwamen. Dus stak ik mijn hand in de rugzak en drukte haar oogleden dicht.

Voordat ik het bos verliet, pakte ik een krijtje en tekende aanwijzingen naar haar lichaam, zodat de politie haar kon vinden. Zodat de rest van haar lichaam niet al te lang zou zijn verdwenen.

Op weg naar huis werd ik door niemand aangesproken of tegengehouden. Als ze dat hadden gedaan, had ik misschien bekend. Maar ik keerde terug naar huis, nam mijn rugzak met het dierbare, nieuwe bezit mee naar binnen en verborg hem onder de vloerplanken.

Natuurlijk had ik toen een probleem. Ik wist dat ik de politie meteen over het lichaam moest vertellen. Maar stel dat ze me naar haar hoofd vroegen? Ik was geen goede leugenaar. Stel dat ze vermoedden dat ik het had meegenomen? Stel dat ze me naar de gevangenis stuurden?

Dus bedacht ik iets. Ik pakte mijn doosje met krijtjes en tekende krijtmannetjes. Voor Hoppo, voor Fat Gav, voor Mickey. Maar om voor verwarring te zorgen, verwisselde ik de kleuren. Zodat niemand wist wie ze echt had getekend.

Ik tekende zelfs mijn eigen krijtmannetje en deed – zelfs bij mezelf – alsof ik net wakker was geworden en het had gevonden. Daarna fietste ik naar de speeltuin.

Mickey was er al. De anderen volgden. Zoals ik al had verwacht.

Ik haal het deksel van de doos en kijk erin. Haar lege oogkassen staren me aan. Op de vergeelde schedel zitten een paar slierten breekbaar haar, fijn als een suikerspin. Als je goed kijkt, kun je nog steeds kleine groeven in haar jukbeenderen zien, waar het metaal van de Waltzers dwars door haar huid was gekliefd.

Ze heeft hier niet aldoor gelegen. Na een paar weken werd de geur in mijn kamer ondraaglijk. Een kamer van een puberjongen stinkt, maar zo erg nu ook weer niet. Ik groef een kuil achter in onze tuin en heb haar daar een aantal maanden laten liggen. Maar ik heb haar teruggehaald. Om haar in de buurt te hebben. Om haar veilig te bewaren.

Ik steek mijn hand uit om haar nog eenmaal aan te raken. Dan werp ik een blik op mijn horloge. Met tegenzin doe ik het deksel dicht, zet de doos in de rugzak en loop naar beneden.

Ik leg de rugzak in de kofferbak, leg er enkele jassen en andere tassen bovenop. Ik verwacht niet dat ik word aangehouden en dat er naar de inhoud van mijn auto wordt gevraagd, maar je weet het nooit. Dat kon vervelend zijn.

Ik sta op het punt om achter het stuur plaats te nemen als ik me mijn huissleutels herinner. De makelaar heeft een stel, maar ik moest de mijne voor mijn vertrek overdragen. Ik loop de knerpende oprit weer op, haal de sleutels uit mijn zak en stop ze in de brieven...

Ik wacht even. De brieven...?

Ik probeer op het woord te komen, maar hoe meer ik mijn best doe, hoe meer het me ontglipt. De brieven...? De vervloekte brieven...?

Ik zie mijn vader weer voor me die naar de deurkruk staarde, zonder in staat te zijn op het voor de hand liggende, maar ongrijpbare woord te komen, met een gezicht waar de frustratie en verwarring van af waren te lezen. *Denk na, Ed. Denk na.*

En dan kom ik erop. De brieven... kúíl. Ja, de brievenkuil.

Ik schud mijn hoofd. Stom. Ik raakte in paniek. Dat was alles. Ik ben gewoon moe en gespannen door de verhuizing. Niks aan de hand. Ik ben mijn vader niet.

Ik duw de sleutels door de brievenbus, hoor ze rinkelend neerkomen, loop vervolgens weer naar mijn auto en stap in.

Brievenkúíl. Natuurlijk.

Ik start de motor en rijd weg... naar Manchester, en mijn toekomst.

Met dank aan

Allereerst wil ik u, de lezer, bedanken, voor het lezen. Omdat u van uw zuurverdiende geld dit boek hebt gekocht, omdat u het uit de bibliotheek hebt gehaald of van een vriend hebt geleend. Hoe u hier ook bent gekomen, bedankt. Ik ben u eeuwig dankbaar.

Ik wil mijn fantastische agent, Madeleine Milburn, bedanken omdat ze mijn manuscript uit de stapel ingezonden werken heeft gevist en de potentie ervan zag. De beste. Agent. Ooit. Ook dank ik Hayley Steed, Therese Coen, Anna Hogarty en Giles Milburn voor het vele werk en hun vakkennis. Jullie zijn een geweldig stel mensen.

Verder bedank ik de voortreffelijke Maxine Hitchcock van MJ Books voor onze gesprekken over kleuterpoep, en omdat ze zo'n inspirerende en verstandige redacteur is. Voor hetzelfde bedank ik Nathan Robertson van Crown US (op de gesprekken over kleuterpoep na). Dank je wel Sarah Day voor het redigeren van de tekst en iedereen van Penguin Random House voor hun steun.

Aan al mijn uitgevers wereldwijd: dank u wel. Ik hoop u ooit allemaal persoonlijk te ontmoeten!

Natuurlijk bedank ik ook mijn partner Neil die lang heeft geleden, voor zijn liefde, steun en alle avonden dat hij tegen de achterkant van een laptop heeft moeten aankijken. Dank aan Pat en Tim voor zoveel dingen, en mijn moeder en vader – voor alles.

Ik ben er bijna, echt waar...

Bedankt Carl, omdat je, in de tijd dat ik nog honden uitliet, naar mijn gewauwel over mijn schrijven hebt geluisterd. En voor alle wortels!

Ten slotte bedank ik jullie, Claire en Matt, voor het kopen van zo'n geweldig cadeau voor de tweede verjaardag van ons dochtertje – een bak met gekleurde krijtjes.

Zie wat jullie hebben teweeggebracht.

Ontdek de beste en mooiste nieuwe boeken met de gratis *Lees dit boek*-app

Wilt u als eerste de beste en mooiste nieuwe boeken ontdekken? Vaak nog voordat die boeken zijn verschenen en de pers erover heeft geschreven? Download dan gratis de *Lees dit boek*-app voor Android-telefoons en -tablets, iPhone en iPad via www.leesditboek.nl.

Blijft u graag op de hoogte van de nieuwste spannende boeken? Volg ons dan via www.awbruna.nl, **f** en ⊙ en meld u aan voor de spanningsnieuwsbrief.

KRijTMAN